Buch

Kathi Vollmer arbeitet in der Werbeagentur WUNDER. Die hübsche, etwas mollige Singlefrau ist in ihrem Job äußerst engagiert und kreativ – jedoch ziemlich selbstunsicher. Und so ernten meist Kollegen und Vorgesetzte das Lob für Kathis ungewöhnliche Erfolgsideen. Jonas Hager ist als Fotograf ein viel beschäftigter Künstler. Als er Kathi in der Agentur zum ersten Mal sieht, ist er sofort gefesselt von ihrer reizenden Ausstrahlung. Doch Kathi kann sich nicht vorstellen, dass ein so toller Mann wie er auf sie stehen könnte. Auf der Weihnachtsfeier der Agentur tritt Kathi in ein Fettnäpfchen nach dem anderen, und durch ein Missverständnis kommt es auch noch zu einem Streit mit Jonas. Niedergeschlagen verlässt sie die Party. Sie stapft durch den dichten Schnee nach Hause und stürzt dabei unglücklich. Als sie wieder zu sich kommt, ist ein junger Mann über sie gebeugt. »Ich bin dein Schutzengel«, stellt er sich lächelnd vor. »Und ich bin hier, um dir dabei zu helfen, deinen größten Herzenswunsch zu erfüllen.«

Autorin

Angelika Schwarzhuber lebt mit ihrer Familie in einer kleinen Stadt an der Donau. Sie arbeitet auch als erfolgreiche Drehbuchautorin für Kino und TV, unter anderem für das mehrfach mit renommierten Preisen, unter anderem dem Grimme-Preis, ausgezeichnete Drama »Eine unerhörte Frau«. Zum Schreiben lebt sie gern auf dem Land, träumt aber davon, irgendwann einmal die ganze Welt zu bereisen.

Von Angelika Schwarzhuber ebenfalls bei Blanvalet erschienen:

Liebesschmarrn und Erdbeerblues
Hochzeitsstrudel und Zwetschgenglück
Servus heißt vergiss mich nicht
Der Weihnachtswald
Barfuß im Sommerregen

Besuchen Sie uns auch auf www.facebook.com/blanvalet und
www.twitter.com/BlanvaletVerlag

Angelika Schwarzhuber

Das Weihnachtswunder

Roman

blanvalet

Sollte diese Publikation Links auf Webseiten Dritter enthalten,
so übernehmen wir für deren Inhalte keine Haftung,
da wir uns diese nicht zu eigen machen, sondern lediglich auf
deren Stand zum Zeitpunkt der Erstveröffentlichung verweisen.

Verlagsgruppe Random House FSC® N001967

2. Auflage
Copyright © 2018 by Blanvalet Verlag in der Verlagsgruppe
Random House GmbH, Neumarkter Str. 28, 81673 München
Dieses Werk wurde vermittelt durch die Literarische Agentur
Thomas Schlück GmbH, 30161 Hannover.
Redaktion: Alexandra Baisch
Umschlaggestaltung: © Johannes Wiebel | punchdesign,
unter Verwendung von Motiven von Shutterstock.com
(Alexander Kolomietz; cobalt88; Leszek Glasner;
Subbotina Anna; PixieMe; kavalenkau; encierro)
LH · Herstellung: sam
Satz: Uhl + Massopust, Aalen
Druck und Bindung: GGP Media GmbH, Pößneck
Printed in Germany
ISBN: 978-3-7341-0631-6

www.blanvalet.de

Für meine sieben Tanten:

Marianne, Irmgard, Rosemarie, Katharina,
Maximiliane, Lotte und Christa

»Einen neuen Roman zu beginnen ist wie der Aufbruch zu einer Reise. Ich kenne zwar das Ziel und einige der Mitfahrer, aber welchen Weg genau ich nehmen und wie viele Figuren mich auf dieser Reise tatsächlich begleiten werden, wird sich erst herausgestellt haben, wenn ich das Wort Ende schreibe.«

Angelika Schwarzhuber

Kapitel 1

Freitag, 14. Dezember

Es war, als ob ich gleichzeitig in eiskaltem Wasser tauchen und durch glühende Lava fliegen würde. Fast blind im gleißend hellen Licht, ruderte ich hilflos mit den Armen, bis der Schmerz in den Schulterblättern mir den Atem raubte. Doch ich biss die Zähne zusammen und tat keinen Mucks, während ich darauf wartete, dass es endlich aufhörte.

»Hab ich dich nicht gewarnt?«, hörte ich eine allzu bekannte Stimme durch das ohrenbetäubende Dröhnen aus Sturm und Donnerhall.

»Und wenn es noch tausendmal schlimmer wäre, würde ich es auf mich nehmen«, antwortete ich in Gedanken.

»Ich weiß«, sagte Uriel und lachte plötzlich. »Du Sturkopf wolltest es so.« Dann wurde seine Stimme wieder ernst. »Denk nur immer daran, was ich dir gesagt habe. Sobald du ihr verrätst, wer du wirklich bist, wird das dein letzter Tag dort sein, dann musst du wieder zurück.«

»Sie darf also wissen, wo ich herkomme und was ich bin, aber nicht, dass ich ihr …«, wollte ich antworten, doch in die-

sem Moment endete meine Reise. Mit dem Gesicht voran landete ich in einem Schneehaufen.

Die plötzliche Stille war irritierend nach dem Lärm, den ich die letzten Stunden hatte ertragen müssen. Ich hob den Kopf, schnappte nach Luft und wischte mir den Schnee von den Wangen, bevor ich blinzelnd die Augen öffnete. Obwohl es dunkel war, nahm ich jede Kleinigkeit um mich herum wahr. Auf dem Rand eines zugeschneiten Brunnens saß eine Katze, deren weißes Fell mit dem Schnee zu verschmelzen schien, und beobachtete mich aus funkelnden hellblauen Augen. Offenbar war ich nicht allzu interessant, denn plötzlich begann sie, sich in aller Seelenruhe das Fell zu putzen.

Langsam rappelte ich mich hoch. Die Schmerzen, die bis zur Landung schier unerträglich gewesen waren, lösten sich in Luft auf. Ob es sich auch so anfühlt, wenn man geboren wird?, fragte ich mich, während ich vorsichtig meinen schlanken Körper streckte, der in genau denselben Kleidern steckte, die ich damals getragen hatte: schwarze Jeans, weißes T-Shirt, darüber ein rotes Sweatshirt mit Kapuze und Turnschuhe. Bequem waren die Klamotten ja, aber bei dem, was ich vorhatte, hätte ich nichts dagegen gehabt, etwas modernere und der Jahreszeit entsprechende Sachen zu tragen. Und ein wenig dezenter hätte sicherlich auch nicht geschadet. Wenigstens war mir nicht kalt. Schneeflocken, die inzwischen wie kleine Federn vom Himmel schwebten, lösten sich in meinen dunklen Haaren auf, ohne sie nass zu machen.

Neugierig sah ich mich um. Ich befand mich auf dem alten Südfriedhof, nur wenige Hundert Meter von dem Ort entfernt, der mein Ziel war. Hier in der geweihten Erde des ältesten Zentralfriedhofs in München hatten in den letzten Jahrhunderten zahlreiche bekannte Persönlichkeiten aus den Bereichen Kultur, Geistlichkeit, Wirtschaft und Politik ihre letzte Ruhestätte gefunden. Schon längst war der Bestattungsbetrieb eingestellt, und der zugeschneite Friedhof wirkte wie ein verwunschener kleiner Park inmitten der großen Stadt.

»Na, Luna? Heute schon eine Maus gefangen?«, rief ich der Katze zu. Das Tier hörte auf, sich zu putzen, kam zu mir gelaufen und rieb seinen Kopf hingebungsvoll an meinem Bein. Als ich mich bückte, um sie hochzuheben, verschwand sie jedoch eilig hinter einem verwitterten Grabstein mit einer überdimensional großen Engelsfigur. Ich lächelte. Im Gegensatz zu den Menschen können Tiere uns Engel hören und sehen, hatte Uriel mir vor meiner Abreise erklärt. »Aber wie soll ich Kathi denn helfen können, wenn sie mich nicht sehen kann?«, hatte ich ihn naiv gefragt. Der Erzengel hatte nur die Augen verdreht, wie er es immer tat, wenn man ihm Fragen stellte, die er wohl seit Anbeginn der Zeit schon unzählige Male hatte beantworten müssen. »Wenn es so weit ist, dann wird es sich fügen. Denn sie kann dich durch ihr Herz sehen«, hatte er mir am Ende dann doch noch mit auf den Weg gegeben.

Das Schneetreiben war inzwischen stärker geworden, und es wurde Zeit, mich auf den Weg zu machen. Ohne eine Spur zu hinterlassen, stapfte ich über tief verschneite Wege zwischen Bäumen und Gräbern und verließ den Friedhof durch das Tor am Stephansplatz. Es war schon nach Mitternacht, und die weißen Pagodenzelte des Weihnachtsmarktes hatten längst geschlossen. Nur wenige Menschen tummelten sich auf den Straßen, und alle schienen es eilig zu haben, nach Hause zu kommen. Gerade als ich in eine kleine Seitenstraße einbiegen wollte, spürte ich einen Schwindel, der mich wanken ließ. Ich blieb stehen und versuchte, mein Gleichgewicht wiederzuerlangen. Waren das womöglich noch Auswirkungen meiner harten Landung? Mit zitternder Hand fuhr ich mir durch die Haare.

»Geht es Ihnen nicht gut?!«

Ich erstarrte fast zur Salzsäule, als ich die Stimme erkannte. Ich drehte mich um. Kathi stand etwa fünfzehn Meter von mir entfernt und sah mich mit einer Mischung aus Besorgnis und Misstrauen an. Aus meiner Kehle kam kein Wort, so sehr berührte es mich, sie endlich vor mir zu sehen.

»Brauchen Sie Hilfe?«

Ich schüttelte den Kopf, doch ich wankte erneut. Entschlossen kam Kathi auf mich zu. Da durchdrang ein empörtes Jaulen die Nacht, gefolgt von Kathis Schrei. Luna jagte wie der Blitz davon, fast unsichtbar im Schnee. Und Kathi lag am Boden. Rasch eilte ich zu ihr und kniete mich neben meine bewusstlose Tochter, die über die Katze gestolpert war, als sie mir hatte helfen wollen.

»Kathi? Bitte Kathi, mach die Augen auf! Bitte wach auf!«

Kapitel 2

Eine Woche vorher

Sorgfältig überprüfte Kathi, ob sie den Herd ausgemacht hatte.

»Aus. Aus. Aus. Aus«, murmelte sie und deutete dabei mit dem Finger auf jede einzelne Herdplatte. Zur Sicherheit schoss sie noch ein Handyfoto. Dann erst war sie beruhigt. Aus dem Regal nahm sie eine Blechdose mit Plätzchen und steckte sie in ihre große Umhängetasche. Ein Blick auf die Uhr an der Wand verriet ihr, dass sie noch reichlich Zeit hatte. Trotzdem würde sie sich gleich auf den Weg machen. Man konnte ja nie wissen, was einen unterwegs womöglich aufhielt. Und heute durfte sie auf keinen Fall zu spät kommen.

Im kleinen Flur zog sie einen Haargummi aus der Hosentasche ihrer Jeans und band die langen kastanienroten Naturlocken zu einem lockeren Dutt zusammen, den sie unter einer weißen Mütze versteckte. Dann schlüpfte sie in ihre blaue Winterjacke, schlang den weißen Schal um den Hals, den ihre Mutter zusammen mit der Mütze gestrickt hatte, und ging ins Treppenhaus. Fünf Sekunden später sperrte sie die Tür noch mal auf und vergewisserte sich, dass auch der Heizlüfter im Badezimmer aus war. Sicherheitshalber zog sie noch den Stecker, bevor sie die Wohnung endgültig verließ.

Schneller als sonst eilte sie die zwei Stockwerke nach unten.

»Hallo, Herr Pham«, grüßte sie ihren Nachbarn, der gerade seine Zeitung aus dem Briefkasten fischte. Pünktlich wie ein Uhrwerk täglich um halb acht.

»Guten Morgen, Anemone«, grüßte er mit einem Lächeln, das wie immer direkt aus seinem Herzen zu kommen schien. Kathi fühlte sich jedes Mal gut, wenn sie dem aus Vietnam stammenden Mann begegnete, der die Angewohnheit hatte, Menschen nach Pflanzen zu benennen, denen sie seiner Ansicht nach ähnelten.

»Sie sind eine Anemone«, hatte er ihr vor fast zwei Jahren an dem Tag gesagt, als Kathi den letzten Umzugskarton in ihre neue kleine Wohnung geschleppt hatte und bereits ziemlich außer Atem gewesen war.

»Eine Anemone? Ich?«, hatte sie verblüfft gefragt und dann gelacht, da sie sich selbst eher als Pfingstrose oder Hortensie eingeordnet hätte. Gewächse eben, deren Blüten voluminöser waren und ihre mollige Figur treffender zum Ausdruck brachten.

»Oh ja!«, hatte Herr Pham gesagt und mehrmals bestätigend genickt. »Eine Anemone. Und mit Verlaub gesagt, das ist eine meiner Lieblingsblumen.«

Kathi hatte zuerst angenommen, dass das ein plumper

Anmachspruch sein musste. Bis sie erfahren hatte, dass Herr Pham als Biologe im Zoo arbeitete. Dort sorgte er für die Auswahl und Hege von einheimischen wie exotischen Pflanzen, um eine artgerechte Haltung der Tiere zu gewährleisten, bei der das natürliche Umfeld aus dem jeweiligen Herkunftsland berücksichtigt wurde.

»So früh heute schon?«, fragte er.

»Ja. Es ist ein wichtiger Tag für mich, drücken Sie mir bitte die Daumen, Herr Pham.«

»Jeder Tag ist wichtig, liebe Anemone«, sagte er salomonisch. »Aber für den heutigen wünsche ich dir ganz besonders viel Glück. Und hab viele schöne Momente.«

»Danke. Sie auch.«

Sie öffnete die Haustür und wollte gerade auf den Bürgersteig treten, da jagte Luna zwischen ihren Beinen ins Haus und Kathi musste sich am Türrahmen festhalten, um nicht zu stolpern.

Als sie sich umdrehte, sah sie, wie Herr Pham die Katze hochhob, die nicht nach dem Mond benannt worden war, wie Kathi zuerst vermutet hatte, sondern nach einer besonderen Sorte Hibiskus mit großen weißen Blütenblättern, die in der Mitte ein kleines rotes Auge hatten. Lunas Augen waren hellblau, aber im Zwielicht funkelten sie manchmal geheimnisvoll rötlich. Und so passte der Name perfekt, wie Kathi fand.

»Na, meine hübsche Luna, wo hast du dich denn wieder herumgetrieben?«, fragte Herr Pham sanft und kraulte sie hinter den Ohren. Luna schloss zufrieden die Augen und begann laut zu schnurren.

Kathi trat auf die Straße und bemerkte sofort, dass sie viel zu warm angezogen war. Der Himmel war wolkenlos und die Luft so lau wie an einem Frühlingstag, obwohl die Sonne noch gar nicht richtig aufgegangen war. Und das am Nikolaustag! Kathi lockerte den Schal und zog sich die Mütze vom Kopf. Sie überlegte kurz, ob sie laufen oder die U-Bahn nehmen sollte. Eigentlich hatte sie sich ja vorgenommen, mehr für ihre Figur zu tun, aber sie wollte nicht völlig verschwitzt im Büro ankommen. Ach, sie würde einfach morgen zu Fuß gehen.

Als sie kurz vor acht das Büro der *Werbeagentur Wunder* betrat, rechnete sie nicht damit, schon jemanden anzutreffen. Normalerweise war sie immer die Erste. Die anderen kamen selten vor neun, halb zehn Uhr zur Arbeit. Doch jetzt herrschte bereits eine ungewohnte Geschäftigkeit.

»Wo ist denn der verdammte Kaffee?«, kam es aus der kleinen Büroküche. »Hier findet man ja gar nichts.«

Kathi hängte ihren Mantel rasch in die Garderobennische und eilte zur Küche. Dort öffnete Stefan, der Praktikant, auf der Suche nach frischen Bohnen für den Kaffeevollautomaten eine Schranktür nach der anderen.

»Warum nimmst du nicht einfach die hier?«, fragte Kathi und drückte ihm eine bunte Dose in die Hand, die im Regal genau über der Maschine stand. »Und was machst du überhaupt schon hier?«

»Die Frage ist eher, warum du jetzt erst kommst? Schließlich ist das dein Job und nicht meiner«, maulte Stefan und gab ihr die Dose zurück. Kathi seufzte. Sie hatte wirklich versucht, den Praktikanten zu mögen, doch Stefan machte es ihr überaus schwer. Auch alle anderen Mitarbeiter der Agentur waren inzwischen von seinem Benehmen genervt. Stefan war der Sohn eines alten Geschäftsfreundes von Karl Wunder und hatte deswegen die begehrte Stelle ergattert, die für ihn mit einer gewissen Narrenfreiheit verbunden war, was er schamlos ausnutzte. Keiner wollte es sich seinetwegen mit dem Chef der Agentur verderben, und das wusste er auch.

»Die sind schon alle im Besprechungszimmer und warten!«

»Was?« Kathi schaute ihn verdattert an. »Aber der Termin war doch um zehn.«

»Vielleicht liest du mal die Mail, die Sybille gestern geschickt hat.«

Rasch zog Kathi ihr Handy aus der Hosentasche und überprüfte den E-Mail-Eingang. Definitiv keine Mail von Sybille!

»Die wollen sofort einen Latte, drei Cappuccinos und einen einfachen Schwarzen«, sagte er und verdrückte sich aus der Küche.

»Drei Cappuccini heißt das! Cappuccini!«, rief Kathi ihm hinterher und schüttete bereits frische Kaffeebohnen in das Mahlwerk des Kaffeeautomaten.

Genau sieben Minuten später betrat sie mit einem Tablett das Besprechungszimmer.

»Guten Morgen«, grüßte sie in die Runde. Doch die drei Männer und zwei Frauen am Tisch nahmen keine Notiz von ihr. Sie waren alle in die Präsentationsmappen vertieft und blätterten durch das hochwertig gestaltete Konzept für die Werbekampagne. Kathi hätte jeden Satz auswendig aufsagen, jedes Foto bis ins kleinste Detail beschreiben können, denn Idee und Umsetzung dafür stammten von ihr. Das war auch der Grund, warum sie heute so nervös war. Sybille Benes, Creative Director der Agentur, hatte ihr versprochen, den Chef und die Kunden darauf hinzuweisen, dass Kathi, die eigentlich als Sekretärin beschäftigt war, das Konzept für diese Kampagne ausgearbeitet hatte. Umso weniger verstand sie, warum Sybille sie nicht über die Terminverschiebung informiert hatte. *Sicher ein Versehen*, dachte sie.

Da Kathi Karl Wunders Vorliebe für Latte kannte, und Sybille eher sterben würde, als unnötige Kalorien in Form von Milch oder gar Zucker zu sich zu nehmen, konnte sie, ohne nachzufragen, die drei Cappuccini an die Leute der Münchner Kreditbank verteilen, für die sie die Werbekampagne ausgearbeitet hatten.

»Danke, Kathi«, sagte Sybille. Endlich hatte sie die Sekretärin wahrgenommen. »Und lass doch schon mal die Leinwand für den Beamer runter, damit wir uns das Video ansehen können.«

Kathi nickte. Während sie alles für die Präsentation des Werbefilms vorbereitete, versuchte sie gleichzeitig, aus den Mienen der Kunden schlau zu werden. Doch ihren Pokergesichtern konnte sie nichts ablesen.

»Wir sind gespannt«, sagte Edgar Ried, ein braungebrannter Endvierziger mit schlohweißen, kurz geschnittenen Haaren und stechend blauen Augen. Er war Chef der

Marketingabteilung der Bank und hatte bereits zwei Vorschläge von Konkurrenzfirmen abgelehnt. Wochenlang hatte Kathi hauptsächlich herauszufinden versucht, was diesen Mann begeistern konnte. Dann endlich war sie auf die richtige Spur gekommen. Hoffte sie zumindest. Kathis Wangen glühten vor Aufregung. Sollte der Kunde zufrieden sein, könnte ihr Wunsch in Erfüllung gehen, und Sybille würde sich dafür einsetzen, Kathi zukünftig ganz offiziell eigene kleine Werbeprojekte zu überlassen.

»Dann legen wir mal los«, sagte Sybille und startete den Film über ihr Tablet.

Kathi stand ganz hinten im Besprechungszimmer. Sie verfolgte nicht das Geschehen auf der Leinwand, sondern beobachtete aufmerksam die Gesichter der Zuschauer. Der Werbefilm dauerte exakt zweiundvierzig Sekunden und zeigte das attraktive Model Cindy Fischer, das sich vor der Kulisse eines traumhaften Strandes rückwärts von einem Boot ins Wasser fallen ließ. Sie tauchte vorbei an Haifischen, löste sich aus einer Wasserpflanze, die sich um ihre Beine geschlungen hatte, wich einer Muräne aus und barg schließlich aus dem Wrack am Meeresgrund eine kleine Truhe, die halb im Sand versunken war. Sie hievte die Kiste an Bord. Erst jetzt sah man einen sympathisch aussehenden Mann im Anzug, barfuß und mit hochgekrempelten Hosenbeinen, der am Bootsrand saß, einen bunten Schirm in der Farbe der Münchner Kreditbank in der Hand, mit dem er sich gegen die Sonne schützte. Die rassige Taucherin zog Schnorchel und Taucherbrille ab und öffnete ungeduldig die kleine Kiste. Bis auf Sand und Muscheln war sie leer. Der Mann drehte sich lächelnd zur Kamera und sagte direkt an den Zuschauer gewandt: »Wenn Sie mal wieder vergeblich nach einem Schatz gesucht haben – kommen Sie lieber zu uns. Wir machen Ihr Vermögen – Münchner Kreditbank.«

Nachdem die letzten Töne der Musik des Videos verklungen waren, bemerkte Kathi, dass sie die Luft angehalten hatte, und sie atmete tief durch. Doch nicht nur sie war gespannt auf eine Reaktion von Edgar Ried, auch alle anderen sahen ihn erwartungsvoll an. Langsam schlich sich ein Lächeln in sein Gesicht, das zu einem ausgewachsenen Grinsen wurde. *Das muss doch ein gutes Zeichen sein*, dachte Kathi und zupfte am Saum ihres Pullovers.

»Sie haben Cindy bekommen«, sagte Ried begeistert, und in diesem Moment wusste Kathi, dass ihr Plan aufgegangen war. Der Marketingleiter war selbst ein begeisterter Hobbytaucher und vor allem ein großer Fan von Cindy, wie Kathi nach intensiven Recherchen herausgefunden hatte. Sie hatte Sybille davon überzeugen können, die Ausgaben für die Gage des Models zu riskieren, um die Chancen zu erhöhen, den Auftrag für das Werbepaket in Millionenhöhe zu ergattern.

»Großartig. Einfach großartig«, schwärmte Ried, und seine beiden Begleiter nickten nun ebenfalls begeistert.

Kathi konnte ihr Glück kaum fassen. Das war der Moment, auf den sie schon so lange gewartet hatte. Ihr Mund wurde vor Aufregung ganz trocken, und sie war kurz davor, sich Sybilles Wasserglas zu schnappen und es leer zu trinken.

»In der Präsentationsmappe war von Cindy aber nicht die Rede«, merkte Edgar Ried an.

»Diese Überraschung wollten wir uns zusammen mit dem Film aufheben«, sagte Karl Wunder und strich zufrieden über seinen grau melierten Vollbart.

»Überraschung absolut gelungen«, lobte Ried.

»Natürlich wird Cindy auch für die endgültigen Werbefotos zur Verfügung stehen«, meldete sich nun auch Sybille zu Wort.

»Großartig. Und dann auch noch diese super Unterwasseraufnahmen – einfach großartig«, wiederholte Ried, und seine beiden Mitarbeiter nickten wieder.

»Das haben wir Sybille zu verdanken, die Ihre Vorstellungen so fabelhaft in ein großartiges Konzept umgesetzt hat, Herr Ried«, lobte Karl Wunder sein – wie er stets betonte – bestes Pferd im Stall.

Kathi spürte ein leises Flattern im Magen, als Sybille Karl und den Kunden lächelnd zunickte. Gleich würde sie den Leuten sagen, wer eigentlich dafür verantwortlich war. Jetzt kam Kathis großer Augenblick. Sybille räusperte sich.

»Ich bin sehr glücklich, dass der Spot so gut ankommt, aber ich muss zugeben ...«

Kathi straffte die Schultern und drückte den Rücken durch. Ihre Wangen brannten vor Aufregung.

»Dass das Lob für dieses Projekt uns allen gebührt. Denn wir haben alle ganz wunderbar zusammengearbeitet. Und das ist ja auch das Konzept der Agentur Wunder – Zusammenarbeit.«

Es dauerte einen Moment, bis Kathi realisierte, was Sybille da eben gesagt hatte. Diese vermied es tunlichst, Kathi anzusehen.

»Und immer ist sie so bescheiden, dabei wissen wir doch, dass du die Beste bist«, sagte Karl.

»Ach, Karl. Ich danke dir für deine Worte«, entgegnete Sybille alles andere als bescheiden.

»Ich freue mich schon auf eine erfolgreiche Zusammenarbeit, Frau Benes«, sagte Ried mit einem äußerst charmanten Lächeln.

Noch immer wartete Kathi darauf, dass Sybille die Sache klarstellte und ihnen mitteilte, sie, Kathi, sei für den Werbespot verantwortlich.

»Ach, sagen Sie doch bitte Sybille«, antwortete diese jedoch stattdessen.

»Und ich bin Edgar.«

Sie nickten sich lächelnd zu.

»Auf eine wundervolle Zusammenarbeit, Edgar.«

Das durfte doch nicht wahr sein! Sybille konnte das doch nicht einfach so stehen lassen! Kathi musste das klarstellen. *Jetzt oder nie!* Sie nahm ihren ganzen Mut zusammen. Doch sie schaffte es nicht, auch nur ein Wort über die Lippen zu bringen.

»Kathi«, sagte Sybille. »Der Champagner! Hol doch mal gleich eine Flasche und fünf Gläser.«

Wie?

»Eine wird da aber nicht reichen«, bemerkte Ried jovial, und alle lachten.

»Aber ...«, begann Kathi.

»Wir wollen jetzt gleich mal anstoßen, nicht wahr?«, fiel ihr Sybille sofort ins Wort.

»Gibt es vielleicht auch was zu Knabbern dazu?«, fragte Ried.

Was zu Knabbern?

»Klar. Unsere Kathi hat ja immer irgendwo etwas zum Naschen versteckt«, bemerkte Karl. »Vor allem Nüsschen in allen Variationen.«

Erst jetzt schienen alle die Sekretärin zur Kenntnis zu nehmen und wandten sich ihr zu. Mit einem Mal hatte Kathi die Aufmerksamkeit, die sie sich gewünscht hatte, allerdings nicht für das, was sie sich eigentlich erhofft hatte.

»Nicht wahr, Kathi? Und vielleicht gibt es ja auch diese superleckeren Wasabi-Cashewkerne, die du letztes Mal hattest.«

»Ja, aber eigentlich …«

»Kathi!«, setzte Sybille nach. »Wir wollen doch unseren Kunden nicht warten lassen. Oder hat schon wieder jemand unsere ganzen Vorräte aufgefuttert?«

Kathi schluckte. Sie vermeinte die Gedanken der Leute in ihren Blicken lesen zu können.

Ich kann mir schon vorstellen, auf welcher Hüfte sich die Naschereien angesammelt haben … Von nichts kommt schließlich nichts … Wie kann man nur so wenig Selbstbeherrschung haben … Gut, dass ich nicht dick bin … Eine Diät würde der sicher guttun.

Kathi spürte, wie noch mehr Blut in ihre Wangen schoss, und verließ mit hochrotem Kopf eilig das Besprechungszimmer.

Kapitel 3

Irgendwie war es Kathi gelungen, ihre Scham und vor allem ihre Enttäuschung hinunterzuschlucken und sich nach außen hin nichts anmerken zu lassen. Sie servierte Champagner und zwei verschiedene Sorten Nüsse, von denen sie tatsächlich immer einen Vorrat in der Schreibtischschublade hatte, und ging hinaus, bevor alle auf die zukünftige Zusammenarbeit anstießen.

Noch immer konnte sie das Verhalten von Sybille nicht fassen, die, ohne mit der Wimper zu zucken, die Lorbeeren für ihre Arbeit eingeheimst hatte. Dabei hatte sie, Kathi, und nicht etwa Sybille sehr hart dafür gearbeitet und das Konzept noch dazu außerhalb ihrer regulären Arbeitszeit erstellt. Sie hatte sich nach Feierabend dafür Zeit genommen, damit ihr niemand vorwerfen konnte, sie würde ihre eigentlichen Aufgaben in der Agentur vernachlässigen. Allerdings hatte so auch niemand mitbekommen, dass sie mit der Ausarbeitung des Konzepts betraut war.

Inzwischen war es kurz nach elf, und die Kunden hatten leicht beschwipst die Agentur verlassen. Karl hatte sich mit

Sybille in sein Büro zurückgezogen, um noch einige vertragliche Details zu besprechen.

Kathi stand in der Kaffeeküche und räumte Tassen und Gläser in den Geschirrspüler. Sie hatte definitiv den Moment verpasst klarzustellen, dass sie das Konzept entwickelt hatte, hoffte jedoch, dass Sybille es dem Chef gegenüber zur Sprache brachte. Wie unter Zwang stopfte sie sich die übrigen Erdnüsse in den Mund. Der salzig-nussige Geschmack tröstete sie für einen Moment.

»Ist deine Diät schon wieder vorbei?«

Ertappt drehte sich Kathi um. Hinter ihr stand Sybille.

»Erdnüsse sind richtige Kalorienbomben!«, setzte sie noch hinzu.

»Ich hab heute noch nichts gegessen«, verteidigte sich Kathi mit vollem Mund und schluckte dann hastig.

»Du musst ja selbst wissen, was du tust.«

Sybille holte ein Glas aus dem Schrank und füllte es mit Leitungswasser.

»Äh, Sybille. Warum hast du vorhin nicht gesagt, dass es mein Konzept ist?«, konnte sich Kathi nun nicht mehr zurückhalten und versuchte, dabei nicht vorwurfsvoll zu klingen. Sybille konnte unglaublich charmant sein. Wenn sie wollte. Gleichzeitig war sie aber auch unbeherrscht und jähzornig. Ihre Stimmung konnte innerhalb von Sekunden umschlagen, und dann war es am besten, nicht in ihrer Nähe zu sein.

Sybille nahm einen Schluck, bevor sie sehr ruhig antwortete.

»Jetzt hör mal zu, Kathi. Die Münchner Kreditbank hat

für diesen Auftrag bereits zwei renommierte Agenturen in die Wüste geschickt, weil Edgar Ried mit ihren Vorschlägen nicht zufrieden war. Zum Glück war er heute begeistert. Doch kein Mensch weiß, wie er reagiert hätte, wenn ich ihm gesagt hätte, dass das Konzept nicht von einem unserer Marketingleute, sondern nur von einer einfachen Sekretärin stammt.«

Einfache Sekretärin?

Bevor Kathi protestieren konnte, redete Sybille schon weiter.

»Die Verträge sind noch nicht unterschrieben. Und wir wollen doch nicht riskieren, dass er denkt, wir nehmen ihn als Kunden nicht ernst genug? Was, wenn deswegen am Ende doch noch was schiefgeht, weil er an unserer Kompetenz zweifelt?«

»Aber wieso sollte er daran zweifeln«, fragte Kathi. »Er war doch total zufrieden.«

Sybilles hellgraue Augen verengten sich.

»Und wer bitte schön hat sich auf dieses Wagnis eingelassen? Wer hat dir und deinem Vorschlag Vertrauen geschenkt?«, fragte sie. »Was glaubst du wohl, was passiert wäre, wenn die Sache schiefgegangen wäre und Karl wüsste, dass ich das zugelassen habe? Dann würde jetzt mein Kopf rollen, nicht deiner!«

»Aber …«

Plötzlich änderte sich Sybilles Miene, und sie bemühte sich wieder um einen freundlichen Tonfall.

»Aber glücklicherweise ging ja alles gut. Wir werden jetzt abwarten, bis die Verträge unter Dach und Fach sind, und dann werde ich Karl darüber informieren, wie sehr du dich für dieses Projekt engagiert hast. Das ist es doch, was du willst, nicht wahr?«

Kathi nickte, auch wenn sie nicht wirklich glücklich über diesen Vorschlag war. Doch womöglich hatte Sybille recht. Der Kunde war zufrieden, ihr Vorschlag war angekommen, jetzt musste nur noch der Vertrag unterzeichnet werden. Vielleicht war sie einfach zu ungeduldig.

»Oder hast du das Gefühl, dass wir beide in Zukunft nicht mehr zusammenarbeiten können?«, wollte Sybille wissen.

»Natürlich nicht …«

Bevor Kathi ausführlicher darauf eingehen konnte, klingelte das Firmentelefon, das sie vorhin neben der Spüle abgelegt hatte.

»Jetzt geh schon ran!«, forderte Sybille sie auf. »Und komm nach meinem letzten Termin heute Nachmittag bitte in mein Büro und erzähl mir von deiner Idee für den neuen Kinderjoghurt, ja?«

Kathi nickte versöhnt. Sybille verschwand aus der Küche, und Kathi meldete sich am Telefon.

»Werbeagentur Wunder. Sie sprechen mit Kathi Vollmer«, sagte sie freundlich.

»Hallo, Frau Vollmer«, tönte eine sympathische Stimme am anderen Ende der Leitung. »Hier ist Jonas Hager. Tut mir leid, aber ich stecke noch im Stau, und das Navi zeigt eine halbe Stunde Verspätung an.«

»Kein Stress, Herr Hager. Die Models sind auch noch nicht da.«

»Okay. Falls sie vor mir kommen, kontrollieren Sie doch bitte, ob sie geschminkt sind, und falls ja, sorgen Sie dafür, dass sich alle für die Fotos abschminken. Dann verlieren wir später nicht unnötig Zeit.«

»Mach ich gern.«

»Danke. Dann bis gleich.«

»Bis gleich.«

»Und Frau Vollmer?«

»Ja?«

»Nach unseren vielen Telefonaten freue ich mich darauf, Sie endlich persönlich zu treffen.«

»Ich mich auch«, antwortete Kathi und spürte, wie ihre Wangen mit einem Mal ganz heiß wurden. Sie hatten wegen mehrmaliger Terminänderungen in den letzten beiden Wochen tatsächlich öfter miteinander gesprochen. Dabei war ihr angenehm aufgefallen, wie entspannt Jonas Hager stets geblieben war, auch wenn er seine Termine mehrmals hatte umlegen müssen. Meistens reagierten gut gebuchte Fotografen nicht so verständnisvoll wie er.

Als Kathi sich gerade wieder an ihren Schreibtisch im Foyer des Büros gesetzt hatte, brachte der Paketdienst eine Lieferung.

»Ah! Endlich! Die Weihnachtsdeko«, sagte Kathi erfreut. »Die Sachen hätten eigentlich schon vor einer Woche eintreffen sollen.«

»Unten sind noch drei Pakete«, murmelte der Mann, dem man ansah, wie eilig er es hatte.

»Ich komme mit und helfe Ihnen«, bot Kathi an und begleitete ihn nach unten.

Zehn Minuten später öffnete Kathi das erste Paket und holte glitzernde goldene Weihnachtssterne in verschiedenen Größen und Weihnachtsgirlanden heraus.

»Muss das mit dem Weihnachtskram wirklich sein?«, hatte Karl Wunder gefragt, als Kathi vor ein paar Wochen mit dem Anliegen auf ihn zugekommen war, das Foyer der Agentur für die Adventszeit zu schmücken.

»Aber du weißt doch, warum Geschäfte ihre Läden zu Ostern oder Weihnachten passend dekorieren«, setzte Kathi an. »Damit schaffen sie die Emotionalität, die zum Kaufen anregen und für gute Stimmung sorgen soll. Und wir haben doch im Dezember einige wichtige Verhandlungen, wie die Werbekampagne für den Hersteller von Fertighäusern. Häuser werden für Familien gebaut. Weihnachten ist das Fest der Familie. Der Kunde wird das Gefühl haben, dass wir verstanden haben, worum es ihm geht, und dass er bei uns gut aufgehoben ist. Die Weihnachtsdeko kostet uns jetzt vielleicht ein paar Hundert Euro, aber sie wird sich bestimmt vielfach auszahlen und ...«

»Schon gut, schon gut«, hatte Karl ihren Redeschwall unterbrochen. »Besorg einfach, was du brauchst. Aber übertreib es nicht, okay?«

»Klar«, hatte sie versprochen und sich diebisch darüber gefreut, dass sie ihn im Grunde mit seinen eigenen Argumenten hatte überzeugen können.

Kathi stieg auf die Trittleiter, um den ersten Stern an einer Schiene neben dem Lampenschirm über dem riesigen orangen Ledersofa im Foyer zu befestigen. Als er endlich da hing, wo Kathi ihn haben wollte, betraten die drei

Models für das Shampoo-Casting die Agentur. Sie waren vom Typ her sehr ähnlich und hatten alle dichtes, dunkelbraunes Haar, wie der Kunde es gewünscht hatte.

Kathi stieg von der Leiter, begrüßte sie und nahm die Models rasch unter die Lupe. Soweit sie das beurteilen konnte, war keine von ihnen geschminkt, was auf echte Profis schließen ließ, die wussten, wie es lief. Gerade Neulinge in diesem Geschäft machten immer wieder den Fehler, top gestylt bei Castings aufzukreuzen, was nur dann Sinn machte, wenn es ausdrücklich verlangt war.

»Der Fotograf wird sich ein paar Minuten verspäten. Setzen Sie sich doch bitte.« Kathi deutete auf das Sofa. Die drei jungen Frauen nahmen Platz und schlugen ihre himmellangen Beine übereinander. Innerlich seufzte Kathi bei diesem Anblick. In Anwesenheit von Models nahm sie jedes ihrer überflüssigen Pfunde noch deutlicher wahr. Da half auch kein Baucheinziehen oder Rückendurchdrücken. Da konnte sie beim besten Willen nicht mithalten. *Im neuen Jahr werde ich abnehmen!*, rief sie sich ihren festen Vorsatz ins Gedächtnis und fühlte sich damit zumindest ein klein wenig besser.

Bevor sie den nächsten Stern befestigte, bot sie den jungen Frauen Kaffee und Wasser an, und dabei fiel ihr ein, dass sie noch die selbst gemachten Plätzchen in der Tasche hatte. Eigentlich wollte sie das Gebäck zur Besprechung mit den Leuten der Münchner Kreditbank servieren, was sie wegen des vorgezogenen Termins dann aber völlig vergessen hatte. Als sie den Deckel der Blechdose öffnete, zog ein feiner Duft von weihnachtlichen Gewürzen, Butter,

Schokolade und Nüssen in ihre Nase. Sie stellte die Plätzchendose auf den Tisch.

»Ach, ich liebe Weihnachten. Für mich ist das die schönste Zeit im Jahr«, schwärmte sie. »Der Duft der Kerzen, die glitzernde Dekoration und selbst gebackene Plätzchen. Ihr könnt euch gerne bedienen«, sagte sie und nickte zur Blechdose, während sie wieder die Trittleiter nach oben stieg und eine silbern funkelnde Girlande um den futuristischen Lampenschirm wickelte. »Greift ruhig zu.«

Als hätten sie diese Choreografie vorher einstudiert, schüttelten die Frauen energisch den Kopf und hoben abwehrend die Hände, als hätten sie Angst, Kathi könnte ihnen das Gebäck gegen ihren Willen in den Mund schieben.

»Aber gern doch!«

Die Stimme kannte sie bereits. Und jetzt hatte sie endlich auch ein Gesicht dazu. Jonas Hager, der Fotograf, war gerade hereingekommen und fischte sich einen Zimtstern aus der Blechdose.

»Ich liebe Plätzchen«, sagte er und schob sich das Gebäck in den Mund, während er Kathi mit strahlenden türkisblauen Augen zuzwinkerte. Keine Ahnung, woraus sie geschlossen hatte, dass er älter sein musste. Der Mann, der jetzt unter ihr stand, war schätzungsweise erst so um die fünfunddreißig.

Bei seinem Anblick verlor Kathi auf den schmalen Stufen das Gleichgewicht und konnte sich gerade noch festhalten, doch die Trittleiter wackelte gefährlich. Reflexartig trat Jonas zu ihr und hielt sie an der Taille fest, damit sie nicht herunterfiel.

»Das ging ja noch mal gut!«, rief er, hielt sie aber weiter fest. Kathi spürte, wie ihr Gesicht mit einem Schlag vor Verlegenheit brannte. Und die Stellen, an denen seine Hände lagen, brannten noch mehr. So etwas Peinliches war ihr nicht passiert, seit sie vor einem halben Jahr im Supermarkt auf einer Bananenschale ausgerutscht war.

»Passt schon!«, sagte sie ein wenig zu laut und stieg von der Trittleiter, bemüht, nicht noch mal ins Wanken zu kommen. Dabei konnte sie gar nicht stürzen, denn der Fotograf hielt sie weiterhin fest, bis sie sicher unten angekommen war.

Als er sie endlich losließ und vor ihr stand, stellte sie fest, dass er fast einen Kopf größer war als sie und sie den frischen Duft seines Aftershaves mochte.

»Danke, Herr Hager«, murmelte sie und unterdrückte den Wunsch, ihren glühenden Wangen Luft zuzufächeln.

»Jonas bitte. Schließlich habe ich dir gerade das Leben gerettet«, sagte er und grinste sie fröhlich an, während er sich durch die dunkelblonden Haare fuhr. »Kathi, oder?«

»Genau! Und das sind Petra Bend, Linnea Hebelsberger und Alina Kon, die Models für das Shampoo-Casting«, versuchte sie, seine Aufmerksamkeit von ihr auf die Models zu lenken.

Jonas begrüßte die Frauen und entschuldigte sich für sein Zuspätkommen. Dann wandte er sich wieder an Kathi.

»Selbst gemachte?«

»Wie?«

»Die Plätzchen. Hast du die alle selbst gebacken?«

»Nein, äh, ja, also nein«, stotterte sie herum. Was war nur los mit ihr? Normalerweise ließ sie sich nicht so schnell aus der Fassung bringen. »Die meisten Sorten sind von meiner Mutter und meiner Tante Lotte, nur die Marzipanplätzchen, die Schokokugeln, das Spritzgebäck und die Spitzbuben habe ich selbst gemacht«, erklärte sie schließlich.

»Ach, du stehst auf Spitzbuben?«

»Ja. Die mag ich am liebsten.«

»Spitzbuben sind aber auch besonders lecker.« Schon wieder dieses freche Zwinkern.

Flirtet der Fotograf etwa mit mir? Ach was! Er ist einfach nur höflich.

»Darf ich noch mal?«

»Was?«

»Noch ein Plätzchen?«

»Aber klar doch!«

Er griff ein weiteres Mal in die Dose und hielt sie dann den Models hin.

»Ihr müsst unbedingt probieren. Diese Zimtsterne … hm«, schwärmte er. Doch wieder schüttelten die Damen nur den Kopf, und er stellte die Dose zurück.

»Kathi!?« Stefan kam aus dem Büro der Buchhaltung und klatschte ihr einen dicken Pultordner auf den Schreibtisch, der so von Belegen überquoll, dass einige davon herausrutschten und auf den Boden flatterten. »Da. Die Ablage. Ich mach jetzt Mittag.«

Er nahm seine Jacke von der Garderobe.

»Hey! Du hast da was verloren!«, machte Jonas ihn aufmerksam.

Doch Stefan zuckte nur mit den Schultern und verließ die Agentur.

Seufzend bückte sich Kathi und sammelte die Belege ein.

»Was ist das denn für einer?«, fragte Jonas und wollte ihr helfen, doch sie winkte ab.

»Der Praktikant ... Ich mach das schon, danke.«

»So ein Verhalten solltest du dem nicht durchgehen lassen.«

»Ich weiß«, murmelte sie. Doch sie hatte keinen blassen Schimmer, wie sie Stefan dazu bringen sollte, sich besser zu benehmen.

»Ich begleite euch jetzt rüber ins Studio, okay?«, sagte sie zu Jonas. »Sybille kommt dann gleich.«

»Stimmt. Ich bin ja nicht zum Plätzchenessen hier, sondern soll ein paar Fotos machen.« Er grinste wieder. »Dann legen wir mal los«, sagte er in Richtung der drei Frauen, die sich inzwischen leise unterhalten hatten und jetzt aufstanden.

In diesem Moment betraten zwei ältere Damen die Agentur.

»Guten Tag«, grüßte Kathis Mutter Erika in gewohnt lautem Tonfall. Lotte folgte ihr auf dem Fuß und nickte allen freundlich zu.

»Mama! Tante Lotte?! Was macht ihr denn hier?«, rief Kathi überrascht.

Erika sah auf die silberne Armbanduhr an ihrem Handgelenk. »Es ist Mittag. Hast du vergessen, dass wir heute einkaufen wollten?«

Das hatte Kathi tatsächlich völlig vergessen.

Die zwei Frauen waren Schwestern, in Bezug auf Erscheinungsbild und Charakter jedoch so unterschiedlich wie Tag und Nacht. Erika war eine ziemlich korpulente Frau, die durch ihren konservativen Kleidungsstil und eine opulente Frisur – ähnlich der von Liz Taylor an ihren schlechtesten Tagen – älter wirkte, als sie mit ihren knapp sechzig Jahren war. Die schlanke Lotte hingegen trug am liebsten legere Kleidung wie Jeans und bequeme Pullis. Der frech geschnittene Kurzhaarschnitt ließ die zurückhaltende Frau mit dem feinen Humor zudem deutlich jünger erscheinen, obwohl sie zehn Jahre älter war als Erika. Auf den ersten Blick hielt kaum jemand die beiden für Schwestern. Doch ein markantes Grübchen in der rechten Wange, und vor allem das ungewöhnliche Violett ihrer Augen verrieten, dass die beiden verwandt sein mussten. Auch Kathi hatte diese seltene Augenfarbe geerbt.

»Guten Tag«, grüßte Jonas und nickte den beiden Damen freundlich zu, bevor er noch ein weiteres Plätzchen stibitzte.

Erika schaute ihn prüfend von oben bis unten an.

»Guten Tag«, sagte Lotte.

»Ein ganz großes Kompliment – die Plätzchen sind megalecker. Sie schmecken wie die von meiner Mutter.«

»Das freut mich«, bemerkte Lotte und lächelte. »Greifen Sie ruhig ordentlich zu.«

Das ließ er sich nicht zweimal sagen.

»Komm jetzt Kathi, wir haben viel vor heute«, drängelte Erika indes.

»Das ist jetzt irgendwie ganz schlecht, Mama. Ich hab hier noch zu tun.«

»In deiner Mittagspause? Aber wir sind extra deswegen heute in die Stadt gekommen!«, protestierte ihre Mutter. Sie und Lotte wohnten zwar nur eine halbe Autostunde von München entfernt in einem Häuschen auf dem Land, doch für Erika war es nach wie vor ein besonderes Ereignis, wenn sie zum Einkaufen in die Stadt fuhren.

»Erst muss ich Jonas und die Damen ins Studio bringen, Mama. Geht ihr doch schon mal vor. Ich komme nach, so schnell ich kann.«

»Aber was! Kathi! Wenn deine Mutter und deine Tante schon mal da sind.« Kathi hatte gar nicht bemerkt, dass Sybille aus ihrem Büro gekommen war.

»Ich bin ja jetzt hier, geh du ruhig shoppen. Und du darfst dir auch gern eine Stunde länger nehmen, damit ihr genügend Zeit habt«, flötete sie ungewohnt entgegenkommend und wandte sich dann an die jungen Frauen und Jonas.

»Hallo zusammen. Freut mich Herr Hager.«

»Hallo auch«, sagte er.

»Ich bin … Sybille Benes. Aber sagen Sie doch einfach Sybille, ja?«

Jonas nickte ihr zu.

»Gern. Und ich bin Jonas.«

»Schön. Folgen Sie mir doch bitte alle ins Studio.«

»Jo. Dann packen wir es an«, sagte Jonas und nahm

seine Fototasche, die er vorhin auf dem Sofa abgestellt hatte. Dann drehte er sich noch mal zu Kathi um.

»Ich hoffe, du hebst mir noch ein paar Plätzchen auf.«

Kathi nickte.

»Klar.«

»Danke. Bis später.«

»Bildhübsche Frauen!«, bemerkte Erika, als alle den Flur entlang in Richtung des kleinen Fotostudios der Agentur verschwanden. Dann sah sie zu ihrer Tochter. »Aber denk dir nichts, du hast auch deine Qualitäten, Kathi.«

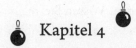

Kapitel 4

Kathi zwängte sich in der Umkleidekabine in ein beiges Kleid mit Blumenprint.

»Das ist viel zu eng!«, rief sie nach draußen.

»Lass mal sehen!« Schon riss ihre Mutter den Vorhang zur Seite. »Das ist doch nicht schlecht! Sicher gibt es das auch eine Nummer größer.«

»Ach ich weiß nicht, Erika«, meinte Lotte. »Ich finde, das Muster steht Kathi gar nicht so gut.«

»Ach was! Blumen kann man immer tragen. Oder den Hosenanzug dort.« Sie nickte zu einem Kleiderständer.

Eine Verkäuferin, die Kathi zu ihrer Altersgruppe zählte und auf etwa Ende zwanzig schätzte, brachte den braunen Hosenanzug.

»Den haben wir leider nur in Größe 46«, sagte sie. »Ich denke nicht ...«

»Der ist doch schön!«, unterbrach sie Erika und nahm ihr den Anzug aus der Hand. »Und so zeitlos. Genau das Richtige. Schlüpf mal rein«, forderte Erika ihre Tochter auf, die wenig begeistert war. Erika nahm der Verkäuferin den Kleiderbügel aus der Hand und drückte die Sachen ihrer Tochter in die Hand.

»Aber ...«

»Jetzt mach schon, wir haben noch so viel zu erledigen.« Sie wandte sich wieder an die Verkäuferin. »Haben Sie auch Bademoden? Wissen Sie, meine Schwester Lotte und ich haben eine zehntägige Karibikkreuzfahrt gewonnen und müssen uns da noch ein wenig ausstaffieren.«

»Karibik? Wow! Beneidenswert – das ist ja cool. Aber natürlich haben wir da was.«

Kathi schlüpfte inzwischen in den Hosenanzug, obwohl sie wusste, dass er nicht passen würde. Und tatsächlich konnte sie locker aus der Hose schlüpfen, ohne den Knopf zu öffnen und die Ärmel der Jacke reichten ihr weit bis über die Fingerspitzen.

»Und?«, fragte Erika und zog den Vorhang zur Seite. Kathi drehte sich zu ihr.

»Das geht ja gar nicht!«, bemerkte Lotte.

»Sie bräuchten den mindestens eine Nummer kleiner, wenn nicht sogar zwei. Aber in der passenden Größe hab ich ihn leider nicht mehr da.«

Gott sei Dank!

»Die Schneiderin kann das ja ändern«, schlug Erika vor.

»Was ist denn mit dem roten Kleid da hinten?« Kathi deutete zu einem Ständer, an dem ein zauberhaftes Etuikleid hing.

»Rot? Für eine Firmenweihnachtsfeier? Also das geht ja mal gar nicht«, protestierte Erika sogleich.

Inzwischen war der Blick der Verkäuferin mitleidig geworden. Tante Lotte wandte sich etwas zur Seite und verdrehte die Augen.

»Haben Sie denn nichts anderes für mich?«, fragte Kathi leicht resigniert.

»Doch. Warten Sie, ich glaube mir fällt da noch was ein.«

Fünf Minuten später kam Kathi in einem schwarzen Jerseykleid in Wickeloptik aus der Umkleidekabine.

»Also wirklich!«, protestierte Erika. »Bei dem Ausschnitt sieht man ja bis zum Bauchnabel!«

»Der Ausschnitt ist gerade richtig, für die schöne Oberweite Ihrer Tochter«, widersprach die Verkäuferin geduldig. »Aber falls das stört, habe ich den hier.« Sie drapierte Kathi einen hauchzarten türkisfarbenen Seidenschal um den Hals, der sowohl mit ihren rotbraunen Locken, als auch mit ihren ungewöhnlich violetten Augen harmonierte.

»Wunderschön siehst du aus, Kathi«, schwärmte Lotte. »Da werden deine Kollegen und die Kunden aber Augen machen!«

»Das finde ich auch«, bestätigte die Verkäuferin. »Und die Größe passt perfekt.« Sie zwinkerte Kathi zu.

Kathi betrachtete sich im Spiegel. Klar, sie war keine zarte Elfe, aber dieses Kleid schmeichelte ihrer Figur und ließ sie sogar ein klein wenig schlanker aussehen, wie sie fand. Oder lag das vielleicht nur am Spiegel? Schließlich ging es ihr oft so, dass sie sich im Laden gefiel, doch daheim sah sie in den neuen Sachen mindestens fünf Kilo schwerer aus.

»Ich würde ja eher das beige Kleid mit Blumenmuster oder den Hosenanzug nehmen«, meinte Erika, »aber wenn ihr unbedingt meint … Wenn, dann aber nur mit dem Tuch!«

Nachdem sie schon nicht mehr damit gerechnet hatte, ein passendes Kleid zu bekommen, das die Zustimmung ihrer Mutter bekam, die es ihr zu Weihnachten schenkte, atmete Kathi auf. *Das ist das letzte Mal, dass ich mit ihr einkaufen gehe!*, schwor sie sich. Allerdings sagte sie sich das schon seit Jahren.

Die nächste Stunde verbrachten sie hauptsächlich damit, einen Badeanzug für Erika zu finden. Als sie schließlich das Kaufhaus mit den Einkäufen verließen, erhaschte Kathi den erleichterten Blick der Verkäuferin, die jetzt vermutlich erst einmal eine längere Pause brauchte.

»So langsam sollte ich wieder zurück ins Büro«, sagte Kathi, als sie durch die weihnachtlich dekorierte Fußgängerzone in Richtung Marienplatz gingen. Das schöne Wetter von heute Morgen hatte angehalten, und es herrschten fast frühlingshafte Temperaturen.

»Schade, dass wir nicht mehr Zeit haben«, bedauerte Tante Lotte. »Aber wir sehen uns ja noch vor unserer Abfahrt.«

»Wenn ich am Dienstag Hansi bei euch abhole, kann ich euch zum Flughafen bringen«, bot Kathi an. »Ich habe im Büro schon Bescheid gesagt, dass ich früher gehen muss.«

Hansi war Erikas Wellensittich, den Kathi zu sich nehmen würde, solange die beiden Damen verreist wären.

»Ach, das ist ja lieb von dir, Kathi«, sagte Lotte.

»Dann können wir uns auch das Taxi sparen!«, sagte Erika freudig.

»Wann genau fliegt ihr?«, fragte Kathi.

»Die Maschine geht um 20.50 Uhr«, sagte Lotte.

»Irgendwie ist mir gar nicht wohl dabei, wenn wir fast zwei Wochen so weit weg sind von dir«, sagte Erika. »Du warst noch nie so lange allein, Kathi.«

»Mama! Ich bin 28! Außerdem bin ich sonst auch die ganze Woche über hier allein in München und habe es bisher überlebt«, entgegnete Kathi etwas genervt. Ihre Mutter war nicht nur unglaublich bestimmend, sondern auch eine ziemliche Glucke.

»Und wie du weißt, finde ich auch das nicht gut! So ganz einsam in dieser kleinen Wohnung, für die du ein Vermögen bezahlst. Dabei hättest du bei uns im Haus so ein schönes großes Zimmer und einen Garten.«

»Es gefällt mir aber in meiner Wohnung, und außerdem arbeite ich hier in der Stadt.« Kathi hatte keine Ahnung, wie oft sie diesen Satz schon gesagt hatte. Doch sie wusste ganz genau, was ihre Mutter jetzt gleich entgegnen würde. Und Erika enttäuschte sie auch diesmal nicht.

»Die schöne Stelle in der Gemeindeverwaltung hast du ja aufgeben müssen.«

»Mama!«

»Jetzt lass doch die Kathi einfach mal das tun, was sie gern machen möchte, Erika«, mischte sich nun Lotte ein, und Kathi bedachte sie mit einem dankbaren Blick. Schon von klein auf hatte sie ein sehr inniges Verhältnis zu ihrer Tante gehabt, die sie besser zu verstehen schien als ihre eigene Mutter. Manchmal wünschte sich Kathi, sie würde sich bei Erika besser durchsetzen. Doch sie fühlte sich ihrer

Mutter gegenüber verpflichtet, die Kathi allein großgezogen hatte, wie sie immer besonders betonte, wenn Kathi versuchte, sich endlich etwas abzunabeln. Dann bekam Kathi ein schlechtes Gewissen und bemühte sich redlich, es ihrer Mutter recht zu machen, als eine Art Wiedergutmachung für das Opfer, das sie gebracht hatte.

»Aber wenigstens sind wir pünktlich zu Weihnachten wieder zurück«, riss Erika ihre Tochter aus den Gedanken. »Dann kannst du deinen Weihnachtsurlaub bei uns verbringen, Kathi. Da machen wir es uns die zwei Wochen richtig schön gemütlich.«

Kathi warf Lotte einen kurzen Blick zu. Nur ihre Tante wusste, dass Kathi am ersten Weihnachtsfeiertag für eine Woche zu ihrer besten Freundin Claudia nach London reisen wollte. Bis jetzt hatte sie immer einen Grund gefunden, weshalb sie ihrer Mutter noch nichts davon erzählt hatte. Sicherlich würde sie mehr als enttäuscht sein, die Feiertage ohne ihre Tochter verbringen zu müssen.

»Darüber reden wir nach eurem Urlaub, Mama«, sagte Kathi nur und ärgerte sich über sich selbst, dass sie sich nicht traute, ihrer Mutter reinen Wein einzuschenken. Aber jetzt, so kurz vor der Abreise in den Urlaub, war der Zeitpunkt natürlich auch nicht gerade optimal.

»Na ja, wenn wir bald in der Karibik sind, sollten wir schon dringend mal planen«, gab Erika zu bedenken. »Der Sauerbraten muss ja mindestens eine Woche vorher eingelegt werden. Kathi, vergiss das bitte nicht.«

»Wir kochen dieses Jahr einfach was anderes, Erika. Und jetzt halten wir dich nicht länger auf, Kathi. Nicht

dass du wegen uns noch Probleme mit deiner Chefin bekommst.«

Lotte gab ihrer Nichte einen Kuss auf die Wange, und
Erika drückte Kathi zum Abschied fest an sich.

»Ich ruf dich an, wenn wir wieder daheim sind.«

»Mach das, Mama.«

Die Schwestern beschlossen, sich Kaffee und Kuchen im
Café Glockenspiel zu gönnen, bevor sie noch ein wenig in
der Stadt herumbummelten, und Kathi beeilte sich, zurück
in die Agentur zu kommen.

Als sie das Foyer betrat, stand Sybille an ihrem Schreibtisch und scrollte sich durch Kathis Kalender, in dem
die Termine aller Mitarbeiter der Agentur eingetragen
waren.

»Entschuldige, dass es ein wenig später wurde«, sagte
Kathi und stellte die Einkaufstasche hinter dem Schreibtisch ab.

»Schon gut. Das Probeshooting war ziemlich schnell
vorbei. Und ich brauche dich heute ohnehin länger. Ich hab
einiges diktiert.«

»Alles klar.«

Sybille war schon auf dem Weg in ihr Büro, da blieb sie
noch mal stehen.

»Karl will eine neue Homepage. Schreib bitte ein
Memo, dass am Dienstag Fotos von allen Mitarbeitern
gemacht werden. Ich hab das heute mit Jonas besprochen.«

»Mach ich«, Kathi setzte sich an den Schreibtisch und
machte eine Notiz in den PC.

»Wenn du mit der Korrespondenz fertig bist, möchte ich gern mit dir über den Kinderjoghurt reden.«

»Klar.«

»Und jetzt hätte ich noch gern eine Tasse Rosenblüten-tee.«

Sybille drückte den Türgriff nach unten.

»Bring ich dir gleich. Apropos Rosenblüten – hast du schon das von *der* Rose gehört?«

»Nein! Was denn?« Sybille horchte auf. »Erzähl! Gibt es was Neues?«

»Man munkelt, sie wechselt die Branche«, sagte Kathi. »Das Smartphone-Geschäft langweilt sie, heißt es. Jetzt will sie in die Automobilbranche. Und es gibt wohl auch schon einen Hersteller, der sie heiß umwirbt. Hört man zumindest.«

Rose – niemand schien zu wissen, ob es ihr Vor- oder Nachname war – war eine der bekanntesten Marketing-größen in Europa. Alle wichtigen Unternehmen rissen sich um die Frau, die sich am liebsten im Hintergrund hielt und von dort aus mit einigen wenigen vertrauten Mitarbeitern die Fäden zog. Karl Wunder würde vermut-lich seine Seele verkaufen und die seiner Schwiegermutter gleich mit dazu, damit er und seine Leute mit dieser Frau arbeiten durften.

Sybille sah Kathi mit einem erstaunten Kopfschütteln an.

»Woher hast du nur immer deine Infos, Kathi?«, fragte sie neugierig.

Kathi zuckte unschuldig die Schultern.

»Das hört man halt so«, sagte sie lapidar, doch sie hatte natürlich ihre Quelle: das geheime Sekretärinnennetzwerk. Niemand konnte sich auch nur annähernd vorstellen, über welches Wissen die Mitglieder des Netzwerkes verfügten, welches ausschließlich aus Frauen bestand. Und alle gingen sie sorgsam mit ihrem Wissen um. Gaben immer nur so viel preis, wie vertretbar oder gewollt und nützlich war. Man konnte sich nicht anmelden oder um eine Mitgliedschaft bewerben, sondern wurde »eingeladen«. Sekretärinnen, die ihren Job besonders gut machten, sprachen sich in den Kreisen herum. Kathi hatte vor einem halben Jahr völlig überraschend den Anruf bekommen. Davor hatte sie noch nicht einmal gewusst, dass es dieses Netzwerk überhaupt gab.

»Wenn du noch mehr herausfindest, sag unbedingt Bescheid, ja?«, riss Sybille sie aus ihren Gedanken.

»Klar. Mache ich«, versprach Kathi.

Als Sybille in ihr Büro verschwunden war, machte Kathi sich an die Arbeit. Während sie das Memo für den Fototermin tippte, dachte sie an Jonas und warf einen Blick auf die Blechdose auf dem Tisch. Vor lauter Einkaufen war sie am Mittag gar nicht zum Essen gekommen, und bis auf die Handvoll Erdnüsse hatte sie heute noch nichts gegessen. Sie stand auf, holte die Plätzchendose und öffnete sie. Sonderlich viel war nicht mehr übrig. Im Deckel klebte ein neongrüner Post-it-Zettel: *Sorry, Kathi, konnte nicht widerstehen. Bis bald! Jonas*

Sie holte sich den letzten Spitzbuben heraus und biss

lächelnd hinein. Sie freute sich, dass sie Jonas bereits nächste Woche wiedersehen würde.

Nachdem sie die Korrespondenz für Sybille erledigt hatte, dekorierte sie den Eingangsbereich fertig und machte sich schließlich an die Ablage, die Stefan ihr hingelegt hatte.

Es war schon später Nachmittag, als Kathi endlich bei Sybille im Büro stand und ihr die Skizzen mit den Vorschlägen für einen neuen Kinderjoghurt zeigte. Ihre Idee war es, den Werbespot in drei Sequenzen von jeweils zwanzig Sekunden aufzuteilen. Die ersten beiden, die in einem Kindergarten und auf dem Pausenhof spielten, hatte sie ihrer Chefin bereits vorgeschlagen.

»In der dritten Sequenz schleicht sich dann der alleinerziehende Vater zum Kühlschrank, holt sich einen Joghurt raus und öffnet ihn genau in dem Moment, in dem das Licht angeht. Seine beiden Kinder – die man vorher schon gesehen hat – schauen ihn gespielt vorwurfsvoll mit verschränkten Armen an. Gleich darauf sieht man die drei vergnügt den Joghurt in einem aus Schachteln, Kissen und Decken selbst gebauten Raumschiff löffeln ... aber bei der letzten Sequenz bin ich noch nicht ganz sicher, ob man da nicht noch was anderes machen könnte. Ähnliches kennt man ja auch schon. Da überlege ich noch.«

Kathi strich sich eine Haarsträhne hinters Ohr, die sich gelöst hatte.

Sybille nickte bedächtig. »Das ist auf jeden Fall schon mal eine gute Grundlage. Vielleicht kannst du das bis nächste Woche noch ausfeilen. Was meinst du?«

»Mach ich«, versprach Kathi. Sie würde gleich am

Wochenende anfangen, sie hatte ohnehin keine aufregenden Pläne.

Sybilles Handy meldete eine Kurznachricht. Sie überflog sie und griff dann nach ihrer Handtasche.

»Das war's dann für heute, Kathi. Ich muss los.«

# Kapitel 5

Viele Jahre zuvor, am 1. Dezember 1989

Angelo konnte es immer noch nicht fassen. Doch er saß tatsächlich zusammen mit seinen besten Freunden Jana und Wolf im restlos überfüllten Zug von Berlin nach München. Nach einer ziemlich aufregenden Zeit mit wochenlangen friedlichen Protesten und Demonstrationen war die Mauer schließlich gefallen, und die Menschen durften endlich in den Westen ausreisen. Noch war die Lage unübersichtlich, und es standen wohl noch große Umwälzungen bevor. Niemand konnte sagen, ob die Reisefreiheit bestehen blieb oder nicht oder was überhaupt in der nächsten Zeit passieren würde. Deswegen hatten Angelo, Jana und Wolf all ihre Ersparnisse zusammengekratzt und beschlossen, die Gelegenheit zu nutzen, um eine Reise zu machen, von der sie schon lange geträumt hatten. Nach einem zweitägigen Stopp in Westberlin waren sie jetzt auf dem Weg nach München. Dort lebte Angelos Tante Chiara mit ihrem Mann und den vier Kindern, die Angelo eine Weile besuchen wollte. Sie führten eine gut gehende Pizzeria, in der er in der bevorstehenden Weihnachtszeit aushelfen wollte. Erfahrungen im Gastge-

werbe hatte der Luftfahrttechniker zwar keine, aber er würde das schon irgendwie hinbekommen.

Zwei weitere Brüder und die restliche Familie seiner Mutter lebten auf Sizilien. Dorthin wollten die drei jungen Leute im neuen Jahr reisen, um auch sie kennenzulernen, eine Weile am Meer zu bleiben und sich mit irgendwelchen Gelegenheitsjobs über Wasser halten. Für die Zeit danach hatte Angelo, der sich bei seinem Arbeitgeber für ein Jahr hatte beurlauben lassen, noch keine festen Pläne, und gerade das war ein unbeschreiblich gutes Gefühl für ihn. Eine völlig neue Art von Freiheit, wie er sie bisher noch nie erlebt hatte. Er war voller Neugier und Abenteuerlust.

Während die winterliche Landschaft rund um Nürnberg an ihnen vorbeizog, riss Jana Angelo aus seinen Gedanken.

»Willst du auch eine?« Sie hielt ihm ein Päckchen Zigaretten hin.

»Klar«, sagte er. Angelo holte ein Feuerzeug aus der Hosentasche und zündete zuerst ihr, dann sich eine Zigarette an. Wolf hatte sich in seiner Jacke vergraben und schlief tief und fest.

Jana hatte ebenfalls Verwandte in München, bei denen sie und Wolf eine Weile unterkommen konnten. Die beiden waren schon seit sieben Jahren ein Paar. Doch mit heiraten hatten sie es nicht eilig.

»Vor dreißig wird auf keinen Fall geheiratet, und Kinder gibt's sowieso erst später«, lautete Wolfs Credo. Bis dahin hatten alle noch mindestens zwei Jahre Zeit.

Als der Zug am späten Nachmittag am Münchner Hauptbahnhof einfuhr, pochte Angelos Herz plötzlich wild vor Aufregung. Endlich waren sie angekommen! Die drei hatten längst Adressen und Telefonnummern ihrer Verwandten getauscht, damit sie in Kontakt bleiben konnten. Und natürlich wollten sie sich regelmäßig treffen. Doch nun trennten sich ihre Wege vorerst.

»Pass gut auf dich auf!«, sagte Wolf und klopfte Angelo freundschaftlich auf die Schulter.

»Aber klar doch!«, versprach er. »Und ihr zwei aber auch!«

Angelo umarmte Jana und drückte sie fest an sich.

»Mach bloß keine Dummheiten ohne uns!«, sagte sie.

»Nee, nee, wenn, dann mach ich sie lieber mit euch«, sagte er und lachte.

»Bis dann!«

»Wir sehen uns bald!«, rief er und sah ihnen hinterher, bis sie mit ihren großen Rucksäcken im Gewirr der Menschenmenge in Richtung Hauptausgang verschwunden waren. Angelo machte sich gerade auf den Weg zur S-Bahn, da hielt etwas seinen linken Fuß fest. Er verlor das Gleichgewicht und stürzte ziemlich unsanft.

»'tschuldigung«, murmelte ein älterer Herr, blieb jedoch nicht stehen, um ihm aufzuhelfen, sondern eilte mit seiner Aktentasche zu einem Zug. Angelo rappelte sich mühsam auf und bemerkte, dass sein Schnürsenkel abgerissen war. Offenbar war er aufgegangen, und der ältere Mann war gerade in dem Moment daraufgetreten, als Angelo weitergehen wollte.

»Verdammter Mist«, murmelte er, ging zu einer Bank und stellte den Rucksack ab.

»Hier. Damit kannst du dich sauber machen!«, sagte plötzlich eine angenehme Stimme hinter ihm. Er drehte sich um.

Eine Frau, die etwa in seinem Alter war, stand neben Angelo und hielt ihm ein Papiertaschentuch entgegen. Sie war ziemlich groß, fast so groß wie Angelo, und hatte etwas von einer Amazone mit langen dunkelblonden Locken. Angelo war sofort fasziniert von ihr.

»Danke«, sagte er und griff nach dem Taschentuch. Ein wenig verlegen versuchte er, seine Hände notdürftig zu säubern.

»Jemand ist auf meinen Schnürsenkel getreten, und ich bin gestolpert«, erklärte er.

»So was kann passieren«, meinte sie.

Als sie lächelte, zeigte sich ein bezauberndes kleines Grübchen in ihrer Wange. Was sind das nur für unglaubliche Augen?, fragte er sich staunend. Violett wie die Veilchen im Garten seiner Mutter. So eine Augenfarbe hatte er noch nie bei jemandem gesehen.

Angelo hatte sich inzwischen einigermaßen gesäubert und suchte nach etwas, das er sagen konnte, um noch ein wenig länger in Gesellschaft dieses bezaubernden Wesens zu sein. Doch sie kam ihm zuvor.

»Du solltest das unbedingt gleich gründlich auswaschen und sicherheitshalber desinfizieren«, riet sie ihm.

»Ach was, das ist doch alles nur halb so schlimm«, winkte er ab.

»Na gut. Wenn du meinst.«

»Aber danke ... äh?«

»Erika«, sagte sie. »Ich heiße Erika.«

»Freut mich sehr, Erika. Ich bin Angelo ... meine Mama

52

stammt aus Italien und hat sich bei mir mit dem Namen gegen meinen deutschen Vater durchgesetzt«, erklärt er ungefragt. »Dafür heißen meine älteren Brüder Jens und Dirk.«

»Angelo – Engel. Das ist doch schön«, sagte Erika, und er bemerkte, wie sie leicht errötete.

»Darf ich dich vielleicht auf eine Tasse Kaffee einladen, um mich für deine Hilfe zu bedanken?«, fragte er sie spontan. Er wollte sie jetzt auf keinen Fall schon gehen lassen, sondern mehr über sie erfahren. »Oder musst du deinen Zug erwischen?«

Erika zögerte nur einen Moment. Eigentlich würde sie sich so spontan niemals auf eine Einladung von einem Fremden einlassen. Doch sie fand diesen dunkelhaarigen Mann nicht nur ziemlich attraktiv, sondern von der ersten Sekunde an äußerst sympathisch.

»Na ja. Ich kann auch einen späteren Zug nehmen«, sagte sie deswegen zu seiner offensichtlichen Freude.

»Das fände ich toll.« Angelo grinste.

»Aber du brauchst unbedingt neue Schnürsenkel«, stellte sie fest.

Ihr Ton war ein wenig bestimmend, was Angelo gefiel. Frauen, die wussten, was sie wollten, fand er schon immer irgendwie sexy.

»Kennst du dich hier aus, weißt du, wo ich welche bekommen kann?«, fragte er.

»Natürlich«, antwortete Erika und lächelte wieder.

»Dann lass uns mal gehen.«

Kapitel 6

Kathi machte sich auf den Weg nach Hause. Es war ein langer, anstrengender Tag gewesen, und sie fühlte sich plötzlich müde und hungrig. Da sie keine Energie mehr hatte, etwas zu kochen, holte sie sich beim Chinesen in ihrer Straße ein Nudelgericht, das sie mit nach Hause nahm. Damit machte sie es sich auf dem Sofa in ihrem gemütlichen Wohnzimmer bequem, das schon ganz weihnachtlich geschmückt war. Überall standen kleine Engel in allen möglichen Varianten, die Kathi von klein auf sammelte. Während sie die Nudeln mit Stäbchen direkt aus der Schachtel aß, zappte sie durch das Fernsehprogramm. Bei einer Wiederholung von *Kevin allein zu Haus* blieb sie hängen. Sie liebte diesen Film, den sie sich früher jedes Weihnachten mit ihrer Mutter angeschaut hatte.

Plötzlich meldete ihr Smartphone eine Textnachricht. Kathi rechnete damit, dass es Claudia aus London war. Doch der Absender war ihr unbekannt. Sie öffnete die Nachricht:

Sybille hat mir deine Handynummer verraten. Ich hoffe, das ist okay?

Nanu? Wer war das denn? Eines der Models, die heute in der Agentur waren?

»Das kann ich erst sagen, wenn ich weiß, wer mir da schreibt«, murmelte Kathi und tippte die Worte gleichzeitig ins Handy.

Na der Spitzbube!

Kathi spürte, wie ihr Puls sich schlagartig beschleunigte. Jonas! Wieso schickte er ihr eine Nachricht aufs Handy? Bestimmt hatte es einen beruflichen Grund, weshalb er sich bei ihr meldete.

Ändert sich der Fototermin für Dienstag?, schrieb sie ihm deshalb.

Jonas: *Nicht dass ich wüsste.*

Kathi biss sich auf die Unterlippe. Was wollte er dann? Und was sollte sie jetzt antworten?

Mehrmals setzte sie dazu an, eine neue Nachricht zu schicken, doch sie löschte die Worte immer wieder. Ihr fiel einfach nichts Vernünftiges ein!

Jonas: *Ich störe doch nicht?*

Kathi: *Nein! Gar nicht.*

Jonas: *Ich verbringe gerade die erste Nacht in meinem neuen Haus.*

Kathi: *In München?*

Jonas: *Ein wenig außerhalb.*

In diesem Moment ploppte ein Foto auf Kathis Display auf. Es zeigte ein altes kleines Bauernhaus mitten in der Pampa.

Kathi: *Sehr idyllisch.*

Jonas: *Oh ja! Und noch irre viel Arbeit. Ich muss verrückt* gewesen sein, es zu kaufen. Ich weiß nicht, was mich da geritten hat.

Kathi lächelte. *Immerhin weißt du, was du die nächsten Monate in deiner Freizeit machst,* tippte sie.

Jonas: *Unter anderem. Und was machst du so, wenn du nicht in der Agentur bist?*

Kathi überlegte kurz, was sie ihm antworten sollte. Wenn sie gerade nicht an einer Idee für irgendein Konzept tüftelte, probierte sie neue Rezepte aus, las Bücher oder schaute Serien. Zu den Höhepunkten gehörten die wöchentlichen Besuche bei ihrer Mutter und Tante Lotte mit den ausgedehnten Rommé-Abenden, an denen sie um Schokolinsen spielten. Außer Claudia hatte sie kaum Freunde, und mit der musste sie sich die meiste Zeit per Skype unterhalten, weil diese als Dolmetscherin ständig irgendwo unterwegs war. *Nicht sonderlich aufregend, mein Leben,* dachte sie. Sicherlich war seines viel spannender. Aus irgendeinem Grund wollte sie nicht, dass Jonas sie für eine uninteressante Langweilerin hielt. Er sollte denken, sie sei abenteuerlustig und außergewöhnlich. Und plötzlich schienen ihre Finger sich zu verselbstständigen und tippten ins Handy: *Bungee-Jumping und Treasure-Diving.* Aktivitäten, die derzeit in Werbeprojekten der Agentur eine Rolle spielten und ihr wohl deswegen als Erstes in den Sinn gekommen waren. Kaum hatte sie die Nachricht abgeschickt, hätte sie sie am liebsten wieder gelöscht. War sie denn verrückt? Andererseits – sie würde wohl kaum in die Verlegenheit geraten, Jonas beweisen zu müssen, dass sie diese Freizeitbeschäftigungen tatsächlich praktizierte.

Wow!, schrieb er zurück mit einem lustigen Smiley.

Und ich lese und koche gerne. Fügte sie dann doch noch hinzu, um ihr schlechtes Gewissen etwas zu beruhigen.

Jonas: *Deine Plätzchen sind jedenfalls super!*

Kathi: *Danke!*

Jonas: *Ich lese auch gern. Welches Genre magst du denn?*

Kathi: *Ich liebe spannende Psychothriller.* Und diesmal hatte sie nicht geschummelt. Liebesromane standen nur wenige in ihrem Bücherregal. Geschichten über irgendwelche Leute, die nach einigen Irrungen und Wirrungen am Ende doch noch zusammenfanden und sich in der Zwischenzeit meist mehr oder weniger dämlich benahmen, langweilten sie in der Regel. Vielleicht auch deswegen, weil Kathi selbst bisher nur wenig Glück in der Liebe gehabt hatte. Nach einer gescheiterten Beziehung mit einem ehemaligen Arbeitskollegen in der Gemeindeverwaltung ihres kleinen Heimatortes war sie seit fast drei Jahren Single.

Jonas: *Das ist ja lustig, ich bin auch ein Thriller-Fan.*

Und schon hatten sie ein gemeinsames Thema.

Sie tauschten sich eine Weile über ihre Lieblingsschriftsteller aus und auch über Serien, die sie gerne schauten, bis Jonas sich schließlich verabschiedete, weil er noch einen Anruf aus Seattle erwartete.

Jonas: *Es war schön, mit dir zu plaudern, Kathi. Freu mich schon auf Dienstag,* schrieb er zum Schluss.

Kathi: *Ich mich auch.*

Jonas: *Falls du noch Plätzchen übrig hast …*

Kathi: *Ich bringe welche mit.*

Jonas: *Bist ein Schatz. Ciao!*

Lächelnd legte sie das Handy zur Seite und griff nach der Schachtel mit den Nudeln, die mittlerweile kalt geworden waren. Doch sie hatte inzwischen gar keinen Hunger mehr und stellte das Essen in den Kühlschrank.

Als sie etwas später im Bett lag, dachte sie über den vergangenen Tag nach, der ziemlich ereignisreich gewesen war. Ihr Konzept für die Werbekampagne der Bank war super angekommen, selbst wenn sie sich noch gedulden musste, um auch die Anerkennung zu erfahren, die ihr dafür zustand. Aber Sybille hatte ja gesagt, dass sie ein gutes Wort beim Chef für sie einlegen würde. Und dann hatte sie Jonas kennengelernt, der ihr schon bei den Telefonaten vorher sehr sympathisch gewesen war. Erstaunlicherweise gab es von dem Fotografen selbst kaum Fotos in den sozialen Medien, und wenn dann nur Bilder, auf denen nicht wirklich zu erkennen war, was für ein gut aussehender Kerl er war. Sie ging nicht davon aus, dass sich Männer wie Jonas ernsthaft für jemanden wie sie interessierten, doch er war ein netter Typ, und sie hatte sich gern mit ihm unterhalten.

Aber man darf ja wenigstens träumen!, dachte sie und schlief mit einem Lächeln auf den Lippen ein.

Kapitel 7

Das können sie auch nur mit uns machen, weil wir die Reise gewonnen haben!« Aufgebracht stieg Erika vor dem Münchner Hauptbahnhof aus dem Taxi und drückte ihrer Tochter den abgedeckten Vogelkäfig und eine kleine Tasche mit Futter und Vogelsand in die Hand.

»So schlimm ist das doch gar nicht, Erika«, versuchte Lotte, ihre aufgebrachte Schwester zu beruhigen.

»Nicht so schlimm? Wir haben den Münchner Flughafen so gut wie vor der Haustür, und jetzt müssen wir mit dem Zug bis Frankfurt fahren, weil das Reisebüro die Flüge nach Miami nicht nur umdisponiert, sondern auch noch vorverlegt hat! Was denken die sich denn eigentlich?«

Sie ereiferte sich so sehr, dass sie schon einen ganz roten Kopf hatte, bis sie schließlich einen großen Rollkoffer entgegennahm, den der Taxifahrer mühevoll aus dem Kofferraum hob.

So ein klein wenig konnte Kathi den Ärger ihrer Mutter verstehen, schließlich war deswegen auch ihr eigener Zeitplan gehörig durcheinandergeraten. Eigentlich wären die beiden Damen nämlich erst am Abend von München aus in den Urlaub geflogen. Geplant war, dass Kathi den Wellensittich abholen und sie zum Flughafen bringen würde. Nun war es halb neun Uhr morgens, und Kathi müsste eigentlich schon auf dem Weg in die Agentur sein. Stattdessen stand sie hier am Bahnhof, um sich von Mutter und Tante zu verabschieden und Hansi zu übernehmen. Zum Glück hatte Herr Pham ihr den Wagen geliehen, damit sie den Vogelkäfig nicht in der U-Bahn transportieren musste.

»Aber wenigstens übernehmen sie die Kosten für das Taxi und den Zug«, bemerkte Lotte, die immer die positiven Seiten im Leben sehen wollte.

»Na das ist ja auch wohl das Mindeste!«, brummte Erika. Sie drückte dem Fahrer Geld in die Hand und ließ sich eine Quittung ausstellen.

»Auf welches Gleis müsst ihr denn?«, erkundigte sich Kathi.

»22!«, sagte Lotte.

Kathi warf einen Blick auf die große Bahnhofsuhr. Sie wollte die beiden Damen in jedem Fall noch zu ihrem Zug begleiten, auch wenn sie es dann nicht mehr pünktlich in die Agentur schaffte.

Ein paar Minuten später hievte Kathi den Koffer ihrer Mutter auf die Ablage, während Erika sich erschöpft auf den reservierten Sitz sinken ließ und sich mit einem Taschentuch den Schweiß von der Stirn tupfte.

»Habt ihr alle Papiere dabei?«, fragte Kathi sicherheitshalber. »Pässe? Tickets?«

Lotte klopfte auf ihre Handtasche. »Alles da.«

»Und daheim habt ihr alles ausgeschaltet?«, hakte Kathi nach.

»Ich bin extra noch mal durchs ganze Haus, bevor das Taxi kam«, versicherte Lotte, die wusste, wie übervorsichtig ihre Nichte in solchen Dingen war. »Du brauchst dir wirklich keine Gedanken zu machen.«

»Pass mir bitte gut auf meinen Hansi auf!«, ermahnte Erika ihre Tochter.

»Aber klar, Mama.«

»Und auf dich natürlich auch. Vor allem auf dich!«, fügte die Mutter noch hinzu, als ob Kathi ein kleines Kind wäre.

»Hansi und ich lassen es uns gut gehen, und ihr genießt die Kreuzfahrt in der Karibik«, sagte Kathi.

»Das werden wir ganz bestimmt«, versprach Lotte. »Wir melden uns bei dir und schicken Fotos mit dem Handy.«

»Unbedingt.«

»Sag mal, Kathi...« Erika beäugte ihre Tochter plötzlich höchst kritisch. »Irgendwie siehst du anders aus. Du bist ja geschminkt!«

Und tatsächlich hatte sich Kathi heute besondere Mühe gegeben und sich mehr zurechtgemacht, als sie das normalerweise tat.

»Jonas fotografiert uns heute für die Agenturhomepage«, erklärte sie.

»Aha«, kam es knapp von Erika.

»Sehr hübsch bist du, Kathi«, sagte Lotte.

»Danke.«

»Jonas? Ist das dieser Fotograf, den wir letzte Woche getroffen haben?«, hakte Erika nach.

Kathi nickte.

»Genau. Und jetzt muss ich los. Ich ...«

»Sei ja vorsichtig, Kathi«, unterbrach Erika sie. »Ich habe bemerkt, wie er dich angesehen hat. Lass dir von einem Schönling wie ihm auf keinen Fall den Kopf verdrehen. Gut aussehende Männer bringen immer nur Unglück!«

»Mama! Das ist rein beruflich.«

»Ich weiß schließlich am besten, wovon ich rede! Lauter Hallodris, allesamt!«, fügte Erika in einem Ton hinzu, bei dem die anderen Zugfahrgäste neugierig die Köpfe zu ihnen drehten.

»Du musst jetzt raus, Kathi. Der Zug fährt gleich ab«, rettete Lotte ihre Nichte vor weiteren Ausführungen ihrer Mutter, und die Frauen verabschiedeten sich rasch.

»Halt! Du hast Hansi vergessen!«, rief Erika Kathi hinterher, die sich bereits zwischen Fahrgästen und Rollkoffern hindurch in Richtung Ausstieg drängte. Kathi kehrte noch mal um, schnappte den Vogelkäfig und die Stofftasche mit Hansis Futter, winkte den beiden ein letztes Mal zu und verließ dann das Zugabteil.

Da sie keine Zeit mehr hatte, den Wellensittich in ihre Wohnung zu bringen, nahm sie ihn kurzerhand mit in die Agentur. Nachdem Karl seine Labradordame Lilo öfter dabeihatte und bis auf Sybille jeder Mitarbeiter irgendein Haustier besaß, ging Kathi davon aus, dass niemand etwas dagegen haben würde, wenn Hansi heute ein paar Stunden im Büro verbrachte.

Fünf nach neun betrat Kathi ziemlich abgehetzt die Agentur. Sybille stand neben Jonas im Foyer.

»Guten Morgen«, rief Kathi, und die beiden drehten sich zu ihr um.

»Guten Morgen«, sagte Jonas mit einem Lächeln, das Kathi sofort ein leises Flattern in der Magengegend bescherte, das sie eigentlich nicht haben sollte. Seit ihrem kleinen WhatsApp-Plausch am vergangenen Freitag hatte sie nichts mehr von ihm gehört.

Sybille sah demonstrativ auf ihre Armbanduhr.

»Sorry, ich musste noch kurz zum Bahnhof wegen Hansi.«

Kathi stellte den Käfig auf dem Schreibtisch ab und zog das Tuch herunter. Der neongrüne Vogel mit dem gelben Köpfchen saß auf einer der unteren Stangen und sah sich neugierig um. Offenbar hatte ihm die Fahrt nach München nicht geschadet.

»Der ist ja putzig«, bemerkte Jonas und ging auf den Käfig zu. »Ich hatte als Junge auch mal ein Pärchen. Woody und Joy hießen die. Kann er sprechen?«

»Ja. Kann er tatsächlich. Er sagt zum Beispiel: Ich bin der Hansi. Du bist ein Bazibazibazi.«

Jonas lachte.

»Eine richtige Plaudertasche also.«

»Schon. Aber nur, wenn meine Mutter vor dem Käfig steht. Zu mir sagt er gar nichts. Und zu Tante Lotte auch nicht.«

Sybille verkniff sich ganz offensichtlich eine Bemerkung, die ihr zum Thema Wellensittich auf der Zunge lag,

63

und sagte stattdessen: »Kathi, mach uns doch gleich mal Kaffee und bring ihn ins Studio. Jonas fängt mit mir an. Und dann kommen der Reihe nach alle anderen Mitarbeiter dran. Schickst du sie nacheinander zu Jonas?«

»Mach ich. Hast du einen besonderen Kaffeewunsch, Jonas?«, fragte Kathi, während sie aus ihrem Mantel schlüpfte.

»Egal. Hauptsache viel Koffein mit Milch und Zucker … und falls es noch Plätzchen gibt …« Er zwinkerte ihr zu.

»Klar«, sagte sie und holte die Gebäckdose aus der Tasche, die sie daheim aufgefüllt hatte.

»Übrigens – dieses Kleid steht dir super.«

Kathi, die nur selten Komplimente bekam, blickte mindestens genauso überrascht drein wie Sybille. Nachdem sie sich heute Morgen gefühlt zehnmal umgezogen hatte, ohne mit dem Ergebnis zufrieden zu sein, war sie in das neue schwarze Kleid geschlüpft und hatte den türkisfarbenen Schal um den Ausschnitt drapiert. *Wie schön, dass ihm das Kleid gefällt*, freute sie sich.

»Das werden bestimmt ganz tolle Fotos von dir«, sagte er zu Kathi, bevor er mit Sybille in Richtung Studio verschwand.

Etwa drei Stunden später legte Jonas die Kamera zur Seite und sah Kathi etwas ratlos an.

»Hm. So wird das irgendwie nichts. Du bist nicht richtig locker, Kathi.«

Kathi schluckte. Sie war die Letzte aus der Agentur, die für die Aufnahmen im kleinen Studio war. Seit zwanzig Minuten schoss er nun schon Fotos von ihr, doch bis jetzt war noch keines dabei, mit dem er zufrieden war. Sie mochte es ohnehin nicht sonderlich, fotografiert zu werden, und er hatte gemerkt, wie angespannt und verkrampft sie die ganze Zeit war. Schließlich hatte sie ständig versucht, den Bauch einzuziehen und sich möglichst zu strecken, um etwas schlanker zu wirken, von Lockerheit keine Rede.

»Ich fühle mich eben nicht wohl vor einer Kamera. Kannst du nicht einfach irgendeines von denen nehmen, die du hast und ein wenig retuschieren?«, schlug sie vor. »Als Sekretärin bin ich ja auch gar nicht so wichtig.«

Er stemmte die Hände in die Hüften und sah sie einfach nur nachdenklich an.

»Gibt es hier irgendwo Sekt?«, fragte er schließlich.

»Im Kühlschrank ist immer ein Vorrat Champagner für besondere Geschäftsabschlüsse. Und Prosecco müsste auch noch da sein«, antwortete sie.

»Okay. Dann machen wir beide jetzt einfach mal eine kleine Pause und genehmigen uns ein Gläschen Prosecco. Was meinst du?« Er schaute auf seine Uhr am Handy. »Ist sowieso längst Mittagszeit.«

»Na gut.«

Während Jonas die Fotos, die er bis jetzt von den Mitarbeitern gemacht hatte, auf einem Laptop überflog, holte Kathi den gekühlten Prosecco und zwei Gläser.

Sie nahmen auf dem Zweisitzer Sofa im Studio Platz, und Kathi schenkte ein.

»Tut mir leid, dass es bei mir viel länger dauert, als bei

den andern«, sagte sie zerknirscht. »Aber ich komme mir einfach kein bisschen fotogen vor.«

»Unsinn. Das wird schon. Wir gehen hier nicht eher raus, bis wir ein perfektes Foto von dir haben«, meinte er und prostete ihr aufmunternd zu.

»Das kann dauern. Und weißt du, Sybille will für diese Homepage ...«

»Jetzt ist Mittagspause, da wird nicht über die Arbeit gesprochen«, sagte er und nahm einen großen Schluck. Kathi tat es ihm gleich.

»Wie kommst du mit der Renovierung voran?«, erkundigte sie sich, um ein anderes Thema bemüht.

»Nicht so schnell, wie ich erhofft hatte. Es ist ziemlich schwierig, Handwerker zu bekommen, die nicht schon das nächste halbe Jahr ausgebucht sind. Deswegen versuche ich, so viel wie möglich selbst zu machen. Aber zumindest kann ich schon drin wohnen. Wichtig ist jetzt erst mal, dass ich die Scheune für mein Fotostudio umbaue.«

»Ein Fotostudio?«

»Ja. Nachdem ich die letzten Jahre immer sehr viel herumgereist bin, würde ich gern ein bisschen sesshafter werden.«

»Aber das muss doch schön sein!«, warf sie ein. »Als Modefotograf in der ganzen Welt herumkommen, tolle Locations sehen und interessante Menschen treffen.«

»Eine Weile macht es tatsächlich ziemlichen Spaß. Aber irgendwann nervt es dich auch, wenn du wach wirst und erst einmal überlegen musst, wo du gerade bist und in welcher Sprache die Leute dich ansprechen, die dir das Frühstück servieren.«

»Das kann ich natürlich verstehen. Auf Dauer ist das vielleicht doch nicht so ganz ideal«, gab sie zu. »Aber eine Zeit lang könnte ich mir das ziemlich gut vorstellen.«

»Sicher werde ich immer noch für Jobs herumreisen und ins Ausland fliegen. Aber ich möchte auch mein Tätigkeitsfeld erweitern und nicht nur Fashion machen. Und mit einem eigenen Studio kann vieles dann auch bei mir laufen. Deswegen wäre es wichtig, dass ich die Scheune bald umgebaut habe.«

»Verstehe. Ich drücke die Daumen, dass alles so klappt, wie du es dir vorstellst.«

»Wenn du magst, kannst du ja mal vorbeischauen und mir ein paar Einrichtungstipps geben«, schlug Jonas vor und schenkte ihr noch mal nach.

»Gern. Wo ist denn dein Haus?«

Als er ihr den Namen der Ortschaft nannte, sah sie ihn sprachlos an.

»Das ist ja nur etwa zehn Kilometer von meiner Mutter entfernt«, rief sie.

»Ach echt? Was für ein Zufall!«

»Ist das Haus vielleicht in der Nähe einer alten Mühle vor einem Wäldchen?«

»Du kennst es?«, staunte er.

»Aber klar!«

Deswegen war es ihr auf dem Foto irgendwie bekannt vorgekommen. Aber alte Bauernhäuser gab es auf dem Land viele, und sie hätte nicht damit gerechnet, dass er ausgerechnet in diese Gegend gezogen war. *Was für ein unglaublicher Zufall!*

»Dann gibt es absolut keine Ausrede für dich, nicht mal bei mir vorbeizukommen«, sagte er.

»Das verspreche ich! Und weißt du was? Ich hab mal in der Gemeindeverwaltung gearbeitet und kenne die Leute dort relativ gut. Vielleicht kann ich ja bei dem einen oder andern Handwerksbetrieb ein gutes Wort für dich einlegen«, schlug Kathi vor. »Ein Großcousin hat sogar eine Schreinerei. Falls dir das hilft, kann ich gern mal fragen, ob er etwas Zeit hat und sich deine Baustelle mal ansehen kann.«

Seine Augen leuchteten erfreut auf. »Das ... das wär einfach toll, Kathi. Wenn du das machen könntest?«

»Klar. Mach ich gern«, sagte sie und spürte, wie das Funkeln seiner Augen ihren Puls ein wenig höherschlagen ließ. Sie nahm einen tiefen Schluck.

»Du bist echt ein Schatz. Und ich revanchiere mich dafür jetzt schon mal mit einem ganz besonderen Foto. Komm, versuchen wir es noch mal.«

»Okay!«, sagte sie und stand auf. Sie schwankte ein klein wenig und hielt sich an der Lehne am Sofa fest.

»Ups. Ich glaub, ich bin etwas bedüpst!«, murmelte sie und kicherte dann.

»Das macht nichts. Sei einfach ganz locker.«

Kathi stellte sich wieder vor die Leinwand, und plötzlich war es ihr egal, ob sie mit Baucheinziehen und Strecken ein halbes Kilo leichter aussah oder nicht.

»Jetzt mach mal einen auf supercooles Model, Kathi«, feuerte Jonas sie an und knipste drauflos.

Der Prosecco und das Gespräch mit Jonas hatten ihr tatsächlich die Hemmungen genommen, und sie machte sich einen Spaß daraus, für ihn zu posieren.

»Ja! Genau! Super! Jetzt dreh dich ein wenig nach rechts ... Ja!« Er machte zahlreiche Bilder, bis er plötzlich die Kamera sinken ließ und sie ansah.

»Passt es nicht?«, fragte sie.

»Oh doch, doch«, sagte er und ging zu ihr. »Aber wie wäre es mal mit offenen Haaren?«

Sie nickte unbekümmert, öffnete den Haargummi und die Lockenmähne fiel über ihren Rücken. Kathi wollte sie schon zurechtzupfen und glätten, damit ihre Locken nicht allzu wild aussahen.

»Nein! Bitte lass es genau so!«

»Na gut!«

Er begann wieder zu fotografieren.

»Schön ... Du machst das echt gut. Nimm doch mal den Schal noch runter, bitte.«

»Auf den hat meine Mutter bestanden.«

»Warum das denn?«

»Na, weil der Ausschnitt so tief ist.«

»Ach ja? Lass mal sehen.«

»Weg damit«, rief Kathi und lachte, während sie das Tuch vom Hals zog und hoch in die Luft warf. Jonas drückte sofort mehrmals auf den Auslöser.

»Wow! Toll. Und soo tief ist er ja gar nicht.«

Sie lächelte in seine Richtung und stemmte die Hände in die Hüften.

»Passt es so?«

»Ja! Genau so hab ich mir das vorgestellt.«

Er machte noch eine Reihe Fotos, dann legte er die Kamera ab.

»So, das war's. Du bist ein Naturtalent, wenn du deine Scheu mal überwunden hast, Kathi. Da sind bestimmt viele gute Bilder von dir dabei.«

»Zeig doch mal.«

Sie ging zu ihm und schaute über seine Schulter, um einen Blick auf das Display der Kamera zu erhaschen, doch er zog sie weg.

»Jetzt noch nicht.«

»Schade. Wann darf ich sie denn dann sehen?«

Er drehte sich zu ihr um.

»Wenn ich die besten rausgesucht habe.«

»Ach bitte!«, ließ sie nicht locker.

»Na gut …«, gab er nach und zeigte ihr die letzten drei Bilder, bei denen er sich ausschließlich auf ihr Gesicht konzentriert hatte.

»Die Farbe deiner Augen ist echt total ungewöhnlich, Kathi«, betonte er.

»Fast alle Frauen in meiner Familie mütterlicherseits haben dieses Violett … Deine sind aber auch … besonders«, murmelte sie und konnte den Blick kaum von ihm wenden.

»Oh. Danke!«

Er sah sie lächelnd an und strich eine Haarsträhne aus ihrem Gesicht.

Ihr Herz begann plötzlich schneller zu schlagen. Langsam beugte er sich zu ihr. Er zögerte einen Moment, dann bewegten sie sich wie von selbst aufeinander zu. Kathi spürte seine weichen warmen Lippen, atmete seinen Duft ein und hatte für einen Moment das Gefühl, die ganze Welt stünde auf dem Kopf. Träumte sie das, oder war es Wirklichkeit?

Der wunderbare Moment wurde jedoch jäh zerstört, als die Tür aufgerissen wurde. Erschrocken lösten sie sich voneinander. Glücklicherweise schien Stefan nichts bemerkt zu haben, da eine der großen Lampen zwischen ihnen stand und er gleichzeitig das Firmentelefon am Ohr hatte und ganz auf das Gespräch konzentriert war. Jonas widmete sich wieder seiner Kamera.

»Ich geb Ihnen jetzt mal Frau Vollmer, die kennt sich da aus.«

Genervt drückte Stefan Kathi das Telefon in die Hand.

»Irgend so eine vom Fremdenverkehrsamt im Chiemgau wegen einer Werbekampagne. Sie ruft jetzt schon zum dritten Mal an«, informierte er sie kurz, bevor er aus dem Studio verschwand.

Sie wusste sofort, wer am Apparat war.

»Hallo, Frau Stenz?«, meldete Kathi sich, deren Beine sich weich wie Gummi anfühlten. »Natürlich habe ich Sie nicht vergessen. Kann ich Sie in ein paar Minuten zurückrufen … Ja? Okay! Bis dann.«

Sie legte auf und wusste nicht so recht, wie sie mit der Situation umgehen sollte. Jonas hatte sie geküsst! Und es hatte sich unbeschreiblich gut angefühlt.

Er bückte sich und hob den Schal auf, der vor der Leinwand am Boden lag.

»Ich konnte vorhin nicht anders«, sagte er leise, während er ihr das Tuch um die Schultern legte. »Ich hoffe, du bist mir nicht böse?«

»Aber nein«, stotterte sie. Ihre Wangen brannten. »Das ist irgendwie einfach so passiert. Vermutlich der Prosecco.« Sie lachte verlegen. »Am besten vergessen wir das einfach gleich wieder, nicht wahr?«

Er sah sie an und nickte dann.

»Ja klar. Vergessen wir es«, stimmte er zu.

Seltsam enttäuscht meinte Kathi festzustellen, dass Jonas irgendwie erleichtert aussah. Wie schade. Einen winzigen Augenblick hatte sie sich eine andere Reaktion erhofft. Sie schüttelte den Kopf, verdrängte diesen Gedanken.

»Ich ... ich muss gleich telefonieren«, sagte sie und schaute kurz zum Telefon in ihrer Hand.

»Ja klar. Ich pack hier alles zusammen, und dann bin ich für heute fertig. Sybille bekommt nächste Woche für jeden Mitarbeiter drei Fotovorschläge von mir.«

Kathi wusste nicht, was sie darauf erwidern sollte, also nickte sie nur.

»Ich freue mich schon auf Freitag«, sagte er, als sie schon auf dem Weg zur Tür war.

»Wie?«, fragte sie irritiert.

»Auf die Wunder-Winterparty. Sybille hat mich vorhin eingeladen.«

Die jährliche Agenturfeier, die auf Anweisung des Chefs neuerdings Winterparty statt Weihnachtsfeier hieß, was angeblich sehr viel hipper und agenturaffiner klang, war immer ein besonderes Ereignis. Karl ließ sich diesen Abend eine Stange Geld kosten, um seine Kunden mit ausgefallenem Fingerfood, verrückten Cocktailkreationen und dem Erscheinen eigens engagierter Sternchen aus der Mode- und Unterhaltungsbranche zu beeindrucken. Die Organisation der Feier lief über die Eventagentur Beau Cadeau, mit der sie öfter zusammenarbeiteten, sodass Kathi damit nicht allzu viel zu tun hatte. Karl wollte, dass seine Angestellten sich an diesem Tag ganz auf die Gäste konzentrieren konnten.

»Ist alles okay mit dir?«, fragte Jonas.

»Aber sicher.«

Doch das stimmte nicht. Kathi fühlte sich im Moment ein klein wenig mit der Situation überfordert. Sie hatten sich geküsst. Auch wenn es nur ein kurzer Kuss gewesen war, den sie beide gleich wieder vergessen wollten. Und jetzt freute er sich darauf, sie bald wiederzusehen?

Schöne Männer brechen einem das Herz, hörte sie plötzlich die Stimme ihrer Mutter sagen. *Tun sie nicht!*, widersprach Kathi in Gedanken. Schließlich war sie kein Teenager mehr und das nicht ihr erster Kuss.

»Schön, dass du auch zur Party kommst«, sagte sie deswegen und versuchte, ein lässiges Lächeln aufzusetzen.

»Find ich auch. Dann bis bald, Kathi!«

Sie blieb an der Tür stehen.

»Und schick mir bitte eine Info, was für Handwerker du für deine Baustelle brauchst«, erinnerte sie ihn. »Dann hör ich mich mal um.«

»Danke!«

Er begann, seine Sachen in die Tasche zu packen.

»Jonas?«

»Ja?«

»Soll ich dir vielleicht noch einen Kaffee machen? Ich meine wegen des Proseccos.«

»Ich hatte zwar nur ein Glas, aber ein Kaffee, bevor ich losfahre, das wäre echt noch super«, sagte er. »Ich komm dann zu dir, wenn ich zusammengepackt habe.«

Sie nickte und verließ das Studio.

Während Kathi etwas fahrig zwei Milchkaffee zubereitete, kam Sybille in die kleine Küche.

»Ist Jonas fertig?«, wollte sie wissen.

»Ja.«

»Wir sollten ihn öfter engagieren, was meinst du?«, schlug sie vor.

»Find ich auch«, stimmte Kathi ihr zu. »Es ist … echt angenehm mit ihm zu arbeiten.«

»Allerdings.« Sybille lächelte. »Ich sollte das dringend mal bei einem Abendessen ausführlicher mit ihm besprechen. Mach doch für nächste Woche einen Termin mit ihm und reserviere einen Tisch bei diesem neuen Franzosen im Glockenbachviertel. Du weißt schon bei diesem …«

»Bei Oiseau d'or«, half Kathi ihr auf die Sprünge. »Ich versuche es. Aber du weißt ja, wie schwer es ist, da einen Tisch zu bekommen. Die sind ja immer schon Wochen im Voraus ausgebucht.«

»Du kriegst das sicher hin«, sagte Sybille zuversichtlich und verließ die Küche.

Kathi gefiel es gar nicht, dass Sybille mit Jonas zum

Essen gehen wollte. Sie hatte sicherlich mehr vor, als ihm einen geschäftlichen Vorschlag zu unterbreiten. Die selbstbewusste Frau mit dem glatten dunklen Pagenschnitt schaffte es irgendwie immer, Männer um den Finger zu wickeln. Nur um sie dann kurz darauf wieder fallen zu lassen, wenn sie ihr Ziel erreicht hatte.

Hoffentlich fällt Jonas nicht auf sie herein!

In dem Moment, als sie das dachte, kam er in die Küche.

»Hier, für dich!«, sagte sie und drückte ihm den Kaffee in die Hand.

»Danke!«

Gerade als sie an ihrer Tasse nippen wollte, fiel ihr siedend heiß ein, dass Frau Stenz vom Tourismusbüro immer noch auf ihren Rückruf wartete.

»Tut mir leid, ich muss dringend telefonieren«, erklärte sie Jonas.

»Schon gut!«, sagte er. »Mach nur. Ich trinke aus und verschwinde dann. Wir sehen uns bald.«

Kapitel 8

Am Abend klingelte Kathi an Herrn Phams Wohnungstür. Es dauerte ein Weilchen, bis er öffnete und in einer seiner lustigen Kochschürzen mit Tiermotiven vor ihr stand. Diesmal war es ein Quokka, ein Minikänguru, das Kathi fröhlich grinsend mit ausgestreckten Pfoten anzuspringen schien. Daneben der Text: *Kiss the Quokka or the cook.*

»Guten Abend, Anemone«, begrüßte Herr Pham sie freundlich.

»Vielen Dank fürs Leihen, Herr Pham«, sagte sie und gab ihm die Autoschlüssel zurück.

»Gern geschehen. Du musst nur sagen, wenn du das Auto wieder brauchst. Bei mir steht es sowieso die meiste Zeit in der Garage.«

»Das ist wirklich lieb von Ihnen.«

Kathi schnupperte den appetitlich würzigen Duft, der aus der Küche bis in den Flur zog.

»Was kochen Sie denn heute Schönes?«, fragte sie.

»Kürbissuppe. Möchtest du auch etwas? Ich habe reichlich gemacht.«

»Nein danke. Ich habe noch Reste von gestern. Und ich

muss den kleinen Kerl da nach oben bringen und ihm was zu fressen geben.«

Herr Pham warf einen Blick auf den Vogelkäfig, den Kathi trug.

»Darf ich ihn mal kurz anschauen?«, fragte er.

»Klar.«

Während Herr Pham das Tuch hochhob, kam Luna aus dem Wohnzimmer und strich schnurrend um die Beine ihres Besitzers. Hansi legte den Kopf schief und schien den Mann genau unter die Lupe zu nehmen, der ihn da betrachtete.

»Mit deinem gelben Köpfchen erinnerst du mich an eine Acacia dealbata«, sagte Herr Pham leise, und als Kathi ihn fragend ansah, fügte er hinzu: »Das ist eine Silberakazie oder Falsche Mimose, wie sie auch genannt wird.«

»Aha.«

»Der Kleine sieht gesund und munter aus. Aber weißt du, Wellensittiche sind sehr soziale Geschöpfe und sollten nicht allein sein, Anemone.«

»Ich weiß«, sagte Kathi. »Hansi ist meiner Mutter im Frühjahr zugeflogen. Erst wollte sie ihn gar nicht behalten, und jetzt würde sie ihn nicht mehr hergeben. Sie denkt wohl, wenn er einen Artgenossen bekäme, würde er nicht mehr so zutraulich sein.«

Herr Pham nickte nur bedächtig, wie er es immer tat, wenn er nachdachte. Dann lächelte er Kathi zu und zog das Tuch wieder nach unten. Luna begann laut zu miauen. Offenbar witterte sie den Vogel. Sie ließ von Herrn Pham ab und blickte nach oben zum Käfig. Instinktiv hob Kathi ihn ein wenig höher.

»Dann bring die kleine Mimose mal in deine Wohnung, Anemone. Bestimmt wird das Vögelchen sich bei dir wohl- fühlen. Und du dich mit ihm.«

Kathi fütterte den Vogel und wärmte die Reste der Reis- pfanne auf, die sie gestern gekocht hatte.

»Wir zwei leisten uns jetzt gegenseitig ein wenig Gesell- schaft«, sagte sie zu Hansi.

Sie zündete ein paar Kerzen an und machte es sich auf dem Sofa bequem, den Vogelkäfig neben sich auf einem kleinen Tisch.

Sie griff nach dem neuesten Roman von Tess Gerrit- sen, konnte sich jedoch nicht auf den Inhalt konzentrieren. Immer wieder musste sie an Jonas und ihren Kuss denken. Als das Handy klingelte, hoffte sie, er würde sie anrufen. Doch es war nicht Jonas, sondern ihre Mutter! Das über- raschte sie. Normalerweise müssten die Schwestern jetzt irgendwo über den Atlantik fliegen. Durfte man aus Flug- zeugen telefonieren?

»Kathi!«

»Hallo, Mama!«

»Du kannst dir gar nicht vorstellen, was wir hier mitma- chen!«, schimpfte Erika sofort drauflos.

»Wo seid ihr denn? Was ist denn passiert?«, fragte Kathi erschrocken.

»Sag ihr, dass es uns gut geht«, hörte sie ihre Tante im Hintergrund rufen und war augenblicklich etwas beruhigter.

»Gut? Was redest du denn, Lotte? Wir sitzen hier in Oslo fest!«

»In Oslo?«, fragte Kathi verblüfft. »Was bitte macht ihr denn in Oslo?«

»Als wir in Frankfurt ankamen, hieß es plötzlich, dass wir nicht direkt nach Miami fliegen können, sondern mit einem Zwischenstopp in Norwegen. Stell dir das mal vor!«

»Nun ja, Mama, das kann wohl manchmal vorkommen«, erklärte Kathi. Sie selbst war zwar noch nie geflogen, hatte jedoch schon manche Panne bei Geschäftsflügen von Mitarbeitern der Agentur oder Kunden mitbekommen. »Sicher geht es bald weiter, und ihr habt ja noch fast zwei Tage Zeit, bis das Schiff ablegt.«

»Hier geht gar nichts weiter, Kathi. Wir sitzen in einem Schneesturm fest!«, echauffierte sich ihre Mutter.

»Oh! Das ist ja blöd«, sagte Kathi bedauernd. »Ich hoffe, der Spuk ist bald vorbei.«

»Das hoffe ich auch. Sonst können wir die Kreuzfahrt vergessen. Ich wusste, dass so eine große Schiffsreise nichts als Umstände macht. Wäre ich nur zu Hause geblieben.«

»Sei doch nicht immer so pessimistisch«, sagte Lotte im Hintergrund. »Wir sehen das jetzt einfach als Abenteuer. Außerdem soll der Sturm in den nächsten zwei Stunden vorbei sein, haben sie uns gesagt.«

»Dann fliegen wir bestimmt auch nicht gleich los, oder? Und wir haben überhaupt keine warmen Sachen dabei!«, schimpfte Erika.

»Das wird schon!«, versuchte Kathi, ihre Mutter aufzumuntern. »Macht jetzt einfach das Beste draus.«

»Das ist meine erste und letzte Flugreise! Das kannst du mir glauben!«

»Bestimmt wird es noch ganz toll. Haltet mich bitte auf dem Laufenden, ja?«

»Wir melden uns. Wie geht es Hansi?«

»Dem geht es gut, Mama. Er ...«

»Kathi, ich muss Schluss machen. Ich glaub, die holen uns jetzt ab und bringen uns in ein Hotel«, rief ihre Mutter da.

»Passt gut auf euch auf und ...«

Kathi wollte noch einen Gruß an Tante Lotte sagen, doch da hatte Erika bereits aufgelegt.

Kopfschüttelnd legte Kathi das Handy beiseite. Egal wo ihre Mutter auftauchte, sie schaffte es immer, einen Wirbel zu veranstalten. Trotzdem hoffte sie, dass die Schwestern rechtzeitig in Miami ankommen würden, damit sie das Schiff nicht verpassten.

Plötzlich klingelte es mehrmals hintereinander an der Wohnungstür. Als Kathi öffnete, stand Irisa, die kürzlich ins Haus gezogene Studentin, vor der Tür. Sie gab ihr ein Päckchen, das der Paketdienst bei ihr abgegeben hatte.

Neugierig öffnete Kathi es im Wohnzimmer. Es kam aus London und war von Claudia. Als sie den Inhalt aus der Schachtel holte, musste sie laut lachen. Claudia wusste, wie sehr sie Weihnachten mochte und hatte ihr für die Sammlung einen kleinen Weihnachtsengel geschickt. Allerdings hielt der hübsche Engel statt einer Harfe oder einer Flöte eine rot lackierte E-Gitarre in der Hand und trug eine Lederweste mit der Aufschrift: Heaven's Angel. Sicherlich hatte ihre Freundin diese Figur bei einem ihrer Streifzüge durch London entdeckt.

Kathi betrachtete eine Weile sein markantes Gesicht mit dem etwas verwegenen Lächeln und stellte die kleine Figur dann auf den Tisch neben dem Vogelkäfig. Im Päckchen war eine kurze Nachricht auf ein kariertes Blatt Papier geschrieben.

»Hi, Frau V. – Ich weiß ja, wie sehr du auf Engel stehst. Den hier habe ich in einem kleinen Laden in Camden entdeckt. Steck ihn in deine Handtasche, und nimm ihn als Talisman überallhin mit. Er soll angeblich Glück bringen, hat der uralte indische Verkäufer gesagt. Und Glück kann bekanntlich nie schaden! Bis bald in London! Freu mich schon sehr! Deine Frau H.«

Kathi und Claudia, die mit Familiennamen Hagl hieß, hatten die Angewohnheit sich immer mit dem ersten Buchstaben ihres Familiennamens anzusprechen. Sie griff wieder zum Handy und versuchte eine Verbindung über Facetime herzustellen, um sich bei ihrer Freundin zu bedanken.

Claudia befand sich gerade auf einer Tanzfläche in einem Club, und Kathi verstand kein Wort von dem, was sie ins Handy schrie. Umgekehrt war es auch Claudia unmöglich, irgendetwas zu verstehen. Und so hielt Kathi nur den kleinen Engel vor die Bildschirmkamera und schickte ihrer Freundin ein angedeutetes Bussi, bevor sie wieder auflegte.

Kathi saß in ihrem Stuhl und betrachtete die kleine Figur, die ihr irgendwie ein gutes Gefühl gab. Dann steckte sie den Engel in ihre Handtasche, sie wollte am morgigen Tag doch ihren neuen Glücksbringer nicht vergessen.

Sie ging zum Vogelkäfig. Der Wellensittich saß leise murmelnd auf der kleinen Schaukel.

»Gute Nacht, Hansi. Ich geh jetzt schlafen.«

Irgendwie fand sie es schön, dass der kleine Kerl hier in der Wohnung war, so hatte sie das Gefühl, nicht allein zu sein.

Kapitel 9

Am nächsten Morgen riss das Handy sie schon um fünf Uhr früh aus dem Bett. Kathis Mutter meldete sich, um ihr mitzuteilen, dass sie die Nacht in einem schrecklichen Hotel verbracht hatten und jetzt auf dem Weg zum Flughafen waren. Ihrer Mutter kam gar nicht erst in den Sinn, dass sie gerade zu einer recht unmenschlichen Zeit anrief. Doch den Anmerkungen ihrer Tante aus dem Hintergrund konnte sie entnehmen, dass das Hotel keinesfalls so schrecklich war, wie Erika behauptete, die offenbar wieder einmal maßlos übertrieb. Sie tat sich wohl einfach schwer mit der fremden Umgebung. Die Reise konnte weitergehen, und die Schwestern würden rechtzeitig in Miami landen und das Schiff nicht verpassen.

Da sie den kleinen Kerl, der es gewohnt war, Gesellschaft zu haben, nicht den ganzen Tag allein lassen wollte, klingelte sie bei Herrn Pham und bat ihn, am Nachmittag kurz nach dem Wellensittich zu schauen.

»Weißt du was, Anemone? Ich habe heute frei. Wenn du möchtest, dann nehme ich ihn mit zu mir.«

»Das wäre superlieb, Herr Pham, aber ist das nicht ein wenig riskant, ich meine, wegen Luna?«

»Keine Sorge, ich werde auf die kleine Mimose achten wie auf meinen Augapfel.«

Kathi wusste, dass sie sich auf Herrn Pham verlassen konnte und bedankte sich für sein Angebot.

Dann beeilte sie sich, in die Agentur zu kommen. An den Tagen vor der Winterparty und den anstehenden Weihnachtsferien war immer besonders viel zu tun. Ständig fiel Karl noch jemand ein, der unbedingt eingeladen werden musste. Und dann meldete sich auch noch der Sänger der kleinen Jazzband krank, die bei der Party auftreten sollte. Kathi telefonierte mehrmals mit der Eventagentur Beau Cadeau, um sie auf den neuesten Stand der Dinge zu bringen. Gut, dass Daniela Zabel Nerven aus Stahl zu haben schien und mit stoischer Ruhe auf die ständigen Änderungen reagierte. Sie würde sich um alles kümmern.

Karl diktierte seine Rede, doch Kathi musste sie mehrmals umschreiben, weil er immer wieder neue Ideen hatte, die er auch noch einfließen lassen wollte. Stefan hatte verschlafen und erschien erst am späten Vormittag, und so landete auch noch ein Teil seiner Arbeit auf ihrem Tisch.

»Bist du mit der Joghurt-Idee schon vorangekommen?«, fragte Sybille sie kurz vor der Mittagspause.

»Noch nicht. Aber ich bin dran«, erklärte Kathi mit einem Anflug von Schuldgefühl.

»Lass mich nicht mehr zu lange warten. Wenn deine Ideen richtig gut sind, möchte ich sie Karl noch vor Weihnachten zeigen und ihm dann gleich auch sagen, dass das

Konzept für die Münchner Kreditbank durch deine Mitarbeit zustande gekommen ist.«

»Du kriegst meine Vorschläge bald«, versprach Kathi.

»Bald dauert mir zu lange, Kathi ... Wir müssen da jetzt echt mal loslegen.«

»Okay.«

»Ach ja ... ich hab im Terminkalender noch keinen Eintrag für das Abendessen mit Jonas gesehen!«

»Den ruf ich jetzt gleich an.«

Sybille sah sie prüfend an.

»Irgendwie scheinst du in den letzten Tagen etwas abwesend zu sein. Es gibt doch keine Probleme, die dich ablenken?«

»Aber nein ... nein!«, sagte Kathi schnell. »Es ist alles super.«

»Na, das hoffe ich doch. Gerade jetzt müssen wir alle hoch konzentriert bei der Sache sein.«

Kathi schluckte. *Bin ich doch!* Das hatte sie davon, alles immer prompt zu erledigen. Sie hatte Sybille viel zu sehr verwöhnt. Sie hatte wohl ganz vergessen, dass Kathi auch noch für Karl arbeitete.

»Ich kümmere mich um alles, wie immer. Es ist nur besonders viel zu tun heute«, sagte sie.

Sybille ging ein paar Schritte, blieb dann noch mal stehen und drehte sich zu Kathi um.

»Hast du eigentlich schon irgendwas Neues von Frau Rose gehört? Weiß man inzwischen, wohin sie wechseln wird?«, wollte sie wissen.

Kathi schüttelte den Kopf. »Nein. Bis jetzt noch nicht«,

antwortete sie wahrheitsgemäß. »Aber sobald ich was erfahre, gebe ich dir gleich Bescheid.«

»Gut. Und bring mir einen Matetee, bitte.«

»Klar.«

»Der hilft übrigens beim Abnehmen. Vielleicht ist das ja auch was für dich?«

Danke auch!

Während Sybille hinter ihrer Bürotür verschwand, sah Kathi ihr mit gemischten Gefühlen hinterher. Die Verträge mit der Münchner Kreditbank waren inzwischen unterschrieben, aber Sybille vertröstete Kathi erneut auf eine andere Gelegenheit, bis sie Karl Wunder davon berichten würde. Wichtig war es jetzt, diese Idee für den Kinderjoghurt so gut umzusetzen, sodass Sybille gar nichts anderes mehr übrig bleiben würde, als Kathi endlich ins richtige Licht zu rücken.

Doch jetzt hatte sie erst einen Anruf zu erledigen.

Jonas freute sich, von ihr zu hören, schien jedoch über das Abendessen mit Sybille nicht sonderlich begeistert zu sein, was Kathi insgeheim freute.

»Eigentlich wollte ich nächste Woche freimachen und am Haus arbeiten«, sagte er. »Meinst du, wir können das nicht auch telefonisch klären?«

»Keine Ahnung, Jonas«, antwortete sie. »Ich glaube, es geht darum, dass sie dich zukünftig öfter für Aufträge der Agentur buchen möchte.«

»Hm. Das wär natürlich super. Nun denn, wenn sie das unbedingt bei einem Abendessen besprechen möchte, dann am besten gleich am Montag. Aber nicht zu spät, wenn's geht, weil ich ja noch zurückfahren muss. Vielleicht so gegen sieben?«

»Okay«, sagte Kathi in einem professionellen Ton und trug 19 Uhr in den Kalender ein. Dass sie an diesem Tag einen Tisch in dem von Sybille gewünschten Restaurant ergattern würde, bezweifelte sie. Aber schließlich konnte sie auch nicht hexen.

»Kathi?«, fragte Jonas da.

»Ja?«

»Könntest du da nicht mitkommen?«

»Zu diesem Essen?«, fragte sie überrascht und lächelte.

»Ja! Warum nicht?«

»Also, ich glaub eher nicht, dass Sybille das möchte.«

»Schade. Und …«, er zögerte kurz, »… sag mal, was machst du denn morgen Abend?«

»Ich?«

Er lachte. »Ja, du. Ich meine, du wolltest dich doch umhören, wegen der Handwerker. Und da dachte ich, es wäre vielleicht gut, wenn du dir das Haus erst mal anschauen würdest, damit ich dir erklären kann, was ich alles machen möchte.«

»Ach so …«

»Und ich könnte uns eine Kleinigkeit kochen. Schließlich muss ich mich ja für deine Mühe revanchieren.«

Kathis Herz klopfte schneller. Er wollte sie einladen? Aber natürlich nur wegen ihrer guten Kontakte zu den Handwerkern. Eigentlich müsste sie sich ja unbedingt an die Ausarbeitung der Joghurt-Idee machen.

»Na gut!«, sagte sie dennoch. Auf einen Tag mehr oder

weniger kam es jetzt sicherlich auch nicht an. Und immerhin machte sie das alles in ihrer Freizeit.

»Oder ist dir die Strecke zu weit nach dem Tag im Büro?«

»Ach was. Ich fahr die ja öfter, wenn ich meine Mutter besuche. Wann soll ich denn kommen?«

»Völlig egal. Ich bin sowieso da. Und erwarte dir bitte nicht zu viel. Ein begnadeter Koch bin ich nämlich leider nicht.«

»Das macht nichts«, winkte sie ab. »Ich esse alles.«

Was ist das denn für eine bescheuerte Antwort? Soll er mich für einen Vielfraß halten?

»Also, fast alles«, revidierte sie schnell.

»Ach. Und was isst du zum Beispiel nicht?«, fragte er neugierig, und Kathi meinte, ein Lächeln in seiner Stimme zu hören.

»Nun ja«, begann sie. »Jedenfalls nichts von einem Tier, dem man noch genau ansehen kann, was es vorher für ein Körperteil war, und kein Essen, das mich noch anschaut oder sich gar bewegt, und auf keinen Fall ...«

Sie hörte ihn laut lachen.

»Schon gut, Kathi, keine Sorge. Ich glaube, ich mach einfach Pasta mit Tomatensoße und Parmesan. Passt das?«

»Passt«, sagte sie erleichtert.

»Super. Wo ich wohne, weißt du ja. Dann bis morgen.«

»Bis morgen.«

Als Kathi auflegte, merkte sie, dass sie den kleinen Engel, den Claudia ihr geschickt hatte, in der Hand hielt. Offenbar hatte sie ihn während des Telefonats gedankenverloren aus der Tasche geholt.

»Ich bin ja mal gespannt, ob du mir wirklich Glück bringst, kleiner Engel«, murmelte sie leise und steckte ihn zurück in ihre Handtasche.

Nach dem Gespräch hatte Kathi Schwierigkeiten, sich auf die Arbeit zu konzentrieren. Natürlich war das nur eine rein freundschaftliche Einladung, damit sie sich über die notwendigen Arbeiten schlaumachen konnte, sagte sie sich immer wieder. Und trotzdem war sie aufgekratzt.

Überraschenderweise gelang es ihr, einen Tisch in dem französischen Restaurant zu reservieren, weil offenbar ein Gast wenige Minuten vor ihrem Anruf abgesagt hatte. *Manchmal hat man Glück, wenn man es gar nicht möchte.*

Aber so wäre zumindest Sybille zufrieden.

Als sie nach Hause kam und Hansi bei Herrn Pham abholen wollte, staunte Kathi nicht schlecht. In einem viel größeren Käfig saß nicht mehr nur Hansi, sondern neben ihm ein weiterer Wellensittich mit einem weißen, an den Flügelrändern in zartem Grün gesprenkelten Gefieder.

»Das ist Lilli«, stellte Herr Pham die Vogeldame vor.

»Lilli?«

»Es ist normalerweise nicht meine Art, mich in die Angelegenheiten anderer Menschen einzumischen. Aber wenn es um Tiere geht, dann kann ich leider nicht anders. Lilli ist aus dem Zoo. Ich weiß, dass es ihr dort in der Voliere mit den vielen Tieren manchmal ein wenig zu viel wird. Sie mag es lieber ruhiger. Und Mimose – ich meine

Hansi – braucht unbedingt Gesellschaft. Deswegen dachte ich, dass dies für beide Vögel eine schöne Lösung wäre. Ich hoffe, du bist mir deswegen nicht böse, Anemone?«

Kathi musste lächeln. Herr Pham war einfach eine Seele von Mensch. Er wollte immer nur das Beste für alle. Wie sollte sie ihm da böse sein?

»Aber nein. Absolut nicht, Herr Pham«, antwortete sie. »Und meine Mutter wird es sicherlich auch verstehen. Vielen Dank.«

Als ob ihre Mutter sie gehört hätte, klingelte fünf Minuten später Kathis Handy, als sie die Vögel gerade ins Wohnzimmer stellte. Sie und Lotte waren schließlich doch noch gut in Miami angekommen, und das Schiff sollte am nächsten Vormittag planmäßig auslaufen.

Kathi wünschte den beiden eine gute Fahrt und hoffte, dass ihre Mutter die Reise genießen konnte, ohne ständig irgendetwas kritisieren oder herummosern zu müssen. Ihr tat vor allem Tante Lotte leid, die sich die Schimpftiraden ihrer Mutter anhören musste. Von dem unverhofften Familienzuwachs erzählte Kathi besser noch nichts. Das wollte sie ihrer Mutter schonend beibringen, wenn sie wieder zu Hause war.

Nachdem Hansi nun Gesellschaft hatte, brauchte sich Kathi auch keine Gedanken mehr zu machen, wenn sie den ganzen Tag in der Arbeit war. Am Abend versuchte sie, das Konzept für den Joghurt auszuarbeiten, doch immer wieder schlich Jonas sich in ihre Gedanken. Bis sie es schließlich aufgab und ins Bett ging.

Kapitel 10

Kurz vor sieben Uhr abends stand Kathi am nächsten Tag ziemlich nervös vor Jonas' Haus. Da sie vergeblich nach einem Klingelknopf gesucht hatte, klopfte sie schließlich an eines der Fenster.

»Komme schon!«, hörte sie ihn rufen, und ein paar Sekunden später öffnete er die Tür.

»Schön, dass du da bist, Kathi«, sagte er gutgelaunt. »Komm doch rein.«

»Danke für die Einladung. Hier. Ein kleines Mitbringsel.« Sie drückte ihm eine bunte Papiertüte in die Hand und folgte ihm dann in den Flur. Sie hoffte, dass ihre glühenden Wangen nicht allzu sehr auffielen.

»Danke. Was ist denn da drin?«, fragte er neugierig.

»Was man so bekommt, wenn man neu in ein Haus einzieht«, antwortete sie lächelnd. »Brot und Salz. Und noch eine Flasche Wein für die Nudeln.«

»Die ich allerdings erst noch kochen muss«, gestand er. »Hast du schon sehr Hunger? Oder magst du vor dem Essen noch einen Rundgang machen.«

»Ich schaue mir gern alles erst an«, sagte sie und merkte, dass sie sich langsam etwas entspannte.

»Super. Dann komm.«

Er führte sie durch das alte Bauernhaus, an dem tatsächlich noch viel zu machen war. Aber ein paar der Zimmer sahen schon ganz wohnlich aus, und Badezimmer sowie Toilette waren schon schön neu gestaltet. Als Letztes gingen sie über den Hof zur Scheune. Er schob das riesige Tor auf und drückte auf einen Lichtschalter.

»Hier will ich das Fotostudio haben, mit einem kleinen abgetrennten Teil als Büro ... Na, was meinst du?«

Kathi sah sich um. Die Scheune wirkte tatsächlich schon etwas heruntergekommen, und der Wind pfiff durch die teils morschen Bretter. Einige alte Gerätschaften standen in einer Ecke, und eine Holzleiter führte nach oben zum Heuboden.

»Es gibt noch einiges zu tun, aber wie du schon gesagt hast, mit ein paar guten Leuten wird das sicherlich ein tolles Studio mit vielen Möglichkeiten.«

»Genau so sehe ich es auch«, sagte Jonas und lächelte ihr zu.

»Ich rufe meinen Cousin morgen mal an und frage, ob er an so einem Projekt interessiert ist und Zeit hat. Im Winter ist meist nicht ganz so viel zu tun wie sonst. Da könnte es vielleicht klappen.«

»Noch mal vielen Dank, Kathi, dass du das für mich machen willst.«

»Kein Ding.«

»Und jetzt komm. Ich mach uns was zu essen.«

»Wo hast du denn eigentlich vorher gewohnt?«, fragte Kathi, während sie neben ihm in der Küche stand und Chili, frische Kräuter und Knoblauch für die Tomatensoße hackte. Natürlich hatte sie angeboten, ihm zu helfen, um nicht einfach untätig herumzustehen. Jonas hatte ihr Angebot gern angenommen und entkorkte gerade die Weinflasche, die sie mitgebracht hatte.

»Die letzten beiden Jahre in New York, und davor war ich sechs Monate in Paris«, sagte er und schenkte den Chianti in zwei bauchige Weingläser.

»Wow. Beneidenswert«, sagte sie. »Und wo kommst du ursprünglich her? Irgendwie findet man kaum Persönliches über dich im Internet.« Kaum hatte sie das gesagt, hätte sie sich am liebsten auf die Zunge gebissen. Schließlich sollte er nicht denken, dass sie sich übermäßig für ihn interessierte.

»Du hast nach mir gesucht?«

»Ähm, ja, für die Agentur«, antwortete sie rasch. »Aber ich hab nur ganz wenig gefunden.«

»Und das ist auch gut so. Ich mag es überhaupt nicht, wenn alle möglichen Menschen alles Mögliche von mir erfahren«, sagte er und reichte ihr ein Glas.

Sie nahm die Kräuter mit dem Messer auf und schob sie mit dem Finger in die Tomatensoße. Dann wischte sie sich die Hände an einem Geschirrtuch ab und nahm das Glas.

»Das ist heutzutage eher selten«, entgegnete sie währenddessen.

»Weißt du, ich bin ja ständig von Leuten umgeben, die permanent Schnappschüsse und Selfies machen, um sie mit der ganzen Welt zu teilen. Viele können sich ein Leben ohne Social Media gar nicht mehr vorstellen und kriegen Depressionen, wenn ihr Handy mal einen halben Tag lang nicht funktioniert. Ständig sind alle nur noch am Tippen und Wischen, anstatt sich mit den Leuten zu unterhalten, mit denen sie zusammen sind. Klar ist es praktisch, wenn man rasch und einfach kommunizieren kann, und beruflich hat es natürlich seine Vorteile, aber so ein klein wenig Privatsphäre sollte man sich doch noch immer bewahren.«

Kathi nickte zustimmend.

»Find ich auch. Ich hab zwar eine Facebook-Seite und kommuniziere über WhatsApp mit meiner Freundin und meiner Familie, weil es praktisch ist, aber zu viel mag ich auch nicht preisgeben.«

»Eben. Aber jetzt lass uns trinken ... Auf meinen ersten Gast im neuen Haus – schön, dass du da bist, Kathi.«

»Auf dein neues Zuhause.«

Sie prosteten sich zu.

Eine Viertelstunde später ließen sie sich die Nudeln schmecken.

»Auf deine Frage von vorhin habe ich noch gar nicht geantwortet«, sagte er zwischen zwei Bissen. »Ich komme ursprünglich aus der Nähe von Wien.«

»Das hatte ich mir fast schon gedacht«, sagte Kathi lächelnd. »Dein Dialekt hat dich verraten.«

»Wirklich? Dabei dachte ich, man würde ihn mir nicht mehr anhören.«

»Ist auch nur noch ganz leicht. Außerdem klingt es sehr charmant«, bemerkte sie und wunderte sich selbst, wie leicht ihr das Kompliment über die Lippen kam. Sie fühlte sich wohl in seiner Gesellschaft, als ob sie ihn schon viel länger kennen würde.

»Danke ... Und du bist also hier ganz in der Nähe aufgewachsen?«, wollte er wissen.

»Ja. Hier geboren und hier aufgewachsen.«

»Hast du Geschwister?«

Sie schüttelte den Kopf.

»Leider nicht. Und du?«

»Ja. Drei. Zwei Halbschwestern und einen Halbbruder ... Wir sind das, was man eine Patchworkfamilie nennt.«

»Wow. Und das funktioniert?«

»Schon. Na ja ... meistens zumindest. Mein Vater hatte mit seiner ersten Frau schon zwei Töchter, und meine Mutter mit ihrem ersten Mann einen Sohn, bevor sie sich kennenlernten. Sie hatten sich beide kurz vorher von ihren Partnern getrennt und begegneten sich bei einem Elternabend im Kindergarten. Tja, was soll ich sagen. Es hat offenbar sofort gefunkt, und nur gut ein Jahr später kam ich als Jüngster noch zur Familie dazu.«

»Dann bist du sozusagen das Verbindungsglied zwischen allen.«

»Ganz genau. Durch mich sind jetzt doch alle irgendwie miteinander verwandt. Zumindest fühlt es sich so an. Auf jeden Fall war bei uns immer was los, das kann ich dir sagen.«

Sie lachte. »Das glaub ich ... bei mir war es eher ruhig und unspektakulär. Meine Mama und ich waren allein.«

»Ist dein Vater tot?«

»Keine Ahnung«, sagte Kathi etwas leiser. »Er ... er ist damals auf und davon, als er von der Schwangerschaft erfuhr.«

Ihr Vater hatte sie nicht haben wollen. Augenblicklich verspürte sie einen unbändigen Hunger, obwohl sie ohnehin am Essen war. Sie schob sich eine weitere große Gabel in den Mund.

»Das tut mir leid, Kathi«, sagte er betroffen. »Und du hast nie etwas von ihm gehört?«

Sie zögerte kurz mit einer Antwort.

»Entschuldige. Das geht mich eigentlich gar nichts an«, sagte er plötzlich.

Sie schüttelte den Kopf.

»Schon gut. Es ist nur so: Meine Mutter wollte mir nie sagen, wer er ist. Inzwischen habe ich es aufgegeben, sie danach zu fragen. Sie meint immer, es wäre besser für mich, wenn ich gar nicht an ihn denken würde.«

Jonas war gerade dabei gewesen, eine Gabel Pasta zum Mund zu heben, ließ sie jedoch wieder sinken.

»Hm. Vielleicht überlegt sie es sich ja doch irgendwann anders. Ich an deiner Stelle würde ihn vermutlich kennenlernen wollen.«

Kathis Blick veränderte sich und wurde nun fast ein wenig trotzig.

»Du bist aber nicht an meiner Stelle. Er weiß, wo meine Mutter wohnt. Und er weiß, dass es ein Kind gibt, dessen Vater er ist, Jonas. Aber das interessiert ihn offenbar nicht ... Und jetzt würde ich lieber über was anderes reden«, sagte sie.

»Klar ...« Er nahm sich eine zweite Portion Spaghetti aus der Schüssel.

»Magst du auch noch?«

Die letzten Tage hatte Kathi kaum Appetit gehabt und nur wenig gegessen. Aber jetzt hätte sie am liebsten die ganze Schüssel verputzt, so sehr hungerte es sie, seit sie über ihren unbekannten Vater gesprochen hatten. Immer wenn sie Kummer hatte oder ihr etwas auf den Magen schlug, so wie dieses Thema, dann verspürte sie unbändigen Hunger.

Du hörst jetzt auf!, schalt sie sich selbst und schüttelte den Kopf.

»Nein danke, eine Portion reicht mir«, winkte sie ab, obwohl es ihr nicht leichtfiel.

Jonas lenkte das Gespräch wieder auf die Bauarbeiten, und Kathi notierte sich, welche Handwerksfirmen sie ansprechen sollte.

»Gibt es eigentlich irgendwelche Kleidervorschriften für diese Winterparty morgen?«, fragte er, als er eine halbe Stunde später die Teller in den Geschirrspüler räumte.

»Klar. Männer kommen im Weihnachtsmannkostüm und Frauen als Engel«, feixte sie.

»Schade. Ich wollte eigentlich als Rentier gehen oder mein Weihnachtselfenkostüm tragen.«

Sie lachten. Die unbeschwerte Stimmung war zurück.

»So ein Elf würde alles sicher ein wenig auflockern«, sagte sie.

»Hast du eigentlich einen Freund?«

Seine Frage kam ganz unvermittelt.

»Äh, nein.«

»Ich bin auch seit einer Weile von meiner Ex getrennt«, sagte er.

Obwohl sie es tunlichst verdrängen wollte, musste Kathi wieder an ihren Kuss denken, und Hitze schoss ihr in die Wangen.

»Langsam wird es Zeit, dass ich nach Hause fahre«, sagte sie, plötzlich irgendwie verlegen. »Ich muss morgen früh fit sein. Vor der Winterparty gibt es noch einiges zu tun.«

»Schade. Ich hätte dich gerne noch ein bisschen länger hier gehabt. Aber ich versteh das natürlich ... Es war schön, dass du da warst, Kathi. Danke, dass du dir alles angeschaut hast.«

»Klar. Und danke für das Essen.«

»Das eigentlich du gekocht hast.«

»Immerhin hast du das Nudelwasser aufgestellt.«

»Stimmt.«

Sie lächelten sich zu.

Ein paar Minuten später begleitete Jonas sie zu ihrem Wagen. Besser gesagt, zu Herrn Phams Wagen, den sie sich mal wieder ausgeliehen hatte.

»Hey, es fängt an zu schneien«, sagte Jonas und tatsächlich schwebten vereinzelte Schneeflocken so groß wie Daunenfedern auf sie herab.

»Ich hätte gern mal wieder einen richtigen Winter mit viel Schnee«, meinte Kathi.

»Ich auch. Fahr vorsichtig zurück, ja?«, sagte er.

»Mache ich.«

Sie standen sich vor dem Wagen gegenüber.

»Also dann …«, sagte sie.

Da umarmte Jonas sie und gab ihr links und rechts ein angedeutetes Küsschen auf die Wange. So wie das in den Model- und Künstlerkreisen üblich war. *Eine ganz harmlose Verabschiedung. Rein freundschaftlich, weiter nichts.*

»Bis morgen, Kathi.«

»Bis morgen.«

Sie stieg in den Wagen und fuhr los. Im Rückspiegel sah sie Jonas, der ihr noch kurz hinterherwinkte, ehe er sich umdrehte und im Haus verschwand.

Eine Stunde später lag Kathi im Bett, doch sie konnte nicht einschlafen. Sie war schon so lange Single und sehnte sich nach jemandem, dass die Begegnung mit Jonas in ihrem Kopfkino zu einem Blockbuster wurde. Es wäre schön, endlich wieder einen Partner zu haben. Doch Jonas suchte vermutlich nur Anschluss, da er neu in der Gegend war. Auch wenn sie es sich anders wünschte, so war Kathi für ihn sicher nur eine Art Kumpel. Sie seufzte.

Immer wieder drehte sie sich schlaflos im Bett hin und her, bis sie schließlich aufstand und sich in der Küche ein Glas Wasser einschenkte. Reflexartig öffnete sie den Kühlschrank und begutachtete den Inhalt. Sollte sie noch was essen? Vielleicht einen Joghurt? Während sie überlegte, hatte sie plötzlich eine Idee für die Kinderjoghurt-Werbekampagne. Um die Wellensittiche nicht zu wecken, nahm sie den Laptop mit ins Schlafzimmer und tippte ihre Gedanken in den Rechner, während sie nebenbei den Joghurt löffelte. Immer mehr fiel ihr dazu ein, und sie holte schließlich auch noch ihren Block und machte einige Skizzen. Es war fast vier Uhr früh, als sie das Licht löschte. Sie war zwar noch nicht hundertprozentig zufrieden mit dem Ergebnis, doch viel fehlte nicht mehr. Jetzt musste sie aber unbedingt noch wenigstens drei Stunden schlafen.

Kapitel 11

Dezember 1989

Seit einer Woche war Angelo nun schon in München, und die Stadt und die Menschen dort gefielen ihm sehr. Die Familie seiner Mutter hatte ihn herzlich aufgenommen, und er fühlte sich wohl bei ihnen. Da alle der festen Überzeugung waren, dass sie in der DDR nicht genügend Lebensmittel bekommen hatten, wurde schon zum Frühstück aufgetischt, als ob er sein bisheriges Leben knapp am Verhungern gewesen wäre. Angelo versuchte, ihnen zu erklären, dass sie durchaus immer genügend zu essen gehabt hatten, auch wenn das Angebot an Lebensmitteln längst nicht so vielfältig war wie hier im Westen. Doch Tante Chiara wollte ihm das nicht abnehmen und war ständig darauf bedacht, ihn mit besonderen Speisen zu verwöhnen. Und wenn er im Lokal mithalf, durfte er ohnehin essen, was er wollte. Auch Jana und Wolf waren gern gesehene Gäste, und Wolf konnte sich sogar als Küchenhilfe in der Pizzeria ein paar Mark dazuverdienen.

Doch das Beste an München war für ihn Erika. Nachdem sie Angelo bei ihrer ersten Begegnung zu einem Geschäft begleitet hatte, in dem er sich neue Schnürsenkel kaufte, hatte er sie noch in ein Café eingeladen.

Erika war an seinem bisherigen Leben interessiert, hatte ihm viele Fragen gestellt und auch einiges von sich erzählt. Sie arbeitete als Verkäuferin in einem exklusiven Schuhgeschäft, das früher sogar Hoflieferant gewesen war, wie sie betonte. Dafür musste sie zwar täglich zur Arbeit pendeln, aber sie nahm die halbstündige Zugfahrt gern in Kauf, weil sie sich von ihrem Gehalt in München keine Wohnung leisten konnte. Genau wie Angelo hatte sie sich erst vor ein paar Monaten von jemandem getrennt.

Die Zeit an diesem ersten Tag war wie im Flug vergangen. Auf einmal war es Abend geworden, und sie musste ihren Zug nach Hause erreichen. Aber sie verabredeten sich bereits für den kommenden Sonntagnachmittag.

Angelo holte sie zur vereinbarten Zeit am Bahnhof ab, und sie begrüßten sich, als wären sie alte Freunde.

»Was möchtest du denn machen?«, fragte Angelo, da er keine Ahnung hatte, was Erika gerne unternehmen wollte.

»Hast du dir schon was von der Stadt anschauen können?«, fragte Erika.

»Eigentlich so gut wie gar nichts«, gestand er.

»Du bist ja auch erst angekommen. Was hältst du davon, wenn ich dir ein wenig von München zeige?«, schlug sie vor.

»Das wäre toll«, sagte er.

»Mit richtigen Geheimtipps kann ich leider nicht dienen, aber ich kenne mich doch ein wenig aus«, meinte sie schmunzelnd. »Hast du vielleicht einen besonderen Wunsch?«

»Ja«, antwortete er. »Am liebsten würde ich im Olympia-park beginnen.«

»Dann also auf zum Olympiapark.«

Angelo war beeindruckt von dem weitläufigen Gelände und den vielen größeren und kleineren Hallen mit den typischen Zeltdächern. Vor allem die Konstruktion des Olympiastadions brachte ihn zum Staunen.

»Bist du schwindelfrei?«, fragte Erika, nachdem sie schon längere Zeit auf dem Gelände herumspaziert waren.

»Ich? Ja klar.«

»Gut, dann fahren wir jetzt nach oben.« Erika deutete zum Olympiaturm.

»Ich übernehme die Tickets, wenn du schon die Fremden-führung so toll machst.« Angelo bestand darauf, und Erika ließ sich überreden.

Der Blick von der Aussichtsplattform in fast 200 Meter Höhe über das ganze Olympiagelände und München war atemberaubend. Der Himmel war klar, und sie konnten bis zu den Alpen sehen.

»Schau, dort drüben ist die Frauenkirche«, erklärte Erika. »Und das dort ist das Arabella-Hochhaus ... und dort, das müsste St. Peter sein.«

»Es macht richtig Spaß, die Stadt auf diese Weise mit dir zu entdecken, Erika«, bemerkte er lächelnd.

»Ach«, winkte sie ab. »Das kennt man eben hier.«

Er holte die Zigarettenschachtel aus der Jackentasche.

»Magst du auch eine?«, fragte er und hielt ihr die Schach-tel hin.

»Nein danke. Ich habe letztes Jahr damit aufgehört.«

»Respekt. Dann muss ich jetzt auch keine haben.«

»Ach was. Mich stört das nicht«, sagte sie.

Doch er steckte die Schachtel wieder zurück in die Jacken-tasche.

»Darf ich dich dann vielleicht auf einen Kaffee und ein Stück Kuchen einladen?«

»Aber du hast doch schon die Tickets bezahlt«, warf sie ein.

»Ich möchte es aber gern.« Er sah sie lächelnd an.

»Na gut«, willigte sie ein. »Aber vorher machen wir noch ein Foto.«

Sie holte eine Kleinbildkamera aus ihrer Tasche.

»Entschuldigung!«, sprach sie ein junges Pärchen an, das ebenfalls die herrliche Aussicht bewunderte. »Könnten Sie bitte ein Foto von uns machen?«

»Freilich!«, antwortete der Mann, und Erika reichte ihm die Kamera.

»Am besten so, dass wir die Alpen im Hintergrund haben«, wies Erika ihn an und stellte sich neben Angelo, der einen Arm um ihre Schultern legte.

»Lächeln!«, forderte der Mann sie auf und drückte auf den Auslöser.

»Zur Sicherheit mache ich besser noch eins«, sagte er und knipste noch mal. »So, das müsste passen.« Er gab Erika die Kamera zurück.

»Vielen Dank!«, sagten sie gleichzeitig.

Sie bekamen einen schönen Tisch am Fenster des Restaurants, das sich in etwa 50 Minuten langsam einmal drehte, sodass sie die ganze Stadt bequem im Warmen noch mal von oben betrachten konnten.

»Wie lange möchtest du denn hier im Westen bleiben?«, fragte Erika interessiert, nachdem der Kellner Kaffee und Apfelkuchen serviert hatte.

»Das weiß ich noch nicht«, begann er. »Es war so verlockend, als wir endlich ausreisen durften. Deswegen haben wir die Gelegenheit genutzt. Ich will schon so lange die Familie meiner Mutter kennenlernen. Und überhaupt viel mehr von der Welt sehen, als uns das bisher möglich war.«

»Ich kann mir das gar nicht vorstellen«, sagte sie, »dass man in vielerlei Hinsicht so eingeschränkt ist.«

»Hoffentlich bleibt es jetzt so, wie es ist«, sagte Angelo.

»Das hoffe ich auch!«

»Mein Chef hat mich zum Glück verstanden, als ich ihn bat, mich für ein Jahr zu beurlauben. Aber er konnte mir nicht versprechen, mich später wieder einzustellen. Momentan weiß ja auch niemand, wie es bei uns im Osten weitergeht.«

»Als Luftfahrttechniker findest du doch sicher auch woanders Arbeit«, sagte Erika.

»Das hoffe ich... Der Apfelkuchen schmeckt übrigens super«, schwärmte Angelo, und Erika stimmte ihm zu.

Die beiden fanden immer mehr Themen, die sie begeisterten. Wie zum Beispiel Filme und Musik. Angelo war erstaunt, wie wenige Künstler Erika aus der DDR kannte. Da er selbst in einer Hobbyband spielte, war Musik schon immer ein wichtiges Thema für ihn gewesen.

»Irgendwie haben wir vom Osten nicht ganz so viel mitbekommen«, entschuldigte sie sich etwas verlegen. »Das liegt wohl auch an der ländlichen Gegend, aus der ich komme. Für uns war das alles so weit weg. Dafür finde ich es umso spannender, dass wir uns kennengelernt haben.«

»Hoch leben gerissene Schnürsenkel«, sagte Angelo, und sie lachten.

Über zwei Stunden lang saßen sie im Restaurant, bis der Kellner sie schließlich höflich, aber deutlich darauf hinwies, dass die Plätze für den Abend reserviert seien, und die beiden hinauskomplimentierte.

Angelo sah auf die Armbanduhr und erschrak. So spät war es schon! Heute Abend war er zum ersten Mal für den Service in der Pizzeria eingeteilt, und er musste sich beeilen, um rechtzeitig dort zu sein. Und auch für Erika wurde es Zeit, nach Hause zu fahren.

In der Dämmerung gingen sie durch den Park zur U-Bahn-Station und fuhren von dort aus zum Bahnhof.

Als sie sich verabschiedeten, nahm er kurz ihre Hand und drückte sie.

»Danke, Erika. Das war ein toller Nachmittag.«

»Finde ich auch«, sagte sie. Sie hatte den Tag mit Angelo sehr genossen.

»Bis bald.«

»Bis bald.«

Am nächsten Tag überraschte er sie, als Erika am frühen Nachmittag den Schuhladen verließ. Sie hatte ihm erzählt, dass sie immer die Letzte war und erst gegen 14 Uhr in die Mittagspause ging, wenn die anderen wieder zurück waren. So schaffte er es gerade rechtzeitig, nach dem Service in der Pizzeria zum Schuhgeschäft zu kommen.

»Angelo!«, rief sie und lächelte. »Was machst du denn hier?«

»Ich wollte dich sehen«, sagte er. »Und ich habe was dabei für dich.«

»Was denn?« Sie sah ihn neugierig an.

»Selbst gemachte Tortellini von meiner Tante. Die besten, die du je gegessen hast«, erklärte er und holte einen geschlossenen kleinen Alubehälter und zwei große Löffel aus einer Tasche.

»Du hast mir was zu essen mitgebracht?«, fragte sie verblüfft.

»Ist ja keine große Sache.« Er zuckte mit den Schultern, reichte ihr einen Löffel und zog den Deckel ab.

»Das duftet aber wirklich toll!«

»Und schmeckt noch viel besser ... Probier mal!«

»Hier?« Sie sah sich kurz um.

»Warum nicht?«

»Tja, warum nicht.«

Sie lachte und probierte einen Löffel leckere Pasta mitten auf der Straße.

»Hmmm ... Die sind wirklich traumhaft.«

»Auf jeden Fall«, stimmte er ihr zu und begann ebenfalls zu essen.

»Das ist verrückt. Wir stehen hier mitten in der Fußgängerzone und essen Tortellini«, sagte sie amüsiert.

»Fehlt nur noch ein Glas Wein«, bemerkte Angelo.

»Dann wäre es ja schon fast eine Verabredung.«

Das vergnügte Funkeln aus ihren violetten Augen raubte ihm fast den Atem. Er schluckte die Nudeln hinunter.

»Ja... Dann wäre es fast eine Verabredung«, stimmte er zu.

Nachdem sie die Tortellini gegessen hatten, spazierten sie noch eine Weile durch die Fußgängerzone. Es duftete nach gebrannten Mandeln, Glühwein und heißen Maroni. Drei südamerikanische Straßenmusiker mit bunten Ponchos spielten ziemlich mitreißend ein rhythmisches Lied auf Panflöte, Mandoline und Gitarre. Zahlreiche Leute standen um sie herum und klatschten, als das Lied zu Ende war.

»Schön, nicht wahr?«, meinte Erika und er stimmte ihr zu. In ihrer Gegenwart fand er inzwischen alles schön. Er begleitete sie zurück ins Geschäft.

Bis zum Wochenende wurde sein Mittagsbesuch ein tägliches Ritual. Angelo hatte jeden Tag ein anderes Gericht dabei, und Erika musste erraten, was es sein könnte. Besonders begeistert war sie von den kleinen süßen Cannoli, die Angelos Tante nach dem Rezept ihrer Mutter Luisa gemacht hatte.

»Hm. Noch nie habe ich so was Leckeres gegessen«, schwärmte Erika. »Meinst du, dass deine Tante das Rezept dafür rausrücken mag?«

»Keine Ahnung«, sagte Angelo. »Inzwischen weiß ich, wie heilig ihr die Familienrezepte sind. Aber vielleicht kann ich sie ja noch weichkochen und finde es raus.«

Erika lachte.

»Versuche es bitte. Ich würde das Rezept zu gern mal nachbacken«, sagte sie und schnappte sich noch ein zweites Röllchen.

Nach dem Essen gingen sie meistens noch eine kleine Runde

spazieren oder setzten sich in ein Café, wenn das Wetter nicht so besonders war.

Obwohl Angelo sehr dankbar für die Gastfreundschaft seiner Verwandten war, bedauerte er es ein wenig, dass er keine eigene Wohnung hatte, in die er Erika hätte mitnehmen können. Es wäre schön, auch mal mit ihr allein zu sein. Ohne dass es einer der beiden aussprechen musste, spürten sie beide, dass sie sich täglich mehr zueinander hingezogen fühlten. Und dass der andere das auch wusste.

»Sehen wir uns am Wochenende?«, fragte Erika am Freitag, als er sie zu ihrer Arbeit zurückbegleitete.

»Das wird leider nicht klappen«, sagte Angelo bedauernd. »Die Pizzeria ist am Wochenende mittags und abends mit Familienfesten und Weihnachtsfeiern ausgebucht. Und ich muss mithelfen.«

»Natürlich musst du das«, sagte Erika verständnisvoll.

Sie zögerten den Abschied hinaus.

»Und was machst du so am Wochenende?«, wollte er wissen.

»Am Samstag muss ich auch den ganzen Tag arbeiten. Und wenn du ohnehin keine Zeit hast, dann werde ich am Sonntag vielleicht meine Schwester Lotte in Passau besuchen.«

»Erika?«

»Ja?«

Er griff nach ihren Händen, die in gestrickten Handschuhen steckten, und sah sie an. Am liebsten hätte er sie jetzt geküsst, aber inmitten des Menschengedränges war es weder die richtige Zeit noch der passende Ort. Beim ersten Kuss wollte er mit ihr allein sein.

»Hast du denn mal Lust auf eine echte Verabredung?«

»Du meinst, so eine mit Essen UND Wein?«, fragte sie mit einem frechen Grinsen.

»Ganz genau«, antwortete er lachend.

»Gern. Aber nachdem du mich jeden Tag so verwöhnt hast mit deinen Leckereien, müssen wir das mal umdrehen, ich lade dich zu mir ein und werde für uns kochen«, schlug sie vor. »Ich habe auch Wein im Kühlschrank.«

Er wusste bereits aus ihren Gesprächen, dass sie allein im Haus ihrer verstorbenen Eltern wohnte.

»Du müsstest nur eine halbe Stunde Zugfahrt auf dich nehmen.«

»Das dürfte ich hinbekommen«, sagte Angelo und hatte vor Vorfreude auf einen Abend zu zweit schon ein aufgeregtes Kribbeln im Bauch.

»Wie schön. Ich freue mich.«

»Ich mich auch, Erika.«

Sie verabredeten sich für Dienstag. An diesem Tag hatte die Pizzeria Ruhetag, und Erika würde sich ein paar ihrer Überstunden nehmen, damit sie früher nach Hause konnte. Genaueres wollten sie am Montag besprechen, wenn sie sich in ihrer Mittagspause wieder trafen.

»Jetzt muss ich aber dringend ins Geschäft, sonst krieg ich Ärger«, sagte sie.

»Na, dann los mit dir.«

»Bis nächste Woche, Angelo.«

»Ja. Bis nächste Woche.«

Er drückte kurz ihre Hände, die er die ganze Zeit nicht losgelassen hatte.

Angelo sah ihr hinterher, bis sie durch die Ladentür verschwand und ihm durch das Schaufenster noch einmal zuwinkte. Dann zündete er sich eine Zigarette an und machte sich auf den Weg zur Pizzeria.

Kapitel 12

Freitag, 14. Dezember

Obwohl Kathi eine weitere Nacht nur wenig geschlafen hatte, um das Konzept für die Joghurt-Kampagne endlich fertigzustellen, fühlte sie sich fit und voller Energie.

»Guten Morgen, ihr beiden«, sagte sie zu Hansi und Lilli, die wie ein altes Ehepaar einträchtig nebeneinander auf der Stange saßen. Sie schienen sich prächtig zu verstehen. Offenbar war es bei den beiden Liebe auf den ersten Blick gewesen.

»Ihr habt bestimmt schon Hunger.«

Kathi gab ihnen Futter und frisches Wasser und hängte zwei Hirsekolben in den Käfig.

Da sie es nicht schaffen würde, vor der Winterparty noch mal nach Hause zu kommen, hatte sie sich das Kleid für den Abend und ihr Schminktäschchen eingepackt.

Noch ein letzter Kontrollgang durch die Wohnung, dann schnappte sie sich ihre Tasche, in der auch der Datenstick und die Zeichnungen für das neue Konzept waren, an dem sie in der Nacht gearbeitet hatte.

Gerade als sie die Haustür hinter sich schloss, bekam sie eine Textnachricht von Jonas:

Guten Morgen, Kathi. Ich sitze gerade über den Fotos, die ich von dir gemacht habe. Da sind echt tolle Bilder dabei. Freu mich auf später! Bis dann, Jonas

Kathi tippe rasch eine Antwort: *Da bin ich ja mal gespannt. Freu mich auch. Und vergiss dein Kostüm nicht!*

Jonas: *Rentier oder Weihnachtself?*

Kathi: *Ich lass mich überraschen. Bis dann!*

Als sie kurz vor acht in der Agentur ankam, war sie mal wieder die Erste. Doch so konnte sie noch ungestört arbeiten. Ab Mittag würden dann das große Foyer und die Dachterrasse für die abendlichen Feierlichkeiten umdekoriert werden, bis dahin musste sie ihre Sachen erledigt haben.

Als Sybille kam, überreichte Kathi ihr lächelnd die Zeichenmappe und den Datenstick.

»Mein überarbeiteter Vorschlag für die Joghurt-Werbekampagne«, sagte sie. »Besser gesagt, ich hab mir was ganz Neues einfallen lassen.«

Überrascht zog Sybille eine Augenbraue hoch.

»Sehr schön. Das ging ja schneller als gedacht. Ich schau mir das gleich an ... Bring mir doch bitte einen Oolong-Tee mit Zitrone.«

»Okay.«

»Wann bekommen wir eigentlich von Jonas die Fotos für die Homepage?«

»Am Montag.«

»Das passt.«

Während sie sich unterhielten, kam Stefan ins Büro. Der Praktikant wirkte, wie schon seit Tagen, ziemlich zerzaust und verschlafen.

Während er ein undeutliches »Guten Morgen« murmelnd in Richtung seines Büros schlurfte, hinterließ er mit dem linken Schuh bräunliche Abdrücke auf dem Teppichboden.

»Stefan! Deine Schuhe! Schau doch«, rief Kathi entsetzt. Er blieb stehen und sah sich um.

»Verdammte Scheiße. Bin wohl in Hundekacke getreten. Mist!«

»Das muss sofort sauber gemacht werden!«, sagte Sybille.

»Die Reinigungsfrau ist heute aber nicht da«, sagte Kathi und deutete zu der kleinen Abstellkammer. »Die Putzsachen sind da drin, Stefan!«

Doch der zeigte ihr einen Vogel, schlüpfte mit einem undeutlichen »Das kannst du aber ganz schnell vergessen« aus seinen Schuhen, die er einfach stehen ließ, und verschwand dann auf Socken in sein Büro.

»Hey! Das ist nicht mein Dreck!«, rief Kathi ihm hinterher, doch da knallte er schon die Tür zu.

»Das kann er doch nicht einfach so tun«, protestierte sie verärgert.

»Na ja. Scheinbar schon. Wenn du es nicht schaffst, ihn dazu zu bringen, den Dreck selbst wegzumachen, dann wird es wohl an dir hängen bleiben, Kathi«, sagte Sybille. »Aber mach mir bitte unbedingt zuerst den Tee, ja?«

»Ja, natürlich!«

Eine Dreiviertelstunde später pfefferte Kathi ärgerlich die Gummihandschuhe in die Mülltonne. Und mit einer gewissen Genugtuung stopfte sie Stefans verdreckte Schuhe hinterher.

Sollte er doch mal sehen, wie er später, nur in Strümpfen, nach Hause kam.

Das Reinigen des Teppichs hatte sie unnötig Zeit gekostet. Sie war mit ihrer Arbeit mächtig hinterher. Kathi wusste nicht mehr, wo ihr der Kopf stand.

»Kathi? Kommst du bitte sofort in mein Büro!«, meldete sich dann auch noch Sybille.

»Hast du das neue Konzept schon angeschaut?«, fragte Kathi hoffnungsvoll.

»Noch nicht. Denen hier …«, sie reichte Kathi einen Stapel Bewerbungsunterlagen, »schreibst du Absagen. Du weißt schon, das Übliche: Sie sind zwar qualifiziert, aber leider haben Sie es nicht in die engere Wahl geschafft … Bla, bla, bla … Und die hier …« Sie nahm einen weiteren Stapel Mappen, »die lädst du für ein Vorstellungsgespräch ein.«

Kathi blickte etwas verdutzt auf die Unterlagen.

»Aber das sind Bewerbungen für die freie Stelle im Marketing.«

Sybille zog eine Augenbraue hoch.

»Natürlich. Gibt es ein Problem?«

»Nun ja …«, begann Kathi. »Ich dachte, dass ich eventuell infrage komme? Es gibt momentan doch nur eine freie Stelle.« Kathi hatte sich schon länger Hoffnung darauf gemacht.

Sybille lehnte sich in ihrem ledernen Bürostuhl zurück und spielte mit dem teuren Füller, den Karl ihr im letzten Jahr zum dreißigsten Geburtstag geschenkt hatte. Wortlos musterte sie Kathi.

»Findest du unsere Zusammenarbeit denn nicht mehr gut?«, fragte sie schließlich.

»Doch, natürlich, Sybille.«

»Was stört dich denn an deinem jetzigen Job?«

»Mich stört gar nichts«, sagte Kathi schnell. »Aber ...«

»Wie willst du denn deine Arbeit machen UND gleichzeitig einen weiteren Ganztagsjob bewältigen, hm?«

»Ich dachte halt, dass ich ...«

»Wenn wir eine neue Sekretärin suchen sollen, musst du mir das sagen, Kathi!«, unterbrach Sybille sie erneut. »Dann schaltest du bitte auch gleich eine Anzeige dafür. So kannst du dich auf die freie Stelle als Marketingmitarbeiterin bewerben. Denn natürlich kann ich dir den Posten nicht so ohne Weiteres geben. Du kennst das Prozedere für die Einstellung neuer Angestellter schließlich am besten. Der beste Bewerber bekommt den Job. Oder möchtest du, dass für dich plötzlich Sonderregelungen gelten?«

»Äh, nein, das ... natürlich nicht!«, stotterte Kathi, die allerdings schon damit gerechnet hatte, ein klein wenig bevorzugt zu werden.

»Ich würde es ehrlich gesagt sehr bedauern, dich als Mitarbeiterin zu verlieren.«

»Aber ich möchte doch gar nicht aufhören«, stellte Kathi klar und fühlte sich etwas hilflos, weil Sybille ihr die Worte ständig im Mund umzudrehen schien.

»Schön. Dann ist doch alles klar, denke ich, oder?« Sybille sah sie scharf an.

»Ja.« Kathi nickte.

»Leg die Bewerbungsgespräche bitte in die Woche vor Weihnachten. Ich möchte das noch in diesem Jahr abgeschlossen haben.«

Kathi nickte und verließ dann mit den Unterlagen das Büro.

»Ah, da sind Sie ja«, rief Daniela Zabel, die schon vor Kathis Schreibtisch im Foyer gewartet hatte.

»Hallo, Frau Zabel«, grüßte Kathi die Chefin der Veranstaltungs- und Geschenkagentur Beau Cadeau. »Tut mir leid, dass Sie warten mussten.«

»Kein Problem. Ich bin erst vor ein paar Minuten gekommen und hatte sowieso noch einige Telefonate zu erledigen. Meine Leute kommen in etwa einer halben Stunde.«

»Sehr gut. Möchten Sie vielleicht noch einen Cappuccino oder Tee?«

»Ein Cappuccino wäre toll … Ich würde nur gern vorher noch auf die Dachterrasse gehen und für meine Leute markieren, wo sie die Töpfe mit den Tannenbäumen hinstellen sollen.«

»Klar.«

Während Kathi sich in der Küche um den Kaffee kümmerte, kam Stefan.

»Wo sind meine Schuhe?«, blaffte er Kathi an.

»In der Mülltonne.«

»Haha! Wie lustig! Jetzt sag schon, ich muss vor der Party noch mal weg.«

»Ich hab sie tatsächlich weggeworfen, oder meinst du, ich putze auch noch deine stinkenden Schuhe, nachdem ich schon deinen Dreck weggemacht habe?«

»Spinnst du? Das sind Belstaff Sneaker. Die sind schweineteuer!«, fuhr er sie wütend an.

Sofort überkam sie ein schlechtes Gewissen. Womöglich war sie doch zu weit gegangen. Aber sie war vorhin einfach so wütend gewesen.

»Blöde fette Kuh!«, zischte er. »Lass deinen Frust, keinen abzubekommen, an einem anderen aus, aber gefälligst nicht an mir!«

Ihr schlechtes Gewissen war so schnell verflogen, wie es gekommen war. Sie bemühte sich, seine Beleidigung nicht persönlich zu nehmen. *Er ist einfach ein Idiot, mehr nicht!* Trotzdem fiel es ihr nicht leicht, denn seine Bemerkung zielte darauf ab, sie zu verletzen. Und das tat sie auch.

»Dann solltest du die Schuhe wieder aus der Tonne fischen. Sie sind in einer roten Tüte«, schlug sie vor und bemühte sich, dabei einigermaßen gelassen zu wirken.

»Ich soll so nach unten gehen?« Er deutete auf seine Füße, die in schwarzen Socken steckten. »Geht's noch?«

»Im Fotostudio stehen Gummistiefel vom letzten Shooting«, sagte Kathi. »Die kannst du nehmen!« Dieser Stefan schaffte es tatsächlich, sie zu Maßnahmen zu verleiten, die normalerweise gar nicht zu ihr passten.

»Wenn ich das Karl erzähle, kriegst du Ärger!«, fuhr er sie an und stapfte in Richtung Studio.

»Dann geh doch. So langsam habe ich genug von dir!«, platzte es aus ihr heraus. Gleich darauf schluckte sie. Hoffentlich machte er seine Drohung nicht wahr. Aber Karl würde sie deswegen doch sicherlich nicht gleich rauswerfen. Oder?

Sie war froh, als Stefan wenige Minuten später die Agentur verließ. In rot-weißgetupften Gummistiefeln.

Der Nachmittag mit den Vorbereitungen für die Party verging wie im Flug. Eine halbe Stunde vor dem Einlass war das große Foyer kaum mehr zu erkennen. Kathis Schreibtisch war fast bis ganz an die Wand geschoben worden und verschwand hinter einem Raumteiler. Überall waren Stehtische mit weißglänzenden Lacktischdecken verteilt. Zur bereits bestehenden Weihnachtsdekoration hingen jetzt auch noch große filigrane Schneeflocken von der Decke, die im indirekten Licht mehrerer Stehlampen wie bläuliche Kristalle funkelten. Neben dem Eingang zur kleinen Küche war eine provisorische Bar aufgebaut, hinter der zwei Frauen sich für den baldigen Ansturm der Gäste vorbereiteten.

Am schönsten fand Kathi die Dekoration auf der Dachterrasse. Daniela hatte mit ihrem Team einen kleinen Weihnachtswald erschaffen. Mit echten Tannenbäumen in matt goldenen und silberfarbenen Töpfen. Dazwischen gab es weiße Pavillons mit Stehtischen, wo sich die Gäste unterstellen konnten, wenn es im Laufe der Nacht zu schneien begann, wie die Wettervorhersage meldete. Etwas abseits standen Heizpilze und Feuerkörbe mit Holzscheiten, die kurz vor Eintreffen der Gäste angezündet würden.

Draußen würde es ganz rustikal Grillwürstchen, Glühwein und gebrannte Mandeln geben, während im Foyer Sushi und unterschiedlich gefüllte Minipasteten als Fingerfood gereicht werden sollten.

»Na, was sagst du?«, fragte Daniela. Sie und Kathi waren im Laufe des Nachmittags zum legeren »Du« übergegangen.

»Einfach wunderschön«, schwärmte Kathi. »Die Gäste werden begeistert sein! Du und dein Team seid einfach großartig, Daniela.«

»Vielen Dank. Mit dir kann man aber auch toll arbeiten, Kathi. Falls du mal einen anderen Job suchst, melde dich bitte.«

»Gut zu wissen«, sagte Kathi, die sich über das Lob freute. Schließlich wusste man ja nie, ob sich die berufliche Situation nicht plötzlich änderte. Sie sah auf ihre Armbanduhr. Kurz vor halb sieben. In einer halben Stunde wurden die ersten Gäste erwartet. Noch Zeit genug, um sich umzuziehen und ein wenig schick zu machen. Doch gerade als sie ihre Tasche holen und sich zurückziehen wollte, klingelte ihr Handy.

»Kathi!«

»Hallo, Mama! Seid ihr schon auf dem Schiff?«

»Stell dir vor, es ist ohne uns ausgelaufen!«, rief ihre Mutter aufgeregt ins Telefon.

»Was?«, fragte Kathi erschrocken. »Warum das denn?«

»Ähm … wir, also … wir haben verschlafen«, sagte Erika und klang tatsächlich etwas kleinlaut, was selten genug bei ihr vorkam.

Kathi, die mit einem ernsthaften Grund gerechnet hatte, musste sich das Lachen verkneifen. Ihre immer so überkorrekte Mutter hatte verschlafen?

»Wie konnte das denn passieren«, fragte sie.

»Nun ja. Dieser Jeckleck halt.«

»Jetlag heißt das, Mama.«

»Ist doch egal. Wir haben jedenfalls beide den Wecker nicht gehört.«

Kathi hätte sich gern die ganze Geschichte angehört, aber sie war schon ziemlich unter Zeitdruck.

»Vielleicht bekommt ihr ja einen günstigen Flug zum nächsten Hafen«, schlug sie rasch vor.

»Deswegen rufe ich ja an, Kathi. Du musst das unbedingt für uns herausfinden. Du hast doch die Kopie mit der Reiseroute und die Adresse unseres Reisebüros.«

»Mama. Das geht jetzt nicht. Ich bin im Büro, wir haben heute Agenturfeier. Könnt ihr das nicht an der Hotelrezeption klären lassen?«

»Wenn ich dich einmal um was bitte!«, kam es vorwurfsvoll aus Amerika. »Lotte und ich wissen doch nicht, was wir jetzt machen sollen. Unser Englisch ist längst eingerostet, die verstehen uns kaum. Für dich ist das doch nur ein Klacks, im Internet nachzuschauen.«

Augenblicklich war es mal wieder da, das schlechte Gewissen.

»Na gut, Mama. Ich kümmere mich darum. Aber jetzt muss ich schnell auflegen. Sobald ich was weiß, melde ich mich.«

Da die Suche auf dem Handy zu umständlich gewesen

wäre, fuhr sie ihren PC hinter dem Raumteiler hoch und fischte die Reisedaten aus einer Mail in ihrem privaten Posteingang. Der nächste Halt auf der Route des Kreuzfahrtschiffs würde in Cozumel in Mexiko sein. Die Flüge waren nicht allzu teuer, trotzdem wollte sie das vorher telefonisch mit dem Reiseveranstalter klären. Nachdem sie fast fünf Minuten in der Warteschleife hing und die gefühlt hundertste Wiederholung der computerisierten Version von Bobby McFerrins Song »Don't worry, be happy« in ihren Ohren dudelte, meldete sich endlich ein Mitarbeiter. Sie erklärte ihm in wenigen Sätzen die Sachlage.

»Die beiden brauchen ganz schnell einen günstigen Flug nach Cozumel«, fasste sie zusammen.

»Hm. Da muss ich aber erst mal nachfragen, ob das so problemlos möglich ist, dass die beiden Passagiere erst in Mexiko an Bord gehen. Moment ...«

»Wäre es möglich, dass sie schnell nachfragen? Ich bin ziemlich unter Zeitdruck.«

»Ich versuch's.«

Während sie darauf wartete, dass der Mann die Fragen klärte, kamen die Mitarbeiter der Agentur, die laut Karls Anweisung alle kurz vor Beginn der Veranstaltung anwesend sein sollten. Kathi trommelte nervös mit den Fingern auf den Schreibtisch. Sie war ungeschminkt und trug noch immer ihre Jeans und einen einfachen dunkelgrauen Pulli, während die anderen sich für den Abend mächtig in Schale geworfen hatten.

»Hallo?«

»Ja?«

Endlich war der Mitarbeiter zurück und erklärte ihr, dass die beiden Damen problemlos in Mexiko zusteigen konnten.

»Super! Danke«, sagte Kathi erleichtert.

Als er vorschlug, sich auch noch um mögliche Flüge für die beiden Damen zu kümmern und die Sache mit Erika und Lotte selbst zu besprechen, wäre Kathi dem Mann durch die Leitung hindurch am liebsten um den Hals gefallen. Sie bedankte sich, legte auf und schickte ihrer Mutter per WhatsApp eine Nachricht, dass sich gleich jemand vom Reisebüro bei ihr melden würde.

Eilig fuhr sie den Rechner herunter und kam hinter ihrem Schreibtisch hervor. Bis auf Stefan waren inzwischen alle Mitarbeiter eingetroffen und hatten sich bereits ein Getränk an der Bar geholt.

Kathi blieben nur noch ein paar Minuten, um sich doch noch umzuziehen.

»Kathi?«

Mist!

Karl kam auf sie zu.

»Ja?«

»Hör zu. Meine Schwiegermutter wird heute Abend auch kommen. Sie kann manchmal ziemlich … äh, anstrengend werden. Du musst aufpassen, dass sie unseren Kunden nicht auf die Nerven geht. Und dass sie nicht irgendwas Dummes anstellt. Ich übertrage dir diese besondere Aufgabe für den Abend. Schließlich soll meine Frau heute auch mal freihaben und die Party genießen können.«

Ach ja? Und ich soll den Babysitter für die Schwiegermutter spielen?

»Ich kann mich doch auf dich verlassen, Kathi?«

Karl sah sie eindringlich an.

»Aber natürlich kannst du das, Karl«, sagte Kathi schnell. Was blieb ihr auch anderes übrig, wenn der Chef sie persönlich darum bat?

»Also – pass vor allem auf, dass sie nicht zu viel Alkohol erwischt. Das könnte unangenehme Folgen haben. Und ja keine Nüsse. Die verträgt sie absolut nicht. Trotzdem darf sie nicht denken, dass du sie bevormundest. Das mag sie nämlich gar nicht. Ich zähl auf dich!«

Bevor Kathi noch etwas dazu sagen konnte, ließ Karl sie stehen und ging lächelnd in Richtung Sybille, die sich mit einem Kollegen aus der Buchhaltung unterhielt.

Kathi seufzte. Das würde eine tolle Party werden.

Kapitel 13

Eine Stunde später waren Foyer und die Dachterrasse bereits voller Gäste, auch wenn einige Leute noch auf sich warten ließen. Kathi hatte es doch noch geschafft, in ihr neues schwarzes Kleid zu schlüpfen, auch wenn für Make-up und Frisur keine Zeit mehr geblieben war. Da die Jazzband wegen des erkrankten Sängers ausgefallen war, lief im Hintergrund über eine Playlist chilliger weihnachtlicher Clubsound aus den Lautsprechern, und die Partygäste und Angestellten schienen sich schon jetzt bestens zu amüsieren. Alle bis auf Kathi!

Irene, Karls sechsundsiebzigjährige Schwiegermutter war auf den ersten Blick eine nette, adrette Dame. Doch rasch hatte Kathi feststellen müssen, wie sie in ihrer Direktheit die Leute brüskierte. Kaum hatte Kathi sie begrüßt, empfahl die Schwiegermutter ihres Chefs ihr auch schon dringend eine strenge Fastenkur.

»Ich habe mein Leben lang immer darauf geachtet, meine Figur zu halten«, erklärte sie stolz. »Nie hatte ich auch nur ein Gramm zu viel. Disziplin ist alles! Wer keine Disziplin hat, erreicht nichts im Leben! Merken Sie sich das, junges Fräulein!«

So hatte die alte Dame es schon in den ersten Minuten ihrer Begegnung geschafft, dass Kathi sich wie eine Versagerin fühlte. Sie hatte keine passende Antwort darauf parat und drückte der Frau deswegen ein Glas mit Orangensaft in die Hand.

»Ist da Wodka drin?«, wollte Irene wissen.

Kathi schüttelte den Kopf.

»Nein.«

»Und was soll ich dann damit?«

Irene stellte das Glas ab und steuerte entschlossen die Bar an.

Seufzend folgte ihr Kathi. Karl hatte nicht gesagt, dass sie gar keinen Alkohol trinken durfte, sondern nur nicht zu viel. Ein Drink würde ihr sicherlich nicht schaden. Und Kathi konnte jetzt wirklich auch einen vertragen.

Um Irene von den wichtigen Geschäftspartnern so gut wie möglich fernzuhalten, versuchte Kathi herauszufinden, welche Themen sie interessierten. Letztlich war es gar nicht schwierig, denn Irene redete am liebsten über sich selbst.

»Ich war in der Schule immer Klassenbeste«, erfuhr Kathi, auch wenn sie das herzlich wenig interessierte. »Mit weniger hätten sich meine Eltern auch niemals zufriedengegeben ... Noch einen Wodka Orange bitte«, bestellte sie bei der Barfrau.

»Und für mich bitte einen Orangensaft«, sagte Kathi rasch. Sie nutzte einen Moment, in dem Irene abgelenkt war, um die Gläser zu vertauschen, nahm selbst jedoch nur noch einen kleinen Schluck. Irene schien es gar nicht aufzufallen.

»Hey, Kathi.«

Beim Klang der Stimme spürte Kathi ein freudiges Gefühl im Magen. *Jonas! Endlich ist er da!* Sie drehte sich zu ihm um. Bisher hatte sie ihn immer nur in Jeans und Pullis gesehen. Heute trug er einen dunkelgrauen Anzug mit einem weißen Hemd und sah ziemlich gut darin aus. Auch wenn er ihr in den legeren Sachen noch ein klein wenig besser gefiel.

»Na, sag mal, wo ist denn dein Weihnachtselfenkostüm?«, fragte sie und tat gespielt enttäuscht.

»Elfen von heute tragen neuerdings so was«, erklärte er mit einem Zwinkern und deutete auf seinen Anzug.

»Ach so. Kleidet auch gar nicht so übel«, bemerkte sie lächelnd.

»Find ich auch. Obwohl die grüne Samtweste mit der gelben Strumpfhose natürlich auch was hat und ziemlich bequem und sexy ist«, feixte er.

»Das müsste ich schon an dir sehen, um es beurteilen zu können.«

»Vielleicht passt es ja mal, und du kriegst eine private Modenschau.«

»Private Modenschau wär super – wobei, du in gelben Strumpfhosen …?« Kathi musste lachen.

»Du wirst überwältigt sein!«

»Bestimmt … Übrigens. Bevor ich es vergesse: Du sollst dich bei meinem Cousin melden. Er hätte tatsächlich ein wenig Zeit für deine Baustelle.«

»Mensch, das ist ja toll! Danke dir, Kathi. Damit hilfst du mir echt weiter.«

»Gern. Die Kontaktadresse schicke ich dir morgen.«

»Danke ... Betrachte dich schon jetzt zur Einweihungs-feier als Ehrengast eingeladen.«

»Das ist ja wohl das Mindeste.«

»Was soll's denn sein?«, fragte die Barfrau.

»Was kannst du mir denn empfehlen?«, fragte Jonas Kathi.

»Vielleicht ein Bierchen?«, schlug sie vor.

»Gute Idee. Also dann, ein Bier«, bestellte er.

»Sehr hübsch siehst du übrigens aus. Wenn du nur die-sen Schal abnehmen würdest.«

Kathi spürte, wie sie errötete, auch wenn er es sicher nur höflich meinte.

»Vielleicht später«, sagte sie.

»Na, das will ich doch hoffen.«

»Oh nein! Wo ist denn Irene?«, fragte Kathi erschro-cken, als sie feststellte, dass die alte Dame nicht mehr neben ihr saß.

»Irene?«

»Karls Schwiegermutter. Sie ist mein Spezialauftrag heute, ich soll mich um sie kümmern. Und jetzt sie weg.«

»Weit kann sie ja nicht sein«, beruhigte Jonas sie. »Ich helfe dir suchen.«

Im Foyer war keine Spur von ihr und auch nicht auf der Damentoilette. Schließlich fanden sie Irene auf der Dachterrasse, wo sie mit einem Becher Glühwein in der Hand neben Edgar Ried stand und ihm vorwarf, alle Ban-ker seien gierige Halsabschneider, die das Land irgend-wann zugrunde richteten. Ried schien es bislang noch mit

Humor zu nehmen. Doch Kathi hatte keine Ahnung, zu welchen Aussagen Irene sonst noch fähig war.

»Hilfst du mir bitte, sie von ihm wegzulocken?«, bat Kathi Jonas.

»Sicher doch ...!«

»Darf ich Ihnen unseren Fotografen Jonas Hager vorstellen?«

Irene beäugte ihn durch ihre Brille, und was sie da sah, schien ihr zu gefallen.

»Freut mich sehr«, sagte Jonas und reichte ihr höflich die Hand. »Sie sind die Schwiegermutter von Karl Wunder, nicht wahr?«

»Allerdings bin ich das! Auch wenn ich bis heute noch nicht nachvollziehen kann, was meine Tochter an einem wie ihm nur findet.«

Jonas lachte über den vermeintlichen Scherz, doch Kathi mutmaßte, dass Irene das durchaus ernst gemeint haben könnte.

»Soso. Ein Fotograf sind sie also«, meinte die alte Dame lächelnd. »Da haben sie hier ja einige ganz passable Motive herumlaufen. Wenn ich mir nur diese Dunkelhaarige da hinten anschaue ...«

Irene deutete auf das Model, das den Auftrag für die Shampoo-Werbung bekommen hatte. Mit ihren himmellangen Beinen in halsbrecherisch hohen Stilettos und dem roten Kleid sah sie tatsächlich umwerfend aus.

»Heute bin ich nur als Gast hier«, erklärte Jonas. »Ganz ohne Kamera.«

Irene nahm einen Schluck Glühwein.

»An mir und meinen Traummaßen hätten Sie früher Ihre wahre Freude gehabt, junger Mann.«

Das klingt eindeutig zweideutig, dachte Kathi amüsiert. Irene nahm wirklich kein Blatt vor den Mund.

»Sie sind auch jetzt noch sehr fotogen«, entgegnete Jonas freundlich.

»Das will ich meinen! … Und von dem Glühwein hier krieg ich Sodbrennen. Ich möchte noch mal Wodka mit Orangensaft«, verlangte Irene und drückte Kathi die halbvolle Tasse in die Hand.

In diesem Moment entdeckte Sybille Jonas. Sie entschuldigte sich bei ihrer Gesprächspartnerin und ging auf ihn zu.

»Jonas! Schön, dass du da bist!«

»Hallo, Sybille.«

»Kommst du mal mit mir mit, ich muss dir unbedingt jemanden vorstellen«, sagte sie und nahm ihn am Arm. Jonas nickte Irene und Kathi entschuldigend zu, bevor er Sybille folgte.

»Ich verwette meine Zahnkronen, dass die beiden heute noch heißen wilden Sex haben werden!«, sagte Irene.

»Wie bitte?«

»Na ja. Die verschlingt ihn doch jetzt schon mit ihren Blicken. Und er ist ein Mann«, sagte Irene, als würde das alles erklären.

Bei der Vorstellung verspürte Kathi plötzlich nagenden Hunger. Der Duft der Bratwürste zog in ihre Nase.

»Ich hole mir was zu essen, wollen Sie auch was?«, fragte sie Irene.

»Ja. Eine Orange. Ausgepresst. Mit Schuss!«

Kathi seufzte. Irene war wirklich kein leichter Auftrag!

In der nächsten Stunde tauschte Kathi mehrmals ihr Glas mit dem von Irene, ohne dass es der alten Dame auffallen schien. Kathi spürte inzwischen jedoch deutlich die Wirkung des Alkohols. Aber das war ihr nach dem bisherigen Verlauf des Abends egal. Es konnte kaum schlimmer kommen. Seit Irenes Bemerkung musste sie andauernd an Sybille und Jonas denken. Irgendwie musste sie diesen Abend ja überstehen, und wenn nicht mit Alkohol, wie dann?

Jonas war in Gespräche mit verschiedenen Leuten vertieft und schien sich gut zu amüsieren. Sybille hielt sich die ganze Zeit in seiner Nähe auf. Es war tatsächlich nicht zu übersehen, dass ihr der Fotograf ausnehmend gut gefiel.

»Ich sehe schon, ihr zwei amüsiert euch prächtig«, sagte Karl hinter ihnen und klopfte Kathi anerkennend auf die Schulter. Kathi drehte sich zu ihm um und sah eine gewisse Erleichterung in seinem Blick. Ganz offensichtlich hatte ihr Chef es wirklich nicht einfach mit seiner Schwiegermutter. Was Kathi inzwischen nachvollziehen konnte.

»Amüsieren? Bei diesem schwülstigen Gedudel? Soll das etwa Musik sein?«, fuhr Irene ihn an.

»Die Leute wollen sich unterhalten, da ist die Musik genau richtig«, erklärte er ihr geduldig.

»Früher lief auf Weihnachtspartys noch richtiger Sound! Die Stones, Beatles, AC/DC und Queen. Das waren eben noch Zeiten.«

Kathi musste sich ein Grinsen verkneifen. Was die Musik betraf, musste sie der alten Dame recht geben.

»Kathi, hör mal. Du hast doch Cindy eingeladen, oder?«, fragte Karl sie leise.

»Ja klar.« Erst jetzt fiel es ihr auf, dass das Model noch gar nicht da war. Was allerdings nicht ungewöhnlich war. »Keine Sorge, Karl. Cindy kommt immer später auf Veranstaltungen. Damit sie einen großen Auftritt hinlegen kann. Sie wird sicher bald auftauchen.«

»Hoffentlich. Edgar Ried wartet schon ganz ungeduldig auf sie. Er hat extra ihretwegen eine Geschäftsreise um zwei Tage verschoben, damit er sie heute hier treffen kann und Zeit hat, sich mit ihr zu unterhalten.«

»Cindy ist zwar manchmal etwas schwierig, aber sie ist immer zuverlässig, was ihre Vereinbarungen betrifft«, beruhigte Kathi ihren Chef.

Während sie mit ihm sprach, bemerkte sie plötzlich Sybille, die in einer Ecke stand und zu ihnen herübersah. Sobald sie Kathis Blick auffing, drehte sie sich weg und unterhielt sich mit Stefan, der inzwischen auch aufgetaucht war. *Hat sie uns etwa beobachtet?*, fragte sich Kathi. Dachte Sybille womöglich, Kathi würde ihre neuen Ideen mit Karl besprechen? Eigentlich könnte sie das tatsächlich tun, schoss es ihr durch den Kopf. Karl war in guter Laune und dankbar, weil sie sich um seine Schwiegermutter kümmerte. Außerdem war Kathi schon ein klein wenig angetrunken, und sie fühlte sich mutiger als sonst. *Soll ich?*

Sie öffnete schon den Mund, überlegte es sich dann aber

in letzter Sekunde doch noch mal anders. Hier war weder der geeignete Platz noch der richtige Zeitpunkt, um ihm ihre Ideen vorzustellen oder gar klarzustellen, dass das Konzept für die Münchner Kreditbank von ihr war. Aber sie musste sich gut überlegen, ob sie es sich wirklich mit Sybille verscherzen wollte. Immerhin müsste sie zukünftig auch weiterhin mit ihr zusammenarbeiten. Und außerdem hatte Sybille ihr versprochen, Karl bald über ihre Entwürfe zu informieren.

»Dann hoffen wir mal, dass Cindy bald auftaucht«, riss Karl sie aus ihren Gedanken und ging zu einem ehemaligen Fußballprofi, der seit Kurzem in der Agentur unter Vertrag stand und Werbung für fettarme Gemüsechips machte.

Irene piesackte Kathi so lange, bis diese schließlich Daniela Zabel suchte und sie bat, eine andere Musik aufzulegen.

»Sehr gern«, sagte Daniela. »Mich nervt diese Pseudo-weihnachtsmusik auch schon«, gab sie zu. »Schade, dass es mit der Band nicht geklappt hat. Die sind normalerweise echt gut. Was wollen Sie denn hören?«

»Was Fetziges!«, verlangte Irene und sang als Vorschlag den Refrain des Stones Songs »I can't get no satisfaction«. Dabei funkelten ihre hellgrauen Augen verwegen. Vermutlich schwelgte sie in Erinnerungen.

Daniela hatte für verschiedene Gelegenheiten unterschiedliche Playlists auf ihrem iPod, der über Bluetooth mit Lautsprechern verbunden war, und bald schon ertönten rockigere Klänge im Foyer. Den Gästen schien es zu gefallen, und einige fingen sogar an zu tanzen. Irene war endlich zufrieden und ließ sich von Kathi dazu überreden, ein paar Sushi-Happen an der Bar zu essen.

»Komm!«, sagte Jonas plötzlich, als das Gitarrenintro von Iggy Pops »The Passenger« erklang. Er nahm sie an der Hand und zog sie auf die improvisierte Tanzfläche.

»Aber ich muss doch auf Irene aufpassen«, protestierte Kathi, jedoch nicht allzu überzeugend.

»Keine Sorge, ich behalte sie im Auge. Und wir beide tanzen jetzt!«

Kathi bemerkte überraschte und sogar neidische Blicke von weiblichen Gästen, als Jonas sie vergnügt zum Rhythmus des Songs herumwirbelte. Schnell verlor sie ihre Scheu und machte sich ebenfalls einen Spaß daraus, ihre Hüften zu schwingen und sogar mitzusingen.

»Du hast eine tolle Stimme«, bemerkte Jonas.

»Ich war früher lange im Schulchor«, erklärte Kathi.

»Hört sich richtig gut an.«

»Danke.«

»Ich hab übrigens ein Geschenk für dich dabei«, sagte Jonas. »Das kriegst du aber erst später.«

»Ein Geschenk? Für mich? Ich liebe Geschenke. Was ist es denn?«

»Verrate ich noch nicht.« Er grinste schelmisch.

Kathi spürte, wie ihr Herz schneller schlug. Und das lag nicht nur an den schnellen Bewegungen. Nachdem der Abend weniger gut begonnen hatte, fühlte sie sich in dem Moment einfach glücklich. Jonas wollte ihr etwas schenken und hatte sie den anderen Frauen auf der Party vorgezogen, um mit ihr zu tanzen. Sie musste wieder an den spontanen

Kuss im Studio denken. War er wirklich nur ein Versehen gewesen?

Sie tanzten noch zu einem weiteren Song, während sie Irene im Auge behielten, die mit einer der Barfrauen in ein Gespräch vertieft war. Dabei konnte sie zumindest nichts Schlimmeres anstellen. Zudem hatte Kathi das Personal an der Bar gebeten, Irene keinen Alkohol mehr in die Drinks zu mischen.

Plötzlich drehten sich die meisten Gäste neugierig in Richtung Eingang. Cindy war aufgetaucht, einige ihrer Modelfreundinnen im Schlepptau. Sie war tatsächlich eine umwerfende Erscheinung, und auch heute sorgte sie mit einer extravaganten Garderobe für Furore. Sie trug ein eisblau glitzerndes Minikleid im Stil der 70er-Jahre und weiße Overknee-Stiefel. Über die Schultern hatte sie lässig eine orangefarbene Kunstfellstola drapiert. Die blonde Mähne war zu einem lockeren Knoten hochgesteckt, aus dem sich bereits einzelne Strähnen gelöst hatten.

Kathi beobachtete, wie die meisten Männer bei ihrem Anblick eine aufrechtere Haltung einnahmen. Jonas indes hatte sie noch nicht bemerkt, da er mit dem Rücken zum Eingang tanzte. Karl ließ den Sportler augenblicklich stehen, nahm ein Glas Champagner und ging zu Cindy, um sie zu begrüßen. Sicher würde er sie gleich Edgar Ried vorstellen, der schon sehnsüchtig auf das Model gewartet hatte. Doch kaum hatte Karl sie kurz umarmt und ihr das Glas gereicht, entdeckte Cindy Jonas. Ihr Mund öffnete sich zu einem breiten Lächeln, das perfekte weiße Zähne zeigte. Sie leerte den Champagner, gab Karl das leere Glas und ging auf Jonas und Kathi zu.

»Jo!«

Er drehte sich überrascht um.

»Cindy!«

Und bevor Kathi begriff, was hier vor sich ging, schlang Cindy die Arme um ihn und küsste ihn leidenschaftlich auf den Mund.

Kapitel 14

Kathi stand neben Irene an der Bar und futterte bereits die zweite Tüte gebrannter Mandeln. Doch diesmal trösteten die Nüsse sie nicht. Außerdem hatte sie das Gefühl, einfach nicht satt zu werden. Da sie inzwischen keine Lust mehr auf Wodka mit Orangensaft hatte, war sie zu Bier übergegangen.

»Die beiden waren fast zwei Jahre lang ein Paar«, sagte Sybille, die plötzlich neben Kathi stand.

»Das habe ich gar nicht gewusst«, murmelte Kathi. Allerdings war das nicht sonderlich überraschend. Sie interessierte sich nicht sonderlich für Klatsch und Tratsch über Stars und Sternchen, es sei denn, es hatte unmittelbar mit dem Job zu tun. Und bei ihren Recherchen über Jonas hatte sie auch nichts über eine Beziehung zu dem bekannten Model gelesen.

»So auffallend Cindy sich sonst benimmt, und auch wenn sie aus Publicity-Gründen gern vor der Kamera mit Männern flirtet, so konsequent hält sie wohl ihr Privatleben aus der Öffentlichkeit. Von Jonas wussten offenbar nur ihre Familie und engste Freunde. Das macht hier nach der überschwänglichen Begrüßung jedenfalls gerade die Runde.

Und wenn man die beiden so betrachtet, dann dürften die Gerüchte wohl stimmen.«

Sie schauten zu Cindy und Jonas, die in ein Gespräch vertieft waren. Man konnte sehen, wie vertraut sie miteinander umgingen, wie sie sich immer wieder wie selbstverständlich berührten.

Kathi fühlte sich mies. Wie hatte sie nur eine Sekunde lang hoffen können, dass Jonas sich auch nur im Entferntesten für ein Moppelchen wie sie interessieren könnte, wenn er Frauen wie Cindy haben konnte? War sie denn völlig bescheuert und fern jeglicher Realität?, fragte sie sich.

»Man munkelt, dass sie ihn wieder zurückhaben möchte«, mischte sich Irene plötzlich ein. Sie griff in die Tüte mit den gebrannten Mandeln und holte sich eine Handvoll heraus.

»Ach ja?«, sagte Sybille, und Kathi meinte, in ihrer Stimme Enttäuschung zu hören.

»Das hat zumindest eines dieser anderen Models auf dem Klo erzählt. Deswegen hat sie ihn vorhin auch vor allen geküsst. Meinte die Freundin. Sie will allen zeigen, dass sie zusammengehören. Die Heimlichtuerei hat wohl früher ständig zu Spannungen zwischen den beiden geführt.«

Automatisch griff Kathi wieder in die Tüte mit den Nüssen, doch sie war leer. Obwohl sie Sushi eigentlich gar nicht mochte, nahm sie vom Tablett eines Kellners einen Teller mit vier verschiedenen Häppchen und verputzte sie augenblicklich.

Bis vorhin hatte Kathi nicht geahnt, wie unerwartet weh

es tat zu erfahren, dass Jonas offenbar zu einer anderen gehörte. Warum hatte er ihr nichts davon gesagt? Ihre Mutter hatte wohl recht gehabt. Gut aussehende Männer konnten einem das Herz brechen, auch wenn sie es gar nicht absichtlich taten und womöglich gar nicht immer mitbekamen, was sie anrichteten.

Gedanklich schob Kathi einen schweren eisernen Riegel vor ihr Herz. *Nach einer misslungenen vorübergehenden Öffnung bis auf Weiteres geschlossen!*

»Bestimmt haben die zwei heute noch wilden Versöhnungssex!«, spekulierte Irene, die völlig vergessen zu haben schien, dass sie ihr Gebiss bereits auf eine Nacht mit Sybille verwettet hatte.

»Warum sie sich wohl getrennt haben?«, fragte Sybille.

Kathi zuckte nur mit den Schultern. Als ob das nicht egal war.

Als sie wieder zu den beiden sah, war Jonas verschwunden und Cindy, ein frisches Glas Champagner in der Hand, plauderte endlich mit Edgar Ried.

Am liebsten wäre Kathi nach Hause gegangen, aber zu ihrem Job gehörte es, bis zum Schluss zu bleiben. Ganz abgesehen davon, musste sie sich weiter um Irene kümmern. Trotzdem brauchte sie jetzt zumindest ein wenig frische Luft. Und zwar dringend. Ein paar Minuten müsste die alte Dame einfach allein klarkommen.

Auf dem Weg zur Dachterrasse kam sie an Karls Büro vorbei. Die Tür stand einen Spalt offen, und sie hörte eine Unterhaltung zwischen Sybille und ihrem Chef. Kathi wollte schon weitergehen, da schnappte sie ein paar Wörter auf, die sie dazu brachten, stehen zu bleiben und zu lauschen.

»Super! So eine Werbung für einen neuen Joghurt gab es noch nie! Da muss man erst mal drauf kommen, Sybille! Mit diesem Konzept werden wir sie auf jeden Fall überzeugen. Du bist der Hammer!«

»Danke, Karl. Es wär mir nur wichtig, das jetzt noch nicht mit den anderen zu besprechen. Ein paar Details möchte ich vorher noch ausarbeiten, bevor wir es im neuen Jahr in der großen Runde vorstellen. Deswegen wollte ich dir das jetzt erst einmal nur unter vier Augen zeigen.«

Kathi konnte nicht fassen, was sie da hörte!

»Klar. Das klingt vernünftig. Und ich sag dir was, Sybille. Sobald wir die Zusage für diese Werbekampagne in der Tasche haben – und ich zweifle nicht daran, dass das passieren wird –, werde ich dich zur gleichberechtigten Partnerin ernennen. Ich möchte künftig ein wenig kürzertreten, und da brauche ich jemanden an meiner Seite, auf den ich mich zu hundert Prozent verlassen ...«

In diesem Moment ging die Tür zur Dachterrasse auf, und einige Gäste kamen lachend und gut gelaunt in den Flur.

Erschrocken trat Kathi von Karls Bürotür weg und ging sauer und enttäuscht nach draußen.

Doch die frische Luft brachte ihr nicht die erwünschte Erleichterung, ihr wurde vielmehr sogar ein wenig schwindelig. Sie hätte nicht so viel trinken dürfen. Und doch würde sie sich jetzt am liebsten noch ein weiteres Bier bestellen, um ihren Frust hinunterzuspülen. Sybille hatte sie hintergangen und ganz eindeutig nicht vorgehabt, Karl zu sagen, dass das neue Konzept ihre Idee war. Doch noch einmal würde Kathi sich das nicht gefallen lassen.

Als ob ihre Gedanken sie hergelockt hätten, betrat Sybille die Dachterrasse. Sie sah sich kurz um und gesellte sich dann zu einem Kunden aus der Kosmetikbranche, der schon seit Jahren mit der Agentur Wunder zusammenarbeitete.

Jetzt oder nie!, sagte sich Kathi. Der Ärger und die Enttäuschung, und nicht zuletzt auch der Alkohol, gaben ihr Mut. Sie ging zu Sybille. »Entschuldigung, wenn ich störe. Aber ich muss kurz mal mit Frau Benes sprechen.«

»Können wir das nicht später ...«, begann Sybille, doch Kathi unterbrach sie sofort.

»Nein. Das muss jetzt gleich sein.«

»Na gut.«

Sie gingen zu einem der Pavillons, der im Moment leer war.

»Was gibt es denn so Dringendes, Kathi?«, wollte Sybille wissen.

»Ich habe dein Gespräch gehört. Mit Karl. Du hast ihm das neue Konzept vorgestellt, aber wieder kein Wort darüber gesagt, dass es von mir ist.«

Überrascht sah Sybille sie an, ließ sich mit einer Antwort Zeit.

»Vielleicht hat das ja auch seinen Grund«, sagte sie schließlich.

»Welchen Grund denn, bitte schön? Dass du gleichberechtigte Partnerin wirst, wenn die Kampagne vom Kunden gekauft wird? Oder weil du ohnehin niemals vorhattest, Karl zu sagen, dass ich das alles ganz allein entwickelt habe und du keinen Handstrich dazu beigetragen hast?« Kathi redete sich in Rage. Zum ersten Mal war es ihr egal, welche Konsequenzen das womöglich nach sich ziehen würde.

»Rede nicht in diesem Ton mit mir, Kathi! Wir können uns darüber unterhalten, aber nicht so. Außerdem bist du angetrunken. Lass uns am Montag darüber sprechen, wenn du nüchtern bist und dich wieder beruhigt hast.«

Sybille wollte schon gehen, doch Kathi hielt sie am Arm fest.

»Nein. Wir reden jetzt. Oder ich gehe auf der Stelle zu Karl und sag ihm alles.«

In diesem Moment fegte eine Windböe durch den Pavillon, und kleine Schneeflocken stoben herein.

»Das kannst du schon machen«, sagte Sybille mit eisigem Blick. »Aber was glaubst du wohl, wem Karl mehr glauben wird? Seiner zukünftigen Partnerin oder der einfachen Sekretärin?«

»Auch wenn ich für dich nur eine einfache Sekretärin sein mag, ich habe die Unterlagen auf meinem Rechner daheim, mit denen ich beweisen kann, dass ich das Konzept gemacht habe.«

»Wenn du mir so in den Rücken fällst, werde ich sagen, du hast es auf meine Anweisung hin ausgearbeitet, nachdem ich dir die Ideen vorgegeben habe«, sagte sie kühl. »Und niemand kann das Gegenteil beweisen.«

Kathi sah sie fassungslos an. Hatte sie das wirklich gesagt?

»Das würdest du echt machen?«, fragte sie leise.

»Wenn du mir keine andere Wahl lässt, würde ich das, ja«, antwortete sie ganz ruhig. »Und im Zweifelsfall stünde dann Aussage gegen Aussage. Es geht hier schließlich nicht nur um dich, sondern auch um mich und vor allem um die Agentur.«

Kathi bemühte sich, nicht vor Wut und Enttäuschung loszuheulen.

»Allerdings hoffe ich immer noch, dass du zur Vernunft kommen wirst, wenn du wieder nüchtern bist und in Ruhe über alles nachgedacht hast«, lenkte Sybille ein. »Und wir bei unserem ursprünglichen Plan bleiben, damit es gar nicht erst so weit kommen muss.«

»Welchem Plan?«

»Dass ich Karl zur rechten Zeit sagen werde, wie gut du bist. Ich dachte, du möchtest diese Stelle als Werbefrau in der Agentur haben? Sobald ich mit in der Geschäftsführung bin, habe ich einen ganz anderen Einfluss auf solche Entscheidungen. Überlege es dir gut, was du jetzt machst, Kathi. Es hängt ganz allein von dir ab, ob du zukünftig eine Gewinnerin bist oder ... oder ob du auf der Verliererstraße bleibst.«

Kathis Lippen zitterten.

»Das also bin ich die ganze Zeit für dich? Eine Verliererin?«

»So hab ich das nicht gemeint. Aber nur, weil du jetzt ungeduldig bist, könntest du dir echt alles versauen! Willst du das wirklich?«

Meinte Sybille das tatsächlich ernst? Tat sie ihr womöglich Unrecht? Bevor Kathi antworten konnte, blies der Wind so plötzlich in den Pavillon, dass er davonzufliegen drohte. Reflexartig griff Kathi nach einer der Alustangen und hielt sie fest. So schnell, wie er kam, war der Wind wieder weg. Dafür begann es von einer Sekunde auf die andere heftig zu schneien. Bis auf ein paar hartgesottene Gäste, die bei den Feuerkörben oder Heizpilzen standen und sich zudem noch mit heißem Glühwein wärmten, verschwanden die meisten nun ins Foyer. Auch Sybille ging ohne ein weiteres Wort und ließ sie einfach stehen.

Kathi sah ihr hinterher. Sie dachte über Sybilles Worte nach. Was stimmte denn nun? Wollte sie Kathi wirklich ihren Traumjob ermöglichen, nachdem sie in der Geschäftsleitung war, oder war es nur ein weiteres Vertrösten ohne Aussicht darauf, dass sich tatsächlich etwas für sie ändern würde. Kathi wusste nicht mehr, was sie glauben sollte. Ihr Vertrauen in Sybille war jedenfalls mächtig angeknackst. Trotzdem musste sie sorgfältig abwägen, wie sie sich nun weiter verhalten sollte. Der Alkohol machte es ihr nicht gerade leicht, einen klaren Gedanken zu fassen.

Da sie ohne Mantel auf die Terrasse gekommen war, ging die Kälte ihr inzwischen durch Mark und Bein. Sie wollte gerade hineingehen, da betraten Jonas und Cindy die Dachterrasse und stellten sich in einem Pavillon unter. Reflexartig verschwand Kathi hinter einem der Tannenbäumchen, damit die beiden sie nicht entdeckten. Sie zog den Schal über den Kopf, während die Schneeflocken sie einpuderten.

Cindy leerte den Champagner in ihrem Glas in wenigen Zügen, bevor sie sich eine Zigarette anzündete. Kathi beobachtete, wie Jonas seine Jacke auszog und sie dem Model fürsorglich über die Schultern legte. Cindy schwankte ein wenig, und Jonas konnte sie gerade noch festhalten. Offenbar war sie bereits ziemlich betrunken, obwohl sie noch gar nicht lange auf der Feier war.

»Bestimmt hast du heute wieder nichts gegessen«, schalt Jonas sie.

»Doch. Mittags eine Banane«, antwortete Cindy mit schwerer Zunge und zog an ihrer Zigarette. »Und bitte schimpfe mich jetzt nicht, Jo, mir geht es nämlich gar nicht gut.«

»Dann lass das!« Er nahm ihr die Zigarette aus der Hand und drückte sie im Aschenbecher aus.

»Hey! Das war meine letzte!«

»Umso besser. Komm, wir gehen wieder rein.«

Statt einer Antwort legte sie die Arme um seinen Hals und drückte sich an ihn.

»Sag mir, dass du mich noch liebst, Jo. Du liebst mich doch noch, oder?«

»Natürlich liebe ich dich noch, Cindy«, sagte er so leise, dass Kathi es gerade noch hören konnte. Wie sehr hätte sie sich gewünscht, dass er das nicht gesagt hätte.

Was mache ich nur hier?, fragte sie sich bibbernd. Inzwischen war ihr Kleid völlig durchnässt, und vor Kälte spürte sie kaum mehr ihre Finger. Sie musste unbedingt ins

Warme, sonst würde sie sich noch eine Lungenentzündung holen. Doch sie brachte es nicht über sich, jetzt an den beiden vorbeizugehen.

»He! Was ist das denn?«, hörte sie Cindy fragen.

»Lass das bitte.« Sein Ton war plötzlich scharf.

Doch Cindy lachte nur, als sie etwas aus seiner Jackentasche zog. Eine flache Schachtel mit dem Motiv eines Weihnachtselfs. Kathi hielt den Atem an. War das womöglich das Geschenk, das er ihr heute geben wollte?

»Für wen ist das?«, fragte Cindy und riss die Schleife herunter.

»Jedenfalls nicht für dich! Gib es mir«, sagte Jonas und versuchte, es ihr abzunehmen. Doch da hatte sie die Schachtel schon geöffnet. Neugierig starrte sie hinein und begann dann laut zu lachen.

»Oh Gott, willst du jetzt vielleicht Plus-Size-Fotograf werden?«

Kathi erstarrte, als ihr dämmerte, was in der Box sein könnte.

»Das ist doch die dicke Sekretärin!«, rief Cindy amüsiert.

»Kathi ist nicht dick!«, stellte er klar.

Kathi schloss die Augen. Sie wünschte sich, überall sonst wo auf der Welt zu sein, nur nicht hier!

»Stimmt. Sie ist nicht dick, sie ist fett.«

Von Jonas kam keine Reaktion darauf.

Scheinbar war Cindys Interesse an den Fotos damit auch schon wieder vorbei. Gelangweilt drückte sie ihm die Schachtel in die Hand.

»Komm. Ich möchte noch Champagner«, sagte sie.

»Nur, wenn du vorher eine Kleinigkeit isst«, sagte er bestimmt und verschwand mit ihr im Haus.

Endlich sind sie weg! Kathi hoffte, dass sich der Boden unter ihren Füßen öffnen würde, um darin zu versinken. Noch nie hatte sie etwas so Demütigendes erlebt wie in den letzten Minuten.

Sie wartete noch einige Sekunden, bis sie sicher war, dass die beiden sie nicht mehr sehen würden, dann ging sie ebenfalls hinein.

Nass bis auf die Unterwäsche und völlig durchgefroren, eilte sie in den kleinen Abstellraum, in dem die Mitarbeiter der Agentur ihre Taschen, Jacken und Winterschuhe abgelegt hatten, um die Garderobe für die Gäste freizuhalten. Bibbernd und mit zitternden Fingern schlüpfte sie aus den Schuhen und dem nassen Kleid, der Strumpfhose und dem BH. In diesem Moment war es ihr sogar egal, ob jemand hereinkommen würde. Mit ein paar Papiertaschentüchern trocknete sie notdürftig ihre Haare. Dann zog sie T-Shirt und Pulli an und stieg in ihre Jeans. Ihre Finger waren so klamm, dass sie eine Weile brauchte, um Knopf und Reißverschluss zu schließen. Sie zog ihre Socken an und stieg in die Winterstiefel. Als sie schließlich in den Mantel schlüpfte und ihre Mütze aufsetzte, fühlte sie sich etwas wohler, auch wenn ihr immer noch schrecklich kalt war. Sie würde sofort nach Hause gehen, keine zehn Pferde könnten sie jetzt noch aufhalten. Sie griff nach ihrer Tasche und stopfte die nassen Sachen hinein. Da fiel ihr der kleine Weihnachtsengel ins Auge. Sie nahm ihn heraus.

»Ich dachte, du sollst mir Glück bringen!«, fuhr sie ihn an. Sie brauchte ein Ventil, um ihre Wut, Scham und Enttäuschung loszuwerden, und wenn es nur dieser kleine Engel war. »Vielleicht solltest du dann endlich mal deinen Job machen und dich um mich kümmern!«

Stinkwütend pfefferte sie die Figur in die Ecke, doch gleich darauf tat ihr das wieder leid. Sie bückte sich, um den Engel aufzuheben, der unter eine Kommode gerutscht war. In diesem Moment öffnete sich die Tür, und von draußen kam für einige Sekunden Lärm herein. Konnte man denn nicht einmal hier seine Ruhe haben?

Sie drehte sich um und erkannte Stefan, der sie anscheinend noch nicht gesehen hatte. Ausgerechnet er musste hier auftauchen! Kathi hatte den Engel inzwischen gepackt und wollte gerade aufstehen, da fiel ihr auf, wie seltsam Stefan sich verhielt, der sie nach wie vor noch nicht entdeckt hatte. Er ging zu den Jacken und Mänteln, die über Stühle gelegt worden waren, und begann, in den Jackentaschen herumzuwühlen!

»Was machst du denn da?«, fragte Kathi und stand auf. Erschrocken drehte Stefan sich zu ihr um.

»Ach du bist es nur«, sagte er und schien sich etwas zu entspannen. »Ich such mein Handy. Das ist in meiner Jackentasche.«

Das war der Tropfen, der das Fass an diesem Tag zum Überlaufen brachte.

»Hältst du mich echt für so bescheuert?«, fuhr sie ihn an. »Das da ist ganz sicher nicht deine Jacke! Du wolltest sehen, ob in den Taschen irgendwas ist, was du klauen kannst!«

»Was hast du denn für abstruse Ideen? Ich hab gar nichts gemacht.«

Kathi sah ihn an und schüttelte nur angewidert den Kopf.

»Ach, hast du nicht? Na, dann muss ich mich wohl getäuscht haben! Oder?« Sie lachte bitter. »Und sollte ich zu irgendwem was sagen, wirst du es natürlich vehement abstreiten, und dann steht Aussage gegen Aussage. Außerdem ist dein Vater einer der besten Freunde von Karl, und du wirst schon dafür sorgen, dass ich fliege, wenn ich was gegen dich sagen sollte. Oder wie? Schon klar! ... Weißt du was? Du kannst mich mal!« Sollte er doch wen auch immer beklauen. Ohne ihn noch weiter zu beachten, nahm sie ihre Tasche und rauschte hinaus.

»Kathi! Da bist du ja. Ich suche dich schon überall.« Jonas kam ihr entgegen und sah sie mit genau dem Lächeln an, das sie verzaubert hatte. Aber so sah man wohl die naive dicke Sekretärin an. Einfach nur aus Freundlichkeit!

Sie nahm all ihre Würde zusammen, um sich nicht anmerken zu lassen, wie verletzt sie war. Er konnte ja nichts dafür, dass sie ihre Gefühle nicht im Griff hatte.

»Ich ... mir geht es nicht so gut«, sagte sie kurz angebunden. »Ich geh jetzt nach Hause.«

»Oh, das tut mir leid. Wenn du noch ein paar Minuten wartest, dann kannst du mit uns im Taxi mitfahren, und wir setzen dich bei dir zu Hause ab.«

Mit uns? Er fährt mit Cindy nach Hause. Natürlich! Genau das, was ich jetzt brauche!

»Danke, aber ich hab es nicht so weit, und ein wenig Bewegung an der frischen Luft tut mir bestimmt gut«, lehnte sie ab.

»Du siehst aber wirklich nicht gut aus. Bist du dir sicher?«

»Bin ich.«

»Na gut. Ich hoffe, es geht dir bald wieder besser.«

»Bestimmt ...«

»Kathi, Moment ...«

»Was denn?« Sie konnte es kaum mehr erwarten, endlich zu verschwinden.

»Ich hab doch noch dein Geschenk!«

Er griff in seine Jackentasche.

Oh nein! Das will ich jetzt ganz bestimmt nicht haben.

»Du brauchst mir nichts zu schenken, Jonas«, sagte sie schnell.

»Aber ich möchte es gern. Es ist mein Dankeschön an dich, weil du mir den Kontakt zu deinem Cousin vermittelt hast. Und überhaupt.«

Er hielt ihr die lustige Schachtel entgegen.

»Und das Elfenkostüm, wie dieses hier, führe ich dir gern mal vor.« Er grinste.

Warum sagt er so was? Was will der Kerl eigentlich von mir? Denkt er, so ein Dickerchen wie ich hat keine Gefühle?

»Das will ich ehrlich gesagt gar nicht sehen«, sagte sie. »Und dein Geschenk brauch ich auch nicht!«, fuhr sie ihn schroff an, weil sie plötzlich keine Kraft mehr hatte, ihm etwas vorzuspielen. »Und du brauchst auch nicht nett zu mir zu sein, nur weil ich dir meinen Cousin empfohlen habe. Du musst ihn nur für seine Arbeit bezahlen.«

»Kathi?« Er sah sie betroffen an. »Was ... was ist denn plötzlich mit dir los?« In diesem Moment bemerkte er, dass seine Hand mit der Schachtel immer noch ausgestreckt im luftleeren Raum hing, und er zog sie zurück.

Am liebsten hätte sie losgeheult, so schlecht fühlte sie sich. Er hatte ihr doch nichts getan, und sie benahm sich so unmöglich. Sie wollte sich gerade entschuldigen, da kam Cindy um die Ecke. Das fehlte jetzt gerade noch.

»Gut, dass ich in diesem Fall keinen Grund habe, eifersüchtig zu sein«, lallte das Model und kicherte. »Macht ihr jetzt Päckchentauschen oder wie?«

Jonas sah sie mit einem mahnenden Blick an.

»Cindy ...!«

»Schon okay. Ich sag ja schon nichts mehr. Aber wenn du mich jetzt nicht nach Hause bringst, hole ich mir noch ein Glas Champagner.«

»Du hattest echt schon genug heute ... Ich möchte nur noch kurz mit Kathi sprechen, geh bitte schon mal vor. Ich komme gleich nach.«

Doch Cindy verschränkte nur die Arme und machte keinerlei Anstalten zu gehen.

»Ich muss jetzt los«, presste Kathi hervor. Sie wollte sich das nicht länger antun.

»Kathi? Kann ich dich später noch anrufen?«, fragte Jonas.

»Nein, verdammt noch mal! Fahrt nach Hause, und lass mich einfach in Ruhe, ja? Und wenn du beruflich was zu besprechen hast, dann wende dich an Sybille, oder schick mir am Montag eine Mail ins Büro.«

»Boh, das Dickerchen hat es dir jetzt aber gegeben!«, hörte sie Cindy noch amüsiert sagen, bevor Kathi zitternd davonging, ohne sich noch mal umzudrehen.

»Kathi! Wo willst du denn hin? Hab ich nicht gesagt, dass du auf meine Schwiegermutter aufpassen sollst«, fuhr Karl sie an, als sie sich durch die tanzenden Leute hindurch zum Ausgang drängte, und zog sie zur Seite.

»Eigentlich wäre jetzt der Moment für ein paar Worte an die Gäste gewesen. Aber Irene ist an der Bar mit einer Gallenkolik zusammengebrochen, und meine Frau bringt sie gerade nach Hause! Womöglich muss sie heute Nacht noch ins Krankenhaus.«

»Das ... das tut mir leid, Karl. Wirklich! Ich war nur ... draußen«, sagte Kathi erschrocken. Sie hatte Irene tatsächlich völlig vergessen.

»Ich habe dir extra gesagt, dass sie nur wenig Alkohol trinken und vor allem keine Nüsse essen darf.«

»Nüsse? Aber das hat sie doch gar nicht!« Plötzlich fielen ihr die gebrannten Mandeln ein, die sie selbst an der Bar gegessen hatte. Offenbar hatte Irene sich bedient, ohne dass Kathi es registriert hatte.

»Oder vielleicht doch«, gab sie zu.

»Und scheinbar nicht wenige!«

»Tut mir leid. Aber Irene muss doch selbst wissen, was sie verträgt und was nicht!«, rechtfertigte Kathi sich. Sie hatte für heute genug, ständig der Buhmann zu sein.

»Denkst du wirklich, ich hätte dich gebeten, auf sie aufzupassen, wenn meine Schwiegermutter noch selbst einschätzen könnte, was sie darf und was nicht? Zu ihrer eigenwilligen Sturheit, die sie schon immer hatte, ist eine beginnende Demenz dazugekommen, Kathi. Deswegen muss man sie vor manchen Dingen eben beschützen, damit sie sich nicht selbst Schaden zufügt.«

Betroffen sah Kathi ihn an. Eine beginnende Demenz? Das hätte sie bei der alten Dame nie und nimmer vermutet, nicht nachdem Irene so selbstbewusst und schlagfertig aufgetreten war.

»Das tut mir so leid«, murmelte sie. »Wirklich.«

»Sollte es auch«, fuhr er sie an. »Es kann doch nicht so schwer sein, einfach mal einen Abend lang auf jemanden aufzupassen. Ich bin wirklich enttäuscht und sauer.«

Er drehte sich weg und ging davon. Kathi erntete einen schadenfrohen Blick von Stefan, der in der Nähe stand und sie beobachtete.

Ich muss hier weg!

Draußen schneite es noch immer heftig, und Kathi stapfte durch den wadenhohen Schnee. Der Abend war eine einzige Katastrophe gewesen, und sie wollte nur noch nach Hause und schlafen, um wenigstens für ein paar Stunden alles zu vergessen. Tränen brannten in ihren Augen, doch noch konnte sie nicht weinen. Sie überlegte kurz, die U-Bahn zu nehmen, aber ihr Körper verlangte danach, sich zu bewegen. Gut, dass das Wochenende vor ihr lag und sie damit ein wenig Zeit hatte, um darüber nachzudenken, wie es mit ihr weitergehen sollte. Falls Karl Wunder ihr am Montag nicht ohnehin die Kündigung vorsetzte, sollte sie vielleicht von sich aus kündigen und sich einen anderen Job suchen. Vielleicht bei Beau Cadeau? Daniela Zabel hatte ihr ja heute so ein nettes Angebot gemacht. Dann würde sie auch Jonas nie wieder sehen müssen. *Jetzt nur nicht an Jonas denken!* Sie fühlte sich so gedemütigt durch dieses Gespräch, das sie heimlich belauscht hatte, allein der Gedanke daran trieb ihr noch immer Schamesröte auf die Wangen. *Die fette Sekretärin ...*

Warum war sie nicht einfach hinter dem Tannenbaum hervorgekommen und hocherhobenen Hauptes an den beiden vorbeimarschiert? Warum hatte sie Karl nicht einfach reinen Wein eingeschenkt und ihm gesagt, dass Sybille ständig die Lorbeeren für ihre Arbeit einheimste? Warum hatte sie sich darauf eingelassen, auf seine Mutter aufzupassen? Zumindest hätte er ihr das mit der Demenz sagen müssen, dann hätte Kathi die Lage ganz anders einschätzen können. Und dann ließ sie sich auch noch von einem Praktikanten schikanieren.

Warum nur schluckte sie immer alles, ohne sich wirklich zu wehren?

Es war, als ob sie in solchen Momenten nicht selbst über sich bestimmen würde, als hätte sich ein anderer ihrer bemächtigt. Oder war sie einfach nur feige?

In diesem Augenblick fühlte sie sich so allein wie noch nie in ihrem Leben. Sie sehnte sich nach einem Menschen, der sie verstand, der sie in den Arm nahm und tröstete. Und der ihr sagte, dass alles wieder gut werden würde.

Doch so einen Menschen gab es für sie nicht. Noch nicht einmal ihre Mutter, die sich zwar um Kathi sorgte, ihr dabei jedoch gleichzeitig manchmal die Luft abschnürte, weil sie die Tochter wie eine Glucke behüten und ihr ein anderes Leben aufzwingen wollte.

Das Schneetreiben wurde noch stärker, und das Vorankommen immer beschwerlicher. Zum Glück war es nicht mehr allzu weit bis zu ihr nach Hause. Sie überquerte gerade den Stephansplatz und ging auf die kleine Seitenstraße zu, in der etwa hundert Meter entfernt ihr Wohnhaus war, da sah sie einen Mann in einem auffallenden roten Kapuzensweatshirt, der ein Stück vor ihr ging. Er schwankte leicht und blieb stehen.

»Geht es Ihnen nicht gut?!«

Er drehte sich zu Kathi um und starrte sie seltsam an. Er war jünger, als sie gedacht hatte. *Kenne ich diesen Mann?* Irgendetwas an ihm schien ihr vertraut, obwohl sie gleichzeitig sicher war, ihm noch nie begegnet zu sein, denn an einen Mann wie ihn hätte sie sich gewiss erinnert. Mit seinen schwarzen Haaren sah er ausgesprochen gut aus, allerdings wirkte seine Kleidung irgendwie altmodisch, und er war ziemlich blass um die Nase. Noch immer sah er sie mit einem Blick an, den Kathi nicht definieren konnte.

»Brauchen Sie Hilfe?«

Er schüttelte den Kopf, wankte dann jedoch erneut.

Kathi wollte zu ihm gehen, um ihm zu helfen, da sah sie plötzlich, wie sich vor ihr etwas im Schnee bewegte. Sie erkannte Luna, die ihr direkt vor die Füße sprang. Kathi versuchte auszuweichen, doch sie trat auf den Schwanz der

Katze, die empört durch die Nacht jaulte. Sie ruderte mit den Armen, verlor trotzdem das Gleichgewicht und stürzte mit einem Aufschrei zu Boden. Sie spürte einen dumpfen Schmerz am Kopf, dann wurde es dunkel.

Kapitel 15

Kathi! Kathi! Du musst aufwachen«, sagte ich drängend. Nach allem, was meine Tochter heute mitgemacht hatte, hatte ich einfach eingreifen müssen, ich konnte mir das nicht länger ansehen. Auch wenn es mich einiges an Verhandlungsgeschick gekostet hatte, um Uriel zu überreden, es zuzulassen. Denn es war nur ganz wenigen erlaubt, noch mal für eine kurze Zeit zurückzukehren, um einem geliebten Menschen beizustehen. Vor allem einem Menschen, der sich und seinem Glück durch seine Gutmütigkeit und viel zu wenig Selbstbewusstsein schon seit der Kindheit ständig im Weg stand. Doch jetzt war ich hier und konnte mich kaum sattsehen, an ihrem wunderschönen Gesicht. Meine Tochter!

»Kathi! Bitte, wach auf!«

Sie stöhnte leise und öffnete blinzelnd die Augen.

»Wer bist du?«, fragte sie und sah mich erschrocken an.

»Hab keine Angst«, sagte ich ganz ruhig und wich ihrer Frage gleichzeitig aus. »Du bist im Schnee ausgerutscht und gestürzt.«

Irgendwie musste ich ihr beibringen, dass ich als Engel zu ihr gekommen war, um ihr aus dem Schlamassel zu helfen, in den sie sich reingeritten hatte. Das würde ganz gewiss nicht einfach werden. Noch suchte ich nach den richtigen Worten.

Kathi rappelte sich hoch. Immer noch sah sie mich verwirrt an.

»Tut dir etwas weh? Ist dir schwindlig oder schlecht?«, fragte ich.

»Nein«, murmelte sie. »Aber was ist denn passiert? Ich weiß gar nicht, wie ich hierhergekommen bin.«

»Woran kannst du dich denn noch erinnern?«

Sie sah sich um.

»Ich weiß noch, dass ich heute Morgen auf dem Weg zur Agentur hier entlanggegangen bin ... das war doch heute Morgen, oder? Wieso ist es denn jetzt mitten in der Nacht?«

Die Angst in ihrer Stimme war nicht zu überhören. Ich fragte mich, ob Uriel womöglich seine Finger im Spiel hatte, dass sie sich im Moment nicht mehr daran erinnern konnte, was in den letzten Stunden passiert war. Womöglich würde das meine Aufgabe erst einmal erleichtern. Zumindest hoffte ich das.

»Ganz ruhig«, sagte ich sanft. »Du hast wohl etwas zu viel getrunken und dir bei dem Sturz den Kopf ein wenig angestoßen.«

»Zu viel getrunken? Auf der Weihnachtsfeier?«, sie sah mich verwirrt an. »War ich denn dort?«

»Es fällt dir alles bestimmt bald wieder ein. Du musst dir keine Sorgen machen.«

Trotzdem musste sie jetzt schnellstens nach Hause und raus aus den nassen Sachen, bevor sie sich erkältete.

»Na gut, dann danke ... äh, wer bist du noch mal?«

»Ich ... ich bin Angelo.«

»Kennen wir uns? Irgendwie kommst du mir bekannt vor, und du weißt, wie ich heiße.«

»Bevor du gestürzt bist, haben wir kurz geredet.« Ich dehnte die Wahrheit ziemlich weit aus. Ich musste nur aufpassen, nicht direkt zu lügen. Das war mir nicht erlaubt.

»Seltsam, dass ich mich auch daran nicht mehr erinnern kann. Vielleicht sollte ich doch besser zu einem Arzt?«

Sie tastete ihren Kopf ab.

»Wenigstens habe ich keine Beule. Und wehtut auch nichts.«

»Na siehst du. Ich glaube, du brauchst einfach nur Schlaf, und wenn du morgen aufwachst, fällt dir alles wieder ein.«

»Wenn du meinst ... Wohnst du hier in der Gegend?«

»Vorübergehend ... sozusagen auf der Durchreise.«

»Und du gehst mitten in der Nacht hier ohne Jacke joggen?«

Fragend betrachtete sie meine Kleidung.

Ich schüttelte lächelnd den Kopf.

»Nein. Joggen war ich nicht.«

»Ach, egal ... Ich gehe jetzt mal besser nach Hause«, sagte Kathi. »Danke, dass du dich um mich gekümmert hast, Angelo. Gute Nacht.«

»Warte. Ich begleite dich.«

»Das musst du nicht. Wirklich. Ich hab's nicht mehr weit. Und du solltest auch schleunigst nach Hause gehen und dich umziehen. In den dünnen Sachen holst du dir ja noch den Tod.«

Tja ... Das wohl eher nicht mehr.

»Mir ist nicht kalt«, erklärte ich wahrheitsgemäß. »Und ich muss sowieso in deine Richtung.«

Sie sah mich irritiert an.

»Woher weißt du denn, in welche Richtung ich muss?«

»Nun, das weiß ich, weil ich dich schon ein paarmal gesehen habe.«

Sie trat einen Schritt zurück.

»Bist du vielleicht so ein ... Spanner?«

»Nein! Natürlich nicht!«, protestierte ich.

Sie wollte offensichtlich etwas sagen, doch dann marschierte sie einfach los. Ich hatte sie schnell eingeholt und ging dann neben ihr her. Sie wurde immer schneller. In ihrer Eile fiel es ihr offenbar nicht auf, dass ich keine Spuren im Schnee hinterließ.

»Kathi?«

»Ja?«

»Weißt du, ich bin dir eine Erklärung schuldig«, begann ich behutsam.

»Welche Erklärung?«

Am besten machte ich es jetzt einfach kurz und schmerzlos.

»Ich bin ein Engel«, sagte ich.

»Ja, es ist sehr nett von dir, dass du mir vorhin geholfen hast und mich jetzt auch noch nach Hause begleitest«, interpretierte sie mein Geständnis falsch.

»Nein, ich meine, ich bin wirklich ein Engel. Dein Engel. Und ich bin hier, um auf dich aufzupassen.«

Der Blick, den sie mir daraufhin zuwarf, war gleichzeitig amüsiert und besorgt.

»Kann es vielleicht sein, dass du auch hingefallen bist?«, fragte sie.

»Ja. Vorhin«, gab ich wahrheitsgemäß zu. »Bei meiner Landung hier auf der Erde.«

Sie schüttelte den Kopf und ging schneller.

»Ich weiß, das ist schwer zu glauben, aber sieh mich doch bitte mal an.«

Von der Seite warf sie mir einen kurzen Blick zu.

»Wir laufen die ganze Zeit durch den Schnee, aber meine Sachen und meine Haare sind trocken.«

»Vielleicht hast du ja wasserabweisende Klamotten an und irgendein besonderes Haarspray«, spekulierte sie. Natürlich suchte man zunächst immer erst einmal nach einer plausiblen Erklärung, wenn Dinge seltsam erschienen.

Inzwischen waren wir vor ihrer Haustür angekommen.

»Na, dann dreh dich doch mal um. Eigentlich müssten doch Fußspuren von mir im Schnee sein, oder? Siehst du welche? Nein, es gibt nämlich keine von mir. Engel hinterlassen keine Fußspuren.«

Ich deutete auf den verschneiten Gehweg. Doch offensichtlich wollte sie das gar nicht sehen. Sie kramte in ihrer Tasche und holte den Schlüsselbund heraus.

»Kathi?«

Endlich hob sie den Kopf und sah mich an.

»Angelo. Wenn man so einen Namen hat wie du, darf man Späße darüber machen. Aber jetzt ist es genug, und es ist auch nicht mehr lustig. Geh jetzt bitte! Gute Nacht.«

Sie sperrte die Tür auf und trat ein. Doch bevor sie ins Schloss fiel, stand ich schon neben Kathi im Hauseingang.

Sie drehte sich zu mir um. Jetzt sah ich Angst in ihren Augen. Das wollte ich auf keinen Fall!

»Ich tu dir nichts. Ich will nur mit dir reden«, sagt ich schnell.

»Bitte verschwinde, sonst… sonst rufe ich die Polizei«, sagte sie.

»Das wird dir nichts nützen. Die können mich nicht sehen.«

»Ja klar!« Sie lachte ein bisschen zu laut.

»Aber du musst keine Angst vor mir haben. Wirklich nicht. Ich würde dir nie etwas antun. Im Gegenteil. Es soll dir gut gehen.«

Eilig rannte Kathi die Treppe nach oben. Als sie schwer atmend vor ihrer Wohnungstür ankam, stand ich bereits da.

»Kathi…«

»Wie kann das sein?«, unterbrach sie mich. Verständnislos sah sie zwischen mir und der Treppe hin und her.

»Du warst doch hinter mir.«

»Ich sagte doch, ich bin ein Engel.«

Sie drehte wieder um und eilte ein Stockwerk tiefer. Dort drückte sie auf die Klingel neben der Wohnungstür.

»Das ist keine gute Idee«, sagte ich und seufzte.

»Dann hau doch endlich ab!«

Es dauerte nicht lang, bis die Tür geöffnet wurde. Ein etwas verschlafen aussehender Herr Pham in einem Bademantel sah Kathi erschrocken an.

»Ist etwas passiert, Anemone?«, fragte der Mann, den ich natürlich ebenso kannte wie alle anderen Menschen, mit denen Kathi zu tun hatte.

»Wir brauchen einen Arzt«, sagte sie schnell.

»Du liebe Güte, komm herein. Du siehst wirklich nicht gut aus.«

»Nicht für mich. Für ihn!« Sie schaute in meine Richtung.

»Er kann mich weder sehen noch hören, Kathi«, erklärte ich geduldig.

»Wen meinst du denn, Anemone?«

»Na, den Typen da...«, begann sie.

»Wenn du mir einfach zuhörst, dann erkläre ich dir alles in Ruhe«, versuchte ich es noch mal.

»Komm doch bitte herein. Ich mache dir eine Tasse Tee«, bot Herr Pham an. »Und vielleicht rufen wir sicherheitshalber doch einen Arzt für dich.«

»Du solltest ihm besser sagen, dass alles gut ist. Da niemand außer dir mich sehen kann, werden sie dich sonst womöglich für verrückt erklären.«

Ich redete ganz ruhig mit ihr, um ihr nicht noch mehr Angst zu machen, auch wenn das unter den gegebenen Umständen eine Herausforderung war.

Kathi sah zwischen mir und Herrn Pham hin und her. Sie konnte und wollte es immer noch nicht wahrhaben. Ich musste jetzt rasch andere Geschütze auffahren.

»Im Winter trägst du im Bett selbst gestrickte Socken von Tante Lotte, ziehst aber irgendwann in der Nacht die linke Socke aus, weil es dir zu warm ist. Und du streust Zimt über Bananen.«

Während er sprach, wurde Kathis Blick ungläubig.

»Ich weiß, dass du in der neunten Klasse schrecklich in Robert verliebt warst, den Bruder deiner besten Freundin Claudia.«

»Das kannst du nicht wissen!«

Kathi hatte die Augen jetzt weit aufgerissen.

»Wie meinst du?«, fragte Herr Pham.

Ruckartig drehte sie sich zu ihrem Nachbarn um und bemühte sich um ein Lächeln.

»Tut mir leid, Herr Pham, ich hatte einen schwierigen Tag. Entschuldigen Sie die Störung. Es ist alles gut. Ich ... ich gehe jetzt schlafen.«

»Wirklich, Anemone? So ganz scheinst du nicht auf der Höhe zu sein.«

»Doch, doch ... Es passt alles. Wirklich. Gute Nacht«, sagte sie schnell.

»Falls doch etwas ist, du kannst jederzeit klingeln!«, rief er ihr nach, während sie nach oben stapfte, ohne mich zu beachten.

Mit zitternden Fingern sperrte sie ihre Wohnungstür auf und schaltete das Licht im Flur ein. Ich folgte ihr schweigend in die Küche. Sie holte eine Flasche aus dem Kühlschrank und schenkte Sprudel in ein Glas.

»Es gibt so viel zu bereden, Kathi. Damit du alles verstehst.«

Plötzlich streckte sie die Hand nach mir aus und tupfte mir mit dem Finger gegen die Schulter.

»Ha! Wenn du ein Engel wärst, könnte ich dich nicht berühren!«, sagte sie und wirkte sehr erleichtert.

»Genauso wie du mich hören und sehen kannst, kannst du mich auch anfassen. Aber nur du, die anderen Menschen nicht«, erklärte ich. Es war tatsächlich sogar noch ein wenig komplizierter, als es sich gerade anhörte. Einerseits war es mir möglich, durch geschlossene Türen zu gehen, andererseits konnte ich nicht mal ein Blatt Papier hochheben. Aktiv eingreifen ins Geschehen konnte ich nur, wenn Kathis Leben in Gefahr war.

»Weißt du, was ich glaube? Ich träume das alles hier nur«, sagte sie mit fester Stimme, ohne auf meine Worte einzugehen. Sie drehte sich zu mir um und versuchte ein Lächeln. »Anders kann es auch gar nicht sein! Woher solltest du das alles sonst über mich wissen? Das mit Robert habe ich nie jemandem gesagt. Das weiß noch nicht mal Claudia.«

»Deswegen ...«

Sie unterbrach mich sofort.

»Deswegen bedeutet das ganz einfach, ich liege im Bett und schlafe ganz tief und fest ...« Sie nickte nachdrücklich und fügte hinzu: »Ich schlafe, und das ist einfach nur ein sehr realer Traum. Ganz genau so ist es.«

Vielleicht war es gar keine so schlechte Idee, sie jetzt in diesem Glauben zu lassen. Ich spürte, dass ihr Nervenkostüm nicht mehr allzu belastbar war. Schließlich war ich hier, damit es ihr gut ging, und nicht, um sie verrückt zu machen. Wie gern hätte ich sie jetzt in den Arm genommen und ihr gesagt, dass ich ihr Vater bin. Und dass ich meine Seele opfern würde, nur damit es ihr gut ging.

»Schlaf ist auf jeden Fall vernünftig, Kathi. Und wenn du aufwachst, wird sich alles klären. Aber vorher solltest du vielleicht noch eine heiße Dusche nehmen.«

Kathi sah mich wieder misstrauisch an.

»Da wirst du doch nicht dabei sein?«

»Aber nein! Außerdem glaubst du doch sowieso, dass ich nur ein Traum bin. Also kann ja überhaupt nichts passieren, oder?« Ich setzte mein harmloses Lächeln auf.

Sie überlegte kurz.

»Stimmt. Es ist völlig egal.«

»Also, dann ab mit dir. Du wirst sehen, es wird dir guttun.«

»Na gut.«

Sie sah mich noch mal misstrauisch an.

»Wenn ich aus dem Bad komme, bist du dann noch hier?«,
wollte sie wissen.

»Du wirst nichts mehr von mir sehen«, versprach ich.

»Schön.«

Damit verschwand sie im Badezimmer, während ich mich
erst einmal zurückzog. Ich ging durch die Wohnung und stellte
mich ans Fenster. Draußen schneite es noch immer. Im Licht
der Straßenlaterne entdeckte ich Luna, die sich einen Weg
durch den tiefen Schnee bahnte.

Es war eigenartig, wieder im Diesseits zu sein. Alles war so
vertraut, und doch spürte ich, dass ich nicht mehr hierherge-
hörte.

Kapitel 16

Kathi wachte mit einem dicken Brummschädel auf. Es dauerte eine Weile, bis ihr einfiel, welcher Tag heute war. Samstag. Und außerdem erst halb sieben Uhr früh, wie sie mit einem Blick auf den Wecker feststellte. Sie musste nicht aufstehen. Erleichtert ließ sie sich wieder in die Kissen zurücksinken und schloss die Augen. Als sie zum zweiten Mal wach wurde, war es fast Mittag. So lange hatte sie schon ewig nicht mehr geschlafen. Sie setzte sich im Bett hoch. Ihre Kopfschmerzen waren zwar fast verschwunden, doch seltsame Träume hingen ihr nach. Aber nicht etwa Träume, die sich wie Nebelschwaden in Luft auflösten, wenn man sich zu erinnern versuchte. Es waren eher klare Bilder, die sie im Kopf hatte. Sie war im Schnee über Luna gestürzt und irgendein Typ in altmodischen Klamotten hatte sich als Engel ausgegeben und war ihr sogar bis nach Hause gefolgt.

Kam das vom Alkohol, den sie auf der Agenturfeier getrunken hatte? *Agenturfeier? Was war da eigentlich los gewesen?* Sosehr sie sich konzentrierte, sie konnte sich an nichts erinnern. War sie so heftig abgestürzt? Das war unmöglich! Normalerweise trank sie nie übermäßig viel.

Schon gar nicht, wenn es ein berufliches Event war. Sie spürte, wie sich mächtiges Unbehagen in ihr ausbreitete, als ihr bewusst wurde, dass ihre letzte Erinnerung der Weg zur Arbeit war. Genau das hatte sie diesem Angelo im Traum auch gesagt. War sie vielleicht tatsächlich auf dem Heimweg gestürzt? Ihr Herz begann plötzlich zu rasen. Irgendwas stimmte nicht mit ihr.

Sie stand auf und schlüpfte in den linken Socken, den sie irgendwann in der Nacht abgestreift hatte. Im Traum hatte dieser Angelo auch das gewusst.

Auf dem Weg ins Badezimmer hörte sie Hansi und Lilli, die sich lauthals bemerkbar machten. Hatte sie die Vögel in der Nacht noch gefüttert?

»Hey ihr zwei. Ich bin ja schon da«, sagte sie, als sie nach dem Zähneputzen ins Wohnzimmer kam.

Rasch füllte sie die Futternäpfe neu und gab ihnen frisches Wasser. Und jetzt wollte sie nur noch eines: eine große Kanne Kaffee und frische Pfannkuchen mit einer dicken Schicht Heidelbeermarmelade.

»Guten Morgen, Kathi!«

Sie erstarrte zur Salzsäule. Langsam drehte sie sich um. Auf dem Sofa saß Angelo, der Engel aus ihren Träumen, und lächelte ihr zu.

Das kann einfach nicht wahr sein!

»Hast du gut geschlafen?«, erkundigte er sich freundlich.

Kathi flüchtete augenblicklich in die Küche und schloss die Tür hinter sich ab. Zum Glück war er ihr nicht gefolgt. Sie wartete kurz, dann schaltete sie fahrig die Kaffeemaschine ein. Diese alltägliche Tätigkeit half ihr ein wenig, die Angst unter Kontrolle zu halten. Vielleicht brauchte sie tatsächlich einfach nur genügend Koffein, um die Nachwehen des nächtlichen Spuks zu vertreiben. Plötzlich kam ihr ein anderer Gedanke. Hatte sie diesen Angelo gestern auf der Party kennengelernt und aus irgendeinem Grund einfach mit nach Hause genommen? *Ja genau, das muss es sein!* Das war sogar die einzig denkbare Erklärung. Denn natürlich saß in ihrem Wohnzimmer kein Engel! Einerseits war sie darüber erleichtert, andererseits auch ein wenig beunruhigt – schließlich schleppte sie für gewöhnlich nicht einfach irgendwelche Kerle ab, die sie gerade erst kennengelernt hatte. Sofort musste sie an Jonas denken. War er gestern auch auf der Feier gewesen? Hatte sie mit ihm gesprochen? Beim Gedanken an ihn hatte sie plötzlich so eine dunkle Ahnung, die ihr Unbehagen bereitete. *Verdammt! Warum kann ich mich nicht erinnern?* Sie griff nach der Kaffeetasse und nahm vorsichtig einen Schluck. Das heiße Getränk tat ihr gut. Vielleicht gab es ja tatsächlich eine ganz harmlose Erklärung dafür, warum dieser Mann hier war und offenbar auf dem Sofa geschlafen hatte. Auf jeden Fall würde sie das jetzt sofort mit ihm besprechen! Sie schenkte auch für ihn eine Tasse ein und ging beherzt zurück ins Wohnzimmer.

»Brauchst du Milch und Zucker?«, fragte sie und stellte die Tasse vor ihn auf den Tisch.

»Danke, aber ich trinke keinen Kaffee mehr«, lehnte er höflich ab.

»Möchtest du lieber Tee?«

»Auch nicht, danke.«

Sie setzte sich ihm gegenüber.

»Hör mal, äh, Angelo – das ist doch dein Name, oder?«, fragte sie.

»Richtig.«

»Wir beide müssen gestern mächtig abgestürzt sein. Ich fürchte fast, ich habe einen Filmriss.«

»Das fürchte ich auch.«

»Du ... du hast auch einen Filmriss?«, fragte Kathi überrascht.

»Nein. Ich nicht.«

»Wir haben uns doch auf der Agenturfeier kennengelernt, nicht wahr?«

Er schüttelte den Kopf.

»Nein. Du bist über eine Katze gestolpert, und ich habe dich im Schnee gefunden«, erklärte er ruhig. »Allerdings hattest du offenbar etwas zu viel getrunken.«

Eigenartigerweise deckte sich das mit ihren Erinnerungen, auch wenn sie geglaubt hatte, es wäre ein Traum gewesen.

»Ich habe gestern schon versucht, dir alles zu erklären«, sagte er. »Aber du wolltest mir leider nicht richtig zuhören. Was unter den gegebenen Umständen jedoch verständlich ist.«

»Du meinst jetzt aber nicht diese abgefahrene Geschichte, dass du ein Engel bist, oder?« Sie lachte kurz auf.

»Doch.«

»Also wirklich!«

»Ich bin ein Engel. Dein Engel, Kathi. Und ich bin hier, um dir zu helfen.«

»Ja klar.«

Der Typ war eindeutig verrückt. Sie musste ihn so schnell wie möglich loswerden.

»Ich möchte, dass du jetzt gehst, Angelo«, forderte sie ihn auf.

»Das geht leider nicht. Ich muss bei dir bleiben, Kathi. Deswegen bin ich hergekommen.«

Okay. Jetzt ist es wohl doch an der Zeit, die Polizei zu rufen. Allerdings durfte er das nicht mitbekommen. Womöglich könnte der Spinner dann irgendetwas Dummes anstellen. Sie überlegte kurz, wo ihr Handy war. Vermutlich noch in ihrer Handtasche.

Sie stand auf.

»Ich hol noch Kaffee.«

»Aber deine Tasse ist noch fast voll«, bemerkte er.

»Schon, aber ... er ist nicht mehr warm genug. Ich mag ihn am liebsten ganz heiß«, log sie. »Bin gleich wieder zurück. Soll ich dir was mitbringen?«

Er schüttelte nur den Kopf.

Kathi stand auf und ging in den Flur. In ihrem Schlafanzug, der zum Glück dunkelgrau war und als Jogginghose durchgehen konnte, wenn man es nicht zu genau nahm, schlüpfte sie leise in ihre Winterstiefel und den Mantel. Sie griff nach der Handtasche und dem Schlüsselbund auf der Kommode und schlich sich aus der Wohnung.

Eilig hastete sie nach unten und klingelte mehrmals bei Herrn Pham. Doch der war offenbar nicht zu Hause, genauso wenig wie die Nachbarn gegenüber seiner Wohnung. Sie hörte von oben ein Geräusch und erschrak. War Angelo inzwischen aufgefallen, dass sie verschwunden war? Ihr Herz raste vor Angst. Sie nahm mehrere Stufen auf einmal und verließ dann rasch das Haus. Die Stadt schien im Schnee fast zu versinken. In der Nacht waren mindestens weitere zwanzig Zentimeter gefallen. Es fuhren nur wenige Fahrzeuge, dafür waren viel mehr Menschen unterwegs, denen offenbar nichts anderes übrig geblieben war, als das Auto stehen zu lassen und sich zu Fuß durch die Stadt zu bewegen.

Ziellos lief sie den Bürgersteig entlang und fischte dabei ihr Handy aus der Tasche. *Mist!* Der Akku war leer! Immer wieder sah sie sich um, um zu kontrollieren, ob er ihr folgte. Doch von Angelo war nichts zu sehen. Langsam entspannte sie sich etwas. Was sollte sie jetzt machen? Wirklich die Polizei anrufen? Sie könnte auch einfach ins Büro gehen und hoffen, dass Angelo ihr nicht dorthin folgte. Vielleicht sollte sie versuchen, Claudia zu erreichen. Sicher konnte sie ihr einen Rat geben, was sie tun sollte. Irgendwie sagte ihr Bauchgefühl, dass es trotz allem keine gute Idee war, wegen Angelo die Polizei zu holen.

»Im Schlafanzug solltest du nicht auf der Straße unterwegs sein, Kathi«, sagte Angelo. Er war plötzlich neben ihr aufgetaucht. Dabei hatte sie sich gerade umgedreht und ihn nicht gesehen. Dieser Mann machte sie noch völlig verrückt. Sie ging noch schneller.

»Bitte lass mich jetzt in Ruhe!«, bat sie ihn eindringlich.

»Vorher müssen wir aber unbedingt reden. Jetzt warte doch mal. Bitte, Kathi.«

Sie blieb schließlich stehen.

»Ich weiß, dass es unglaublich klingt. Und vermutlich würde ich mir auch nicht glauben, wenn ich an deiner Stelle wäre. Aber ich möchte dir wirklich nichts Böses. Ich bin dein Engel ...«

»Also bitte, Angelo ... Es reicht jetzt, echt!«, fuhr sie ihn an.

»Warte. Du kannst es ganz leicht herausfinden. Frag mich irgendwas, das niemand außer dir wissen kann. Am besten nicht so was Einfaches, wie die Sache mit den Socken im Bett oder Banane mit Zimt.«

Also hatte sie auch das nicht geträumt. Oder träumte sie etwa immer noch? Es war wirklich zum Verrücktwerden!

Im Grunde hätte ihn Kathi am liebsten stehen gelassen und irgendwelche Passanten um Hilfe gebeten, aber vielleicht würde er tatsächlich gehen, wenn sie ihn nach weiteren Dingen fragte, die niemand wissen konnte, der nicht zur Familie gehörte. Einen Versuch war es wert. Obwohl er sich äußerst seltsam benahm, hatte sie trotz allem nicht das Gefühl, dass er ihr schaden wollte. Das hätte er problemlos in der letzten Nacht tun können, während sie geschlafen hatte.

»Na gut, Angelo, dann sag mir doch bitte, wie alt war ich, als man mir meinen Blinddarm rausnahm?«

»Das ist einfach«, sagte Angelo. »Du warst neunzehn und wärst fast gestorben, weil alles so schnell ging und er bereits geplatzt war. Deine Narbe ist zehneinhalb Zentimeter lang.«

Das stimmt! Kathi sah ihn erstaunt an. Das wussten tatsächlich nur wenige Leute. *Wie kann das sein?*

Vielleicht habe ich ihm davon letzte Nacht erzählt, und ich weiß es nur nicht mehr, schoss es ihr durch den Kopf. Und hatte er vielleicht sogar die inzwischen verblasste Narbe gesehen? Sie schluckte bei diesem Gedanken. Was war nur passiert, seit gestern früh? Sie musste es unbedingt so schnell wie möglich herausfinden.

»Na, glaubst du mir jetzt?«, fragte er lächelnd.

»Noch nicht ganz ... Wo ist meine beste Freundin momentan?«

»In Lissabon!«, antwortete er, ohne nachzudenken.

»Ha! Falsch. Claudia lebt in London«, sagte Kathi siegessicher.

»Aber dort ist sie nicht zurzeit. Sie wurde gestern überraschend für einen Übersetzungsauftrag angefragt. Und wenn du mir nicht glaubst, dann ruf sie doch an.«

Kathi starrte ihn verwirrt an.

»Mein Akku ist leer«, sagte sie. »Ich kann nicht telefonieren.«

»Dann frag mich was anderes.«

Während sie sich eine neue Frage überlegte, fiel ihr auf, dass Passanten sie seltsam musterten. *Ist ihnen die Schlafanzughose unter dem Mantel aufgefallen?*

»Wie oft war ich bisher in Italien?«

»Einmal.«

Zufall!

»Und zwar in Lazise am Gardasee mit deiner Abschlussklasse«, setzte er noch hinzu.

War er mit jemandem aus ihrer alten Schulklasse befreundet? Das würde einiges erklären.

»Dabei gibt es noch so viele andere schöne Fleckchen in Italien«, fügte er noch hinzu. »Du solltest unbedingt auch mal nach Sizilien reisen, Kathi.«

»Warst du schon mal dort?«

»Ja. Einmal. Die Familie meiner Mutter kommt aus einem kleinen Dörfchen in der Nähe von Syrakus ...«, er brach plötzlich ab, als er merkte, dass er sich gerade fast in die Bredouille gebracht und zu viel erzählt hätte. »Aber das ist jetzt überhaupt nicht wichtig. Stell mir doch lieber noch eine Frage.«

»Wie hieß mein Meerschweinchen?«

»Du hattest nie ein Meerschweinchen, Kathi. Nur einen Hamster, Willi, der schon nach einer Woche starb, weil er krank war ...«

Kathi hörte ihm mit offenem Mund zu, während Angelo fortfuhr.

»In der siebten Klasse hieß deine Lehrerin Frau Herbst, und du magst keine Rosinen im Kaiserschmarrn. Dein Computerpasswort für den Onlinezugang zum geheimen Club der Sekretärinnen lautet: *FuenfmalFuenf=nicht10!*, und wenn du ...«

Sie riss die Augen auf.

»Das kannst du nicht wissen!«, rief sie erschrocken. »Unmöglich!«

»Und doch weiß ich es ... Und ich weiß noch viel mehr, glaub mir.«

»Hey! Kannst du deine Selbstgespräche vielleicht woanders führen, ich muss hier Schnee räumen, und du stehst mir im Weg!«, blaffte ein älterer Mann sie an, der den Gehweg um sie herum freischaufelte. Reflexartig trat sie einen Schritt zur Seite.

»Selbstgespräche?«, fragte sie.

»Er kann mich nicht sehen.«

»Du ... du bist wirklich ein Engel?«, stotterte sie leise.

»Ja. Und das ist einfach nur was Gutes, Kathi.« Er lächelte sie an.

Ihr Handy klingelte.

Sie sah es verblüfft an.

»Der Akku war doch leer!«

»Vielleicht hast du dich vorhin getäuscht«, meinte Angelo.

Sie ging ran. Es war Claudia.

»Hey Süße, ich wollte mich mal kurz melden. Stell dir vor, ich bin in Lissabon. Das kam ganz überraschend ...«

Eine Stunde später saßen sie sich in Kathis Wohnzimmer gegenüber. Kathi hatte sich mittlerweile geduscht und angezogen und frischen Kaffee gemacht. Der Appetit auf Pfannkuchen war ihr längst vergangen, auch wenn ihr Magen inzwischen hungrig knurrte.

»Ich bin froh, dass du mir endlich glaubst, Kathi«, sagte Angelo und lächelte.

»Wenn du wirklich ein Engel bist, warum bist du hier?«, fragte sie. »Ich meine ... es ist ja jetzt nicht so, dass ich in einer Notlage bin. Oder ... hab ich vielleicht eine schlimme Krankheit und muss bald sterben?«, setzte sie erschrocken hinzu. »Hab ich vielleicht einen Gehirntumor und sehe dich deshalb? Oh mein Gott! Das muss es sein! So wie

Izzie Stevens in Greys Anatomy immer wieder den verstorbenen Denny Duquette sah und mit ihm sogar ...«

»Nein ... nein, Kathi«, unterbrach er sie rasch. »Du bist nicht krank. Keine Sorge.«

»Na ja, das sagst du jetzt so. Aber wenn ich wirklich krank wäre, würdest du mir doch bestimmt einreden, dass ich nicht krank bin – Oh Gott! ...«

»Wenn du willst, kannst du zum Arzt gehen und das abklären lassen, aber ich versichere dir hoch und heilig, dass du bei bester Gesundheit bist.«

Er sah sie mit einem aufmunternden Lächeln an, bis sie sich wieder etwas beruhigte. Auch wenn es noch so verrückt war, sie glaubte ihm.

»Aber warum bist du dann hier, Angelo?«

»Nun ja. Es geht darum ...«, er schien irgendwie um Worte zu ringen. »Weißt du, du hast ... so einige Baustellen, würde ich mal sagen.«

Kathi schüttelte irritiert den Kopf.

»Also ehrlich. So schlimm ist es jetzt auch wieder nicht. Mein Leben ist zwar nicht sonderlich spektakulär, aber ich hab einen Job, der mir Spaß macht und da gibt es ...«

Sie zögerte.

»Da gibt es was?«, fragte Angelo.

»Na ja. Ich hab jemanden kennengelernt, den ich ziemlich nett finde«, murmelte sie ein wenig verlegen und nahm einen Schluck Kaffee. »Und er scheint mich auch so ein wenig zu mögen. Auch, wenn ich mir natürlich keine Hoffnungen mache«, fügte sie hinzu, was jedoch nicht so ganz stimmte.

»Kathi, weißt du, genau darüber wollte ich mit dir sprechen. Dieses Blackout, das hat vielleicht damit zu tun, dass …«, begann er, da klingelte ihr Handy. Die Nummer ihrer Mutter.

»Tut mir leid, da muss ich rangehen«, sagte sie. »Meine Mama.«

»Am besten sagst du ihr nichts von mir«, sagte Angelo rasch und bedachte sie mit einem Blick, den sie nicht interpretieren konnte.

»Hallo, Mama! Geht's euch gut? Wie ist es denn auf dem Schiff?«, fragte sie.

»Auf dem Schiff? Die Flüge nach Cozumel gehen doch erst in drei Stunden. Jetzt wird hier erst noch ordentlich gefrühstückt.«

Flüge? Nach Cozumel?

Plötzlich fiel ihr das Telefonat mit Erika ein, das sie gestern kurz vor dem Beginn der Agenturfeier geführt hatten. Ihre Mutter und Tante Lotte hatten das Auslaufen des Schiffes verschlafen, und Kathi hatte mit dem Reisebüro telefoniert. Mit dieser Erinnerung kamen Schlag auf Schlag auch alle anderen Erinnerungen wieder zurück. Es war, als ob vor ihren Augen ein Film ablaufen würde. Ein Film, über den gestrigen Tag. Ein Film, der ihr absolut nicht gefiel.

»Sag mir Bescheid, wenn ihr in Mexiko angekommen seid, und grüße Tante Lotte. Ich muss jetzt aufhören«, murmelte Kathi wie ein Automat. Und bevor ihre Mutter noch etwas sagen konnte, legte sie auf.

Angelo sah sie mitfühlend an. Er wusste ganz offensichtlich, dass ihr alles wieder eingefallen war.

»Jetzt kann ich mir auch erklären, warum du da bist«, murmelte sie. »Der Abend gestern war …«, sie schluckte, »… eine einzige Katastrophe.«

Angelo nickte.

»Oh nein!« Sie schlug die Hände vors Gesicht. Wie schön wäre es gewesen, wenn das alles tatsächlich nur ein Traum gewesen wäre. Und kein Albtraum wie dieser! *Jonas!* Sie hatte ihm gesagt, dass er sie in Ruhe lassen sollte, weil er … weil er eine andere Frau liebte. *Das Gespräch mit Sybille.* Ihr wurde ganz schlecht. *Und Karl!* … Der würde sie womöglich rauswerfen!

»Kathi, bitte schau mich an.«

Es dauerte einige Sekunden, bis sie die Hände wegnahm und die Augen öffnete.

»Es ist nichts Schlimmes passiert, was du nicht wieder in Ordnung bringen könntest«, sagte er aufmunternd. »Die Schwiegermutter deines Chefs hat inzwischen auch alles gut überstanden.«

Kathi sah ihn erschrocken an.

»Gut überstanden?«

»Na ja, die Not-OP.«

»Irene wurde operiert?«

»Keine Sorge. So ein Eingriff ist ja heutzutage keine große Sache mehr. Sie hatte mehrere Steine, die Gallenblase hätte ohnehin schon längst rausgehört. So gesehen hast du ihr quasi einen Gefallen getan, indem …«

»Indem ich nicht genug auf sie aufgepasst habe? Sag es ruhig! Ich bin mir sicher, Karl wird das nicht so sehen wie du.«

»Karl … ähm, der hat heute andere Sorgen, Kathi.«

»Welche Sorgen meinst du?«, fragte sie beunruhigt.

»Edgar Ried ist sich plötzlich nicht mehr sicher, ob Cindy tatsächlich so gut in diese Werbekampagne passt.«

»Was? Das kann er doch nicht machen! Warum hat er es sich denn jetzt anders überlegt?«

»Er hat sich lange mit dem anderen Model unterhalten, mit Alina Kon, die für diese neue Shampoo-Werbung gebucht wurde. Und mit einem Mal gefällt sie ihm sehr viel besser als Cindy.«

»Aber das ist doch schon vertraglich geregelt!«, protestierte Kathi. Wobei – so einen kleinen Anflug von Schadenfreude konnte sie nicht abstreiten. Schließlich hatte Cindy sich gestern ihr gegenüber unmöglich benommen. Und das ausgerechnet vor Jonas. *Oh Gott! Bloß nicht an ihn denken oder daran, was ich zu ihm gesagt habe!*

»Woher weißt du das eigentlich alles?«, fragte Kathi.

»Ich weiß so einiges. Außerdem war ich letzte Nacht ein wenig unterwegs und heute Vormittag in der Agentur, als du noch geschlafen hast. Dein Chef und Sybille waren dort.«

»Oh. Mein. Gott!«

»Keine Bange. Ich werde dir helfen, dass alles wieder in Ordnung kommt«, versprach Angelo.

»Mir helfen? Ist das dein Ernst?« Plötzlich verspürte Kathi Wut auf den Engel. »Wenn du tatsächlich mein Schutzengel bist, wo warst du dann gestern bitte schön? Hm? Hättest du nicht vielleicht vorher schon eingreifen können? Dann wäre einiges ganz anders gelaufen.«

»Wenn nicht außerplanmäßig etwas Lebensbedrohliches passiert, dürfen wir nicht ...«

»Und warum bist du dann überhaupt hier?«, unterbrach sie ihn. »Gibt es etwa etwas Lebensbedrohliches, das bei mir ansteht?«

»Manchmal, in ganz bestimmten Ausnahmefällen, dürfen Engel auch dann zurück, wenn es nicht unmittelbar um Leben und Tod geht. Aber mehr darf ich dazu wirklich nicht sagen, Kathi. Sonst muss ich auf der Stelle wieder weg.«

Skeptisch musterte sie ihn.

»Ziemlich seltsame Regeln, da oben, scheint es mir«, sagte sie.

»Vielleicht für den, der nichts von den Hintergründen weiß. Aber jetzt bin ich jedenfalls hier und werde auf dich aufpassen. Das verspreche ich dir.«

»Das ist ja schön und gut. Aber das, was gestern alles war, kann ich ja wohl kaum rückgängig machen.«

Angelo rutschte näher an sie heran und sah ihr fest in die Augen.

»Nein. Das kannst du nicht. Aber du kannst herausfinden, was das alles für dich bedeutet. Manchmal erscheint etwas im ersten Moment katastrophal, und trotzdem lernen wir daraus etwas, das uns am Ende viel weiterbringt.«

»Mir wäre lieber, du würdest mir einfach sagen, was ich jetzt machen soll.«

Angelo lachte.

»Das wär natürlich am einfachsten. Aber so funktioniert das nicht.«

»Mist!«

»Und außerdem muss ich unbedingt noch etwas von dir wissen.«

»Weißt du denn nicht ohnehin schon alles von mir? Dinge, worüber ich jetzt am besten gar nicht nachdenken möchte«, bemerkte sie mit einem Anflug von Sarkasmus.

»Nicht alles.«

»Na gut, dann frag.«

»Was ist dein größter Herzenswunsch, Kathi?«

»Mein größter Herzenswunsch?« Überrascht sah sie ihn an.

Er nickte.

Mit so einer Frage hatte sie nicht gerechnet, und sie wusste gar nicht, was sie antworten sollte.

»Ich dachte, du bist ein Engel und keine gute Fee.«

Er lächelte über ihren Scherz, sagte jedoch nichts dazu.

»Brauchst du die Antwort gleich?«

»Nein. Nicht sofort«, antwortete er.

»Das ist irgendwie schwierig, weißt du. Es gibt mehrere Dinge, die ich mir wünsche … Und es darf echt nur ein Wunsch sein?«

»Nur ein Wunsch«, bestätigte er. »Deswegen solltest du wirklich gut darüber nachdenken.«

»Mache ich.«

Sie räusperte sich.

»Darf ich dich auch was fragen, Angelo?«

»Du kannst mich alles fragen, ich darf dir womöglich nur nicht auf alles eine Antwort geben. Also, was möchtest du wissen?«

182

»Du siehst noch sehr jung aus. Kann man sich da oben ...«, sie deutete mit dem Finger hoch zur Decke, »... ein Alter aussuchen, oder bist du wirklich schon so ... früh gestorben?«

Ein Lächeln erschien auf seinem Gesicht, aber es wirkte irgendwie traurig.

»Leider kann man sich das Alter nicht aussuchen.«

»Das tut mir leid«, sagte sie leise.

»Muss es nicht. Letztlich spielt das keine Rolle.«

»Trotzdem ... du hast hier sicherlich einiges verpasst, wenn du so früh ... gegangen bist.«

Er zuckte mit den Schultern, sagte jedoch nichts.

Plötzlich knurrte ihr Magen laut und vernehmlich.

»Entschuldige!« Sie spürte, wie sie errötete.

»Du solltest besser mal was essen«, schlug Angelo vor.

»Wenn ich darüber nachdenke, wie oft man mich gestern als dick oder fett betitelt hat, dann esse ich am besten nie wieder was.«

»Unsinn!«, sagte Angelo. »Im Gegensatz zu meinem Körper braucht deiner Nahrung.«

Kathi sah ihn stirnrunzelnd an. »Vielleicht ist das ja mein Herzenswunsch?«

»Ein Essen?«

»Endlich schlank zu sein und nicht länger als Moppelchen herumzulaufen.«

»Du bist doch kein Moppelchen!«

»Ein Hungerhaken sieht aber auch anders aus.«

»Meinst du das ernst?«, fragte Angelo.

»Ja. Nein. Ich weiß nicht, ob das mein Herzenswunsch

ist, aber ich wäre wirklich gerne schlank. Wenn du mein Engel bist, dann müsstest du wissen, dass ich schon in der Schule deswegen gehänselt wurde. Weißt du, wie schlimm das ist?«

»Jetzt mach mal einen Punkt, Kathi. Du hast vielleicht das eine oder andere Pfund mehr auf den Rippen, aber als dick kann man dich jetzt wirklich nicht bezeichnen.«

»Hast du gestern nicht zugehört auf der Party?«, fragte sie.

Angelo seufzte.

»Und genau das ist dein Problem, Kathi. Weil du schon immer auf genau solche Bemerkungen wartest, bist du für all die anderen Blicke und Worte blind und taub, die dir etwas völlig anderes sagen.«

»Wie meinst du das denn?«, fragte Kathi. »Welche Blicke und Worte?« Angelos Worte überraschten sie. »Ich bin mir sicher, dass niemand gedacht hat, ach, was ist das für eine Wahnsinnsfrau neben dieser unscheinbaren Cindy.«

Angelo winkte ab.

»Schon gut. Du denkst also wirklich, dass dein Leben viel besser wäre, wenn du schlank wärst?«

»Es wäre auf jeden Fall leichter!«

Und vielleicht hätte ich dann auch mal eine Chance bei Männern wie Jonas.

»Weißt du was? Ich mache dir einen Vorschlag. Wir nehmen das jetzt mal nicht als Herzenswunsch. Aber wenn du möchtest und denkst, dass dich das glücklich macht, dann versuche doch, die Kilos, die du deiner Meinung nach zu viel auf den Hüften hast, loszuwerden. Und ich helfe dir dabei.«

»Wirklich? Kannst du das denn als Engel?«

»Das werden wir rausfinden.«

»Ach, ich dachte, du musst nur irgendwie mit dem Finger schnipsen, und ich bin schlank«, sagte sie, nur halb im Scherz.

»Tut mir leid, Kathi, aber so läuft das nicht.«

Kapitel 17

Nachdem Kathi schließlich akzeptiert hatte, dass Angelo ein Engel war, kam ihr diese Tatsache mit einem Mal gar nicht mehr so verwegen vor. Angelo war hier, um ihr zu helfen, hatte er gesagt. Und auch wenn es völlig verrückt klang, sie glaubte ihm inzwischen.

Als Erstes nahmen sie die Sache »Jonas« in Angriff. Trotz ihres Alkoholkonsums erinnerte Kathi sich wieder an jedes Wort, das zwischen ihnen gefallen war. Verletzt durch Cindys Äußerungen und enttäuscht darüber, dass Jonas ausgerechnet eine Frau wie Cindy liebte, hatte Kathi ihn ziemlich heftig angefahren.

Dabei sah er das zwischen ihnen nur als harmlose Freundschaft, er konnte ja nicht wissen, dass sie sich insgeheim mehr erhofft hatte – auch wenn sie das nur ungern zugab. Sie suchte nach den richtigen Worten, um sich mit einer Kurznachricht bei ihm zu entschuldigen. Da fiel ihr ein, dass sie ihm in der ganzen Aufregung die versprochenen Kontaktdaten ihres Cousins nicht geschickt hatte. Bingo! Das war genau der richtige Aufhänger, um sich unverbindlich wieder bei ihm zu melden.

»Warum rufst du nicht an und redest mit ihm?«

»Weil … weil ich mich dafür entschuldigen möchte, wie ich mich verhalten habe, aber ich weiß nicht, ob Cindy bei ihm ist. Zukünftig ist es besser, wenn wir nur noch rein beruflich miteinander zu tun haben«, sagte sie entschieden. Es wäre nicht schön für sie, Jonas und Cindy in trauter Zweisamkeit sehen zu müssen. Außerdem konnte das exzentrische Model Kathi ohnehin nicht leiden.

»Na gut«, sagte Angelo. »Mach es so, wie du es für richtig hältst.«

Kathi sah ihn etwas skeptisch an.

»Oder denkst du, es ist ein Fehler, wenn ich ihm nur schreibe?« Sie wollte es schließlich nicht noch mehr vermasseln.

»Schreib ihm, und dann sehen wir ja, was passiert«, schlug Angelo vor.

»Du weißt das vorher gar nicht?«

»Kathi. Ich kann nicht die Zukunft voraussehen, ich bin schließlich nicht der liebe Gott. Und was man so hört, ist sogar der mitunter erstaunt, was seine Schäfchen an Unfassbarem zustande bringen, im positiven wie im negativen Sinn. Jetzt entscheide dich, was du machen möchtest, und dann tu es, bitte. Wir haben noch viel vor.«

Kathi tippte die Nachricht mit den Kontaktdaten und fügte noch Wünsche für ein schönes Wochenende hinzu. Das war freundlich, aber gleichzeitig auch unverbindlich. Was Jonas jetzt daraus machte, war ihm überlassen. Sie jedenfalls fühlte sich schon ein klein wenig besser.

Ein paar Minuten später hatte er zurückgeschrieben: *Merci und ebenfalls schönes Wochenende.*

So. Das war damit wohl geklärt. Vielleicht war in Zukunft zumindest ein professioneller freundlicher Umgang möglich.

»Können wir jetzt ins Krankenhaus fahren?«, fragte Kathi. »Ich möchte Irene besuchen.«

»Na klar.«

Irene war kein bisschen überrascht, Kathi zu sehen, und begrüßte sie wie eine alte Freundin.

»Wenn ich gewusst hätte, was es heutzutage für wundervolle Beruhigungs- und Narkosemittel gibt, hätte ich mich schon längst unters Messer gelegt«, sagte sie, während Kathi den kleinen Blumenstrauß, den sie mitgebracht hatte, in eine Vase stellte. Angelo stand inzwischen mit verschränkten Armen am Fenster.

»Schön, dass es Ihnen schon wieder so gut geht«, sagte Kathi.

»Ja. Und diese Ärzte hier sind alle so sexy«, schwärmte Irene. »Kaum sehe ich einen Mann mit einem Skalpell in der Hand, schießt mein Puls in die Höhe. Was in meinem Alter nicht unbedingt das Schlechteste ist.«

Kathi war sehr erleichtert, dass Irene das alles mit so viel Humor nahm.

»Die machen hier übrigens auch Fettabsaugungen. Sie sollten sich mal erkundigen.«

Kathi versuchte, sich diese Beleidigung nicht zu sehr zu Herzen zu nehmen. Sie wusste ja inzwischen, dass Irene kein Blatt vor den Mund nahm. Und vielleicht hatte ihr Verhalten auch mit der beginnenden Demenz zu tun.

»Hör am besten gar nicht auf so was«, sagte Angelo aufmunternd. »Und denk dir nichts.«

Kathi wollte ihm schon antworten, da fiel ihr gerade noch rechtzeitig ein, dass Angelo für Irene unsichtbar war.

»Wann dürfen Sie denn nach Hause?«, fragte sie stattdessen die alte Dame, um das Thema zu wechseln.

»Übermorgen. Dabei hätte ich nichts dagegen, noch ein wenig länger zu bleiben«, antwortete sie und zwinkerte dem jungen Pfleger zu, der eben das Zimmer betreten hatte.

»Ich hätte gern einen Caipirinha mit viel Eis«, flötete sie, »oder einen Tequila Sunrise.«

»Heute wird leider nur Kamiho ausgeschenkt«, sagte der Pfleger und stellte eine kleine Box mit Tabletten auf dem Nachttisch ab.

»Kamiho?«, fragten Kathi und Irene unisono.

»Kamillentee mit Honig«, erklärte er grinsend.

»Mit einem ordentlichen Schuss Rum dazu kämen wir ins Geschäft«, schlug Irene vor.

»Ich frag mal die Stationsärztin, ob sie was von ihren Vorräten rausrückt. Falls nicht, nehmen Sie einfach die hier«, sagte er und deutete zu den Tabletten. »Damit schläft es sich echt gut.«

»Wenn Sie das sagen, junger Mann.«

»Aber falls du Lust auf ein Glas Wein haben solltest«, er wandte sich an Kathi, »lade ich dich heute nach Dienstschluss gern in eine Kneipe ein.«

»Mich?«, fragte Kathi völlig überrascht. *Der ist ja ganz schön forsch!*

»Ja. Oder siehst du hier sonst noch wen?«, fragte er mit einem frechen Zwinkern.

Kathi vermied es in Richtung Angelo zu schauen und schüttelte den Kopf.

»Danke, aber danke nein. Ich hab heute schon was vor«, sagte sie.

»Ein andermal?«

»Eher nicht«, antwortete Kathi. Der Krankenpfleger sah zwar nicht schlecht aus, war aber so gar nicht ihr Typ.

Irene schnalzte ungläubig mit der Zunge.

»Das ist ein Fehler, junges Fräulein. Der hübsche Junge hätte Sie bestimmt heute noch flachgelegt.«

»Na ja … so eilig hatte ich es jetzt eigentlich nicht«, meinte er grinsend. »Schade. Falls du es dir noch anders überlegst …«, er nahm einen Stift aus seinem Kittel und kritzelte eine Handynummer auf ein Papiertaschentuch. »… ruf mich einfach an.«

»Danke. Sollte ich mich umentscheiden, melde ich mich«, sagte Kathi und steckte die Nummer in ihre Tasche.

Nachdem er das Zimmer verlassen hatte, plauderte Kathi noch ein Weilchen mit Irene und verabschiedete sich dann.

»Bis auf ihre Beleidigungen merkt man ihr die Demenz noch nicht an«, sagte Kathi zu Angelo, als sie nebeneinander zum Ausgang gingen.

»Da ist Karl!«, rief Kathi, bevor Angelo etwas darauf sagen konnte, und blieb plötzlich stehen. Ihr Chef kam zusammen mit seiner Frau vom Parkplatz auf den Eingang zu.

Kathi räusperte sich.

»Guten Tag, Frau Wunder. Hallo, Karl«, sagte sie, als das Ehepaar die Eingangshalle betreten hatte.

Die beiden blieben vor Kathi stehen und sahen sie überrascht an.

»Was machst du denn hier?«, fragte Karl.

»Ich habe das von Irene gehört und wollte sie besuchen«, sagte Kathi. »Und ich möchte mich entschuldigen. Ich wusste wirklich nicht, was es für Konsequenzen haben würde, wenn sie Nüsse isst, und habe nicht richtig auf sie achtgegeben.«

»Wir hätten jedenfalls auf die Aufregung letzte Nacht verzichten können«, brummte Karl, der sich zum Glück nicht fragte, wie Kathi von der Operation erfahren hatte.

Seine Frau legte ihre Hand auf seinen Arm.

»Schon gut, Karl. Es ist eben nicht einfach mit ihr. Aber jetzt hat sie ja alles gut überstanden.« Sie wandte sich an Kathi. »Danke, dass Sie meine Mutter besucht haben. Ich geh schon mal vor.«

»Ich komme gleich nach.«

Sie ging in Richtung der Aufzüge.

»Wenn ich etwas machen kann, sag es mir bitte«, bot Kathi an.

»Wir reden am Montag. Es gibt einiges zu besprechen«, sagte Karl, inzwischen jedoch etwas freundlicher, und folgte seiner Frau.

»Ich denke, das ist ein gutes Zeichen, Kathi«, sagte Angelo.

»Hoffentlich hast du recht.«

Den restlichen Tag verbrachten Kathi und Angelo mit Einkäufen und einem langen Spaziergang durch den Englischen Garten. Mit jeder Stunde, die Kathi mit ihrem Engel verbrachte, gewöhnte sie sich mehr an seine Anwesenheit und genoss seine Gesellschaft inzwischen sogar. Leider hielt er sich sehr bedeckt, was sein Leben vor dem Tod betraf. Sie wusste bisher nicht mehr, als dass er halb italienischer Abstammung war und im Alter von achtundzwanzig Jahren gestorben war. Er wurde also nur so alt, wie Kathi jetzt war.

»Hattest du an diesem Tag diese Sachen an?«

Angelo nickte nur.

»Wie ... wie ist es denn eigentlich passiert?«

»Darüber darf ich nicht reden, Kathi.«

Sie versuchte, noch mehr von ihm zu erfahren, zum Beispiel wie es nach dem Tod war und wie er vorher gelebt hatte. Doch auch hier erklärt er, dass er darüber nichts sagen dürfe, weil er sonst auf der Stelle wieder zurückmüsse. Schließlich fragte sie nicht mehr nach.

Manchmal war er nicht zu sehen. Kathi wusste dann nicht, ob er unsichtbar oder tatsächlich nicht da war. Doch er kam immer wieder zu ihr zurück.

Am Sonntagabend saß Kathi auf dem Sofa, den Laptop auf dem Schoß und rief ihre E-Mails ab. Sie öffnete eine Nachricht der geheimen Sekretärinnenorganisation. Als sie den Inhalt las, rutschte sie aufgeregt hin und her.

»Was ist denn, Kathi?«, fragte Angelo, der schon eine Weile vor dem Vogelkäfig saß und leise mit Hansi und Lilli sprach.

»Frau Rose – sie will sich zukünftig nicht mehr nur an einen Kunden hängen. Offenbar hat sie dem Automobilhersteller eine Absage erteilt. Sie hat vor, in Berlin, Hamburg und München Büros für eine große neue Agentur zu eröffnen, und sucht für ihr Team weitere Mitarbeiter.«

»Dann solltest du dich bewerben«, schlug Angelo vor.

»Ich?« Kathi lachte.

»Natürlich. Du bist gut. Sehr gut sogar, soweit ich das als Engel beurteilen kann.«

»Die Frau ist eine Ikone. Und sie stellt unglaublich hohe Anforderungen an ihre Leute, was man so hört. Wenn die meinen Lebenslauf sieht, bekommt sie allerhöchstens einen Lachanfall.«

»Und wieder tust du es«, sagte Angelo.

»Was meinst du?«

»Du konzentrierst dich immer auf deine Mankos, anstatt dich auf deine Stärken zu besinnen.«

»Ich will doch nur realistisch sein.«

»Realistisch ist auch, dass du vieles sehr gut kannst. Denk an die Projekte, die du in letzter Zeit auf die Beine gestellt hast. Dein Chef und die jeweiligen Kunden waren begeistert.«

»Aber ...«

»Kein aber. Dass sie nicht wussten, dass die Ideen von dir waren, zeigt umso mehr, wie talentiert du bist.«

»Falls man die erste Runde der Bewerbung erfolgreich absolviert, finden die Bewerbungsgespräche schon am kommenden Freitag statt. Sogar hier in München! Denkst du denn tatsächlich, dass ich eine Chance hätte?«, fragte Kathi.

»Solange du mir diese Frage stellst, wohl eher nicht«, antwortete Angelo trocken.

»Ach! Das ist ja ohnehin eine blöde Schnapsidee. Ich sollte mich eher darum bemühen, meinen Job in der Agentur zu behalten.«

»Wenn du meinst.«

Kathi hätte sich irgendwie etwas anderes von ihm erwartet. Warum half er ihr nicht, Entscheidungen zu treffen. Wenn er ihr Engel war, musste er doch wissen, was sie zu tun hatte. Plötzlich verspürte sie Heißhunger auf etwas Süßes. Die letzten beiden Tage hatte sie zwar ausreichend gegessen, aber hauptsächlich nur leichte Sachen.

Sie ging in die Küche und holte die große Dose mit den Plätzchen aus einem Fach. Als sie den Deckel öffnete und ihr der Duft der weihnachtlichen Gewürze in die Nase zog, sah sie in Gedanken plötzlich Jonas vor sich. Mit einem traurigen Lächeln nahm sie einen Spitzbuben heraus und schob ihn in den Mund.

»Schmeckt's?«, fragte Angelo, der wie aus dem Nichts hinter ihr stand.

Sie kaute rasch und schluckte.

»Ich wollte mir nur eines nehmen.«

»Wie du meinst.«

»Ich weiß schon, ich sollte besser einen Apfel essen«, sagte sie mit einem Blick zur Obstschale.

»Der wär auf jeden Fall gesünder«, stimmte er ihr zu.

Doch nach einem Apfel war ihr jetzt gar nicht zumute. Trotzdem vermied sie es, noch ein weiteres Mal in die

Plätzchendose zu greifen, was sie, ohne zu zögern, gemacht hätte, wäre sie allein gewesen.

»Oft esse ich, ohne darüber nachzudenken. Einfach so. Du darfst ruhig strenger mit mir sein, Angelo«, sagte sie.

Er zögerte kurz mit einer Antwort. Dann nickte er.

»Wenn du das möchtest, Kathi.«

»Ja. Das möchte ich.«

»Gut.«

»Ich gehe jetzt besser schlafen«, sagte sie. Sie wollte fit sein für den morgigen Tag, der sicherlich nicht ganz einfach werden würde.

»Gute Nacht, Kathi.«

Auf dem Weg zum Schlafzimmer hörte sie ihr Handy klingeln. Sie eilte ins Wohnzimmer und hob ab.

»Kathi. Sollte ich noch einmal eine Reise gewinnen, dann lass sie mich ja nicht antreten!«, schimpfte ihre Mutter ohne Begrüßung ins Telefon.

»Was ist denn jetzt los?«

Angelo stand neben ihr und beobachtete sie aufmerksam.

»Wir sind in Mexiko gelandet. Aber jetzt nimmt das Schiff eine andere Route, wegen eines blöden Tropensturms. Es legt gar nicht hier in Cozumel an.«

»Ach das gibt's doch gar nicht! Ihr habt ja echt Pech! Aber sonst geht es euch gut, dir und Tante Lotte? Ist es denn schön dort?«

»Schön? Der Pool in diesem Hotel ist kleiner als mein Handtuch, und von dem scharfen Essen bekomme ich

Sodbrennen. Aber es war das billigste, weil wir dachten, dass wir nur eine Nacht hierbleiben.«

»Könnt ihr nicht in ein anderes Hotel?«

»Was meinst du, was das alles kostet? Die Kreuzfahrt können wir jetzt jedenfalls abschreiben.«

»Und wenn ihr versucht, zum nächsten Hafen zu kommen, in dem das Schiff hält?«, schlug Kathi vor.

»Das wäre Puerto Limón in Costa Rica«, rief Tante Lotte ins Handy.

»Überlegt euch das doch mal, Mama. Zumindest hättet ihr dann noch ein paar Tage auf dem Schiff. Die vom Reisebüro helfen euch bestimmt weiter.«

»Aber ich ...«

Plötzlich brach die Verbindung ab.

»Mama? Hallo? Hörst du mich noch?«

Kathi versuchte einen Rückruf, doch die Leitung war tot.

»Sicher ist der Akku leer«, murmelte sie.

Angelo nickte.

»Kann sein.«

»Auf einem Kreuzfahrtschiff durch die Karibik. Es ist ihre allererste richtige Reise. Von ein paar Besuchen in Bad Ischl mal abgesehen«, erklärte Kathi. »Und jetzt haben sie die ersten Tage schon verpasst. So schade, dass die beiden so viel Pech haben.«

»Deine Mutter war ...«, begann Angelo, brach dann jedoch ab.

»Sie war was? Kennst du sie denn auch? ... Aber natürlich kennst du sie auch, wenn du mein Engel bist«, beantwortete sich Kathi die Frage gleich selbst.

»Nun ja. Ich kenne alle Menschen, mit denen du bisher zu tun hattest«, erklärte Angelo.

Plötzlich schoss ihr eine Frage durch den Kopf.

»Kennst du … kennst du auch meinen Vater?«, fragte sie plötzlich und spürte gleichzeitig ein seltsames Kribbeln im Bauch. Ihr Vater. Sie wusste nichts über ihn, nur dass er sie nicht haben wollte und deswegen ihre Mutter verlassen hatte, noch vor Kathis Geburt. Lotte hatte ihr bei Fragen zu ihrem Vater nicht weiterhelfen können, weil sie ihm nie persönlich begegnet war. Sie hatte damals mit ihrem Mann in Passau gewohnt, der vor drei Jahren verstorben war. Ein paar Monate danach war sie wieder zu ihrer Schwester in das alte Elternhaus gezogen. Von Tante Lotte konnte Kathi somit keine Antworten auf ihre Fragen erwarten. Aber Angelo wusste alles über sie und ihre Familie. Dann musste er doch auch ihren Vater kennen. Nachdem ihre Mutter wohl nie etwas von ihm erzählen würde, war Angelo ihre einzige Chance, wie sie etwas über ihren Vater erfahren könnte.

»Diese Frage kann ich dir nicht beantworten, Kathi«, sagte Angelo leise.

»Warum nicht? Kennst du ihn denn nicht?«

»Es ist mir nicht erlaubt.«

Sie wusste, dass sie es sich sparen konnte, weiter nachzufragen. Er würde es genauso wenig verraten, wie er ihr aus seinem Leben erzählte.

»Vielleicht ist es ja auch besser so«, sagte sie leise. »Er hat mich nie gewollt. So einen Vater braucht niemand … Gute Nacht, Angelo.«

Sie ging an ihm vorbei ins Schlafzimmer, ohne den traurigen Blick zu bemerken, mit dem der Engel ihr hinterherschaute.

Kapitel 18

12. Dezember 1989

Erika konnte es inzwischen kaum mehr erwarten, Angelo wiederzusehen. Gleichzeitig war sie jedoch auch nervös. Heute würden sie den Abend zum ersten Mal ganz allein verbringen. Der Wind auf dem zugigen Bahnhof strich eisig über sie hinweg. Sie zog ihre Mütze ein Stück weiter nach unten und schob dann fröstelnd ihre Hände in die Jackentaschen.

Mit zehn Minuten Verspätung fuhr der Zug endlich ein. Angelo stieg als einer der Ersten aus und entdeckte sie sofort. Lächelnd ging er auf sie zu und überreichte ihr zur Begrüßung einen Blumenstrauß, der dick in Papier eingewickelt war, um ihn vor der Kälte zu schützen.

»Schön, dass du da bist«, sagte Erika.

»Ich freue mich auch sehr!«

»Komm, lass uns zu mir gehen.«

Eilig machten sie sich auf den Weg zu Erikas Haus, um schnellstmöglich ins Warme zu kommen.

»Hereinspaziert«, sagte Erika eine Viertelstunde später und sperrte die Haustür auf.

Sie zogen ihre Jacken aus, und dann bat Erika Angelo ins Wohnzimmer. Während sie eine Vase mit Wasser für den Blumenstrauß holte, sah er sich um. Der Raum war gemütlich, mit einer großen Sofalandschaft und modernen, hellen Kiefermöbeln. Ein Bücherregal war vollgestopft mit Liebesromanen und Krimis. Auf dem Wohnzimmertisch stand ein Adventskranz, bei dem zwei Kerzen schon einmal gebrannt hatten, wie man anhand der schwarzen Dochte sehen konnte, und überall gab es weihnachtliche Figuren wie kleine Engel und Nikoläuse und vor allem viele weitere Kerzen. Einen ganz besonderen Platz auf der Kommode nahm ein Foto ihrer Eltern ein. Erika hatte Angelo erzählt, dass ihre Eltern bereits weit über vierzig gewesen waren, als sie zehn Jahre nach ihrer Schwester Lotte als Nachzüglerin zur Welt kam. Vor zwei Jahren waren sie kurz hintereinander verstorben. Seither lebte Erika allein in ihrem Elternhaus.

»Du bist ja ein großer Weihnachtsfan«, stellte Angelo fest, als Erika die Vase neben das Foto stellte.

»Stimmt. Das kann ich wohl kaum leugnen«, sagte sie und lächelte. »Magst du Weihnachten auch?«

»Na ja. Bei uns daheim war Weihnachten immer etwas anders«, erklärte Angelo. »Mein Vater behauptete, dass er damit gar nichts anfangen konnte. Für meine Mutter hingegen war es das wichtigste Familienfest im ganzen Jahr. Also mussten sie einen Kompromiss schließen. Und so hatten wir zwar keinen Weihnachtsbaum, dafür eine Krippe, für die mein Vater die Figuren geschnitzt und Mama die Kleider genäht hatte. Mama ließ es sich auch nicht nehmen, mithilfe der Lebensmittel aus den Päckchen, die aus dem Westen von den Verwandten kamen, Panettone zu backen. Den Kuchen aßen wir dann immer alle zusammen am ersten Weihnachtsfeiertag zum Frühstück.«

»Vermutlich findest du das hier dann alles ziemlich übertrieben, oder?«, fragte Erika. Sie wirkte ein wenig fahrig, was nichts anderes bedeuten konnte, als dass sie nervös war. Genau wie er.

»Nein gar nicht. Wirklich. Ich habe ja auch nichts gegen Weihnachten.«

»Mach's dir gemütlich. Das Essen ist schon fast fertig. Ich muss es nur noch aufwärmen.«

»Es duftet jedenfalls sehr gut. Was gibt es denn?«, fragte er neugierig.

»Nachdem du mich die letzte Woche mit italienischen Spezialitäten verwöhnt hast, gibt es heute für dich etwas Bayerisches.«

»Einen Schweinebraten?«

Sie lachte vergnügt.

»Nein. Keinen Schweinebraten. Es gibt Fleischpflanzerl nach dem Rezept meiner Mama mit Kartoffel-Gurkensalat und dazu noch bayerisches Kraut.«

»Was sind denn Fleischpflanzerl?«, fragte er.

Erika suchte kurz nach einem anderen Wort. Dann fiel es ihr ein.

»Frikadellen«, sagte sie.

»Ach so!« Angelo grinste. »Da hast du dir aber ganz schön viel Arbeit gemacht, Erika.«

Sie lächelte.

»Ach was. So viel war das gar nicht. Und es ist schön, wenn ich mal nicht nur für mich allein koche«, sagte sie.

»Dann freut es mich umso mehr.«

»Aber zu diesem Essen passt eher Bier«, erklärte sie.

»Find ich auch. Und bayerisches Bier ist tatsächlich das beste, das ich bisher getrunken habe. Den Wein können wir auch danach aufmachen.«

»Möchtest du noch etwas?«, fragte Erika eine Stunde später.

Er fasste sich an den Bauch und schüttelte den Kopf.

»Danke nein. Wirklich. Eine dritte Portion schaffe ich nicht mehr. Ich platze sowieso gleich«, sagte Angelo. Seit er hier in Bayern war, wurde er von allen Seiten so bekocht, dass er tatsächlich schon ein wenig zugenommen hatte, wie er an seiner Hose bemerkte. »Aber es war wirklich sehr, sehr lecker. Vielen Dank, Erika.«

Er half ihr, das Geschirr zu spülen, dann holte sie eine Flasche Weißwein aus dem Kühlschrank, die sie bereits entkorkt hatte, und sie gingen zurück ins Wohnzimmer. Im Radio lief leise Musik. »Americanos« von Holly Johnson. Angelo mochte es ja lieber etwas rockiger, aber Erika schien die Musik zu gefallen, und sie machte auf jeden Fall gute Laune. Sie holte zwei Weingläser aus der Vitrine und schenkte ein.

»Auf unsere erste richtige Verabredung«, sagte Angelo und prostete ihr zu.

»Auf unsere erste richtige Verabredung.«

Sie lächelten sich zu und tranken einen Schluck.

»Hast du schon eine Gelegenheit gehabt, deine Tante nach dem Rezept für die Cannoli zu fragen?«, wollte Erika wissen.

»Ich habe versucht, es ihr abspenstig zu machen. Aber sie

meinte, dass das Rezept nur an Frauen weitergegeben wird, die zur Familie gehören. Tut mir wirklich leid, Erika.«

Sie winkte ab.

»Ach, das macht nichts. Ich verstehe das schon. Vielleicht finde ich es ja irgendwann mal selbst raus.«

In diesem Moment spielte Angelos Fantasie ihm Bilder vor, wie Erika in der Küche stand und genau diese Cannoli nach dem Familienrezept machte und er ihr dabei zusah. Der Gedanke erschreckte ihn ein wenig. Er war längst noch nicht bereit für eine neue feste Beziehung. Gleichzeitig gefiel ihm die Vorstellung überhaupt nicht, dass er Erika in ein paar Wochen nicht mehr sehen würde, wenn er mit seinen Freunden weiter nach Syrakus unterwegs war.

»Vielleicht sind aber meine Oma und die Cousinen in Sizilien nicht so streng. Ich werde sie fragen und dir das Rezept schicken, falls ich es bekomme.«

Angelo bemerkte, dass sich ihr Lächeln veränderte, es wirkte etwas bemüht. Doch der Moment war schnell vorbei.

»Wann genau fährst du nach Italien?«, fragte sie.

»Am 12. Januar. Bis dahin habe ich meiner Tante versprochen, in der Pizzeria auszuhelfen.«

»Und wie lange bleibst du dort?«

»Bis jetzt haben wir mal drei Monate eingerechnet. Jana und Wolf – meine beiden Freunde – sind ja auch mit dabei. Vielleicht bleiben wir aber auch länger. Solange es uns dort gefällt und wir ausreichend Geld verdienen können.«

»Und danach?«

»Keine Ahnung. Bis jetzt haben wir noch keine festen Pläne. Wir würden gern noch ein wenig durch Europa reisen. Davon haben wir immer schon geträumt. Ich möchte mir vielleicht auch Barcelona und Amsterdam ansehen. Mein Onkel hat einen alten VW-Bus, den er uns ganz günstig überlässt. Darin können wir auch schlafen und sind unabhängig.«

»Das stelle ich mir ganz schön abenteuerlich vor«, sagte Erika, die bisher höchstens Tagesausflüge nach Österreich gemacht hatte. Ansonsten war sie noch nicht aus Bayern rausgekommen. Was eigentlich seltsam war, wenn sie so darüber nachdachte. Denn im Gegensatz zu Angelo hatte sie schon immer die Möglichkeit gehabt zu reisen.

»Komm doch mit!«, sagte er ganz spontan.

»Ich?« Sie lachte auf. »Aber das geht doch nicht.«

»Warum denn nicht?«

»Meine Arbeit und das Haus hier – ich kann das doch nicht alles stehen und liegen lassen, Angelo.«

»Ich verstehe ...«, sagte er. Außerdem kannten sie sich ja auch erst seit Kurzem, auch wenn sie sich seit der ersten Begegnung gut verstanden.

Im Radio liefen die ersten Töne des Phil Collins Songs »In the air tonight«.

»Möchtest du mit mir tanzen?«, fragte er.

Sie zögerte nicht mit der Antwort.

»Ja.«

Gleichzeitig standen sie auf. Angelo zog Erika fest an sich. Wie selbstverständlich schlang sie ihre Arme um seinen Hals und schmiegte sich an ihn. Langsam bewegten sie sich zur Musik. Angelo schloss die Augen und ließ sich in den Sog des Liedes ziehen. Sie sprachen kein Wort. Er spürte, wie ihre Finger vorsichtig den Ansatz seiner Haare im Nacken streichelten, und eine wohlige Gänsehaut überzog seinen Körper. Er ließ seine Hand langsam über ihren Rücken wandern, zog sie dabei noch enger an sich.

Noch nie hatte Erika sich mit einem Mann so wohlgefühlt. Wenn sie mit Angelo zusammen war, dann spürte sie alles so viel intensiver, echter. Dabei kannten sie sich kaum zwei Wochen. Sein warmer Atem streifte ihre Schläfe, und das Streicheln seiner Hände ließ ihr Herz vor Aufregung schneller schlagen.

Als das Lied zu Ende ging, blieben sie stehen. Sie hob den Kopf und sah Angelo aus ihren unglaublich schönen Augen an. Langsam wie in Zeitlupe bewegten sich ihre Lippen aufeinander zu. Der Kuss raubte ihr die Sinne und weckte den Wunsch nach mehr. Angelo schien es genauso zu gehen. Er konnte gar nicht genug von ihr bekommen. Erika war leidenschaftlich und ohne Scheu, zärtlich und wild. Sie war es auch, die ihn an der Hand nahm und ins Schlafzimmer zog.

Die Nacht schien gleichzeitig endlos zu sein und doch verging sie viel zu schnell. Die beiden hatten keine Sekunde geschlafen, als sie im Morgengrauen Hand in Hand zum Bahnhof gingen und nach München fuhren. Erika in ihre Arbeit und Angelo zu seiner Familie.

Die nächsten beiden Wochen waren wie ein Rausch der Sinne. Erika und Angelo versuchten, jede freie Minute miteinander zu verbringen. Da Angelo trotzdem seinen Verpflichtungen im Restaurant nachgehen musste, fiel es den beiden immer schwerer, sich am Abend zu trennen, wenn sie allein nach Hause fuhr, während er zur Arbeit ging. Ein paarmal konnte er sich freinehmen, und dann besuchte er sie. Ihr Haus war wie eine kleine Insel, auf der die beiden ganz für sich allein waren.

»Gehen wir heute Abend noch auf ein Bier?«, fragte Wolf ein paar Tage vor Weihnachten nach der Mittagsschicht, in der er in der Küche ausgeholfen hatte.

»Geht nicht.«

»Bist du schon wieder mit dieser Erika verabredet?«, wollte er wissen.

»Ja«, gab Angelo zu. Natürlich hatte er seinen Freunden inzwischen von ihr erzählt, nachdem sie sich bereits beschwert hatten, weil er kaum noch Zeit mit ihnen verbrachte. Vorgestellt hatte er sie jedoch noch nicht. Irgendetwas, das er sich selbst nicht erklären konnte, hielt ihn davon ab.

»Vergiss nicht, wir müssen bald den Bus auf Vordermann bringen, damit er im Januar startklar ist«, erinnerte ihn Wolf.

»Ich weiß. Aber da ist es ja noch ein wenig hin.«

»Trotzdem. Es gibt auch sonst noch einiges zu bereden und zu organisieren.«

»Das machen wir ein andermal. Ich muss jetzt los«, sagte Angelo und machte sich auf den Weg zu Erika, die schon auf ihn wartete.

Der Tag des Heiligen Abends rückte immer näher. Angelos Familie erwartete natürlich, dass sie ihn gemeinsam verbrachten. Der Gedanke, Erika an diesem Tag allein zu lassen, bedrückte Angelo. Tante Chiara hätte vermutlich nichts dagegen, wenn er Erika mitbrächte. Allerdings wäre die Familie dann davon ausgegangen, dass es zwischen ihnen bereits etwas Ernsteres war. Und obwohl er jede Sekunde mit Erika genoss, war er noch nicht bereit, sich einzugestehen, dass er sich womöglich bereits in sie verliebt hatte. Schließlich wollte er ja eigentlich auch ungebunden sein, wenn er auf Reisen war, deswegen sollte ihre Geschichte etwas Unverbindliches bleiben. Er versuchte sich einzureden, dass alles nur ein Abenteuer war und auch Erika nicht mehr wollte. Und darauf zu hoffen, dass sie auf ihn warten würde, bis er irgendwann zurückkam, wagte er gar nicht erst.

Am Tag vor Heilig Abend musste Erika nur bis Mittag arbeiten. In der Pizzeria herrschte Hochbetrieb. Doch Angelo wollte sie unbedingt zumindest kurz sehen. Er bat seine Tante, ihn für eine Stunde zu entschuldigen. Sie war nicht begeistert, doch offensichtlich merkte sie, dass er nicht gefragt hätte, wenn es ihm nicht wirklich wichtig wäre. Er schlüpfte in seine Jacke und rannte los. Gerade noch schaffte er es, Erika abzupassen, als sie das Schuhgeschäft verließ.

Ihre Augen strahlten, als sie ihn sah. Sie hatte gar nicht mehr damit gerechnet, weil sie wusste, wie eingespannt er im Restaurant war. Umso mehr freute sie sich, dass es doch noch geklappt hatte. Wie von selbst verschränkten sich ihre Finger ineinander, während sie langsam zum Bahnhof gingen.

»Wo verbringst du denn die Feiertage?«, fragte Angelo, was keiner bisher angesprochen hatte.

»Meine Schwester hat mich eingeladen. Ich fahre morgen Nachmittag mit dem Zug nach Passau«, antwortete Erika. Sie freute sich zwar einerseits darauf, Lotte und ihren Mann zu sehen, aber eigentlich würde sie den Tag viel lieber mit Angelo verbringen. »Und du?«

»Ich ... ich werde mit meiner Familie feiern«, antwortete er.

»Natürlich.«

»Wann bist du denn wieder zurück aus Passau?«

»Am zweiten Weihnachtsfeiertag. Vermutlich wirst du da arbeiten müssen.«

Er nickte.

»Leider ja. Da ist im Restaurant Hochbetrieb.«

»Verstehe.«

»Aber danach habe ich einen Tag frei.«

»Da muss ich leider schon wieder ins Geschäft. Aber vielleicht sehen wir uns ja in meiner Mittagspause?«

»Sehr gern. Und vielleicht am Abend dann bei dir?«

»Ja.«

Sie strahlten sich an.

»Ich rufe dich an.«

Inzwischen standen sie am Bahngleis. In wenigen Minuten würde ihr Zug losfahren.

»Du musst los«, flüsterte er und küsste sie zum Abschied.

»Angelo?«, rief seine Tante aus der Küche.

»Ja.«

»Komm doch bitte mal.«

Er befestigte eine silberne Kugel am Baum, den er zusammen mit seinen beiden Cousinen im Teenageralter schmückte, und ging dann in die Küche.

Es blubberte und dampfte aus Töpfen und Pfannen, und der Duft von würzigen Soßen und Kräutern lag in der Luft. Seit dem frühen Morgen war Tante Chiara am Kochen für den Abend.

»Soll ich dir was helfen?«, fragte er.

208

Chiara legte den Kochlöffel zur Seite und wischte sich die Hände an einem Tuch ab, das in ihrer Schürze steckte. Sie legte den Kopf ein wenig zur Seite und sah ihn an.

»Hast du dich verliebt?«, fragte sie direkt, so wie sie immer alles ohne Umschweife ansprach.

»Nein!«, antwortete er schnell und spürte, wie ihm die Röte ins Gesicht schoss. »Wie kommst du denn darauf?«

Sie schüttelte lächelnd den Kopf.

»Warum fürchtet ihr Männer euch immer so vor euren Gefühlen?«, fragte sie.

»Das tu ich doch gar nicht«, widersprach er energisch.

»Wenn du meinst.«

Sie ging zum Kühlschrank, öffnete ihn und holte eine Flasche Prosecco heraus.

»Antonio hat dich vorgestern mit einer Frau gesehen. Wenn du den Abend lieber mit ihr verbringen möchtest, dann tu das. Wir verstehen das alle.«

Sie drückte ihm den Prosecco in die Hand.

»Jetzt schau mich nicht so an, Angelo. Entweder bringst du sie zu uns mit, oder du gehst zu ihr. Heute ist der Heilige Abend. Denkst du, wir haben Lust, die ganze Zeit dein trauriges Gesicht zu sehen?«

»Ach, Tante Chiara, so einfach ist das nicht. Weißt du, es ist alles kompliziert und ... «

»Kompliziert ist nur das, was man nicht verstehen will!«, unterbrach sie ihren Neffen.

»Aber ich habe doch versprochen, mit euch zu feiern.«

Sie schüttelte wieder den Kopf und sah seiner Mutter dabei so ähnlich, dass Angelo es kaum glauben konnte.

»Und ich weiß, dass du dein Versprechen halten würdest. Und das freut mich. Wirklich. Aber was, wenn ich dir sage, dass jeder dich versteht und du kein schlechtes Gewissen haben musst?«

»Hm ...«

Plötzlich lächelten beide.

Er sah auf die Uhr. Es war halb zwölf.

»Wenn ich mich beeile, kann ich es vielleicht gerade noch schaffen.«

»Na dann – worauf wartest du denn noch?«

Erika stellte die beiden Taschen mit Geschenken in den Flur, die sie mit nach Passau nehmen würde. Dann schlüpfte sie in ihre Stiefel. Bevor sie den Reißverschluss zuziehen konnte, klingelte es an der Haustür. Nanu? Wer kam denn jetzt? Sie öffnete die Tür.

»Angelo!«, sagte sie völlig überrascht.

»Gott sei Dank! Du bist noch da, Erika!«, sagte er, und sie hörte Erleichterung und Freude in seiner Stimme.

»Was machst du denn hier? Ich dachte, du bist bei deiner Familie.«

»Ich weiß nicht, was das zwischen uns ist, Erika«, begann er. »Ich möchte gern so viel Zeit mit dir verbringen wie möglich, bevor ich wegfahre. Aber ohne Verpflichtungen. Und ich kann dir nicht versprechen, wie es weitergehen wird. Wenn du das nicht möchtest, kann ich das verstehen. Doch wenn du das möchtest, dann sag es mir. Und wenn du willst, bleibe ich heute Abend bei dir.«

Sie sah ihn eine Weile nur an, als schien sie gründlich abzuwägen, was sie ihm antworten sollte. Sein Magen fuhr Achterbahn, so sehr wünschte er, dass sie ihn nicht wegschickte. Plötzlich lächelte sie.

»Komm rein, Angelo.«

»Wirklich?«

»Wirklich. Du kannst schon mal den Kachelofen anheizen, ich rufe meine Schwester an und sage ihr, dass ich erst morgen nach Passau fahre und . . . «

Was sie sonst noch hatte sagen wollen, ging in einem glücklichen Kuss unter.

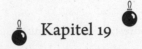

Kapitel 19

»Guten Morgen, Herr Pham«, sagte Kathi, als sie die Treppe nach unten ging und er seine Zeitung aus dem Briefkasten fischte.

»Guten Morgen, Anemone. Geht's dir inzwischen wieder besser?«, fragte er und sah sie prüfend an. Kein Wunder, nach der seltsamen Vorstellung, die sie ihm am Freitag mitten in der Nacht gegeben hatte.

»Mir geht's gut, danke«, antwortete Kathi und warf einen kurzen Blick zu Angelo, der neben ihr stand. »Und noch mal Entschuldigung, dass ich Sie letztens aus dem Schlaf geklingelt habe.«

»Das macht nichts, Anemone. Du kannst dich jederzeit bei mir melden, das weißt du doch. Ist es in der Arbeit bei dir immer noch so hektisch?«

»Es geht. Vor Weihnachten ist meistens noch besonders viel zu tun.«

»Gib auf dich acht, ja?«

»Mache ich.«

Während sie sich unterhielten, kam Luna über die Treppe nach unten gelaufen. Als sie Angelo sah, blieb sie kurz stehen. Dann ging sie langsam auf ihn zu und strich um seine Beine. Glücklicherweise war Herr Phams Blick weiter auf Kathi gerichtet. Für ihn hätte es sonst ziemlich seltsam aussehen, wie Luna sich den Kopf quasi an der Luft rieb.

»Vielleicht solltest du mal Urlaub machen. Weißt du, die Seele braucht auch mal eine Auszeit. Und du arbeitest immer so viel.«

»Nach Weihnachten besuche ich meine Freundin in London«, sagte Kathi.

»London! Wie wundervoll. Eine schöne Stadt.«

»Ja. Ich freue mich auch schon sehr drauf. Aber jetzt muss ich los. Tschüss, Herr Pham«, sie hatte schon die Tür geöffnet, da rief er ihr hinterher.

»Anemone?«

»Ja?«

»Wenn du dich mal wieder nicht so gut fühlst, kann ich dir Engelwurzöl empfehlen. Das stärkt die Nerven und kann dir Kraft geben.«

»Äh. Danke. Ich werde es mir merken.«

Damit ging sie hinaus. *Engelwurz?*

Wie kam er denn ausgerechnet darauf? Gut, dass er nicht wissen konnte, dass sie tatsächlich mit einem Engel zu tun hatte. Sie warf einen Blick zu Angelo.

»Dein Nachbar hat ein ganz besonderes Gespür für das Leben um ihn herum«, sagte er, als ob er ihre Gedanken erraten hätte.

»Du meinst, er merkt womöglich, dass es dich gibt?«

Angelo schüttelte den Kopf.

»Nein. Aber er spürt, dass es *etwas* gibt.«

»Wieso kann er es merken und sonst niemand?«

»Kennst du denn eigentlich seine Geschichte?«

»Ich weiß, dass er Biologe ist und im Zoo arbeitet. Er ist sehr tierlieb und freundlich, und er ist Vegetarier. Seine Frau starb vor vier Jahren, und Kinder hat er keine«, zählte Kathi auf.

»Das stimmt alles, aber es ist nur ein Teil seiner Geschichte. Du weißt, wo er herkommt?«

»Ja. Er war einer der Boatpeople, die Ende der 70er-Jahre aus Vietnam nach Deutschland kamen. Mehr hat er mir darüber nicht erzählen wollen. Aber ich weiß, was damals alles passiert ist.«

»Ja. Die Menschen auf diesen Schiffen haben Unfassbares miterlebt, Kathi«, sagte Angelo. »Und das Schreckliche ist, dass niemand daraus gelernt hat und es auch heute noch geschieht. Herr Pham hat damals einigen Menschen das Leben gerettet und wäre dabei selbst fast gestorben.«

»Das ... das kann ich mir bei ihm vorstellen«, sagte Kathi bewegt.

»Manche Menschen gehen daran kaputt. Andere jedoch lernen daraus, den Wert des Lebens nur umso mehr zu schätzen. Und bekommen dadurch ein besonderes Gespür für alle Lebewesen. So wie Herr Pham.«

In Gedanken versunken gingen sie ein paar Minuten schweigend nebeneinander her.

»Sag, Angelo: Willst du lieber mit der U-Bahn fahren oder zu Fuß gehen.«

»Wenn wir dich richtig fit bekommen wollen, wäre

es natürlich besser, wenn wir zu Fuß gehen, aber ...«, er stockte.

»Was aber?«

»Ich würde zu gern mal wieder U-Bahn fahren«, sagte er und lächelte.

»Na, dann machen wir das doch.«

Kathi bearbeitete die eingegangenen E-Mails, als Sybille in die Agentur kam. Sie trug ein figurbetontes Kleid und höhere Absätze als üblich. *Das Abendessen mit Jonas!*, schoss es Kathi durch den Kopf. Offenbar spekulierte sie auf einen besonderen Abend, und das, obwohl Jonas eine andere Frau liebte. Doch das musste nicht Kathis Sorge sein.

»Hallo, Kathi!«

»Guten Morgen, Sybille ...« Sie zögerte. Angelo saß auf dem Sofa und nickte ihr aufmunternd zu.

»Ja?«

»Hast du heute bitte mal Zeit für ein Gespräch?«

Sybille blieb vor ihrem Schreibtisch stehen.

»Willst du kündigen?«

»Nein!«

»Hast du vor, mich vor Karl oder den anderen irgendwie zu kompromittieren?«

»Nein.«

»Willst du eine Gehaltserhöhung?«

Angelo nickte.

»Äh ... j...« Kathi sah den Blick in Sybilles Augen.

»Nein.«

Sybille lächelte unerwartet.

»Gut. Na, dann würde ich sagen, wir vergessen unsere kleine Meinungsverschiedenheit von Freitagabend und machen da weiter, wo wir letzte Woche waren. Es gibt viel zu tun. Nicht wahr?«

Kathi war völlig überrumpelt und konnte nur nicken. Angelos Miene verriet deutlich, dass er über den Verlauf des Gesprächs nicht sehr glücklich war.

»Als Erstes hätte ich gern einen Olivenblättertee. Und danach stellst du mir bitte Edgar Ried durch. Ach ja, und Stefan hat sich für heute krankgemeldet.«

Damit verschwand Sybille in einer Duftwolke aus Light Blue von Dolce & Gabbana in ihr Büro.

Angelo sah Kathi kopfschüttelnd an.

»Ja! Ich weiß«, sagte Kathi und bemühte sich, leise zu sprechen. »Ich darf mich nicht so abspeisen lassen.«

»Du musst selbst herausfinden, was am besten für dich ist, Kathi. Ich werde dir da nicht dreinreden.«

»Aber was hätte ich denn sagen sollen? Jetzt bin ich erst mal froh, dass sie mich nicht rauswerfen wollte.«

»Schon gut. Trotzdem …«

»Ja. Schon klar. Und was mache ich eigentlich wegen Stefan? Er hat in den Taschen fremder Leute herumge-wühlt. Ich müsste es eigentlich melden.«

»Und was hält dich davon ab?«, fragte Angelo.

»Na ja. Erstens wird er es ganz bestimmt abstreiten und am Ende womöglich noch mir unterschieben, und dann …«

»Und was dann?«

»So ganz sicher weiß ich es ja auch nicht, ob er wirklich etwas stehlen wollte. Was, wenn ich mich täusche? Du müsstest doch wissen, was er wirklich vorhatte. Kannst du es mir nicht sagen?«

»Nein.«

Und mehr sagte er tatsächlich nicht mehr dazu.

Kathi hatte so viel zu tun, dass der Vormittag rasend schnell verging. Karl kam erst am Nachmittag in die Agentur.

»Kathi, komm gleich mal mit«, sagte er, und sie folgte ihm mit einem mulmigen Gefühl in sein Büro. Würde er ihr jetzt die Kündigung überreichen? Oder schlimmer noch – gab es schlechte Neuigkeiten von Irene?

»Wie geht es deiner Schwiegermutter«, fragte sie deswegen besorgt.

Er setzte sich an seinen Schreibtisch.

»Ach, der geht es schon wieder viel zu gut. Sie hält alle auf Trab und überlegt gerade, ob sie sich nicht prophylaktisch auch gleich noch den Blinddarm rausnehmen lässt. Aber das werden wir zu verhindern wissen.«

Kathi bemühte sich, ernst zu bleiben.

»Karl, ich möchte mich noch mal entschuldigen, weißt du, ich …«

»Schon gut«, er winkte ab. »Lassen wir das jetzt. Es geht um den Auftrag der Münchner Kreditbank. Sybille hat heute mit Ried telefoniert und konnte ihn nicht umstimmen. Cindy ist endgültig draußen, dafür möchte er diese – wie heißt sie noch mal? Ach ja, Alina Kon, die wir auch für die Shampoo-Werbung genommen haben. Falls das nicht klappt, will er die ganze Kampagne zurückziehen. Das darf auf keinen Fall passieren.«

»Das wird Cindy gar nicht gefallen«, warf Kathi vorsichtig ein.

»Unsere Anwälte prüfen gerade die Verträge. Aber wir halten uns natürlich immer eine Hintertür offen. Also dürfte das ohne Probleme durchgehen. Trotzdem möchte ich es mir nicht mit ihr verscherzen. Cindy ist sehr beliebt momentan, und die Agenturen reißen sich um sie. Deswegen gehst du jetzt sämtliche Projekte durch und überprüfst, wo wir sie sonst prominent einsetzen können.«

»Okay.«

Kathi war erleichtert, dass Karl ihr die Sache mit seiner Schwiegermutter offensichtlich nicht mehr nachtrug. Da sie alle laufenden Projekte im Kopf hatte, konnte sie sehr schnell diejenigen raussuchen, in denen es eine Rolle für Cindy geben könnte. Allerdings war momentan kein Job auch nur annähernd so groß und bedeutend wie der in der Werbung für das Kreditinstitut.

»Es gibt da nur ein wirklich großes Projekt, das für die Firma, die Fertighäuser baut. Die Entscheidung dazu fällt aber erst im Januar, wie du weißt«, sagte Kathi.

Karl seufzte. »Behalten wir das im Hinterkopf. Mach für morgen einen Termin mit Cindy hier im Büro aus. Ich muss ihr das wohl selbst schonend beibringen«, meinte er.

Während des ganzen Tages war Angelo immer in ihrer Nähe und bekam alles mit. Trotzdem mischte er sich nicht wirklich ein. Es war, als ob er einfach nur beobachten wollte, und manchmal hatte sie fast den Eindruck, als ob er sich langweilen würde. Kathi fragte sich, was genau seine Aufgabe überhaupt war.

»Sicher gibt es genügend andere Menschen, die einen Schutzengel nötiger haben als ich«, sagte sie zu ihm, als sie in der Mittagspause allein in der kleinen Küche waren.

»Es ist ja nicht so, dass ich der einzige Schutzengel bin«, antwortete er lächelnd und ging nicht weiter auf sie ein.

»Hallo, Kathi«, hörte sie eine allzu bekannte Stimme, als sie gerade eine neue Farbpatrone in den Kopierer einsetzte, bevor sie sich mit Angelo auf den Heimweg machen wollte.

Erschrocken drehte sich sie um und spürte sofort, wie ihr Herz mit einem Mal schneller schlug.

»Hallo, Jonas.«

»Ich bin ein wenig zu früh dran«, sagte er.

»Macht doch nichts«, murmelte Kathi. »Moment, ich sag Sybille gleich Bescheid.«

»Nein … bitte warte kurz«, bat er.

»Ja?« Hoffentlich kam er jetzt nicht noch mal auf das Gespräch auf der Winterparty zu sprechen. Kathi wollte am liebsten nie wieder daran denken, das war ihr so peinlich.

»Ich wollte dir nur sagen, das mit deinem Cousin klappt. Er war heute Vormittag bei mir und hat sich alles angeschaut. Danke. Wirklich. Auch der Preis ist anständig.«

Auf seinem Gesicht zeichnete sich erst jetzt andeutungsweise ein Lächeln ab. Irgendwie strahlte er aber nicht so wie bisher.

»Das freut mich«, sagte Kathi.

Sie warf einen Blick zu Angelo, der hinter Jonas stand. Sie wäre jetzt viel lieber mit Jonas allein gewesen, ohne Zuschauer. In Anwesenheit ihres Schutzengels fühlte sie sich dem Fotografen gegenüber irgendwie befangen. Dabei hatten Jonas und sie sich – bis auf den vermaledeiten Abend der Agenturfeier – von Anfang an so gut verstanden.

»Vorsicht. Lass dich nicht wieder einwickeln«, warnte sie in diesem Moment Angelo.

Sie konnte sich gerade noch eine Antwort verkneifen. Natürlich würde sie das nicht tun!

»Er fängt diese Woche schon an«, riss Jonas sie aus den Gedanken.

»Wie bitte?«

»Mit dem Umbau – dein Cousin.«

»Schön ...«

»Ach ja. Das hab ich ja ganz vergessen.« Er holte einen Datenstick aus seiner Jackentasche. »Das sind die Fotovorschläge für die Homepage.«

»Danke.«

»Ich hoffe, du bist mit deinen Bildern zufrieden.«

»Vielleicht schau ich gleich mal nach«, sagte Kathi und steckte den Datenstick in den Rechner.

»Es sind die letzten drei Dateien«, sagte er.

Kathi öffnete das erste Foto und betrachtete es schweigend. Dann die nächsten beiden. Es waren Aufnahmen, bei denen sie die Haare noch nach oben gebunden und das Tuch um den Ausschnitt geschlungen hatte.

»Und? Magst du sie nicht?«, fragte Jonas.

»Na ja, doch.«

»Begeistert hört sich das aber nicht an«, sagte er.

»Das liegt nicht an den Fotos, sondern am Motiv«, versuchte Kathi zu scherzen, die wie immer überkritisch mit sich selbst war.

Er sagte nichts dazu. Und auch Kathi schwieg. Irgendwie wussten sie wohl beide nicht, was sie jetzt noch sagen sollten.

»Tja, vielleicht sollte ich jetzt Sybille holen?«

»Ja ... gute Idee.«

Mit dem Gedanken an Sybille kam ihr automatisch Cindy in den Sinn.

»Sag mal Jonas, ich habe heute schon mehrmals versucht, Cindy zu erreichen. Aber ihr Handy ist immer aus. Und ich kann auch keine Nachricht auf der Mailbox hinterlassen. Könntest du ihr bitte ausrichten, dass sie mich anrufen soll?«

»Cindy? Keine Ahnung, wo sie heute ist«, sagte er schulterzuckend.

»Es reicht auch, wenn du ihr das heute Abend oder gleich morgen früh sagst, aber sie sollte dringend hier vorbeikommen.«

»Vielleicht versuchst du es bei ihrem Agenten«, schlug Jonas vor.

Kathi war etwas verwundert.

»Klar. Das kann ich auch machen. Ich dachte nur ...«
Sie zögerte.

»Was?«, hakte er nach.

»Na ja. Ich dachte, falls sie bei dir ist, könntest du es ihr doch ausrichten.«

»Wieso sollte sie bei mir sein?«, fragte er verwundert.

Angelo legte den Kopf schief und hörte sehr interessiert zu.

»Nun. Weil ihr ja ...«

Plötzlich hatte sie das Gefühl, sich da in irgendwas reinzureiten.

»Ach, vergiss es«, winkte sie ab. »Ich rufe ihren Agenten an. Das hätte ich natürlich gleich tun sollen.«

»Moment mal, Kathi. Denkst du vielleicht, dass Cindy und ich wieder zusammen sind?«

»Seid ihr das etwa nicht?«, stellte sie die Gegenfrage.

»Ganz bestimmt nicht«, sagte er mit sehr viel Nachdruck.

Kathi war erst einmal überrascht und dann etwas irritiert. *Sie sind nicht zusammen?* Gleichzeitig freute sie sich darüber, wollte es sich jedoch nicht anmerken lassen.

»Dann vergiss meine Frage bitte einfach«, sagte sie schnell.

Jonas verschränkte die Arme und sah sie mit zusammengezogenen Brauen an.

»Vielleicht habe jetzt aber ich eine Frage an dich«, sagte er.

»Ach ja?«

»Hast du dich vielleicht deswegen am Freitag so seltsam verhalten?«

Sybille rettete sie vor einer Antwort.

»Jonas! Ich wusste gar nicht, dass du schon hier bist. Kathi, warum sagst du mir denn nicht Bescheid?«, fragte sie vorwurfsvoll.

»Ich bin eben erst reingekommen«, erklärte Jonas.

»Und ich wollte mich schon ohne dich auf den Weg machen.« Sybille holte ihren Mantel, und Jonas half ihr hinein.

»Danke. Kathi, ich habe noch einige Mails diktiert. Bitte schick das heute noch alles raus.«

»Klar«, sagte sie wenig begeistert. Sie war davon ausgegangen, jetzt auch Feierabend zu haben.

Bevor die beiden die Agentur verließen, rief Jonas ihr noch zu: »Bis später!«

Sowohl Kathi als auch Sybille sahen ihn verwundert an. Dann waren sie verschwunden.

»Er ist gar nicht mit Cindy zusammen«, sagte sie zu Angelo.

»Ich weiß. Na und? Ändert das irgendwas für dich?«, fragte er.

Zaghaft schüttelte sie den Kopf.

»Kathi. Du denkst doch sowieso nicht, dass er mit einer Frau wie dir was anfangen könnte, oder?«

»Nein. Also ich meine ja. Also ich meine nein.«

»Na also, dann mach dir bitte keine falschen Hoffnungen. Ich bin schließlich hier, um dir zu helfen, glücklich zu werden, und nicht damit du am Ende auch noch richtigen Liebeskummer hast.«

»Keine Sorge. Ich kann meine Chancen durchaus realistisch einschätzen«, sagte sie etwas ruppiger, als sie eigentlich gewollt hatte.

»Dann ist es ja gut. Irgendwann findest du bestimmt jemanden, der zu dir passt. Und der mit einer Frau wie dir was anfangen kann.«

Obwohl er sicherlich recht hatte, ärgerte Kathi sich ein wenig über ihren Engel. Es hörte sich fast so an, als ob für Kathi nur ein Trostpreis übrig bleiben würde.

Am Abend zog sie sich relativ früh zurück ins Schlafzimmer. Sie hatten vereinbart, dass dort eine engelfreie Zone war. Angelo verbrachte die Nächte im Wohnzimmer. Womöglich war er auch irgendwo draußen unterwegs. Kathi wusste nicht, ob er überhaupt schlief oder die ganze Zeit wach war. Auf jeden Fall beschäftigte er sich gern mit den beiden Wellensittichen und murmelte ihnen ganz leise Worte zu, sodass Kathi nicht verstand, was er ihnen sagte.

Sie versuchte, sich auf ihren Roman zu konzentrieren, da klingelte plötzlich ihr Handy. Sie rechnete damit, dass ihre Mutter am Apparat war, aber es war Jonas.

»Hi, Kathi. Stör ich?«

»Äh nein«, sagte sie und versuchte, nicht zu laut zu reden, damit Angelo sie nicht hörte.

»Bitte tu mir einen Gefallen. Wenn ich noch mal mit Sybille essen gehen muss, dann nicht mehr in so ein Schickimickilokal.«

Unwillkürlich musste Kathi lachen, und sie spürte, wie das Eis der letzten Begegnung zu bröckeln begann.

»Hat es denn nicht geschmeckt?«, fragte sie.

»Oh doch. Man konnte es schon essen«, sagte er. »Aber es war alles sehr übersichtlich. Ich glaube, ich hole mir unterwegs noch irgendwo eine Pizza.«

»Und wie lief es mit Sybille?«

»Sie hat mir ein paar sehr schöne Projekte angeboten, die ich annehmen werde. Und die meisten sind sogar hier in der Gegend, was mir sehr gelegen kommt.«

»Das freut mich.«

»Lustigerweise hat auch sie gedacht, dass ich wieder mit Cindy zusammen bin. Ich habe sie in dem Glauben gelassen, weil ich das Gefühl hatte, der Abend wäre dann wesentlich entspannter für mich.«

Das denke ich auch!

»Und? War er es? Ich meine entspannter?«, fragte Kathi neugierig nach.

»Ich glaube, mit Sybille kann man gar keinen entspannten Abend verbringen«, gab er zu. »Aber jetzt zu dir«, fuhr er fort. »Du hast meine Frage von vorhin noch nicht beantwortet.«

Kathi tat erst gar nicht so, als wüsste sie nicht, was er meinte.

»Es war ein schwieriger Abend für mich«, wich sie einer Antwort jedoch zunächst aus.

»Ich frage dich jetzt einfach noch mal: Hast du dich so seltsam verhalten, weil du dachtest, ich sei mit Cindy zusammen?«

»Na ja, wenn man einer Frau sagt, dass man sie liebt, dann kann man wohl davon ausgehen«, gab sie zu.

»Was?«

»Ich habe gehört, wie du ihr gesagt hast, dass du sie liebst.«

»Ach je, Kathi. Das, was du da offenbar gehört hast, ist vielleicht für Außenstehende nicht so einfach zu verstehen. Das ist so ...«

»Du musst mir das gar nicht erklären«, unterbrach sie ihn rasch. Es war besser, wenn sie nicht darüber sprachen. Und am allerbesten wäre es ohnehin, wenn sie das Telefonat möglichst rasch beenden würden. Angelo hatte recht. Sonst würde sie womöglich nur auf falsche Gedanken kommen. Und das wollte sie nicht.

»Aber wenn ich es dir gern erklären möchte?«

»Besser nicht. Was da zwischen dir und Cindy ist oder nicht ist, geht mich nichts an ... ich muss jetzt auch leider aufhören, Jonas. Es ist schon spät. Komm gut nach Hause, und gute Nacht.« Sie sagte es so freundlich wie möglich, um nicht unhöflich, aber trotzdem deutlich zu sein, und legte auf.

Dann schaltete sie rasch das Handy aus und löschte das Licht. Trotzdem konnte sie mal wieder nicht einschlafen, weil ihr tausend Gedanken durch den Kopf geisterten. War es richtig gewesen, ihn einfach so abzublocken? Immerhin schien es ihm wichtig zu sein, ihr die Situation zu erklären. Aber was würde das ändern? Schließlich hatte Kathi mit eigenen Augen gesehen, wie nah die beiden sich standen.

Als sie eine halbe Stunde später immer noch hellwach

war, setzte sie sich seufzend auf und griff nach ihrem Laptop, der auf dem Nachttisch stand. Sie surfte ein wenig im Internet und checkte ihre Mails. Noch einmal las sie die Nachricht über Frau Rose und ihre neue Agentur. Was für ein aufregender Gedanke, für so eine Frau zu arbeiten! Und wenn sie sich doch einfach bewarb? Sie konnte schließlich nichts verlieren. Zumindest würde sie sich dann niemals vorwerfen, sie hätte es nicht wenigstens versucht. Kathi las den Ausschreibungstext für die Bewerbung sorgfältig durch. Sie musste per Mail und ausgedruckt per Post spätestens morgen weggeschickt werden. Neben einer Vita und Referenzen verlangte Frau Rose einen zweiseitigen Vorschlag für eine Werbekampagne wahlweise im Kosmetik- oder Automobilbereich. Kathi saß im Bett und vergaß plötzlich alles um sich herum. Sie war nur fokussiert auf die zwei Produkte und ließ allen Gedanken freien Lauf, die ihr dazu einfielen. Nach etwa einer Stunde fasste sie die jeweiligen Ergebnisse zusammen. Sie musste nicht nachzählen, um zu sehen, dass sich die meisten Ideen um eine Kampagne im Automobilbereich drehten. Und hier war es vor allem ein Bild, das ihr nicht mehr aus dem Kopf ging. Sie holte einen Stift und ihren Block und begann, ihre Idee zu skizzieren, in der Angelo eine besondere Rolle spielte. Wollte nicht jeder in einem Auto unterwegs sein, das so sicher war, als würde ein Schutzengel sein ständiger Begleiter sein? Je länger sie sich damit befasste, desto mehr Spaß machte es ihr. Sie zeichnete verschiedene Varianten ihrer Idee und entschied sich am Ende dann für eine Skizze, in der ein Schutzengel, der Angelo ähnelte, über einem Auto schwebte. Sie beschrieb, wie sie sich die Fotos bzw. ein Werbevideo dazu vorstellte, das sehr modern und doch auch emotional sein sollte.

Kathi hörte nicht auf, bis sie mit dem Ergebnis zufrieden war. Sie hatte einen Entschluss gefasst: Sie würde den Versuch wagen und die Bewerbung mit dem Konzept abschicken. Leider konnte sie kein Zeugnis der Agentur Wunder beilegen, da Sybille sonst davon erfahren würde. Sie klappte den Laptop zu, legte das Notizbuch zur Seite und löschte das Licht. Und nun dauerte es nur noch wenige Minuten, bis sie eingeschlafen war.

Kapitel 20

Du hast es dir jetzt also doch anders überlegt?«, fragte
Angelo am nächsten Morgen, als sie die Bewerbungsunterlagen in der Agentur ausdruckte, weil ihr Drucker
daheim den Geist aufgegeben hatte.

»Es ist nur ein Versuch«, sagte Kathi.

»Klar.«

Nach drei Blättern hörte der Drucker plötzlich auf und
brachte eine Fehlermeldung.

»Mist. Jetzt ist der Toner aus.«

Sie ging in den kleinen Abstellraum, in dem Büroma-
terial und alte Ordner gelagert wurden. Als sie wieder
zurückkam, stand Sybille an ihrem Schreibtisch.

»Guten Morgen, Sybille«, sagte Kathi und hoffte, dass
ihre Vorgesetzte keinen Blick auf die bisher ausgedruckten
Blätter geworfen hatte. »Du bist heute aber früh dran.«

»Es gibt viel zu tun vor den Feiertagen!« Ihre Stimme
hörte sich etwas kratzig an.

»Bist du erkältet?«

»Ein wenig. Bring mir doch bitte gleich einen Gänse-
blümchentee.«

»Mache ich.«

Kaum hatte Sybille die Tür zu ihrem Büro hinter sich geschlossen, kontrollierte Kathi die Blätter im Drucker.

»Denkst du, sie hat was gesehen?«, fragte sie Angelo.

»Keine Ahnung.«

»Du bist mir ja echt eine große Hilfe!«

Rasch füllte Kathi den Toner auf und druckte die Unterlagen aus. Dann legte sie die Blätter in einem Stapel auf den Schreibtisch. Obenauf lag das Blatt mit der Zeichnung. Überrascht zog Angelo eine Augenbraue hoch.

»Du inspirierst mich eben«, sagte Kathi, die seinen Blick bemerkt hatte.

Sie heftete die Unterlagen in eine Mappe, die sie von daheim mitgebracht hatte, und steckte sie in ein Kuvert. In der Mittagspause wollte sie es rasch zur Post bringen. Bis dahin legte sie es in ihre Schublade.

Eine halbe Stunde später ließ Sybille sie in ihr Büro kommen.

»Ich soll was?«, fragte Kathi und sah Sybille verblüfft an.

»Du sollst Jonas und die beiden Models für die Werbung der Touristikagentur in den Chiemgau begleiten. Eines der Mädchen ist noch keine sechzehn, und ihre Eltern bestehen darauf, dass eine weibliche Begleitperson die ganze Zeit dabei ist. Ich würde es ja selbst machen, aber ich kann hier schlecht weg«, erklärte sie.

»Und wer macht inzwischen meine Arbeit?«, wollte Kathi wissen. »Stefan ist ja auch noch nicht da.«

»Diese Neue aus der Buchhaltung. Die ist sehr fit, wie

man hört. Sie kommt gleich, dann kannst du ihr ja zeigen, was dringend gemacht werden muss. Notfalls muss halt mal was liegen bleiben.«

Kathi sparte sich einen Kommentar dazu. Jetzt ging das also plötzlich so einfach?

»Und wann fahren wir?«

»Um elf.«

»Aber ich muss doch erst packen und mich darum kümmern, dass meine Wellensittiche versorgt werden.«

»Dann würde ich sagen, du weist die Neue besser mal schnell ein, dann fährst du heim und regelst deine Sachen.«

»Hättest du mir das nicht ein bisschen früher sagen können?«

»Eigentlich war ja geplant, dass die Mutter des jungen Models dabei ist. Aber die ist leider krank geworden«, erklärte Sybille, inzwischen schon ein wenig ungeduldig. »Aber wo ist überhaupt das Problem, Kathi? Andere würden sich freuen, wenn sie zwei Nächte lang an den Chiemsee dürften. In ein klasse Hotel übrigens, wie du weißt. Schließlich hast du es doch gebucht. Du tust ja grad so, als ob ich dich vier Wochen in ein Baumhaus am Amazonas schicken würde.«

»Sorry. Es ist nur ein wenig überraschend.«

Trotzdem konnte sie ein gewisses Gefühl der Aufregung nicht verdrängen. Sie würde mit Jonas unterwegs sein. Und sie bezweifelte, dass das, nach allem, was vorgefallen war, so eine gute Idee war. Vor allem wenn sie Angelos skeptische Miene betrachtete, der die Unterhaltung mitverfolgt hatte.

Glücklicherweise war Herr Pham zu Hause. Da sie Hansi – oder Mimose, wie er ihn nannte – und Lilli nicht so lange sich selbst überlassen wollte, bat sie ihn, die Vögel während ihrer Abwesenheit zu sich zu nehmen.

»Aber bitte passen Sie gut wegen Luna auf«, erinnerte sie ihn noch mal.

»Ich verspreche dir hoch und heilig, dass die beiden Vögelchen gesund und munter sind, wenn du wiederkommst, Anemone.«

»Sie sind ein Schatz, Herr Pham«, bedankte sich Kathi und nahm sich vor, ihn mit einer besonderen Torte zu überraschen, da er Süßes liebte.

Nachdem die Sache mit den Vögeln geklärt war, warf sie rasch ein paar Klamotten in ihre Reisetasche. Sie wusste, dass ein Großteil der Fotoaufnahmen im Freien stattfinden würde, deswegen packte sie hauptsächlich warme Sachen ein.

Angelo sah ihr dabei zu, sagte jedoch wenig.

»Kommst du mit?«, fragte sie.

»Was für eine Frage!«, antwortete er. »Natürlich komme ich mit!«

Eine halbe Stunde später stand Kathi mit gepackten Taschen vor der Tür, wo Jonas sie mit einem über die Agentur gemieteten Van abholte, in dem sie alle bequem Platz hatten.

Er stieg aus und verstaute ihre Sachen im Kofferraum, neben seiner Fotoausrüstung.

»Wer hätte das gedacht, dass wir so überraschend einen gemeinsamen Ausflug machen«, sagte er amüsiert.

»Ich jedenfalls heute früh noch nicht«, bemerkte Kathi und stieg in den Wagen.

Angelo saß auf der Rückbank hinter ihr. Sie tippte die Adressen der Mädchen, die sie noch abholen mussten, ins Navi ein.

»Habt ihr Cindy eigentlich schon erreicht?«, fragte Jonas, nachdem sie losgefahren waren.

»Ja. Sie war in Südafrika bei Fotoaufnahmen. Am Freitag kommt sie zurück nach München.«

Kathi war neugierig und hätte nur zu gern gewusst, was da genau zwischen Cindy und Jonas abgelaufen war oder womöglich immer noch lief. Doch natürlich konnte sie ihn nicht fragen, nachdem sie gestern betont hatte, dass sie das nichts anginge. Außerdem verfolgte Angelo jedes Wort, da war ein solches Gespräch noch weniger denkbar.

»Verdammt!«, rutschte es ihr plötzlich heraus.

»Was ist denn?«, fragte Jonas.

Die Bewerbung für Frau Rose!

In der ganzen Hektik hatte sie völlig vergessen, das Kuvert aus der Schublade zu nehmen und es unterwegs zur Post zu bringen.

»Ich muss mal kurz telefonieren.«

Sie rief in der Agentur an und bat die Neue aus der Buchhaltung, das Kuvert für sie aufzugeben.

»Könnten Sie das Porto für mich auslegen? Ich gebe Ihnen das Geld, wenn ich zurück bin.«

Die Neue versprach, sich gleich in der Mittagspause darum zu kümmern, und Kathi legte auf. Sie hoffte nur,

233

dass diese nicht wusste, wer Frau Rose war, und dass sie vor allem Sybille nichts erzählte.

»Passt wieder alles?«, fragte Jonas.

Sie nickte.

Nachdem sie Carola und Emma, die beiden Models, abgeholt hatten, ging es auf die Autobahn in Richtung Chiemsee.

»Hinten steht eine Kühltasche mit Getränken und was zu essen. Nehmt euch einfach, wenn ihr was möchtet«, bot Jonas an, der für die relativ kurze Strecke erstaunlich viel Proviant eingepackt hatte.

Die Mädchen nickten, machten jedoch keine Anstalten, sich zu bedienen. Sie saßen links und rechts, mit dem für sie unsichtbaren Angelo in der Mitte.

Als sie nicht mehr weit vom Hotel entfernt waren, klingelte Kathis Handy. Ihre Mutter! Kathi hatte am Tag vorher nur eine Textnachricht bekommen, dass es ihr und Lotte gut ging, sie aber immer noch in Mexiko festsaßen.

»Hallo, Mama! Alles klar bei euch?«, meldete sie sich.

»Kathi? Hier ist Lotte. Deine Mama kann leider nicht telefonieren. Wir sind gerade im Krankenhaus.«

»Im Krankenhaus? Was ist denn passiert?«, fragte Kathi erschrocken. »Geht es Mama gut?« Bei ihren Worten rutschte Angelo abrupt nach vorn.

»Erika war gestern zu lange in der Sonne. Letzte Nacht ging es ihr dann nicht so gut. Sie hat einen leichten Sonnenstich und bekommt jetzt Infusionen.«

»Oh nein!«

»Sie kümmern sich hier gut um sie, Kathi. Mach dir bitte keine Sorgen.«

»Sag ihr, sie soll mich später anrufen«, bat Kathi ihre Tante.

»Aber natürlich. Und wie gesagt, es ist nicht so schlimm, wie es sich vielleicht anhört. Sie ist inzwischen wieder erstaunlich munter und wird bald entlassen.«

»Wie lange bleibt ihr denn überhaupt noch in Cozumel?«

»Tja. Eigentlich wären wir heute nach Costa Rica geflogen, um dort zumindest für die letzten beiden Tage noch aufs Schiff zu gehen, aber jetzt sitzen wir halt noch hier im Krankenhaus fest.«

»Ach das gibt es doch gar nicht. Was ihr für ein Pech habt«, sagte Kathi.

»Soll ich dir was sagen? Ehrlich gestanden war ich nie so wirklich scharf auf eine Kreuzfahrt. Ich bin nur mitgefahren, weil deine Mutter sie gewonnen hat und nicht allein nach Miami fliegen wollte. Und trotzdem macht mir der Urlaub inzwischen richtig Spaß. Es ist natürlich schade, dass es Erika gerade nicht so gut geht. Aber wir haben unterwegs schon so viele nette Leute kennengelernt, und jeden Tag erleben wir ein anderes Abenteuer … und hier in Mexiko ist es traumhaft schön!«, schwärmte sie.

Kathi lächelte. Das war typisch Tante Lotte.

»Dann macht einfach weiterhin das Beste aus der Situation. Und meldet euch bald wieder, bitte. Damit ich weiß, wie es ihr geht.«

»Machen wir.«

Kathi verabschiedete sich und legte auf.

»Was ist denn mit deiner Mutter«, fragte Angelo besorgt.

Kathi drehte sich zu ihm um.

»Sonnenstich.«

Noch während sie sprach, fiel ihr ein, dass die anderen Angelo weder hören noch sehen konnten.

»Äh. Meine Mutter«, fügte sie rasch hinzu und blickte zwischen den beiden Mädchen hin und her. »Sie ist grad in Mexiko und war wohl viel zu lange in der Sonne.«

»Hatte ich auch schon mal«, murmelte Carola, die bisher nur wenig gesagt hatte und seit der Abfahrt in ein Buch vertieft war. Ein eher seltener, wohltuender Anblick heutzutage, wie Kathi fand. Die meisten starrten nur auf ihre Handys oder iPads. So wie Emma, das jüngere der beiden Models.

»So was kann leicht passieren«, sagte Jonas. »Ich hoffe, deine Mutter ist bald wieder auf den Beinen.«

»Du hast sie ja schon kennengelernt. Sie ist zäh!«, sagte Kathi, obwohl sie sich doch ein klein wenig um ihre Mutter sorgte. Wenn Erika freiwillig einen Arzt aufsuchte, dann konnte es ihr wirklich nicht gut gehen.

Jonas blinkte und bog in den Parkplatz des Hotels ein, das direkt am See lag.

»Wir checken nur kurz ein, dann geht's gleich auf die Herreninsel«, erklärte Kathi, die während der Fahrt den Ablaufplan noch mal überflogen hatte. »Dort wartet Frau Stenz vom Fremdenverkehrsamt mit einer Maskenbildnerin und einem Fotoassistenten auf uns.«

Die Werbekampagne sollte in mehreren einschlägigen Reisezeitschriften und internationalen Journalen geschaltet werden und war vor allem auf junge Leute ausgerichtet. Frau Stenz wünschte sich besondere Winterbilder, um auch in dieser Jahreszeit noch mehr Urlauber in die Gegend zu locken. Glücklicherweise hatte es in den letzten Tagen genügend geschneit, und die Landschaft um den See herum war traumhaft schön.

Bei der Verteilung der Zimmer kam es zu einem unerwarteten Problem.

»Hier, Ihre Schlüssel. Zwei sind im ersten Stock und eines ganz oben«, sagte die Frau an der Rezeption.

»Da fehlt noch eines. Wir haben vier Zimmer reserviert«, meinte Kathi.

»Tut mir leid, aber eines wurde telefonisch storniert«, erklärte sie freundlich.

»Nicht storniert. Es hat sich nur der Name des Gastes geändert. Ich bin dafür eingesprungen«, bemerkte Kathi ruhig.

Sie hatte die Mitarbeiterin aus der Buchhaltung vor der Abfahrt gebeten, die Änderung an das Hotel durchzugeben.

»Offenbar hat meine Kollegin, das falsch kommuniziert. Dann buchen wir das Zimmer einfach wieder dazu.«

»Gern.«

Die Frau tippte etwas in ihren PC ein. Währenddessen ging Angelo zu einem riesigen Aquarium, das als Raumteiler zu einem Wintergarten diente. Er stellte sich davor und murmelte leise Worte gegen die Glasscheibe. Verblüfft bemerkte Kathi, wie sich die Fische nach und nach vor ihm versammelten, als ob sie ihm zuhören würden.

»Tut mir sehr leid, Frau Vollmer. Wirklich. Aber wir sind inzwischen ausgebucht«, sagte die Frau schließlich bedauernd.

»Irgendwas wird sich doch noch finden lassen.« Kathi ließ nicht locker.

»Hm. Eines der Zimmer ist etwas größer. Vielleicht möchten die jungen Damen es sich teilen?«, bot die Rezeptionistin an, die sichtlich bemüht war, eine Lösung zu finden.

»Auf keinen Fall«, sagte Emma deutlich. »Uns wurden Einzelzimmer zugesagt, ich brauche meine Ruhe nach so einem Tag.«

»Ich möchte auch ein Einzelzimmer«, stellte Carola klar.

»Aber vielleicht könntet ihr ja einmal eine Ausnahme machen«, schlug Jonas vor. »Wir werden sowieso nur zum Schlafen im Hotel sein.«

Doch die beiden Mädchen blieben stur.

»Meine Mutter hat gesagt, ich soll darauf achten, dass alles eingehalten wird, was in den Verträgen steht«, erklärte Emma, und Kathi erinnerte sich plötzlich nur zu gut an die Bearbeitung der Verträge und dass Emmas Mutter Rechtsanwältin war. Auf so eine Art von Streitigkeiten hatte sie weder Zeit noch Lust.

»Na, dann hilft alles nichts – ich muss mir wohl ein anderes Hotel suchen«, lenkte sie deswegen ein und versuchte freundlich zu bleiben.

»Ach Schmarrn. Das wirst du nicht. Geben Sie uns bitte die Schlüssel«, sagte Jonas, und die Frau reichte sie ihm.

»Der ist für dich und der da für dich.« Er drückte den beiden Mädchen die Schlüssel in die Hand. »Und wir beide teilen uns das Doppelzimmer oben!«

»Äh, okay«, stimmte Kathi verdutzt zu, einerseits froh, eine Lösung gefunden zu haben, bis ihr zwei Sekunden später klar wurde, was das bedeutete. *Ich und Jonas in einem Doppelzimmer?*

Angelo drehte sich zu ihr und schüttelte heftig den Kopf.

»Das geht gar nicht, Kathi!«, rief er ihr zu.

»Äh ... oder vielleicht ist das aber auch keine so gute Idee, Jonas«, stammelte sie. »Hier gibt es doch sicher eine Pension ganz in der Nähe, in der ich unterkommen kann.«

»Ich kann Ihnen gerne einige Adressen geben«, bot die Dame an der Rezeption an.

»Danke, das braucht es nicht«, sagte Jonas zu ihr, dann wandte er sich wieder an Kathi. »Jetzt mach es nicht komplizierter, als es sein muss. Uns läuft die Zeit davon – wir werden uns in den zwei Tagen schon nicht auf die Nerven gehen. Und außerdem – ich beiße allerhöchstens in Weihnachtsplätzchen«, versuchte er zu scherzen. Und ohne Kathi noch weiter zu Wort kommen zu lassen, nahm er seine Sachen und ging in Richtung Aufzug davon.

»Kathi! Glaubst du wirklich, dass das eine gute Idee ist?«, gab Angelo zu bedenken.

»Ich weiß nicht. Aber was soll ich denn machen?«, flüsterte sie. »Wir müssen doch gleich los.«

»Ich will ja nur, dass es dir gut geht! Deswegen bin ich hier«, beteuerte der Engel eindringlich.

»Schon klar. Aber du bist ja dabei – da passiert schon

nichts«, murmelte sie und übersah geflissentlich den fragenden Blick, den die Frau an der Rezeption ihr zuwarf.

Dann nahm sie ebenfalls ihren Koffer und folgte Jonas zum Aufzug.

»Ich nehme das Sofa!«, bot Jonas an, als sie ein paar Minuten später im Zimmer waren. Allerdings war es weniger geräumig, als Kathi sich bei den Preisen, die sie bezahlten, vorgestellt hatte. Dafür war es sehr gemütlich eingerichtet, und vom Bett aus hatte man einen fantastischen Blick über den Chiemsee.

»Ich kann auch auf dem Sofa schlafen«, meinte Kathi.

»Das knobeln wir später aus«, sagte Jonas. »Wir müssen jetzt wirklich los.«

Kathi nickte und war froh, dass sie noch ein paar Stunden Aufschub hatte, bevor sie hier die Nacht mit ihm allein verbringen würde. *Fast allein.* Denn Schutzengel Angelo würde auf sie aufpassen.

Kapitel 21

*I*nzwischen waren wir schon seit Stunden auf Herrenchiemsee. So desinteressiert die beiden Models vorher gewesen waren, so aufmerksam und engagiert zeigten sie sich während des Shootings. Man merkte ihnen an, dass sie so einen Job nicht zum ersten Mal machten, obwohl sie noch so jung waren. Jonas wollte das Tageslicht nutzen, und die ersten Aufnahmen wurden rund um den verschneiten Brunnen mit dem Schloss im Hintergrund gemacht.

Der Fotograf war sehr geduldig und leitete die Mädchen in den fröhlich bunten Wintersachen mit genauen Anweisungen an.

»Genau so! Man soll sehen, wie sehr es euch hier gefällt und dass ihr einen Mordsspaß habt!«

Kathi fungierte inzwischen als Mädchen für alles. Sie hatte heiße Getränke organisiert, versorgte das Team mit Essen und stand sogar Jonas zur Seite, als der Assistent auf der Suche nach einer Toilette längere Zeit verschwunden war. Sie empfahl Frau Stenz eine Salbe gegen Rückenbeschwerden und half den Mädchen zwischen den einzelnen Aufnahmen beim Umziehen. Und als ein herrenloser Hund mit Leine bei ihnen um Essen bettelte, kümmerte sie auch noch darum, dessen Herrchen zu finden.

Ich versuchte, Kathi so wenig wie möglich abzulenken und hielt mich die ganze Zeit etwas abseits. Nachdem ich sie nun mehrere Tage auf Schritt und Tritt begleitet und hauptsächlich beobachtet hatte, war mir erst so richtig klar geworden, wie schwierig meine Aufgabe überhaupt war. Auf diese erstaunliche Frau konnte man als Vater nur unglaublich stolz sein. Sie war klug, kreativ, witzig und hatte ein riesiges Herz. Ständig war sie für alle anderen im Einsatz. Das war natürlich zunächst einmal ein nobler Zug. Gerade in einer Zeit, in der man den Eindruck hatte, dass immer mehr Menschen nur noch an sich selbst dachten. Doch wenn sie nicht lernte, sich selbst genauso wichtig zu nehmen wie alle anderen, würde sie ihrem eigenen Glück immer im Weg stehen.

Allerdings würde es nichts helfen, ihr das einfach zu sagen. Sie musste es schon selbst herausfinden, und vor allem musste sie lernen, für sich und ihre Träume einzustehen und darum zu kämpfen. Doch dafür musste Kathi zuerst einmal davon überzeugt sein, dass ihr Glück und Erfolg auch wirklich zustanden. Und genau hier war der Haken. Und ich wusste auch warum. Leider waren ihre Mutter – und ja, vor allem auch ich! – verantwortlich für ihr Dilemma. Wenn auch, ohne es zu wollen. Jetzt war es an mir, das irgendwie geradezubiegen, und ich war Uriel unendlich dankbar, dass er mir diese Chance gewährt hatte. Allerdings hatte ich ursprünglich gedacht, ich hätte etwas mehr Möglichkeiten, ihr zu helfen. Irgendwie musste ich sie aus der Reserve locken. Und das würde ihr nicht sonderlich gefallen und vielleicht sogar wehtun. Das war mir klar. Aber anders würde es vermutlich nicht funktionieren.

»Wir sind für heute draußen fertig«, sagte Jonas schließlich.

»Gut. Dann gehen wir jetzt hinein.« Frau Stenz führte das Team in die Räume des Schlosses, das König Ludwig II. inmitten der Insel im herrlichen Chiemsee hatte bauen lassen.

Carola und Emma schälten sich aus den dicken Winterklamotten und zogen mit Kathis Hilfe einige lässige Outfits an, während Jonas und der Assistent die Beleuchtung im prächtigen Spiegelsaal aufbauten.

»Ich möchte die beiden vor den offenen Fenstern mit Blick auf den verschneiten Park ablichten«, erklärte Jonas seinem Assistenten.

»Oh ja! Das werden bestimmt tolle Fotos«, sagte Kathi, die den Reißverschluss an Carolas Kleid zuzog.

»Gibt es noch Tee?«, fragte Emma.

»Leider nicht mehr. Aber ich kann versuchen, noch welchen zu organisieren«, bot Kathi an.

Jonas winkte ab.

»Ach was, Kathi. Wir haben ja noch genügend Wasser. Bis du zurück wärst, sind wir hier fast fertig.«

Er holte eine kleine Wasserflasche aus dem Rucksack und warf sie Emma zu, die sie geschickt auffing.

»Tee gibt's dann später.«

Während sich alle für die nächsten Aufnahmen bereit machten, entfernte sich Kathi ein wenig von den anderen. Sie zog das Handy aus der Jeanstasche und kontrollierte die eingegangenen Nachrichten.

»Immer noch nichts von deiner Mutter?«, fragte ich.

»Nein. Dabei ist Lottes Anruf schon Stunden her«, murmelte Kathi, die den anderen den Rücken zugedreht hatte. »Weißt du denn nicht, wie es ihr geht?«

»Leider nicht«, antwortete ich.

Seit ich hier bei Kathi war, wusste ich nicht mehr, wie es Erika ging. Ich konnte mir selbst nicht erklären, warum das so war. Hatte das etwas damit zu tun, dass sie und ihre Schwester auf einem anderen Kontinent waren? Oder war das eine der Einschränkungen, die ich in Kauf nehmen musste, für das Privileg, eine Weile auf der Erde bei meiner Tochter sein zu dürfen? Jedenfalls war ich überhaupt nicht glücklich darüber. Wie gern hätte ich Kathis Sorgen zerstreut. Auch ich selbst machte mir Gedanken um Erika. Hoffentlich ging es ihr gut.

»Irgendwie hätte ich von einem Schutzengel schon erwartet, dass er da viel mehr Möglichkeiten hat«, flüsterte Kathi.

»Tut mir leid, ich habe mir das nicht ausgedacht«, entgegnete ich.

»Das ist echt doof.«

»Kathi?«

Ertappt drehte sie sich um.

»Ja?«

»Ist alles okay mit dir?«, fragte Jonas.

»Schon. Ich mache mir nur Sorgen um meine Mutter«, antwortete sie rasch. »Da führe ich gerne auch mal Selbstgespräche.«

»Das verstehe ich«, sagte Jonas. »Falls ich dir irgendwie helfen kann, lass es mich wissen.«

»Danke. Aber momentan kann ich nur darauf hoffen, dass sie sich bald meldet.«

»Wenn du gern eine Pause machen möchtest ... «

»Danke, nein!«, unterbrach sie ihn. »Wenn ich mithelfe, bin ich wenigstens abgelenkt.«

»Okay.«

Sie lächelten sich zu.

»Mir macht es echt Spaß, dich dabeizuhaben. Du bist ein richtiger Sonnenschein, alles ist so entspannt, und alle haben gute Laune.«

»Danke«, sagte Kathi, und ich bemerkte, wie ihre Wangen rot wurden.

»Nur eines finde ich nicht so gut«, sagte er, und sein Blick wurde ernst.

»Was denn?«, fragte Kathi.

»Dass du keine Plätzchen mitgenommen hast.«

»Wenn es nicht so kurzfristig gewesen wäre ... «, begann Kathi entschuldigend, doch Jonas unterbrach sie grinsend.

»Hey, das war doch nur Spaß!«, sagte er. »Vielleicht komme ich ja noch mal irgendwann in den Genuss, wenn du nicht mehr böse auf mich bist.«

»Aber das bin ich doch gar nicht, Jonas«, entgegnete Kathi rasch. »Echt nicht.«

»Auf jeden Fall gibt es da etwas, das wir bald mal klären sollten, oder?«

Sie nickte.

Ich räusperte mich vernehmlich.

»Kathi. Was soll das? Du schaust ihn an wie ein verliebter Teenager!«, machte ich sie aufmerksam.

Sofort verschwand das Lächeln aus ihrem Gesicht.

»Jetzt ... jetzt sollten wir aber mal wieder hier weitermachen, Herr Fotograf«, sagte sie und ging wieder zu den Mädchen.

Jonas sah ihr etwas ratlos hinterher.

»Tut mir leid, mein Freund«, murmelte ich. »So einfach kann ich es euch leider nicht machen.«

»So. Jetzt machen wir Feierabend, Leute«, sagte Jonas am späten Nachmittag und packte seine Kamera weg. »Ihr wart alle echt super. Danke!«

»Wir müssen uns jetzt auch beeilen, damit wir mit dem letzten Schiff übersetzen können«, sagte Kathi mit einem Blick auf die Uhr.

»Ja, dann los.«

Kathi versuchte, es sich nicht anmerken zu lassen, doch sie war inzwischen ein ziemliches Nervenbündel. Noch immer hatte sie nichts von Erika und Lotte gehört. Keine der beiden ging ans Handy.

»Bestimmt gibt es eine Erklärung, warum sie nicht anrufen«, versuchte ich, sie irgendwie aufzumuntern. Da sie in Gegenwart der anderen nichts zu mir sagen konnte, sah sie mich nur zweifelnd an.

»Sollen wir vielleicht in diesem Krankenhaus mal anrufen?«, fragte Jonas, der sich offenbar ebenfalls Gedanken machte.

»Denkst du denn, sie geben uns dort Auskunft?«, fragte Kathi skeptisch.

»Keine Ahnung, aber wir können es mal versuchen«, schlug er vor.

»Das wär super!«, meinte Kathi und sah ihn dankbar an.

»Sobald wir im Hotel sind!«, versprach Jonas.

Kathi tigerte neben dem Bett auf und ab, während Jonas versuchte, eine Verbindung zum Krankenhaus San Miguel zu bekommen. Glücklicherweise beherrschte er ein wenig Spanisch, mit dem er sich durchfragen konnte.

Ich sah ihm gebannt zu und hoffte genauso sehr wie Kathi, dass er bald etwas herausfinden würde.

»Ein wenig leichter hättet ihr mir das hier unten aber schon machen können«, murmelte ich mit einem Blick nach oben, auch wenn ich keine Antwort erwartete. Uriel hatte mir klar zu verstehen gegeben, dass ich auf mich allein gestellt war.

Kathi drehte sich fragend zu mir.

Ich schüttelte nur den Kopf.

»Sí ... gracias, Señora. Su nombre es Erika Vollmer«, sagte Jonas langsam und überdeutlich ins Telefon. Offenbar hatte er endlich jemanden am Apparat, der ihm weiterhelfen konnte. Genau in dem Moment klingelte Kathis Handy.

»Das ist sie!«, rief sie aufgeregt und ging sofort ran. »Mama!?«

»Hallo, Kathi!« Erika war so laut, dass man sie auch ohne Lautsprecher deutlich hören konnte.

Mir fiel ein Stein vom Herzen. Es ging ihr offenbar gut.

Kathi nickte Jonas erleichtert zu, der rasch das Gespräch beendete und ihr zulächelte.

»Wie geht's dir denn? Ich habe mir solche Sorgen um dich gemacht!«

Ich stand ganz dicht neben Kathi, damit ich das Gespräch mitverfolgen konnte und mir nur ja nichts entging.

»Das musst du nicht. Mir geht es längst wieder gut, mein Schatz.«

»Warum habt ihr euch denn den ganzen Tag nicht mehr gemeldet?«, wollte Kathi wissen. »Ich habe mir echt schon die schlimmsten Dinge ausgemalt.«

»Stell dir vor. Der Akku war leer, und wir sind erst vor zehn Minuten wieder zurück ins Hotel gekommen, weil wir so viel Papierkram ausfüllen mussten. Das hat ewig gedauert«, erklärte Erika.

»Ich möchte nicht noch mal so erschreckt werden!«, schimpfte Kathi. »Ihr hättet mich auch von einem anderen Telefon aus anrufen können.«

»Das haben wir ja auch. Aber in deiner Wohnung ging niemand ran, und in der Agentur war eine Frau am Apparat, die deine Handynummer nicht kannte.«

»Ach, das war die Neue aus der Buchhaltung. Ich bin gerade am Chiemsee«, erklärte Kathi, nun schon deutlich weniger sauer. »Die Hauptsache ist, dir geht es wieder gut.«

»Aber ja. Ich bin nur noch ein wenig wackelig auf den Beinen.«

»Dann leg dich noch etwas hin und ruh dich aus, Mama«, empfahl Kathi.

»Das soll sie sowieso machen!«, rief Lotte ins Telefon.

Während Kathi telefonierte, wandte Jonas den Blick nicht von ihr ab. Man musste kein Engel sein, um zu sehen, dass der Fotograf mehr als nur beruflich begründete freundschaftliche Gefühle für sie hatte. Und obwohl sich Kathi vielleicht selbst insgeheim mehr wünschte, sah sie das nicht und schien es auch nicht sehen zu wollen.

»Meldet euch unbedingt morgen wieder, ja?«, beendete sie schließlich das Gespräch und legte auf.

248

Sie drehte sich zu Jonas.

»Puh. Es ist alles gut«, sagte sie.

»Schön, dass es sich geklärt hat.«

»Ja. Und danke dir sehr für deine Hilfe.«

»Na ja, die war dann ja nicht mehr nötig.«

»Trotzdem ...«

»Eltern können einem manchmal wirklich einen Schrecken einjagen.«

»Deine auch?«

»Ja. Mein Vater ist da ein guter Kandidat ... Muss ich dir irgendwann mal alles in Ruhe erzählen.«

»Gern.«

»Ähem.« Machte ich mich räuspernd bemerkbar.

»Kathi?«, sagte Jonas.

»Ja?«

»Darf ich dich was fragen?«

»Nein! Darf er nicht!«, sagte ich schnell, bevor Kathi antworten konnte.

»Äh, jetzt? Die Mädchen warten sicher schon im Restaurant unten auf uns.«

»Du hast recht. Und ich hab echt auch schon Hunger. Du bestimmt auch.«

»Oh ja!«, sagte Kathi, und ich hörte Erleichterung in ihrer Stimme, dass er nicht weiter nachhakte.

Eine halbe Stunde später saßen Jonas, Kathi und die beiden Models an einem Tisch im Hotelrestaurant.

Ich stand hinter Kathi und sah ihr zu, wie sie durch die Karte blätterte.

»Haben Sie schon etwas ausgewählt?«, fragte der junge Ober höflich.

Die Mädchen nickten und bestellten beide Salat mit gebratenen Garnelen.

»Ich hätte gern ein Wiener Schnitzel mit Pommes und extra Kartoffelsalat und Preiselbeeren, und dazu ein Weißbier«, bestellte Jonas.

»So ein Schnitzel möchte ich auch«, sagte Kathi und klappte die Speisekarte zu.

»Das willst du nicht!«, sagte ich. »Du hast mich gebeten, streng mit dir zu sein, und das bin ich jetzt.«

»Aber das ist doch nur ein Schnitzel!«, rutschte es Kathi heraus.

»Sie können dazu jede Beilage nehmen, die Sie möchten«, erklärte der Ober höflich. »Wir haben auch Kartoffelgratin dazu oder gedünstetes Gemüse.«

»Wenn es dir wirklich ernst ist mit dem Abnehmen, musst du auch Opfer bringen. Jonas wird dich sonst für einen Vielfraß halten«, fuhr ich fort, obwohl es mir überhaupt keinen Spaß machte, sie so zu triezen.

Das saß offenbar.

»Ich habe es mir anders überlegt. Für mich doch auch nur Salat«, sagte sie schließlich zum Ober.

»Mit Garnelen?«

Ich schüttelte den Kopf.

»Ohne. Nur Salat. Und Wasser. Ein stilles.«

»Sehr wohl.«

»Du möchtest wirklich nicht mehr?«, hakte Jonas ungläubig nach.

»Nein. Ich... ich hab doch keinen so großen Hunger«, erklärte Kathi und versuchte offensichtlich, überzeugend zu klingen.

Er sah sie fragend an.

»Okay«, sagte er schließlich.

»Dann also zwei Salate mit Garnelen, einen Salat mit sonst nichts und ein Schnitzel mit allerlei dazu«, scherzte der Ober. Er nahm die Speisekarten und ging zum Tresen.

»Brav, Kathi«, lobte ich sie. »Wenn du weiterhin so konsequent bleibst, wirst du tatsächlich bald deine Wunschfigur haben!«

Eigentlich fand ich sie ohnehin perfekt, wie sie war. Doch ich war mir sicher, dass sie selbst das im Spiegel nicht sah. Zumindest jetzt noch nicht.

Es tat mir in der Seele weh, dass ich so mit ihr umgehen musste. Aber inzwischen war mir klar geworden, dass ich bei ihr wohl nur dann etwas erreichen konnte, wenn ich genau das befeuerte, was sie selbst von sich dachte. So lange, bis sie hoffentlich von allein irgendwann bemerkte, wie absurd es war.

»Nur so kommt man im Leben weiter, Kathi. Und du bist doch selbst auch der Meinung, dass ein Mann wie Jonas kein Dickerchen wie dich offiziell zur Freundin haben möchte, nicht wahr?«, setzte ich dann noch hinzu und trieb es damit auf die Spitze. »Also lass dir deinen Salat schmecken!«

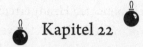

Kapitel 22

»Schade, dass du keinen Hunger hast«, sagte Jonas zu Kathi. »Das Schnitzel schmeckt echt toll.«

»Kann ich mir vorstellen«, meinte sie und schob sich rasch eine Cocktailtomate in den Mund. »Aber mein Salat ist auch lecker und reicht mir völlig.«

»Ich hoffe, du fängst jetzt nicht auch mit irgend so einem Diätschmarrn an. Ich verstehe nicht, wie so viele Frauen sich so was freiwillig antun können«, sagte Jonas, bevor er sich eine weitere volle Gabel in den Mund schob.

»Ich äh ... esse einfach nur sehr gern Salat«, sagte sie mit einem Blick zu Angelo, der die Augen verdrehte.

»Der ist echt lecker«, kam Carola ihr zu Hilfe.

Während des Essens besprachen sie den Plan für den nächsten Tag. Es standen eine Ballonfahrt und einige Außenaufnahmen rund um den Chiemsee an.

»Mag noch jemand eine Nachspeise?«, fragte Jonas etwas später, als der Ober die Teller abgeräumt hatte.

Die Mädchen schüttelten den Kopf.

»Wir gehen jetzt lieber auf unsere Zimmer«, sagte Carola. »Oder, Emma?«

Die Jüngere der beiden nickte. Nachdem sie den ganzen Tag miteinander gearbeitet hatten, schienen sie sich inzwischen gut zu verstehen.

»Ihr könnt mich immer am Handy erreichen, falls noch irgendwas ist«, sagte Kathi, als sie sich verabschiedeten. Doch die Mädchen sahen nicht so aus, als ob sie jemanden brauchen würden.

»Und was ist mit dir, Kathi? … Wir könnten uns den weihnachtlichen Schokoladentraum mit Früchten teilen«, ließ Jonas nicht locker. »Der ist für zwei Personen.«

Schon beim Gedanken an diesen Nachtisch lief Kathi das Wasser im Mund zusammen. Aber sie brauchte Angelo gar nicht erst anzuschauen, um zu wissen, dass er den Kopf schüttelte.

»Danke, für mich nichts mehr«, lehnte sie höflich ab.

»Schade. Aber dann lass ich es besser auch bleiben. Eigentlich bin ich eh pappsatt«, sagte er und fasste sich an den Bauch.

»Ich glaube, ich geh jetzt auch mal schlafen«, sagte Kathi, obwohl sie alles anderes als müde war. »Wir müssen morgen früh raus.«

»Mach das. Ich muss noch kurz telefonieren und dreh draußen noch eine kleine Runde. Aber ich komme bald nach.«

»Okay. Bis dann.«

Jonas winkte dem Ober und zeichnete die Rechnung ab, während Kathi mit Angelo zum Aufzug ging.

Zwanzig Minuten später lag sie im Bett. Das zweite Bett-
zeug hatte sie aufs Sofa gelegt. Jonas war noch nicht zurück.

Angelo saß in einem Sessel neben dem Fenster.

»Angelo?«

»Hm?«

»Danke. Dass du mir hilfst. Ich meine mit dem Abnehmen und so.«

»Aber das ist doch das, was du willst, oder nicht?«

»Ja. Stimmt. Ich frag mich nur ...«, begann sie.

»Was denn?«

Sie zögerte.

»Jetzt rück schon raus«, ermunterte er sie.

»Hmmm, also, denkst du, dass ich Jonas gefallen würde,
wenn ich ... schlank bin? Oder ist das ein völlig abwegiger
Gedanke«, fügte sie schnell hinzu.

Angelo legte den Kopf zur Seite und sah sie an.

»Ich glaube nicht, dass Jonas auf Frauen steht, die sich
das fragen«, antwortete er schließlich.

Kathi hatte sich eine andere Antwort von Angelo erhofft.

»Du denkst also, ich hätte so und so überhaupt keine
Chance bei ihm?«

»Das hab ich nicht gesagt.«

Kathi starrte auf Jonas' Reisetasche, die neben dem Sofa
stand, und schwieg eine Weile.

»Was ... was, wenn das mein Herzenswunsch wäre?«,
platzte sie plötzlich heraus. »Ich meine, dass Jonas auf
mich steht.«

»Ist es denn dein Herzenswunsch?«, fragte Angelo.

Sie hatte keine Gelegenheit zu antworten, denn in diesem Moment klopfte es an der Tür.

»Er ist zurück«, sagte sie unnötigerweise. Rasch stieg sie im Pyjama aus dem Bett und machte Jonas die Tür auf.

»Danke. Du hättest mitgehen sollen. Das hat jetzt noch richtig gutgetan«, sagte er.

»Ja, das wäre vielleicht tatsächlich gut gewesen.«

»Aber wir sind ja morgen auch noch da«, meinte Jonas und verschwand im Badezimmer.

Angelo stand inzwischen am Fenster und sah hinaus, während sie wieder ins Bett schlüpfte. Dann drehte er sich zu ihr um.

»Hör mal, Kathi. Wenn es dir damit ernst ist, und es tatsächlich dein Herzenswunsch ist, mit Jonas ...«, begann Angelo.

Doch Kathi unterbrach ihn rasch.

»Ich ... ich möchte noch mal drüber nachdenken«, flüsterte sie. »Denn weißt du ...«

»Was?«

»Würde sich mein Herzenswunsch mit deiner Hilfe tatsächlich erfüllen, wüsste ich nie, ob es auch sein Herzenswunsch gewesen wäre.«

Der Engel sagte für einige Sekunden gar nichts. Dann lächelte er ihr plötzlich zu.

»Ein sehr kluger Einwand, Kathi«, sagte er. »Es ist gut, jetzt nichts zu überstürzen. Denk noch mal ganz in Ruhe darüber nach. Und in der Zwischenzeit werde ich aufpassen, dass er nichts mit dir anstellt, um dich womöglich noch mehr durcheinanderzubringen, bis du dir klar darüber bist, was du möchtest«, fügte er hinzu.

»Aber du hast doch vorhin gesagt, dass er sich ohnehin nicht für mich interessiert.«

»So habe ich das nicht gesagt«, sagte Angelo entschieden. »Ich sagte, du denkst, dass er offiziell keine moppelige Freundin möchte. Und es geht auch gar nicht darum, was er will, sondern wie du es interpretierst.«

Kathi sah ihn irritiert an. Wie meinte er das? Angelo machte es ihr tatsächlich nicht einfach. Doch jetzt war nicht die Zeit dafür nachzufragen. Jonas konnte jeden Moment wieder ins Zimmer kommen.

»Gute Nacht«, sagte sie deswegen und drehte sich zur Seite. Sicherlich würde sie kein Auge zumachen, wenn sie im selben Zimmer schliefen. Doch sie bekam noch nicht einmal mit, wie Jonas wieder aus dem Badezimmer kam, denn da war sie schon eingeschlafen.

Als der Morgen anbrach, erwachte Kathi langsam. Zunächst dachte sie, sie würde noch träumen. Doch rasch war ihr klar, dass Jonas tatsächlich neben dem Bett stand und sie mit einem seltsamen Blick anschaute. Und gleich hinter ihm stand Angelo mit verschränkten Armen und empörter Miene. Sie schrak hoch.

»Jonas!«

Erschrocken wich er etwas zurück.

»Keine Panik! Ich wollte nur nach dir sehen, ob es dir gutgeht«, erklärte er rasch. »Du hast die ganze Zeit im Schlaf gejammert.«

»Ich?«

»Ja.«

Sie setzte sich im Bett hoch.

»Von wegen die ganze Zeit!«, fuhr Angelo dazwischen. »Vielleicht die letzte halbe Stunde.«

»Hast du denn schlecht geträumt?«, fragte Jonas.

»Ich weiß nicht«, antwortete Kathi und versuchte, die letzten Bilder ihrer Träume zusammenzufügen. Doch da war nur eine weite Schneelandschaft und ein riesiger Vogel, der über ihr seine Bahnen zog. An mehr konnte sie sich nicht erinnern.

»Tut mir leid, wenn ich dich geweckt habe«, sagte sie.

»Ach was«, winkte er ab. »Schlaf wird ohnehin überbewertet. Hauptsache, dir fehlt nichts.«

»Nein. Es ist alles gut. Wie spät ist es denn?«

»Kurz vor sechs.« Er strich seine zerzausten Haare aus der Stirn.

»Dann müssen wir sowieso bald aufstehen«, sagte Kathi rasch.

»Möchtest du zuerst ins Bad, oder soll ich?«, fragte Jonas, der zu seiner Reisetasche ging und einen Kulturbeutel herausholte. Er trug schwarze Shorts und ein langärmeliges hellgraues Shirt darüber und sah darin richtiggehend zum Anbeißen aus.

»Geh du nur zuerst«, sagte sie und konnte kaum den Blick von ihm abwenden, als er zum Badezimmer ging. Seine schlanke Figur wirkte sportlich, aber nicht übertrieben muskulös. Dürfte sie sich einen Mann wünschen, sollte er genau so sein wie er. Sie seufzte leise.

»Was bin ich froh, wenn wir morgen wieder nach München zurückfahren«, sagte Angelo. »Ich halte es nach wie vor für keine gute Idee, dass ihr beide euch ein Zimmer teilt.«

»Ach was!«, entgegnete Kathi. »Was soll denn schon passieren? Er steht doch sowieso nicht auf mich!«

Daraufhin sagte der Engel nichts mehr.

Eine halbe Stunde später war Jonas schon nach unten gegangen. Kathi holte eine schwarze Hose aus ihrem Koffer und schlüpfte hinein. Als sie den Reißverschluss hochzog und den Knopf zumachte, stellte sie überrascht fest, dass der Bund viel lockerer saß als sonst. Überhaupt hatte sie das Gefühl, bereits abgenommen zu haben.

Kathi war gerade auf dem Weg zum Frühstücksraum, da kam Frau Stenz ins Hotel.

»Tut mir leid, dass ich jetzt schon störe. Aber wir müssen gleich los. Die Straße zum Startplatz ist gesperrt, und wir müssen eine Umleitung fahren«, erklärte sie. »Ich hab frische Brezen und Gebäck dabei, das könnt ihr während der Fahrt essen.«

Eineinhalb Stunden später hatte die Maskenbildnerin die Mädchen zurechtgemacht, und Emma und Carola stiegen in den Heißluftballon, in dem schon der Fotoassistent wartete.

Kathi würde sich inzwischen mit der Maskenbildnerin und Frau Stenz in einem Café die Zeit vertreiben.

»Möchte sonst noch jemand mit?«, fragte der Pilot in Richtung der drei Frauen. Sie schüttelten den Kopf.

»Kathi. Komm. Steig doch ein!«, sagte Jonas, der noch vor dem Korb stand und einige Fotos machte.

»Oh nein!«, winkte Kathi sofort ab. Keine zehn Pferde würden sie da hineinbringen. »Ich bleib lieber hier unten.«

»Gute Entscheidung«, sagte Angelo, der neben ihr stand.

Kathi warf ihm rasch einen Blick zu. *Was meint er damit?*

»Wie? Ihnen passiert doch nichts, oder?«, fragte sie ganz leise.

Angelo zuckte mit den Schultern.

»Keine Ahnung. Solange du nicht mitfliegst, bin ich ja nicht zuständig.«

Diese Auskunft war alles andere als beruhigend. Sollte sie die ganze Aktion vielleicht abblasen? Während sie einige Schritte von den anderen wegging, holte sie ihr Handy heraus. Sie tat so, als ob sie telefonieren würde, damit sie unauffällig mit Angelo reden konnte.

»Und wenn ich doch mitfliege, dann sorgst du dafür, dass nichts passiert, oder wie?«

»Da ich weiß, wie groß deine Flugangst ist, wirst du sowieso nicht einstigen. Also musst du dir darüber keine Gedanken machen.«

»Das gefällt mir überhaupt nicht, Angelo! Jetzt hab ich das Gefühl, dass es an mir liegt, ob den anderen was passiert oder nicht.«

»Tut es aber nicht. Es wird genau das passieren, was passieren soll.«

»Und warum hast du dann gesagt, es wäre eine gute Entscheidung, wenn ich nicht einsteige?«

»Weil … na ja, weil ich finde, dass ihr euch da in diesem Korb ziemlich nahe kommt, du und Jonas.«

»Also wirklich. Wir sind da doch nicht allein! Was denkst du denn, was wir da drin machen sollen?«

»Aber es ist sehr idyllisch«, gab Angelo zu bedenken.

»Hör zu. Du musst mir jetzt auf der Stelle versprechen, dass ich nicht einsteigen muss, nur damit alle wieder sicher nach unten kommen, sonst blas ich das alles sofort ab.«

Angelo sah sie genervt an, dann schloss er für einen Moment die Augen.

»Es spielt keine Rolle, ob du einsteigst oder nicht«, erklärte er ihr nach einigen Sekunden. »Sie kommen heil wieder zurück.«

»Echt?«

»Echt.«

»Und woher weißt du das jetzt so genau?«, fragte sie nach.

Er zuckte mit den Schultern.

»Ich weiß nicht warum, aber ich weiß es einfach. Alles geht gut! Versprochen! Also hör auf, dir Sorgen zu machen.«

Sie atmete erleichtert auf. Anlügen würde er sie als Engel ja wohl nicht.

»Kathi!« Jonas kam auf sie zu.

»Wir müssen gleich starten. Bitte, komm doch mit. Das wird herrlich werden da oben.«

»Nein. Ich möchte wirklich nicht, Jonas.«

Sie trat einen Schritt zurück.

»Man könnte fast meinen, du hättest Angst vor dem

260

Fliegen«, sagte er und lachte kurz auf. »Aber einer so beherzten Frau, wie du es bist, und die sogar Bungee-Jumping macht, nehme ich das natürlich nicht ab.«

»Bungee-Jumping…?«, begann Kathi, bis ihr einfiel, dass sie ihm das bei ihrem ersten SMS-Austausch erzählt hatte, damit er sie nicht für eine Langweilerin hielt. Das hatte sie nun von ihrer unseligen Flunkerei!

»Ich glaube, du musst einfach überredet werden«, sagte er und setzte ein schelmisches Grinsen auf. Bevor sie ahnte, was er vorhatte, packte er sie, hob sie hoch und trug sie in Richtung Ballon.

»Jonas! Lass mich sofort runter!«, rief Kathi. Nicht nur dass sie panische Angst vor dem Fliegen hatte, es war für sie auch ein unangenehmes Gefühl, dass er sie vor den anderen hochhob. Womöglich würde er sie fallen lassen, weil sie zu schwer war. So wie sie damals im Sportunterricht zwei Mitschülerinnen bei einer Übung losgelassen hatten und sie sich deswegen einen Arm gebrochen hatte. Der Schmerz war damals nicht halb so schlimm gewesen wie der Spott, der ihr von allen Seiten entgegengeschlagen war.

»Ich will runter!«

»Gleich, wenn wir beim Ballon sind«, rief Jonas fröhlich.

»Verdammt noch mal, ich will echt nicht mitfliegen!«

Erst als sie sich so heftig wehrte, dass sie ihm aus den Armen rutschte und in den Schnee stürzte, begriff er offenbar, dass er gerade einen großen Fehler gemacht hatte.

»Kathi? Hast du dir wehgetan?«, fragte er besorgt.

»Nein!«, fuhr sie ihn an.

»Tut mir leid! Wirklich. Ich dachte, du machst nur Spaß«, sagte er zerknirscht und wollte ihr aufhelfen.

Doch sie zog ihre Hand weg und drehte sich zur Seite. Beschämt wischte sie sich den Schnee aus dem Gesicht und rappelte sich hoch. Als sie den Kopf hob, sah sie die anderen, die sie teils belustigt, teils mitleidig anschauten.

»Lass mich zukünftig in Ruhe!«, zischte sie und stapfte mit hochrotem Gesicht zum Auto.

Kapitel 23

Bis der Ballon zwei Stunden später gelandet war, hatte Kathi sich wieder einigermaßen beruhigt. Das Ganze war ihr mehr als peinlich. Sie entschuldigte sich bei Jonas und versuchte zu erklären, was mit ihr los gewesen war. Sie wollte ihm sagen, dass sie Panik bekommen hatte, weil sie Angst vor dem Fliegen hatte. Doch Jonas winkte nur ab. Sie müsse gar nichts erklären, schließlich sei sein Verhalten nicht richtig gewesen. Mehr gäbe es für ihn nicht mehr dazu zu sagen.

Den restlichen Tag arbeiteten sie höflich und professionell zusammen. Doch vom Spaß, den sie am Vortag zusammen gehabt hatten, war nichts mehr zu spüren. Den Mittag verbrachten sie in einem kürzlich eröffneten Restaurant am See, wo nicht nur ein besonderes Menü auf sie wartete – das Kathi höflich ablehnte –, sondern auch noch ein Shooting in der Küche gemacht wurde. Schließlich sollte auch die kulinarische Seite des schönen Chiemgaus nicht zu kurz kommen.

Am späten Nachmittag fuhr Jonas auf den Hotelparkplatz. Kathi graute es nach der unangenehmen Stimmung vorhin jetzt schon ein wenig davor, eine weitere Nacht mit ihm – und Angelo – in einem Zimmer zu verbringen. Doch darüber hätte sie sich keine Sorgen machen müssen. Nachdem alle ausgestiegen waren und ihre Taschen aus dem Kofferraum geholt hatten, stieg Jonas wieder ein.

»Treffpunkt ist morgen um acht Uhr vor dem Hotel«, sagte er. »Ich werde euch für die letzten Aufnahmen beim Rodeln hier abholen.«

»Du fährst noch weg?«, fragte Kathi überrascht.

»Ja. Ich muss zu Hause noch was erledigen und werde dann dort übernachten. Es ist ja nicht so weit weg. Und morgen bin ich rechtzeitig wieder da. Dann hast du heute auch das Zimmer für dich allein und kannst in Ruhe schlafen.«

Er schlug die Wagentür zu und fuhr aus dem Parkplatz.

»Ich denke, er ist eingeschnappt«, bemerkte Angelo. »Aber trotzdem ist das wohl für alle die beste Lösung.«

Kathi wartete mit einer Antwort, bis sie im Zimmer waren.

»Die beste Lösung?«, fuhr sie den Engel an. »Im Moment habe ich das Gefühl, als ob alles nur noch komplizierter werden würde, seit du hier bist.«

»Komplizierter? Kathi ... Schau doch mal, was du schon geschafft hast. Du hast deinen Job behalten und sicher schon drei Kilo abgenommen, seit ich hier bin. Mindestens.«

»Ja, wie toll«, sagte Kathi und schlüpfte aus ihrer dicken Jacke. »Und wenn ich am Ende Kleidergröße 36 habe – Jonas wird bis dahin womöglich kein Wort mehr mit mir sprechen, so wie es gerade läuft.«

»Kathi …«

»Nein! Ich möchte jetzt bitte nichts mehr hören. Kannst du mich einfach mal eine Weile allein lassen? Und ich meine wirklich allein!« Sie ging zum Fenster und starrte in die Dunkelheit.

»Wenn du das wirklich möchtest.«

»Ja. Das möchte ich. Wirklich.«

Als sie sich wieder umdrehte, war Angelo verschwunden.

»Angelo?«

Keine Antwort. Er hatte sie tatsächlich allein gelassen. Oder war er einfach nur unsichtbar? Doch ihr Gefühl sagte ihr, dass er momentan nicht im Zimmer war.

Sie atmete erleichtert auf und ließ sich dann rückwärts aufs Bett fallen.

Ihr Leben war gerade völlig aus dem Ruder. Aber vielleicht war das ja wirklich nur ein langer, langer Traum. Oder sie war tatsächlich krank. Auf jeden Fall war momentan nichts, wie es sein sollte! Und sie konnte noch nicht mal mit jemandem darüber sprechen, weil sie alle für völlig durchgeknallt halten würden.

Sie griff nach dem Handy, um ihre Mutter anzurufen. Doch die Mailbox sprang sofort an:

»Hier ist der Anschluss von Erika Vollmer. Leider bin ich momentan nicht zu erreichen. Sie können eine Nachricht hinterlassen, dann rufe ich Sie gerne zurück. Auf Wiederhören!«

Piep.

»Hi, Mama. Ich wollte nur fragen, wie es dir geht. Dir

und natürlich auch Tante Lotte. Hoffentlich ist jetzt wieder alles in Ordnung bei dir! Lasst es euch gut gehen in Mexiko, oder wo sonst ihr gerade seid. Ich freu mich schon, wenn ihr bald wieder zurück seid. Tschüss!«

Noch zweimal rief sie die Mailbox an, nur um die energische, aber trotzdem tröstende Stimme ihrer Mutter zu hören. Bevor sie ein weiteres Mal anrufen konnte, klingelte das Handy. Doch es war kein Rückruf aus Übersee, sondern ihre Freundin Claudia war dran.

»Hey! Frau H.!«, rief Kathi erfreut.

»Servus Frau V.«, sagte Claudia. »Alles gut bei dir?«

»Ja also …«, begann Kathi, doch da unterbrach Claudia sie auch schon. »Schön. Du, hör mal. Es gibt da ein kleines Problem bei mir wegen deines Urlaubs.«

»Was ist denn los?«

»Ich hoffe, du hast das Zugticket noch nicht besorgt.«

Doch, habe ich schon.

Claudia wartete ihre Antwort nicht ab. »Du weißt, wie sehr ich mich gefreut habe, dass du mich besuchen kommst. Aber ich hab hier eine Anfrage für einen Job, der genau in diese Zeit fällt. Und das ist ein Angebot, das ich echt nicht ablehnen kann.«

»Klar. Ich versteh schon«, sagte Kathi und versuchte, sich ihre Enttäuschung nicht anhören zu lassen.

»Nein. Du verstehst nicht, Frau V. Ich soll gleich nach Weihnachten bei einer Hollywoodproduktion als Dolmetscherin dabei sein. Gedreht wird in Brasilien – in Belem. Und dann noch am Amazonas.« Mit jedem Wort nahm die Begeisterung ihrer Freundin weiter zu. »Ich habe zwar absolute Schweigepflicht, aber ich sag dir eines«, ihre Stimme wurde leiser, »die Schauspieler, die da mitmachen, haben wir alle schon in großen Blockbustern gesehen!«

»Wow. Das ... das ist ja großartig, Frau H.«, sagte Kathi. Sie freute sich natürlich für ihre beste Freundin, aber gleichzeitig war sie traurig, dass sie ihre Urlaubspläne deswegen vergessen konnte.

»Bist du mir böse?«

»Aber nein. So ein Angebot musst du einfach annehmen.«

»Wir holen das aber unbedingt nach. Ja? Sobald ich zurück bin, machen wir was aus.«

»Klar. Mach dir jetzt bitte bloß wegen mir keinen Kopf. Vielleicht schaffen wir es dann im Sommer, wenn ich wieder Urlaub habe.«

»Ach, du bist ein Schatz. Und was ist mit dir? Hat dir der kleine Engel schon Glück gebracht?«

»Sagen wir mal so, er bemüht sich«, antwortete sie. *Aber da ist noch viel Luft nach oben,* setzte sie in Gedanken hinzu.

»Ich muss jetzt leider aufhören. Lass uns nächste Woche noch mal telefonieren, bevor ich losfahre, ja?«, schlug Claudia vor.

»Okay. Bis dann.«

Sie legte auf, um sich gleich darauf mit dem Handy online auf die Seite der Bahn einzuloggen und ihr Zugticket nach London zu stornieren. Wenigstens musste sie ihrer Mutter nun nicht mehr beibringen, dass sie den

Weihnachtsurlaub nicht zusammen auf dem Land verbringen würden.

Nachdem sie sich geduscht und umgezogen hatte, klopfte Kathi an Carolas Zimmertür. Ein paar Sekunden später öffnete das Mädchen. Emma saß vor einem Laptop auf Carolas Bett.

»Kommt ihr mit runter zum Essen?«, fragte Kathi.

»Sorry. Emma und ich möchten lieber hierbleiben. Wir lassen uns was aufs Zimmer bringen und sehen uns eine Serie an. Das ist doch okay?«

Am liebsten hätte Kathi den beiden Gesellschaft geleistet. Aber Carolas Tonfall hörte sich nicht unbedingt nach einer Einladung an.

»Aber klar … viel Spaß und bis morgen!«, sagte sie und ging zurück auf ihre Etage. Allein wollte sie auch nicht nach unten gehen. Sie würde sich das Essen ebenfalls aufs Zimmer kommen lassen und den Fernseher einschalten. Und da Angelo nicht hier war und sie ohnehin den ganzen Tag nur wenig gegessen hatte, würde sie sich heute ganz bestimmt nicht nur einen Salat bestellen.

Doch als sie später die Haube vom Teller hob und ihr der Duft von Schnitzel und Pommes in die Nase stieg, zögerte sie zuzugreifen.

»Wenn du nicht möchtest, dass ich das esse, musst du kommen Angelo«, rief sie in das Zimmer.

Sie sah sich um, doch von Angelo war keine Spur.

»Na gut. Dann esse ich jetzt.«

Sie griff nach einer Pommes und tunkte sie in Ketchup.

Doch als sie sie zum Mund führte, zögerte sie plötzlich. Sie legte sie wieder zurück und schob das Tablett weg.

»Das ist genau das, was ich immer mache, wenn es mir nicht gut geht«, sagte sie und wusste instinktiv, dass Angelo sie hören konnte. »Nicht wahr? Dann fange ich an zu essen und höre nicht auf, bis ich pappsatt bin.«

»Ja...«

Sie drehte sich zur Seite. Angelo saß neben ihr auf dem Bett.

»Und trotzdem fühle ich mich hinterher oft noch hungrig und leer. Warum ist das nur so, Angelo?«, fragte sie traurig.

»Jonas zum Beispiel«, fuhr sie fort, ohne auf seine Antwort zu warten, »der isst doch auch, worauf er Lust hat, und er ist weder dick, noch macht er den Eindruck, als würde es ihm deswegen nicht gut gehen. Im Gegenteil. Man kann ihm richtig ansehen, wie es ihm schmeckt und wie er genießt. Und ich bin mir absolut sicher, dass es bei dir auch nicht anders war, als du noch gel...« Abrupt brach sie ab.

»Ja. Als ich noch gelebt habe, da ging es mir ähnlich wie Jonas«, sagte Angelo.

Eine Weile sagten beide nichts mehr.

»Kanntest du deine Eltern?«, fragte sie plötzlich. »Ah, sorry, das ist wohl eine blöde Frage.«

»Nein. In deinem Fall ist sie das nicht. Und, ja. Ich kannte meine Eltern«, sagte er ruhig.

»Hast du dich gut mit ihnen verstanden?«

»In der Pubertät war ich nicht immer einfach, und da haben sie sich gewiss öfter mal überlegt, mich zur Adoption freizugeben«, gestand er mit einem Lächeln, »aber ja, ich habe mich gut mit ihnen verstanden.«

Kathi bemerkte, dass sein Blick inzwischen melancholisch geworden war. Konnte ein Schutzengel denn auch traurig sein?

»Tut mir leid, Angelo …«

»Nein schon gut. Das muss es nicht.«

»Leben sie noch? Deine Eltern?«

»Ja.«

»Oh Mann, was bin ich nur für ein Jammerlappen. Da heul ich rum mit meinen lächerlichen Gewichtsproblemen und suhle mich in Selbstmitleid, weil ich zu blöd bin, einen Partner zu finden. Dabei haben deine Eltern wirklich was Schlimmes durchgemacht, wenn sie ihren Sohn so früh verloren haben.«

»Wenn ich eines inzwischen gelernt habe – jeder hat auf irgendeine Weise sein Päckchen zu tragen, Kathi. Aber meinen Eltern geht es jetzt gut, und dafür bin ich sehr dankbar.«

»Warum wird uns alles so schwer gemacht? Es wäre doch viel schöner, wenn alles ein wenig einfacher wäre auf dieser Welt.«

»Aber wenn immer alles ganz einfach und schön wäre, dann wäre das Glück nicht mehr so kostbar«, sagte Angelo.

»Warst du denn ein glücklicher Mensch?«, fragte sie neugierig.

»Ich hatte immer wieder schöne, glückliche Momente.«

»Hmmm. Man kann ja auch nicht ständig glücklich sein«, murmelte sie.

»Eben. Das wär ja auch langweilig.«

Sie lächelten sich zu.

»Außerdem bedeutet Glück für jeden immer etwas anderes«, sagte Angelo. »Und jeder muss ganz allein für sich herausfinden, was es ist.«

»Ich bin froh, dass du wieder da bist, Angelo.«

»Lange war ich ja eh nicht weg.«

»Wie lange wirst du denn eigentlich bei mir bleiben?«, stellte Kathi die Frage, die sie schon eine Weile beschäftigte.

»Ich werde immer bei dir bleiben Kathi. Bin ja schließlich dein Schutzengel.« Er zwinkerte ihr zu.

»Aber ich werde dich nicht immer sehen und hören, oder?«

Er schüttelte den Kopf.

»Nein. Das wirst du nicht.«

»Wirst du irgendwann einfach so verschwinden?« Der Gedanke machte sie traurig.

»Nein. Ich verspreche dir, mich von dir zu verabschieden. Aber jetzt bin ich ja noch hier, und ich werde dir dabei helfen, deinen Herzenswunsch zu erfüllen.«

»Meinen Herzenswunsch … Ich verstehe immer noch nicht so ganz, warum dafür gleich ein Engel auf die Erde geschickt wird. So wichtig bin ich nun sicher nicht.«

Kathi wartete auf eine Antwort, doch Angelo schwieg.

»Angelo?«

»Ja?«

»Ich glaube, ich weiß, was mein Herzenswunsch ist«, sagte sie leise.

Angelo rutschte nach vorn und sah sie an.

»Dann sag ihn mir, Kathi.«

»Verschwindest du dann gleich?«

»Nein.«

»Versprochen?«

»Versprochen!«

»Es ist ein Wunsch, den ich schon von klein auf habe.«

Angelo nickte, als ob er wissen würde, was gleich kommen würde.

»Also ist es nicht Jonas?«

Sie schüttelte den Kopf.

»Ich fürchte, die Liebe eines anderen kann man sich nicht durch einen Wunsch herbeiholen, oder?«, sagte sie.

»Das stimmt, Kathi. Liebe passiert. Und glaub mir bitte eines, obwohl ich kein Hellseher bin, weiß ich, dass auch du irgendwann jemanden haben wirst, der dich liebt und du ihn.«

Kathi griff nach seiner Hand und drückte sie dankbar. Es war immer ein eigenartiges Gefühl, Angelo zu berühren. Er war real, und doch fühlte er sich nicht ganz echt an.

»Also, was ist dein Herzenswunsch, Kathi?«

Sie zögerte noch kurz, dann sah sie ihm in die Augen.

»Es stimmt nicht, dass ich nicht wissen möchte, wer mein Vater ist, Angelo«, begann sie. Tränen brannten in ihren Augen, die sie wegzublinzeln versuchte. »Meine Mutter will es mir einfach nicht sagen, und Tante Lotte weiß es offenbar wirklich nicht. Er wollte nichts von uns wissen. Nichts von mir wissen. Aber vielleicht ... vielleicht wäre es gut, wenn er es mir selbst sagen würde.«

Sie musste ein paar Sekunden Pause machen, bevor sie weitersprach.

»Aber es geht nicht nur um ihn. Ich will auch wissen, ob ich ...«

»Ja?«

»Ob ich vielleicht sonst noch Familie habe. Großeltern, Tanten, Onkel. Ich hatte nie Großeltern. Es gab immer nur meine Mutter und Tante Lotte und ihren Mann, und ein paar entfernte Verwandte, mit denen ich nicht sonderlich viel zu tun hatte. Aber mein größter Wunsch war schon immer ... zu wissen, wer der andere Teil meiner Familie ist.«

Kathi spürte, wie Angelo ihre Hand drückte.

»Na gut, Kathi«, sagte er und lächelte sentimental. »Dann werde ich dir dabei helfen, deinen Herzenswunsch zu erfüllen.«

»Wirklich?«

»Wirklich.«

»Du sagst mir, wer mein Vater ist?«

»So ... so funktioniert das nicht, das wäre zu einfach. Aber es ist schon alles auf dem Weg, damit du es bald selbst herausfindest.«

»Es ist schon auf dem Weg?«

Angelo nickte.

»Ich kenne dich jetzt schon so lange, und mir war klar, was dein Herzenswunsch sein muss.«

Er legte einen Arm um sie und drückte sie an sich.

Nachdem sie ihm ihren Wunsch verraten hatte, fühlte sich Kathi wie von einer Last befreit, gleichzeitig aber auch seltsam traurig. Vielleicht weil Angelo dann vermutlich bald weg sein würde.

»Zappen wir noch ein wenig durchs Fernsehprogramm?«, schlug Angelo vor.

»Jetzt?«

»Ja, bevor wir allzu rührselig werden.«

Kathi griff nach der Fernbedienung.

»Was möchtest du denn sehen?«

»Keine Ahnung. Vielleicht einen Krimi oder eine Talkshow.«

Sie blieben bei einer Kochsendung hängen.

»Kathi?«

»Ja?«

»Und bitte iss was. Dein Magen knurrt schon so laut, dass man Angst kriegt.«

»Echt?« Sie fasste sich an den Bauch.

»Wenn du die Pommes weglässt und nur ein wenig Fleisch und Salat isst, dann schadet dir das nicht.«

Nach der ganzen Aufregung heute ließ sie sich das nicht zweimal sagen.

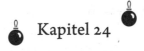

Kapitel 24

*I*ch steckte in einem Dilemma. Natürlich hatte ich Kathis Herzenswunsch schon längst geahnt. Doch sobald ich ihn erfüllen würde und sie wusste, dass ich ihr Vater bin, würde das mein letzter Tag hier sein. Dann musste ich meine Tochter verlassen. So war die Vereinbarung mit Uriel. Dabei wollte ich mir nicht eingestehen, dass sie vielleicht schon jetzt ohne meine Hilfe klarkommen würde. Womöglich war einfach ich noch nicht dafür bereit zu gehen, ohne... ohne Erika noch einmal gesehen zu haben, auch wenn sie nichts von meiner Anwesenheit mitbekommen würde. Doch bis Erika von ihrer Reise zurückkam, war ich vermutlich nicht mehr da.

Ich konnte nachvollziehen, warum Erika dem Mädchen nie gesagt hatte, wer ihr Vater ist. An ihrer Stelle hätte ich womöglich ähnlich gehandelt. Aber war es wirklich richtig gewesen, Kathi das zu verschweigen? Unter den gegebenen Umständen konnte man das Erika natürlich nicht vorwerfen. Schließlich wusste sie vieles nicht, was auch ich erst nach meinem Tod erfahren hatte. Und trotz allem hatten wir beide schon vorher Fehler begangen.

Ich betrachtete meine Tochter, die inzwischen in der großen

Erwartung eingeschlafen war, bald zu wissen, wer der andere Teil ihrer Familie war. Und vor allem: wer ihr Vater war.

Ich spürte eine unendliche Liebe für diese junge Frau, wie gerne wäre ich ihr Vater gewesen und hätte an ihrem Leben teilgenommen.

»Je länger du im Diesseits bist, desto stärker werden die Gefühle den Menschen gegenüber werden, die du liebst«, hatte Uriel mich gewarnt. »Und jede Stunde wird es dir schwerer fallen, sie wieder zu verlassen. Das ist ebenfalls ein Preis, den du zahlen musst, Angelo.«

Ich hatte nicht geahnt, dass es mir tatsächlich so schwerfallen würde. Doch diesen Schmerz nahm ich gern in Kauf. Nicht nur für Kathi, sondern auch für Erika. Ich wünschte mir so sehr, dass die beiden glücklich waren. Und das konnten sie nur werden, wenn sie erfuhren, was sich in der Vergangenheit tatsächlich abgespielt hatte. Und dann gab es auch noch meine Eltern. Auch ihnen wollte ich mit Kathi ein Geschenk machen.

Schon jetzt hatte ich alle möglichen Fäden gezogen, um Kathis Wunsch zu erfüllen. Es würde sich alles fügen, doch leicht würde es zunächst weder für Kathi und vor allem nicht für Erika werden. Und auch nicht für mich.

Während Kathi tief und fest schlief, verließ ich das Zimmer und streifte durch die winterliche Nacht. Ich atmete den unvergleichlichen Duft von Schnee und Eis ein und betrachtete lange den sternenklaren Himmel. Es war ein großes Privileg, dass ich das alles noch einmal von dieser Seite aus erleben durfte, und ich war dankbar dafür.

Kapitel 25

Jonas hatte sie pünktlich um acht Uhr früh abgeholt und sich nicht anmerken lassen, ob er noch irgendwie sauer auf Kathi war. Inzwischen waren sie an einer kleinen Rodelbahn angekommen. Dort sollten die letzten Aufnahmen gemacht werden, bevor es gegen Mittag zurück nach München ging. Die Temperaturen lagen zwar unter null Grad, aber die Sonne schien strahlend vom tiefblauen Himmel. Perfekte Bedingungen für das Shooting.

Kathi hatte in der letzten Nacht lange nicht einschlafen können. Zu viel war ihr durch den Kopf gegangen. Dass Angelo ihr versprochen hatte, ihren Vater zu finden, hatte sie auf eine emotionale Achterbahnfahrt geschickt. Ein paarmal hatte sie noch versucht, ihm wenigstens einen Namen zu entlocken.

»Wenn du noch mal fragst, dann werde ich auf der Stelle verschwinden«, hatte er ihr schließlich gedroht. Sie hatte ihm versprechen müssen, es nicht mehr zu erwähnen, bis es so weit war.

Doch auch die Sache mit Jonas beschäftigte sie, und sie wollte das unbedingt in Ordnung bringen. Er machte

Landschaftsaufnahmen, während Emma und Carola etwas abseits mit den Schlitten nach oben gingen.

»Ich rede jetzt mal mit Jonas«, sagte Kathi leise zu Angelo. »Und das würde ich gern allein machen, bitte.«

Der Engel sah sie kurz an und öffnete schon den Mund, nickte dann jedoch nur.

»Danke!«

Sie stapfte durch den tiefen Schnee.

»Ich hab keine Ahnung, warum das so ist«, begann sie, als sie neben Jonas stand. »Aber ich schaffe es ständig, mich in deiner Nähe blöd zu benehmen. Tut mir echt leid wegen gestern.«

Überrascht über ihre Offenheit sah er sie an und lächelte dann.

»So wirklich mit Ruhm bekleckert hab ich mich ehrlich gesagt auch nicht«, gab er zu. »Vergessen wir es einfach«, schlug er vor.

»Erst wenn ich dir was gestanden habe«, sagte Kathi.

»Du willst mir was gestehen? Da bin ich aber gespannt.«

»Ich hab eine Scheißflugangst, und das einzige Fluggerät, in dem ich je saß, war ein kleiner Hubschrauber am Kinderkarussell bei einem Oktoberfestbesuch. Und … na ja, das mit dem Bungee-Jumping und dem Tauchen war geflunkert.«

»Geflunkert? Echt?«, fragte er. Er schien nicht sauer zu sein, sondern eher amüsiert.

»Du glaubst gar nicht, wie peinlich mir das alles gerade ist.«

»Wie bist du denn darauf gekommen, mir so was zu sagen?«

»Na ja, als du mich gefragt hast, was ich so in meiner Freizeit unternehme, wollte ich nicht, dass du denkst, ich wäre eine Langweilerin. Lesen, Serien anschauen und kochen, das ist nicht gerade aufregend.«

Kathi sah ihm an, dass er sich ein Lachen verkneifen musste. Und sie war sehr erleichtert, dass er ihre Beichte eher mit Humor nahm.

»Stimmt. Die Vorstellung, dass du so ein wilder Feger bist, der sich an einem Gummiseil in die Tiefen einer Schlucht stürzt, hatte schon was ziemlich Aufregendes«, sagte er. »Aber danke, dass du jetzt so ehrlich warst ...«

»Du bist mir echt nicht böse?«

»Deswegen? Ach was! Ich frage mich nur ...«

»Was denn?«

»Gibt es vielleicht sonst noch was, das du mir beichten möchtest?«

Dass ich mich in dich verliebt habe, obwohl ich weiß, dass es keinen Sinn macht? Sicher nicht! Und auch nicht, dass ich einen Schutzengel habe, der mich auf Schritt und Tritt begleitet. Dann würde er sie vermutlich überhaupt nicht mehr ernst nehmen.

»Nein, das ...«, begann sie, doch Jonas hatte seinen Blick nach oben auf den Hügel gerichtet. Dort standen Emma und Carola neben ihrem Schlitten bereit.

»Oh, die sind schon startklar«, sagte er da. »Wir reden später weiter, ja?«

Kathi nickte, und Jonas griff nach seinem Handy. Er rief

den Fotoassistenten an, der neben den Mädchen stand und auf Anweisungen von unten wartete.

»Emma soll sich ganz normal auf den Schlitten setzen. Carola soll noch ein wenig weiter nach links rüber, und sich dann auf den Bauch legen. Wenn ich die Hand hebe, kann es losgehen. In meine Richtung und links an mir vorbei. Ihr müsst nur oben aus dem Bild gehen, sonst hab ich euch noch drauf.«

Jonas legte auf und machte sich mit seiner Kamera bereit, während der Fotoassistent und Frau Stenz ein paar Schritte nach hinten gingen.

»Kann ich hier stehen bleiben?«, fragte Kathi.

»Klar«, sagte er. Dann hob er den Arm. »Und los!«, rief er laut, und gleich darauf begann er zu knipsen.

Kathi beobachtete, wie die Mädchen auf ihren Schlitten mit immer höherer Geschwindigkeit durch die unberührte Schneefläche nach unten sausten. Der aufgewirbelte Schnee glitzerte im Sonnenlicht. Jonas hatte nur ein kurzes Zeitfenster und machte ein Foto nach dem anderen.

Während Emma sich an die vorgegebene Richtung hielt, fuhr Carola genau auf Kathi zu.

»Mehr nach links, Carola!«, schrie Jonas.

»Geht nicht!«, schrie sie zurück und kam immer näher.

»Weg, Kathi!«, rief Jonas. »Schnell!«

Kathi wollte losrennen, machte einen Schritt zur Seite, sank aber im Schnee ein und blieb stecken. Panisch versuchte sie, sich zu befreien. Sie hörte, wie alle aufgeregt ihren Namen schrien. Carola steuerte mit weit aufgerissenen Augen genau auf sie zu.

Sie musste hier weg! Augenblicklich. Mit all ihrer Kraft machte sie einen letzten Befreiungsversuch. Plötzlich löste sich ihr Schuh, und es war ihr, als ob sie weggerissen wurde, bevor sie etwa einen Meter weiter in den Schnee stürzte und vor lauter Angst die Augen fest zusammenkniff. Sie spürte den Lufthauch des Schlittens, der nur Zentimeter an ihrem Kopf vorbeifuhr.

»Kathi! Kathi!«

Sie blinzelte und öffnete die Augen. Das ganze Team stand um sie herum und sah sie besorgt an.

»Puh. Das war echt knapp«, sagte Jonas. »Geht's dir gut?«

Kathi nickte, auch wenn ihr der Schreck noch immer in den Gliedern saß.

»Gott sei Dank!«, sagte Frau Stenz erleichtert. »Nicht auszudenken, was hätte passieren können.«

»Es tut mir so leid, das wollte ich nicht. Ich … ich konnte den Schlitten nicht mehr steuern und bremsen auch nicht«, sagte Carola und heulte fast.

»Schon gut«, sagte Kathi. »Du konntest nichts dafür, Carola.«

Hinter den Leuten stand Angelo und sah Kathi mit einem Blick an, den sie nicht deuten konnte.

»Das warst du?«, fragte sie und in diesem Moment war es ihr auch egal, was sich die anderen dabei dachten. »Du hast mich gerettet, oder?«

Angelo nickte.

Jonas bezog die Frage auf sich.

»Nein. Ich habe es nicht mehr geschafft zu dir. Du hast dich irgendwie selbst rausgezogen und einen unfassbaren Hechtsprung hingelegt«, sagte er beeindruckt.

Doch Kathi wusste es besser. Ihr Schutzengel hatte ihr gerade das Leben gerettet oder sie zumindest vor schweren Verletzungen bewahrt.

Nachdem Jonas ausreichend Fotos hatte, die er verwenden konnte, und Carola, die offenbar einen kleinen Schock davongetragen hatte, nicht mehr in der Lage war weiterzumachen, beschloss man, abzubrechen und nach Hause zu fahren.

Kathi zitterte noch immer, als sie zum Wagen gingen.

»Das hätte übel ausgehen können. Ich hab echt gedacht, dass sie dich umfährt«, sagte Jonas.

»Ich auch«, gab sie zu.

»Du hast wohl einen guten Schutzengel«, bemerkte Jonas.

»Oh ja. Den habe ich«, sagte Kathi und warf Angelo einen dankbaren Blick zu.

»Immer gern zu Diensten«, sagte dieser und deutete eine Verbeugung an.

Kathi war überrascht, wie einfühlsam Emma sich um ihre neue Freundin kümmerte und während der Rückfahrt versuchte, Carola wieder aufzumuntern, was ihr tatsächlich gelang.

Jonas hingegen warf immer wieder besorgte Blicke zu Kathi.

»Vielleicht sollte ich dich und Carola zum Arzt bringen«, schlug Jonas vor, kurz bevor sie in München ankamen. Doch sowohl Kathi als auch Carola lehnten dankend ab. Bis auf den Riesenschrecken sei ihnen ja nichts passiert, meinten sie.

Schließlich hatten sie die Mädchen abgeliefert und standen mit dem Wagen vor Kathis Haus.

»Möchtest du, dass ich dir noch ein wenig Gesellschaft leiste?«, fragte Jonas.

»Das ist lieb von dir. Aber ehrlich gesagt, würde ich jetzt gern ein wenig allein sein«, lehnte Kathi ab. Vor allem wollte sie dringend mit Angelo sprechen.

»Okay. Aber deine Sachen darf ich dir wenigstens nach oben tragen?«

»Das darfst du«, sagte sie und lächelte, zum ersten Mal seit ihrem Sturz.

»Deine Wohnung ist total gemütlich«, sagte Jonas, als er die Sachen in den Flur stellte und dabei einen Blick ins Wohnzimmer warf.

»Danke.«

Plötzlich zog er sie in die Arme und drückte Kathi fest an sich.

»Ich bin so froh, dass dir nichts passiert ist«, sagte er leise.

Kathi schloss die Augen und genoss das Gefühl seiner starken Arme, die sie festhielten. Sie fragte sich, wann Angelo protestieren würde, doch der Engel blieb erstaunlicherweise still. Langsam lösten sie sich wieder voneinander.

»Dann geh ich jetzt mal«, sagte Jonas. »Bitte pass auf dich auf, und wenn was ist, dann ruf mich an. Egal wann. Okay?«

»Mache ich«, versprach sie, einerseits erleichtert, aber auch ein wenig enttäuscht, dass er ging. *Meine Stimmungsschwankungen gleichen der einer Pubertierenden!*, dachte sie, als er die Wohnung verließ und sie die Tür hinter ihm schloss. Dann drehte sie sich zu Angelo um.

»Angelo, du ...«, begann sie leise.

»Ja?«

»Du bist echt der unglaublichste Schutzengel der Welt.«

»Danke. Ich versuche, immer mein Bestes zu geben.« Er lächelte.

»Du hast mein Leben gerettet.«

»Klar. Weil deine Zeit noch nicht gekommen ist, Kathi.«

»Weißt du denn, wann das ist?«, rutschte es Kathi heraus, und gleichzeitig wusste sie, dass sie das nicht wissen wollte! »Nein! Sag es nicht!«

»Das könnte ich auch gar nicht. Ich weiß nur, dass du noch eine ganze Weile hier sein wirst. Genaues weiß nur einer.«

Das zumindest war schon mal beruhigend.

»Ruh dich bitte ein wenig aus.«

»Später. Jetzt hol ich erst mal die Wellensittiche. Und dann muss ich unbedingt was essen.«

Ihr war nach einer warmen Gemüsesuppe. Doch sie hatte noch nicht mal die erste Karotte geschält, da klingelte das Telefon.

»Kathi! Ich habe gehört, ihr seid schon zurück aus dem Chiemgau?«, sagte Sybille ohne Begrüßung.

»Wir sind vor einer halben Stunde angekommen.«

»Und wieso bist du dann jetzt nicht im Büro?«

»Heute? Ich dachte, ich könnte den restlichen Tag vielleicht freinehmen. Weißt du, es gab einen kleinen Unfall ...«

Doch Sybille ließ sie gar nicht erst ausreden.

»Hier herrscht inzwischen das Chaos. Diese unsägliche Person aus der Buchhaltung hat alles durcheinandergebracht. Und Stefan ist immer noch nicht wieder da. Karl ist am Rande eines Nervenzusammenbruchs, und wenn du hier nicht bald auftauchst, dann kann ich für nichts mehr garantieren.«

Obwohl Angelo energisch den Kopf schüttelte, versprach Kathi, dass sie gleich ins Büro kommen würde.

»Es würde gar nichts schaden, wenn die mal merken, dass ohne dich nichts geht«, sagte Angelo, während sie schon in ihren Mantel schlüpfte.

»Letztlich bleibt die Arbeit ja trotzdem an mir hängen«, sagte sie und räumte noch rasch das Gemüse in den Kühlschrank. »Dann geh ich lieber gleich.«

»Ein halber freier Tag hätte dir wirklich mal nicht geschadet.«

»Du bist ja bei mir und passt auf«, sagte Kathi und lächelte ihm zu. »Außerdem muss ich nur noch morgen arbeiten, dann hab ich Weihnachtsurlaub.«

»Wie du meinst.«

In diesem Moment fiel ihr siedend heiß ein, dass sie noch

überhaupt keine Weihnachtsgeschenke gekauft hatte. Dabei war am Montag bereits der Heilige Abend. Ihr würde nur der Samstag bleiben, um alles zu besorgen. Auch den Christbaum und die Lebensmittel, da ihre Mutter und Lotte erst am Sonntag früh von ihrer Reise zurückkommen würden. Die beiden hatten in der letzten Nacht nur kurz eine Nachricht geschickt, dass sie sich schon freuten, wieder nach Hause zu kommen. Kathi hoffte, dass zumindest beim Rückflug alles klappen würde. Rasch schnappte sie sich eine Banane und einen Apfel, kontrollierte zweimal, ob alle Geräte ausgeschaltet waren, und machte sich auf den Weg ins Büro.

Das Chaos war letztlich nicht halb so schlimm, wie Kathi befürchtet hatte oder Sybilles Anruf vermuten ließ. Trotzdem blieb sie bis zum Abend, um vor dem Wochenende und den anstehenden Weihnachtsfeiertagen alles wieder weitgehend auf den aktuellen Stand zu bringen. Während der Weihnachtsferien würde das Büro nur sporadisch besetzt sein.

»Weiß Cindy eigentlich schon Bescheid, dass ein anderes Model für die Werbekampagne gebucht wurde?«, fragte Kathi, bevor sie sich fertig machte, um nach Hause zu gehen.

»Noch nicht«, antwortete Sybille. »Sie kommt morgen erst. Karl will es ihr nicht am Telefon sagen. Es gibt da aktuell eine Anfrage für eine Butterwerbung. Falls die Kunden das möchten, würde Karl Cindy dafür vorschlagen. Aber das Projekt hat ein wesentlich geringeres Budget als die Werbekampagne der Bank.«

»Sicher wird sie ziemlich sauer sein«, sagte Kathi.

»Ja. Das denke ich auch.«

»Warum hat Edgar Ried sich eigentlich umentschieden? Er war doch die ganze Zeit Feuer und Flamme für Cindy«, fragte Kathi.

»Sie war wohl auf der Agenturfeier ziemlich betrunken und muss ihn etwas schräg angemacht haben. Edgar ist da sehr empfindlich, wie ich inzwischen weiß.«

»Nun ja … Karl wird das schon hinbiegen … Und vielleicht wird es ja auch was mit der Fertighaus-Werbekampagne.«

»Vielleicht … Und Kathi. Komm morgen bitte noch etwas früher als sonst. Wir haben noch einiges zu machen, bevor die ganzen Bewerber für die freie Stelle kommen.«

»Aber … du hast gesagt, du kannst mich berücksichtigen.«

»Ja, aber nur dann, wenn der Joghurt-Auftrag eingetütet ist. Außerdem muss ich trotzdem den vorgeschriebenen Weg einhalten.«

»Hm …«

Kathi versuchte, sich ihre Enttäuschung nicht anmerken zu lassen.

»Wobei du mir das alles auch sehr schwer machst, Kathi. Manchmal weiß ich auch nicht so recht, was mit dir ist«, sagte Sybille.

»Wie meinst du das?«

»Du hast mir nie ein Bewerbungsschreiben auf den Tisch gelegt.«

»Ich? Aber meine Unterlagen sind doch alle hier in der

Personalabteilung«, sagte Kathi. »Und du weißt doch selbst am besten, wie ich arbeite.«

»Das schon. Aber trotzdem hätte ich es erwartet. Damit ich auch sehe, dass es dir ernst ist. Und nur um noch mal sicherzugehen: Du würdest also deinen Job als Sekretärin wirklich für diese andere Stelle aufgeben?«

Bevor Kathi antworten konnte, klingelte ihr Handy mit einer Nummer, die ihr nicht bekannt war.

»Entschuldige kurz«, sagte Kathi zu Sybille und ging ran.

»Hallo?«

»Frau Katharina Vollmer?«

»Ja?«

»Hier ist Tina Lewanski.«

Kathi hatte keine Ahnung, wer das war.

»Ja?«

»Sie haben eine Bewerbung zu uns geschickt, und Frau Rose möchte Sie gern persönlich sprechen.«

Kathi drehte sich reflexartig von Sybille weg, die sie interessiert musterte.

»Sind Sie noch am Apparat?«

»Aber ja natürlich, Frau Lewanski«, sagte Kathi, deren Mund mit einem Schlag trocken geworden war. *Frau Rose will mich sprechen?!*

»Gut. Können Sie morgen um 15 Uhr an die Rezeption ins Hotel Bayerischer Hof kommen? Dort können Sie sich für das Gespräch anmelden. Danach wird man Sie abholen.«

Während Frau Lewanski sprach, spürte Kathi, wie ihr vor Aufregung das Blut in die Wangen schoss.

»Natürlich. Und vielen Dank! Ich ... ich freue mich.«

»Schön. Dann bis morgen, Frau Vollmer.«

Bevor Kathi noch etwas sagen konnte, hatte die Dame bereits aufgelegt.

»Kathi?«

Sie atmete tief ein und aus und drehte sich dann rasch um.

Sybille musterte sie eindringlich.

»Was gibt es denn für schöne Nachrichten?«, wollte sie wissen.

Angelo verdrehte die Augen über ihre unangebrachte Neugierde. Kathi wollte nicht lügen, doch sie konnte Sybille schließlich nicht sagen, dass sie sich für eine andere Stelle beworben hatte. Deswegen versuchte sie auszuweichen.

»Entschuldige Sybille. Das war eine private Sache ... Äh, Tina hat angerufen«, hangelte sie sich so weit wie möglich an der Wahrheit entlang.

»Tina?«

»Ja. Sie will, dass ich sie bald mal besuchen komme.«

»Du musst ihr das nicht sagen, Kathi«, machte Angelo sie aufmerksam.

»Und du sprichst deine Freundin mit Frau Lewanski an?«, fragte Sybille gleichzeitig.

»Ja ...«, Kathi lachte kurz auf. »Das ist so ein alberner Spleen bei uns. Tina ist Frau Lewanski, und da gibt es noch meine Freundin Claudia, das ist die Frau Hagl, und ich bin die ...«, plapperte sie nervös drauflos, bis Sybille sie unterbrach.

»Du solltest deine privaten Gespräche nächstes Mal daheim führen«, sagte sie.

»Klar. Tut mir leid. Sie wusste nicht, dass ich noch im Büro bin... Sag mal, brauchst du mich heute noch?«, fragte Kathi, die es nicht erwarten konnte, mit Angelo über die unerwartete Neuigkeit zu reden.

»Du kannst nach Hause gehen. Aber erst möchte ich noch eine Antwort auf meine Frage.«

Kathi war noch immer so überwältigt von dem Anruf aus Roses Büro, dass sie keine Ahnung hatte, was Sybille meinte.

»Entschuldige, Sybille, ich... ich habe den Faden verloren. Was hattest du noch mal gefragt?«

»Das muss ja eine besondere Bekannte sein, wenn sie dich so aufwühlt. Ich hatte dich gefragt, ob du wirklich Interesse an der Stelle hast. Vielleicht willst du sie ja gar nicht mehr?«

Kathi hatte den Eindruck, dass Sybille sie inzwischen seltsam musterte. Wusste sie von der Bewerbung bei Frau Rose? Hatte sie etwas mitbekommen? Aber das war völlig unmöglich.

»Aber ja«, sagte Kathi schnell. »Natürlich will ich sie noch!« Auch wenn sie völlig überraschend einen Termin bei Frau Rose bekommen hatte, wollte sie auf keinen Fall riskieren, hier in der Agentur womöglich ihre Chancen zu verspielen.

»Ich kann dir meine Bewerbungsunterlagen noch vorlegen, wenn du das möchtest«, sagte sie sicherheitshalber.

Sybille schien kurz zu überlegen.

»Ja. Mach das doch bitte. Am besten habe ich sie morgen früh auf dem Tisch, bevor die anderen kommen.«

»Okay«, sagte Kathi und versuchte, sich nicht anmerken zu lassen, wie genervt sie über den unnötigen Arbeitsaufwand war. Das machte doch wirklich keinen Sinn!

»Und noch was. Du bist doch sicher damit einverstanden, dass ich Karl erst später über deine Beteiligung am neuen Joghurt-Konzept informiere, wenn der Kunde den Auftrag erteilt hat, oder?«

Eigentlich war Kathi das nicht. Aber in der speziellen Situation wollte sie Sybille nicht verärgern. Wer wusste schon, wie es für sie weiterging?

»Ja«, antwortete sie deswegen, obwohl Angelo heftig den Kopf schüttelte.

»Ich versteh dich nicht, Kathi«, sagte er.

»Gut … Dann schönen Abend«, sagte Sybille.

»Dir auch, Sybille.«

»Ach Kathi?«

»Ja?«

»Mach mir doch noch einen Granatapfeltee, bevor du gehst, ja?«

»Klar. Bring ich dir gleich.«

Kathi sah ihr hinterher, bis sie in ihrem Büro verschwunden war. Das mit dem Nachhausegehen würde sich wohl noch ein wenig hinausziehen. Jetzt musste sie noch das Bewerbungsschreiben für Sybille vorbereiten. Trotzdem war sie viel zu aufgeregt, um sich wirklich darüber zu ärgern.

Sie ging in die kleine Küche.

»Ja! Ja! Ja!«, jubelte sie im Flüsterton. »Stell dir vor«, sagte sie zu Angelo, »die Rose hat mich eingeladen.«

»Ich habe es mitbekommen, Kathi«, sagte Angelo.

Kathi grinste glücklich, während sie den Wasserkocher auffüllte.

»Ist das nicht einfach ... wow? Nie im Leben hätte ich das gedacht!«

»Umso besser, dass du es trotzdem versucht hast«, meinte der Engel.

»Du scheinst dich aber nicht sonderlich für mich zu freuen«, sagte Kathi, die bemerkte, dass Angelo etwas ernster als sonst wirkte. »Oder weißt du womöglich schon, dass ich den Job gar nicht bekommen werde?«

»Ich hab dir schon mal gesagt, dass ich kein Hellseher bin«, sagte er.

»Aber trotzdem, da ist doch irgendwas.«

Kathi kannte ihn inzwischen gut genug, um ihm das anzusehen.

»Ich freue mich wirklich für dich«, beteuerte Angelo.

Sie holte eine Tasse aus dem Schrank und füllte ein Tee-Ei mit getrockneten Granatapfelstücken.

»Hach! Ich kann es echt gar nicht fassen! Die Rose will mich sehen!«

Doch plötzlich verschwand das Lächeln aus ihrem Gesicht.

»Ich muss mir nur unbedingt eine Ausrede einfallen lassen, warum ich am Nachmittag wegmuss.«

»Kannst du nicht einfach deine Überstunden nehmen?«, schlug Angelo vor.

»Hm. Das Wort Überstunden gibt es für Sybille nicht. Aber ich muss um jeden Preis da hin. Vielleicht dauert der Termin auch gar nicht so lange, und ich mache die Arbeit hier dann einfach danach fertig.«

»Ich bin mir sicher, es wird sich eine Lösung finden«, sagte Angelo und nickte ihr zu.

»Ja. Aber jetzt muss ich erst noch meine Unterlagen für Sybille fertig machen. Wie gut, dass ich gerade erst eine Bewerbung aufgesetzt habe, da kann ich die Daten von dem Schreiben an Frau Rose übernehmen. Ich habe ja alles digital auf dem Rechner«, sagte Kathi und lächelte.

Kapitel 26

Als Kathi am nächsten Morgen im Badezimmer stand, konnte sie der Versuchung nicht widerstehen. Obwohl Angelo es ihr verboten hatte, stellte sie sich auf die Waage.

Fast fünf Kilo weniger! Und das nach einer Woche! Sie hatte zwar tatsächlich sehr wenig gegessen und sich viel bewegt, aber Kathi vermutete, dass Angelo hier irgendwie seine Finger im Spiel haben musste. Wie auch immer er das hatte zustande bringen können. Oder ihre Waage war kaputt. Allerdings verstand sie jetzt auch, warum keine ihrer aktuellen Hosen mehr ohne einen Gürtel passte. Sie suchte ganz hinten in ihrem Kleiderschrank nach den Sachen, die ihr längst zu eng geworden waren, und fand eine Jeans, die sie jetzt wieder locker tragen konnte. Darüber schlüpfte sie in einen dunkelgrauen Oversize-Rollkragenpullover, der zur engeren Jeans ziemlich gut aussah. Doch zur Besprechung mit Frau Rose konnte sie auf keinen Fall so erscheinen.

»Ich hab nichts anzuziehen!«, sagte sie frustriert. »Es ist alles zu weit.«

Angelo stand mit verschränkten Armen neben ihr.

»Soll ich jetzt Mitleid mit dir haben, weil du abgenommen hast?«, fragte er trocken.

»Natürlich nicht.« Kathi grinste. »Aber ich hab tatsächlich nichts Passendes für den Termin heute.«

Er zeigte auf das schwarze Kleid, das sie zur Agenturfeier getragen hatte.

»Das geht auch, wenn man abgenommen hat«, sagte Angelo.

»Ach, bist du jetzt also auch noch Modeexperte?«, fragte sie amüsiert.

»Du würdest nicht glauben, was ich alles für Talente habe.«

»Na gut. Dann nehm ich das.«

Da sie ohnehin keine Alternative hatte, hängte sie das Kleid für später bereit. Dazu Strümpfe, den Schal und passende Stiefel.

»Angelo?«

»Ja?«

»Danke!« In einer spontanen Regung schlang sie die Arme um seinen Hals und drückte ihm einen Kuss auf die Wange.

»Ich hoffe, es gibt keinen Ärger, wenn man seinem Schutzengel ein Küsschen gibt«, sagte sie.

»Das hoffe ich auch«, sagte Angelo schmunzelnd.

»Ich kann es immer noch nicht glauben, dass Sybille mich um zwei Uhr gehen lässt«, sagte Kathi eine Stunde später in der Agentur, als sie in der Küche einen Cappuccino für die erste Bewerberin machte. »Und das, ohne zu fragen, wo ich hin möchte.« Allerdings hatte Kathi versprechen müssen, am späten Nachmittag noch mal in die Agentur zu kommen, um noch alles vor ihrem Weihnachtsurlaub fertig zu machen.

»Freu dich doch einfach, dass es so gut läuft.«

»Tu ich ja. Trotzdem ist es irgendwie seltsam.«

Außerdem hatte sie Kathi gefragt, ob es inzwischen etwas Neues über oder von Frau Rose gab.

Kathi war das Blut in die Wangen geschossen, und sie hatte versucht, ganz ruhig zu bleiben, während sie ihrer Chefin erklärte, dass sie dazu keine neuen Informationen hatte. Was nicht so ganz der Wahrheit entsprach.

Als sie etwas später in die kleine Abstellkammer ging, um Kopierpapier zu holen, traute sie ihren Augen kaum. Stefan lag in einem Schlafsack auf dem Boden und schlief tief und fest.

»Das darf ja wohl nicht wahr sein!«, sagte sie und rüttelte an seiner Schulter, um ihn zu wecken. »Hallo! Aufwachen.«

Erschrocken fuhr er hoch.

»Hey! Spinnst du?«, rief er mit vom Schlaf rauer Stimme. Er sah ziemlich zerzaust aus und hatte dunkle Augenringe. Sonderlich gut schien es ihm nicht zu gehen.

»Was machst du denn hier?«, fragte Kathi. »Du kannst doch nicht einfach im Büro übernachten.«

Stefan schlüpfte aus dem Schlafsack und rappelte sich hoch.

»Du erzählst das doch niemandem«, bat er drängend. »Das machst du doch nicht, oder, Kathi?«

Für seine Verhältnisse hörte er sich erstaunlich höflich an, was Kathi etwas beunruhigte. War etwas passiert?

»Geht es dir nicht gut, Stefan?«, fragte sie.

»Doch.« Er schlüpfte in seine Schuhe.

»Ach. Und warum schläfst du dann hier in der Agentur?«

»Das kann dir doch egal sein«, sagte er und wollte sich an ihr vorbeiquetschen. Doch sie packte ihn am Arm und hielt ihn zurück.

»So zerzaust, wie du ausschaust, kannst du da jetzt nicht so einfach raus. Draußen sitzen Bewerber. Und wenn Karl oder Sybille dich so sehen, dann hilft dir vermutlich noch nicht mal mehr dein Papi.« Sie sagte es schärfer als beabsichtigt.

Erstaunlicherweise widersprach Stefan nicht, sondern fuhr sich erschöpft durch die Haare.

»Mein Vater hat mir schon vor Wochen das Geld gestrichen. Und gestern hat mich auch meine Freundin rausgeworfen«, sagte er plötzlich leise und wirkte dabei so kleinlaut wie ein Kind, das etwas Schlimmes angestellt hatte und dabei ertappt worden war.

Obwohl sie das noch vor einer halben Stunde nie für möglich gehalten hätte, hatte Kathi plötzlich Mitleid mit ihm. Irgendetwas war ganz offensichtlich schiefgelaufen im Leben dieses jungen Mannes. Und das nicht erst in den letzten Tagen.

»Warte hier«, sagte sie. »Ich bin gleich zurück.«

Sie ging aus dem Büro, kümmerte sich kurz um einen neuen Bewerber, der schon vor ihrem Schreibtisch wartete.

Dann machte sie einen doppelten Espresso und brachte ihn zusammen mit einer Haarbürste aus ihrer Tasche in die Abstellkammer. Angelo war ihr gefolgt.

»Hier. Trink das.« Sie reichte Stefan die Tasse. »Und dann mach dich einigermaßen vorzeigbar. Wenn dich jemand fragt, dann sag, du warst krank und bist immer noch nicht ganz auf den Beinen. Dann fällt es nicht so auf, dass du so fertig aussiehst. Schließlich musst du jetzt nicht auch noch deinen Job verlieren.«

»Warum machst du das?«, fragte Stefan misstrauisch.

Sie zuckte mit den Schultern.

»Keine Ahnung. Verdient hast du es ganz bestimmt nicht, nach allem, was du dir geleistet hast.«

Angelo nickte zustimmend.

Stefan nahm einen Schluck Espresso, der ihm offensichtlich guttat.

»Als ich dich bei der Agenturfeier überrascht habe, wolltest du da etwas klauen?«, fragte Kathi plötzlich. Es war ihr wichtig, die Wahrheit zu wissen. Stefan hob den Kopf und sah sie an. Dann nickte er.

»Aber ich hab es dann nicht gemacht. Ehrlich!«

Seltsamerweise glaubte sie ihm das.

»Ich weiß nicht, wo ich jetzt hinsoll«, murmelte er.

»Okay. Hör zu. Bei deiner Art, wie du mit Menschen umgehst, wundert es mich nicht, dass dein Vater dir den Geldhahn zugedreht und deine Freundin dich rausgeworfen hat. Vielleicht denkst du einfach mal darüber nach. Und wenn du dann womöglich erkannt hast, was du falsch gemacht haben könntest, wäre vielleicht eine ehrliche Entschuldigung bei verschiedenen Leuten angebracht. Glaub mir, das wirkt manchmal Wunder ... Und jetzt komm mit raus. Wir haben jede Menge Arbeit. Und ich hab keine Lust, das alles allein zu machen.«

Kathi griff nach der Türklinke.

»Kathi?«

Sie drehte sich zu ihm um.

»Danke ... und sorry.«

»Na bitte, geht doch!«

Der Vormittag verging wie im Flug. Kathi führte die Bewerber zu Sybille und machte sich über jeden einzelnen ein Bild. Einige hatten sicher gutes Potenzial, in der Agentur einen tollen Job zu machen. Trotzdem hoffte sie immer noch, dass Sybille ihr Versprechen hielt und Kathi bevorzugen würde. Gleichzeitig fieberte sie jedoch auch einem guten Gespräch mit Frau Rose entgegen. Wie wohl ihre Chancen standen, die Stelle tatsächlich zu bekommen?

Karl kam erst gegen Mittag in die Firma. Er sah müde aus und wirkte erschöpft.

»Heute keinen Latte – ich brauche einen doppelten Espresso, Kathi.«

Noch einer, dem es nicht gut geht! Aber wenigstens hatte sich Stefan inzwischen wieder gefangen und erledigte im Büro seine Arbeit.

»Klar, bringe ich dir gleich.«

»Diese Frau treibt mich noch in den Wahnsinn!«, sagte Karl, als sie ihm fünf Minuten später den gewünschten Espresso auf den Schreibtisch stellte.

Kathi vermutete, dass es mal wieder um Irene gehen musste. Doch sie scheute sich, Karl nach ihr zu fragen, um nicht zu persönlich zu werden. Doch das war gar nicht nötig. Karl lud seinen ganzen Frust bei ihr ab.

»Eigentlich wollte ich mit meiner Frau über die Feiertage zum Skifahren nach Zermatt«, erklärte er aufgebracht.

Das wusste Kathi, weil sie das Hotel schon vor Wochen für ihn gebucht hatte.

»Vier Tage weg von diesem Drachen, der mir das Leben zur Hölle macht. Und seit sie aus dem Krankenhaus zurück ist, ist es noch schlimmer geworden.«

Kathi konnte sich zwar vorstellen, dass es mit Irene nicht immer einfach war, aber dass sie einen Mann wie Karl so aus der Fassung bringen konnte, war doch erstaunlich.

»Ihre Demenz?«, fragte Kathi vorsichtig.

Er lachte, jedoch völlig ohne Humor.

»Ja, das dachten wir auch. Aber beim Gespräch mit dem Arzt gestern hat sich herausgestellt, dass ihr überhaupt nichts fehlt! Sie hat uns angelogen, und die Sache mit der Demenz nur erfunden, um uns zu ärgern. In Wahrheit ist sie kerngesund!«

»Was?«, fragte Kathi verblüfft. »Das kann ich gar nicht glauben!«

»Das geht mir nicht anders. Sie hat einfach nur ihren Spaß dabei, uns in den Wahnsinn zu treiben.«

»Dann hat sie die Nüsse gegessen, obwohl sie wusste, dass sie ihr schaden?«

»Ganz genau! Sie wollte an dem Abend für ein wenig Aufregung sorgen.«

Leicht ratlos schüttelte Kathi den Kopf und warf einen Blick zu Angelo, der auf dem Rand des Schreibtisches saß.

»Und stell dir vor, jetzt will sie plötzlich mit uns in den Urlaub fahren und weigert sich daheimzubleiben. Obwohl die Cousine meiner Frau sich die ganze Zeit um sie kümmern würde. Ich hab meiner Frau gesagt, wenn ihre Mutter mitkommt, dann zieh ich aus. Und jetzt ist meine Frau beleidigt, weil ich ihr ein Ultimatum gestellt habe.«

»Karl, es tut mir echt leid ...«, murmelte Kathi, der es unangenehm war, von den Beziehungsproblemen ihres Chefs zu hören. Das ging sie nichts an, und sie wusste auch nicht, wie sie darauf reagieren sollte. Zudem hatte sie aber auch ein wenig Mitleid mit Irene.

»Jetzt bleibt mir nur die Wahl, meine Schwiegermutter mitzunehmen oder einen riesigen Krach mit meiner Frau zu riskieren. Am liebsten würde ich den ganzen Urlaub abblasen! Da sag ich nur: Fröhliche Weihnachten!«, brummte er und kippte den Espresso in einem Zug weg.

»Sie hat Angst«, sagte Kathi plötzlich, und ihr war in diesem Moment selbst nicht ganz klar, warum sie sich einmischte. Aber sie hatte plötzlich das Gefühl, Irene helfen zu müssen.

»Irene und Angst?« Er lachte kurz auf. »Wie kommst du denn darauf? Diese Frau fürchtet sich vor rein gar nichts.«

»Bist du dir da sicher?«

»Oh ja!«

»Weißt du, deine Schwiegermutter ...«, Kathi suchte nach den passenden Worten. »Auch wenn sie keine

Demenz hat, ist ihr Verhalten doch sehr ungewöhnlich. Vielleicht macht sie das ja gar nicht, um euch zu ärgern. Zumindest nicht in erster Linie.«

»Du hast sie doch selbst erlebt. Und warum sollte sie so etwas erfinden, wenn nicht, um uns damit auf die Palme zu bringen?«

»Seit wann verhält sie sich denn so schlimm?«, fragte Kathi nach.

»Sie war immer schon etwas schwierig ...«, er überlegte kurz, »aber nach dem Tod ihres Mannes vor zwei Jahren wurde sie immer seltsamer«, sagte Karl.

»Ich kenne sie ja kaum und weiß nur das, was ich so aus unserer Unterhaltung auf der Party und im Krankenhaus herausgehört habe. Aber sie ist offenbar ein Mensch, dem es sehr wichtig ist, im Mittelpunkt zu stehen.«

»Das kannst du laut sagen! Genau das beschreibt es exakt.«

Kathi erinnerte sich plötzlich ganz deutlich an ihre Gespräche mit Irene und ihr Verhalten auf der Firmenfeier.

»Sie hat mir einiges aus ihrer Kindheit erzählt. Über ihre Eltern. Und dass sie ein Einzelkind war, von dem viel verlangt wurde. Alle waren auf sie und ihre Zukunft fokussiert. Sie war eine erfolgreiche Geschäftsfrau und hat einen Mann geheiratet, der sie offenbar vergötterte und mit dem sie eine Tochter bekam.«

»Eben. Sie hatte immer ein großartiges Leben und sollte darüber doch glücklich sein und nicht ihrer Familie mit einem unmöglichen Verhalten das Leben vermiesen!«

»Ich sage ja auch nicht, dass es richtig ist, was sie da

macht. Aber das muss ja einen Grund haben. Vielleicht hat sie das Gefühl, man sieht sie nicht mehr, als sei sie nur ein lästiges Anhängsel, das niemand mehr haben will und für das sich keiner mehr interessiert?«

»Ach was!« Karl winkte ab, doch Kathi sah ihm an, dass er anfing, über ihre Worte nachzudenken.

»Ich kann mir vorstellen, dass Irene Angst vor dem Älterwerden hat und sich einsam fühlt. Deswegen benimmt sie sich wie ein Kind, das sich nach Aufmerksamkeit sehnt.«

»Hmm«, brummte Karl und fuhr sich mit den Fingern durchs Haar.

»Womöglich liege ich aber auch völlig falsch«, gab Kathi zu. »Das war nur so eine Überlegung.«

Karl sagte darauf nichts. Vielleicht hätte sie sich gar nicht einmischen sollen. Schließlich war Karl ihr Chef und nicht etwa eine Freundin, der sie einen Ratschlag geben konnte. Was hatte sie sich nur dabei gedacht?

»Es war völlig richtig, Kathi«, sagte Angelo, der offenbar ihre Gedanken erraten hatte, und nickte ihr mit einem warmen Lächeln zu.

»Möchtest du vielleicht noch einen Espresso, Karl? Oder einen Latte?«, fragte Kathi auf dem Weg zur Tür.

»Nein danke, Kathi ... Falls, also falls das stimmt, was du vermutest – dann wäre es tatsächlich eine Erklärung für vieles«, murmelte Karl nachdenklich.

»Ich weiß, das macht es nicht unbedingt einfacher, ihr Verhalten zu ertragen. Aber wenn man versteht, warum sie sich so unmöglich benimmt, kann man vielleicht versuchen, ihr zu helfen.«

»Ich werde mit meiner Frau darüber sprechen. Danke, Kathi«, sagte er.

Sie nickte nur.

»Ach ja, Karl ... Cindy müsste bald kommen. Willst du hier im Büro mit ihr reden oder im Besprechungszimmer?«

Karl schnaubte.

»Ach du liebe Güte. Die kommt ja auch noch heute! Aber dann hab ich es wenigstens hinter mir. Schick sie ins Besprechungszimmer, wenn sie da ist, und gib mir Bescheid.«

»Mache ich.«

»Das mit Irene hast du wirklich gut gemacht«, sagte Angelo anerkennend zu Kathi, als sie wieder an ihrem Schreibtisch saß.

»Denkst du, es bringt etwas?«, fragte sie leise.

»Ich denke, du hast ihm auf jeden Fall seine Wut genommen. Und wenn er mit seiner Frau darüber spricht, findet sich ja vielleicht eine Möglichkeit für ein anderes Miteinander.«

»Das hoffe ... «

Sie konnte nicht weitersprechen, weil der für heute letzte Bewerber für die Stelle kam, den sie zu Sybille begleiten musste.

Kaum war sie am Schreibtisch zurück, kam dann auch noch Cindy.

»Hi!« Diesmal war das Model so unauffällig gekleidet, dass Kathi sie erst auf den zweiten Blick erkannte. Sie trug Jeans und ein graues Kapuzensweatshirt und hatte ihre langen Haare unter einer Wollmütze versteckt. Obwohl oder vielleicht gerade weil sie heute nicht geschminkt war, fand Kathi sie hübscher denn je.

»Hallo, Cindy.«

»Ach. Jos Lieblingstippse«, sagte sie und musterte Kathi von oben bis unten.

»Karl kommt gleich. Möchtest du was trinken? Kaffee? Tee? Wasser?«, fragte Kathi, ohne auf ihren Kommentar einzugehen, und ging voran in Richtung Besprechungszimmer.

»Sieh an, sieh an. Du hast ja abgenommen. Ziemlich viel sogar, würd ich sagen.«

Cindy war die Erste, der es bisher offenbar aufgefallen war und die sich dazu äußerte.

»Stimmt«, sagte Kathi und betrat das Besprechungszimmer.

»Respekt. Wirklich.«

»Danke.«

»Trotzdem – mach dir keine Hoffnungen. Es wird dir nicht gelingen, dass sich ein Mann wie Jonas ernsthaft für dich interessiert.« Sie sagte es in einem so zuckersüßen Tonfall, dass ihre Worte nur umso verletzender waren.

Kathi fühlte sich, als ob sie eine Ohrfeige bekommen hätte. Gleichzeitig hatte sie keine passende Antwort parat. Hilfe suchend schaute sie sich nach Angelo um, doch der war noch im Foyer und schien nichts mitbekommen zu haben.

Cindy warf ihre Tasche und die Jacke über einen Stuhl und setzte sich.

»Ich hätte gern Champagner.«

Kathi atmete einmal tief ein und aus.

»Klar!«

Sie war kaum zurück am Schreibtisch, da kam Stefan aus seinem Büro. Er sah zwar immer noch nicht sonderlich gut aus, allerdings wirkte er nicht mehr so niedergeschlagen wie vorhin.

»Ich hab meinen Vater angerufen«, begann er. »Wir werden heute Abend reden.«

»Gut«, sagte Kathi. »Sehr gut! Ich hoffe, es kommt wieder in Ordnung.« Aber vor allem hoffte sie, dass er wirklich daraus gelernt hatte und ihr nicht nur ein Theater vorspielte, weil es ihm gerade nicht gut ging.

»Wenn ich dir irgendeine Arbeit abnehmen kann?«, bot er an.

»Kannst du. In der Küche stapelt sich ein Berg Geschirr und die Belege für den Steuerberater gehören sortiert.«

Kathi und Angelo grinsten sich zufrieden zu, als Stefan auf die Küche zusteuerte.

Eine Dreiviertelstunde später verließ Karl das Besprechungszimmer mit hochrotem Kopf.

»Wie lief es?«, fragte Kathi.

»Frag nicht!«

»So schlimm?«

»Wie erwartet. Sie will noch mit dem restlichen Schampus ihren Ärger runterspülen, hat sie gesagt. Und danach bestell ihr bitte ein Taxi.«

»Mach ich.«

Kathi warf einen Blick auf die Uhr. Es war kurz vor eins. Spätestens in einer halben Stunde musste sie die Agentur verlassen, damit sie sich vor ihrem Termin noch zu Hause umziehen konnte.

Sybille kam aus ihrem Büro und legte ihr den Stapel mit den Bewerbungsmappen auf den Schreibtisch.

»Da sind diesmal einige äußerst gute Kandidaten dabei«, sagte sie. »Ich habe sogar zwei Favoriten.«

»Was bedeutet das für mich?«, fragte Kathi.

»Dass ich über Weihnachten gut über alles nachdenken und eine Lösung finden muss.«

»Hab ich denn überhaupt eine Chance?«, wollte Kathi wissen.

»Fragst du mich das ernsthaft?« Sybille sah Kathi mit einem seltsamen Blick an.

»Äh, ja.«

»Das finde ich sehr schade … Ich mach jetzt mal Mittag. Ist Karl schon fertig mit Cindy? Wir wollten essen gehen.«

»Ja … sie ist aber immer noch im Besprechungszimmer und telefoniert. Ich sag Karl Bescheid.«

Kathi tippte noch schnell eine letzte Mail für Sybille, bevor auch sie sich auf den Weg machen wollte, da hörte sie aus dem Besprechungszimmer ein Klirren.

Als sie nachschaute, stand Cindy neben dem Tisch, am Boden ein kaputtes Sektglas. Die Champagnerflasche war restlos geleert.

»Was ist denn passiert?«, fragte Kathi erschrocken.

»Was passiert ist?«, fragte das Model mit verwaschener Stimme. »Gar nichts! Bis auf die Tatsache, dass mir gerade ein großer Auftrag durch die Lappen ging und mein Freund nicht mehr zu mir zurück möchte.«

Das darf doch nicht wahr sein! Nicht noch jemand! Ich bin doch nicht die Psychotante in der Agentur. Für heute hatte sie wirklich genug mit den ganzen Problemfällen!

»Bin gleich wieder da«, sagte Kathi und verschwand kurz aus dem Raum, um Besen und Schaufel zu holen.

Als sie wieder zurückkam, saß Cindy wie ein Häufchen Elend am Tisch. Kathi kehrte rasch die Scherben auf und setzte sich dann neben das Model.

»Hör mal, das mit dem Auftrag der Bank ist echt blöd gelaufen«, begann Kathi, um sie irgendwie aufzumuntern. Scheinbar war das heute ihr Job. »Aber du bist doch sowieso total gefragt und kriegst überall neue Aufträge. Außerdem gibt es da ein anderes Projekt, und Karl will sich dafür einsetzen, dass du dabei bist.«

Cindy drehte den Kopf zu ihr.

»Ich hab ihn angerufen.«

»Wen?«

»Jo. Und weißt du was?«

Kathi schüttelte den Kopf.

»Er wollte nicht kommen. Erst als ich ihm sagte, dass ich hier in der Agentur bin.«

»Holt er dich ab?«

»Keine Ahnung.«

Cindy hatte eindeutig zu viel getrunken.

»Ich glaube, ein Kaffee würde dir jetzt guttun«, schlug Kathi vor.

»Dafür hast du keine Zeit. Du musst gleich los zu deinem Termin«, sagte Angelo, der in der Tür stand.

»Ich trinke keinen Kaffee. Davon bekomme ich schlechte Haut«, murmelte Cindy. »Hast du noch Schampus?«

Kathi schüttelte den Kopf.

»Nein. Und ich rufe dir jetzt ein Taxi«, sagte sie entschlossen.

»Du weißt ja gar nicht, wie gut du es hast«, murmelte das Model, ohne auf sie einzugehen.

»Ich?«

»Ja! Es ist schon der dritte Job in dieser Woche, den ich nicht bekomme. Dem einen war ich zu alt, dem anderen zu dick ...«, sagte sie mit einem Schluckauf.

»Du?«, rief Kathi. Das konnte doch echt nicht sein. Cindy war noch nicht mal vierundzwanzig und hatte bei knapp einem Meter achtzig Kleidergröße 34!

»Das hat mir dieser laufende Meter von Redakteur der Zeitschrift ins Gesicht gesagt ... und dieser notgeile Bankmensch will mich jetzt auch nicht mehr.« Sie sah Kathi an. »Ein richtiger Tag zum Feiern, oder?«, sagte sie bitter.

»Das ... das tut mir wirklich leid.«

»Das sollte es auch. Weil wegen dir ... wegen dir will Jo es nicht noch einmal mit mir versuchen.«

»Wegen mir?« Kathi sah sie verblüfft an. Das sagte Cindy sicher nur, weil sie betrunken war.

Plötzlich kullerten Tränen über Cindys blasse Wangen.

»Und weißt du was? An seiner Stelle wäre ich auch lieber mit einer Frau wie dir zusammen als mit einer wie mir!

Seit ich siebzehn bin, mach ich nichts anderes mehr, als mein Gesicht und meinen Körper vor irgendeine Kamera zu halten.«

Sie schniefte. Kathi holte ein Kleenex aus einer Box und reichte es ihr. Cindy schnäuzte geräuschvoll.

»Kathi! Wenn du nicht gleich gehst, dann schaffst du es nicht mehr rechtzeitig zum Termin«, mahnte Angelo ein weiteres Mal.

Kathi sah zwischen ihm und Cindy hin und her.

»Hör mal Cindy«, begann sie vorsichtig. »Du hältst gewiss nicht nur dein Gesicht und deinen Körper vor die Kamera, da hängt schon noch viel mehr dran. Ich finde, dass du einen großartigen Job machst. Und auch, wenn er dir vielleicht jetzt momentan nicht so viel Freude macht, darfst du deswegen nicht gleich an dir selbst zweifeln. Das ist doch Unsinn! Außerdem bist du jung genug, auch noch was völlig Neues anzupacken. Dir stehen doch alle Möglichkeiten offen.«

»Meinst du ... meinst du das ehrlich?«, fragte Cindy staunend.

»Auf jeden Fall!«, beteuerte Kathi. Und sie meinte es auch wirklich so.

Vielleicht sollte ich tatsächlich Psychologie studieren und eine Praxis aufmachen? Bedarf scheint es ja ordentlich zu geben.

»Ich glaub, so hat noch nie jemand mit mir gesprochen«, sagte sie heulend. »Die meisten Leute trauen mir überhaupt nichts anderes zu.«

»Dann musst du denen das Gegenteil beweisen. Cindy,

ich würde dir wirklich gern weiter zuhören, aber ich muss ganz dringend weg.«

Da packte Cindy sie am Arm und hielt sie fest.

»Bitte lass mich jetzt nicht allein«, bat sie schniefend.

Was sollte Kathi denn jetzt nur machen? Cindy ging es ganz offensichtlich nicht gut. Sie konnte sie doch jetzt nicht hier einfach so sitzen lassen.

»Na gut. Du kommst jetzt einfach mit mir mit, Cindy.«

»Echt?« Cindy sah sie völlig überrascht an. »Du nimmst mich mit?«

»Ob das eine gute Idee ist?«, fragte Angelo.

»Ja«, antwortete sie beiden. Eine andere Lösung fiel Kathi im Moment nicht ein.

»Wohin?«

»Das sag ich dir unterwegs«, meinte Kathi. »Jetzt komm.«

Kathi bestellte ein Taxi, das wenige Minuten später vor der Eingangstür stand. Inzwischen hatte sich der Himmel zugezogen und ein eiskalter Wind blies ihnen ins Gesicht, als sie aus der Tür traten. Sie waren kaum losgefahren, da begann es von einer Sekunde auf die andere heftig zu schneien.

»Was ist das denn jetzt?«, fragte der Taxifahrer und schaltete den Scheibenwischer auf die schnellstmögliche Funktion. »Für heute war doch überhaupt kein Schnee vorhergesagt.«

Während sie zu Kathis Wohnung unterwegs waren, schüttete Cindy Kathi weiter ihr Herz aus.

»Ich sollte wirklich was anderes machen. Weil ich es

so satthabe, dass ich immer nur toll aussehen muss. Und weißt du, was das Schlimmste ist?«

»Was denn?«

»Dass ich immer Hunger habe.«

Kathi hatte inzwischen richtiges Mitleid mit der blonden Schönheit. Dabei hätte sie noch vor wenigen Stunden einiges darauf verwettet, dass Cindy im Gegensatz zu Kathi total glücklich sein musste. Sie war reich, bildschön, schlank – Männer lagen ihr zu Füßen, und sie kam in der ganzen Welt herum.

»Was würdest du denn gern machen?«, fragte Kathi, plötzlich neugierig geworden.

»Am liebsten würde ich mein Abitur nachholen und Tiermedizin studieren«, sagte Cindy wie aus der Pistole geschossen.

»Du willst Tierärztin werden?«

»Ja. Das wollte ich schon als kleines Mädchen«, gestand Cindy.

»Und warum hast du das nicht gemacht?«

Cindy zuckte mit den Schultern.

»Irgendwann hab ich das wohl vergessen«, sagte sie leise.

»Aber es ist doch noch nicht zu spät dafür«, sagte Kathi, als sie vor ihrer Wohnung angekommen waren. »Bitte warten Sie hier«, sagte sie zum Taxifahrer. »Und du bleibst inzwischen sitzen. Ich bin gleich wieder da.«

Sie warf einen eindringlichen Blick zu Angelo, der ihm bedeuten sollte, ebenfalls hierzubleiben. Es war ihr wohler, Cindy nicht allein zu wissen, auch wenn Angelo nicht eingreifen konnte, falls sie irgendwelchen Unsinn anstellte.

Sie hastete in den vierten Stock. Kaum hatte sie die Wohnungstür geöffnet, zog der Duft von Vanille, weihnachtlichen Gewürzen und Schokolade in ihre Nase.

Was war das denn? Sie öffnete die Küchentür und staunte nicht schlecht. Im Ofen war ein Schokoladenkuchen, wie ihre Mutter ihn immer vor Weihnachten buk. Irritiert sah sie sich um und ging ins Wohnzimmer.

»Überraschung!«, riefen Erika und Lotte.

Die beiden saßen neben dem Vogelkäfig am Tisch, tranken Tee aus Kathis japanischem Geschirr und grinsten ihr fröhlich entgegen.

»Mama? Tante Lotte? Was macht ihr denn schon hier? Ihr solltet doch erst am Sonntag kommen.«

Erika stand auf und umarmte ihre Tochter fest.

»Ich hab ja deinen Schlüssel. Weißt du, wir hatten genug von dieser Karibik-Odyssee!«, sagte sie. »Und als ich deine Nachricht auf der Mailbox hörte, wollte ich einfach nur noch nach Hause. Und da gab es einen ziemlich günstigen Flug, den wir genommen haben, und jetzt bin ich . . .«

»Mama, ich freu mich total, dass ihr hier seid, aber es tut mir echt leid, ich bin ganz schrecklich in Eile«, unterbrach Kathi ihre Mutter.

»Wir haben extra Kuchen für dich gebacken.«

»Das ist total lieb. Und wenn ich zurück bin, dann essen wir ihn, ja?«, sagte Kathi schnell. Auch wenn sie nach dem Termin eigentlich wieder zurück in die Agentur sollte. Irgendwas würde ihr schon einfallen.

»Aber Kathi…«

»Du siehst doch, dass sie in Eile ist, Erika. Wir haben jede Menge Zeit und warten einfach, bis Kathi wieder da ist«, schlug Lotte vor.

»Danke, Tante Lotte!«

Kathi beeilte sich, ins Schlafzimmer zu kommen, um sich umzuziehen.

»Und was ist das überhaupt für ein Vogel bei Hansi im Käfig?«, rief Erika ihr nach.

»Das ist Lilli!… Herr Pham hat sie gebracht. Ach, erklär ich euch später.«

In Rekordtempo zog Kathi sich um, bürstete durch ihre Haare und trug etwas Lippenstift auf.

Dann ging sie ins Wohnzimmer.

»Kann ich so gehen?«, fragte sie.

»Hast du eine Verabredung?«, wollte ihre Mutter wissen.

»Nein. Ein Bewerbungsgespräch. Erklär ich euch auch später«, fügte sie hinzu, als sie die überraschten Gesichter der beiden sah.

»Du siehst sehr hübsch aus, Kathi«, sagte Tante Lotte.

»Du hast abgenommen«, stellte Erika in einem Tonfall fest, bei dem Kathi nicht wusste, ob das nun ein Kompliment oder ein Vorwurf war, weil sie in ihrer Abwesenheit nicht genug gegessen hatte und sie sich somit bestätigt sah, dass sie Kathi einfach nicht allein lassen konnte. Jetzt war keine Zeit, das aufzuklären.

»Drückt mir bitte ganz fest die Daumen!«

»Machen wir«, sagten beide unisono.

»Danke!«

Kathi ging in den Flur und schlüpfte in ihre Stiefel und den Mantel.

»Ich freue mich, dass ihr wieder zurück seid«, rief sie ins Wohnzimmer und schnappte sich ihre Handtasche und den Schlüsselbund. »Fühlt euch wie zu Hause. Bis dann!« Damit eilte sie wieder nach unten.

In den wenigen Minuten, die sie im Haus gewesen war, hatte es mehrere Zentimeter geschneit. Vorsichtig ging sie zum Taxi und stieg ein.

»Na endlich!«, riefen Angelo und Cindy gleichzeitig.

»Ich weiß nicht, ob wir das überhaupt noch schaffen können«, sagte Angelo.

»Tut mir leid, aber meine Mutter und Tante Lotte sind überraschend früher zurückgekommen«, erklärte Kathi.

»Deine Mutter ist schon zurück?«, fragte Angelo und sah sie völlig überrascht an.

Kathi nickte.

»Wundert mich, dass du das nicht wusstest«, sagte sie.

»Hä? Woher sollte ich das denn wissen?«, fragte Cindy.

Kathi drückte sich um eine Antwort und wandte sich an den Fahrer. »Fahren Sie bitte so schnell wie möglich zum Bayerischen Hof!«

»Mit schnell geht da heut mal gar nichts«, sagte dieser, während er im Zeitlupentempo aus der Parklücke fuhr.

»Was machst du denn bitte im Bayerischen Hof?«, fragte Cindy. »Müssen wir jemanden abholen?«

»Nein. Ich hab dort einen Termin. Der ist ziemlich wichtig für mich. Du kannst dann entweder mit dem Taxi weiter zu dir nach Hause fahren, oder du musst in der Lobby des Hotels auf mich warten.«

»Beides nicht sehr verlockend«, murmelte Cindy. »Außerdem hab ich in München kein Zuhause, sondern nur ein Hotelzimmer.«

»Aber doch nicht über die Feiertage, oder?«

»Doch. Ich bin für morgen und am ersten Weihnachtsfeiertag für Privatfeiern gebucht. Deswegen kann ich Weihnachten nicht zu meinen Eltern. Armselig, oder?«

Kathi sah das Model an. Sie wirkte mit einem Mal viel jünger, als sie war. Und sehr, sehr einsam.

»Wenn du magst, kannst du inzwischen zu mir fahren«, bot sie ihr deswegen spontan an und war selbst überrascht. Schließlich hatte sich das Model ihr gegenüber bisher nicht durch einen Ausbund an Liebenswürdigkeit und Entgegenkommen hervorgetan.

»Du würdest mich echt in deine Wohnung lassen?«, fragte Cindy ebenfalls verblüfft. »Einfach so?«

Kathi überlegte kurz. *Gute Frage.* Sie hoffte, dass das Model dort nichts anstellen würde. Aber ihre Mutter und Lotte würden schon auf sie aufpassen. Und irgendwie hatte sie das Gefühl, dass man Cindy immer noch nicht allein lassen konnte.

»Du musst in den vierten Stock. Am Türschild steht Kathi Vollmer. Sag meiner Mutter einfach, dass du dort auf mich wartest.«

»Danke.«

»Schon gut.«

Unterdessen waren sie an ihrem Ziel angekommen.

Kathi drückte dem Fahrer fünfzig Euro in die Hand. »Reicht das auch für noch mal zurück zu meiner Wohnung?«, fragte sie.

»Dürfte sich ausgehen«, meinte der Fahrer.

»Gut. Falls es zu viel ist, der Rest ist Trinkgeld.«

»Kathi! Es ist schon kurz nach fünfzehn Uhr!«, drängte Angelo.

»Ich komme ja schon.«

Cindy und der Fahrer sahen sie verwundert an.

»Ich meine, ich geh dann mal. Bis dann.«

Sie stieg aus dem Wagen.

»Hey! Ich wünsch dir Glück für deinen Termin«, rief Cindy ihr hinterher.

»Kann ich gut gebrauchen.« Sie schlug die Wagentür zu. Gleich darauf fuhr das Taxi los.

Schneeflocken, dick wie kleine Daunenfedern, schwebten auf sie herab.

»Hoffentlich geht das jetzt gut«, sagte sie zu Angelo.

Er nickte ihr aufmunternd zu. Dann beeilte sie sich, ins Hotel zu kommen.

Kapitel 27

9. Januar 1990

*D*er Tag ihrer Abreise rückte immer näher. Am 12. Januar
wollten Angelo und seine Freunde in Richtung Süden
aufbrechen. Und obwohl er sich schon sehr auf diese lang
ersehnte Reise und seine Familie in Sizilien freute, war der
Gedanke, sich von Erika verabschieden zu müssen, inzwischen
immer bedrückender geworden.

Seit Weihnachten hatten sie sich fast täglich gesehen, auch
wenn es manchmal nur einige Minuten gewesen waren. Dafür
telefonierten die beiden, wann immer es möglich war.

Erika mit ihrer erfrischend direkten Art verzauberte ihn
jeden Tag mehr, und er fragte sich immer öfter, ob es nicht ein
Fehler war abzureisen.

»Angelo!« Wolf riss ihn aus seinen Gedanken. »Ich brauch
den Schraubendreher!«

Er reichte ihm das gewünschte Werkzeug, mit dem er den
Dachgepäckträger am VW-Bus befestigte.

»Brauchst du mich dann noch?«, fragte Angelo. »Erika
hat sich heute Nachmittag freigenommen, und ich möchte so
bald wie möglich los zu ihr.«

»Das artet ja ganz schön in Stress aus, mit dieser Erika. Ich dachte, du wolltest vorerst nichts Festes mehr«, sagte Wolf und wischte sich die ölverschmierten Hände an einem Lappen ab.

»Ist es ja auch nicht«, sagte Angelo.

Wolf warf ihm einen zweifelnden Blick zu.

»Na schön«, gab er zu, »das mit Erika ist mehr, als ich eigentlich wollte.«

»Aber du wirst doch jetzt nicht unseren Plan über den Haufen werfen und hierbleiben?«, fragte Wolf. »Davon träumen wir schon ewig, Kumpel.«

»Nein«, sagte Angelo rasch. »Natürlich fahren wir.«

»Gut, denn ich habe jetzt extra ein gut bezahltes Jobangebot abgelehnt. Und Jana will über die Zeit in Italien einen Reisebericht für ein Magazin schreiben.«

»Notfalls könntet ihr auch allein fahren«, rutschte es Angelo heraus.

»Genau. Mit dem Wagen deines Onkels. Und dann leben wir bei deiner Familie in Sizilien ohne dich, oder was? Mach bloß keinen Scheiß, Angelo. Wir haben eine Abmachung.«

»Ist ja schon gut. Ich komme doch mit«, sagte Angelo ein wenig genervt über den Tonfall seines Freundes. Bisher hatte er seine Versprechen noch immer gehalten.

»Das will ich aber auch hoffen. Schließlich muss eine Freundschaft seit dem Kindergarten mehr bedeuten als eine Frau, die du eben mal ein paar Wochen kennst.«

Während der Zugfahrt zu Erika dachte Angelo über das Gespräch mit Wolf nach. Natürlich konnte er verstehen, wie wichtig es seinem Kumpel war, dass er dabei war. Er wollte es ja selbst, und doch überlegte ein anderer Teil in ihm tatsächlich hierzubleiben bei Erika, um herauszufinden, ob eine Beziehung mit ihr eine Chance hatte. Andererseits – falls ihre Gefühle ähnlich wie bei ihm waren, waren drei Monate auch keine Ewigkeit. Allerdings irritierte es Angelo, dass Erika noch niemals ausgesprochen hatte, was sie für ihn empfand.

Wie immer holte sie ihn am Bahnhof ab. Am Tag vorher hatte es heftige Schneefälle gegeben, und der kleine Ort lag tief verschneit vor ihnen.

»Hast du Lust, noch ein wenig spazieren zu gehen?«, fragte Erika.

»Gern.«

Der Schnee knirschte unter ihren Füßen, als sie einen Feldweg entlangmarschierten. Sie war ein wenig blass um die Nase und schien heute stiller zu sein als sonst.

»Geht es dir gut, Erika?«, fragte er.

»Ja.« Sie nickte. Doch das stimmte ganz und gar nicht. Erika hatte sich die halbe Nacht schlaflos im Bett von einer Seite auf die andere gedreht. Sie versuchte jedoch, sich nicht anmerken zu lassen, wie sehr es sie belastete, dass er bald nicht mehr hier sein würde. Schließlich hatte sie sich darauf eingelassen. Und da gab es auch noch etwas anderes, das sie beschäftigte. Aber darüber konnte sie jetzt nicht mit ihm reden.

»Wann genau fahrt ihr denn los?«, fragte sie, und es war das erste Mal seit Tagen, dass sie überhaupt von sich aus davon sprach.

»Am Freitag in der Früh«, antwortete Angelo. Nur noch drei Tage!

Er legte einen Arm um ihre Schultern und blieb stehen.

»Erika...?«

»Ja?« Sie sah ihn aus ihren violetten Augen an, die er sicher bis an sein Lebensende nicht vergessen würde.

»Ich weiß, drei Monate sind eine relativ lange Zeit, aber denkst du, ich meine, hättest du Lust, dass wir uns danach wiedersehen?«

»Wirst du denn danach zurückkommen?«, stellte sie gleich die Gegenfrage.

»Das kommt darauf an, ob hier jemand auf mich wartet«, sagte er leise.

»Angelo, woher weiß ich, dass du es dir dort nicht vielleicht anders überlegst? Du hast von Anfang an gesagt, dass du keine feste Sache willst. Ich habe mich darauf eingelassen, weil... weil ich dich spannend fand und... und ich mich zu dir hingezogen fühle.«

Es war das erste Mal, dass sie das zugab. »Aber ich möchte nicht, dass du dich mir gegenüber verpflichtet fühlst«, fuhr sie fort.

Er nickte.

»Stimmt. Das habe ich am Anfang gesagt. Aber je länger ich dich kenne, desto wichtiger wirst du für mich, Erika. Wenn du das auch willst, dann möchte ich dich wiedersehen.«

Er zog sie an sich und küsste sie zärtlich.

»Bedeute ich dir denn überhaupt was?«, fragte er, nachdem sie sich wieder voneinander gelöst hatten.

»Musst du das wirklich fragen?«

Er lächelte.

»Es schadet manchmal nicht, wenn man es ausspricht«, sagte er.

»Natürlich tust du das, Angelo. Aber ich habe bisher versucht, mich nicht allzu sehr in Gefühlen zu verstricken, damit ich dich gehen lassen kann.«

»Vielleicht muss man aber auch manchmal ein Risiko im Leben eingehen«, sagte er.

Sie sah ihn ein paar Sekunden lang an, dann ging sie wortlos weiter. Er folgte ihr.

Natürlich konnte er verstehen, was sie meinte. Er hatte ihr nie etwas versprochen, deswegen schien sie sich und ihre Gefühle schützen zu müssen. Vielleicht war es auch gut so, damit sie ihn nicht zu sehr vermisste, wenn er weg war. Da beide nicht wussten, wie es ihnen in den nächsten drei Monaten ergehen würde, scheuten sie sich davor, über ihre wahren Gefühl zu sprechen. Die magischen drei Worte – keiner der beiden sprach sie aus.

Sie gingen zurück zu ihrem Haus. Während Angelo den Kachelofen anheizte, kochte Erika Schweinelendchen Hawaii mit Reis. Doch beide hatten keinen allzu großen Appetit.

»Gehen wir schlafen?«, schlug Angelo vor, nachdem er sie schon mehrmals dabei ertappt hatte, wie sie ein Gähnen unterdrücken wollte.

Sie nickte.

Es war die letzte Nacht, die sie vorerst miteinander verbringen würden. Sie war zärtlich und intensiv, aber vor allem bittersüß und fühlte sich nach Abschied an.

Am nächsten Morgen fuhren sie gemeinsam nach München. Mit jeder Stunde, die sich seine Abreise näherte, fühlte sich jede Minute, die sie gemeinsam verbrachten, kostbarer an.

»Wir sehen uns später«, sagte er.

»Ja. Wir sehen uns später«, wiederholte sie. Er schlang die Arme um sie und drückte Erika fest an sich. Und dann küssten sie sich zum Abschied.

Als Angelo am Mittag vor dem Geschäft auf sie wartete, kam eine ihrer Kolleginnen heraus und richtete ihm aus, dass Erika sich am Vormittag nicht wohlgefühlt hatte und wieder nach Hause gefahren war.

Besorgt rief er bei ihr daheim an, doch sie ging nicht ans Telefon. Sicher gab es eine harmlose Erklärung dafür, versuchte er sich zu beruhigen. Doch als er sie am Abend immer noch nicht erreicht hatte, war er vor Sorge fast außer sich.

»Jetzt mach dich doch nicht verrückt!«, versuchte Wolf seinen Freund zu beruhigen. »Sie ist vielleicht einfach nur unterwegs.«

Und auch Jana, die den vorletzten Abend in München mit ihnen in der Pizzeria verbrachte, redete Angelo gut zu.

»Dafür gibt es sicher eine ganz einfache Erklärung«, sagte sie.

Er versuchte es ein weiteres Mal. Und endlich ging sie an den Apparat.

»Erika!«, rief er ins Telefon. »Was ist denn los? Geht es dir gut?«

»Ja. Mach dir keine Sorgen«, sagte sie.

»Deine Kollegin sagte, dass du dich nicht wohlgefühlt hast.«

»Das stimmt. Ich war auch beim Arzt. Aber es ist nichts. Wirklich.«

Doch so ganz nahm er ihr das nicht ab. Sie hörte sich erschöpft an.

»Was hat der Arzt denn gesagt?«

»Es war offenbar nur ein kleiner Schwächeanfall. Die letzten Wochen waren doch sehr aufregend, und mir fehlt einiges an Schlaf«, erklärte sie. »Wie du selbst am besten wissen müsstest«, setzte sie dann noch scherzhaft hinzu.

»Bitte pass gut auf dich auf, ja!«

»Ich verspreche es dir.«

»Soll ich zu dir kommen?«

»Du musst doch arbeiten. Außerdem werde ich heute ganz früh schlafen gehen.«

»Sehr vernünftig. Wir sehen uns aber morgen noch?«, fragte er, etwas besorgt, dass er sich womöglich gar nicht mehr persönlich von ihr verabschieden konnte.

»Natürlich. Am Mittag?«

»Was hältst du davon, wenn du hierherkommst«, schlug Angelo spontan vor. »Es wird Zeit, dass ich dich vor der Abfahrt noch meinen Freunden und meiner Familie vorstelle. Sie werden sich freuen, dich endlich kennenzulernen.«

Er konnte in diesem Moment gar nicht nachvollziehen, warum er das nicht schon früher gemacht hatte. Aber vielleicht hatte er sie einfach für sich allein haben wollen.

Ein paar Sekunden lang war es still in der Leitung.

»Erika?«

»Willst du das wirklich?«, fragte sie leise.

»Ja. Das will ich wirklich. Komm einfach während deiner

Pause hier vorbei. Du bekommst auch was Leckeres zu essen«, versprach er.

»Gut. Vielleicht kann ich ein wenig früher Pause machen. Dann komme ich. Bis morgen, Angelo.«

»Bis morgen, Erika! Und schlaf gut.«

»Du auch.«

»Ich werde von dir träumen.«

Als er sich umdrehte, standen Wolf und Jana hinter ihm.

»Du bist ja total verschossen in die Frau«, sagte Wolf und klang irgendwie nicht sonderlich begeistert.

»Na ja ... Ich muss gestehen, ich mag sie wirklich sehr«, gab er zu.

»Lass ihn doch!«, sagte Jana.

»Ich will nur nicht, dass unsere Reise gefährdet ist«, brummte Wolf.

»Ist sie nicht. Und es sieht so aus, als ob ich ihr inzwischen auch etwas bedeute und sie auf mich warten möchte, bis ich wieder zurück bin.«

»Dann bin ich ja jetzt echt schon mal gespannt auf deine Erika«, sagte Jana.

Am nächsten Vormittag war alles wie verhext. Angelo wollte nach dem Packen eigentlich in einen kleinen Schmuckladen gehen und dort einen Ring für Erika kaufen, den er im Schaufenster gesehen hatte. Es sollte sein Abschiedsgeschenk sein, mit dem Versprechen, dass er ganz bestimmt zu ihr zurückkommen würde. Doch gerade als er loswollte, rief die Schule seiner Cousine an, dass sie auf dem Pausenhof gestürzt war und jemand sie abholen musste. Tante Chiara war in heller Aufregung, und da sie keinen Führerschein hatte und ihr Mann beim Einkaufen im Großmarkt war, bat sie Angelo, mit ihr zur Schule zu fahren. Die Platzwunde am Kopf war so tief, dass sie genäht werden musste. Angelo saß die ganze Zeit wie auf Kohlen, er wollte Erika auf keinen Fall verpassen. Es war weit nach Mittag, als sie endlich zurückkamen. Tante Chiara packte ihre Tochter in die Wohnung und eilte dann gleich in die Restaurantküche nach unten.

»Endlich«, sagte Wolf mit seltsam kratziger Stimme. »Gut, dass Jana da war und aushelfen konnte.«

»War Erika schon da?«, fragte Angelo.

Wolf nickte.

Mist! Er hatte sie tatsächlich verpasst.

»Hat sie eine Nachricht hinterlassen. Kommt sie später noch mal?«

Er schüttelte den Kopf. Jana kam aus der Küche heraus und sah ihn mit einem mitfühlenden Blick an.

»Was ist denn los?«, fragte er beunruhigt.

»Sie hat mir das hier für dich gegeben.«

Wolf reichte ihm ein einfaches weißes Kuvert ohne Aufschrift. Hastig öffnete er es und erstarrte.

Kein Brief, nur ein Bild. Es war das Foto vom Olympiaturm, das Kathi hatte nachmachen lassen. Und es war in der Mitte auseinandergerissen.

»Was hat sie denn gesagt?«, fragte er heiser.

»Nichts. Nur dass du schon verstehen würdest, was das bedeutet.«

Er starrte immer noch auf das zerrissene Foto und konnte es nicht fassen. Deutlicher konnte man es nicht ausdrücken, dass es vorbei war. Aber das durfte einfach nicht sein. Noch gestern war doch alles gut gewesen!

»Ich muss zu ihr und mit ihr reden!«, sagte Angelo.

Doch Wolf schüttelte den Kopf.

»Das wirst du auf keinen Fall, Angelo.«

Jana kam zu ihm und legte einen Arm auf seine Schultern.

»Bitte Angelo, tu dir das nicht an.«

»Aber so ist Erika nicht«, sagte er aufgebracht. »Sie würde nicht auf diese Weise Schluss machen.«

»Kennst du sie denn wirklich so gut?« Wolf sah ihn ernst an.

»Ich denke schon.«

»Vielleicht will sie einfach nicht so lange auf dich warten«, warf Jana behutsam ein. »Und es fällt ihr so leichter.«

»Das glaube ich nicht«, sagte er. Doch inzwischen kamen auch ihm Zweifel. Kannte er sie wirklich gut genug, um sie einschätzen zu können.

»Hör zu Kumpel, ich wollte es dir eigentlich nicht sagen. Aber diese Erika – sie hatte ein ziemlich bestimmendes Auftreten, als sie kam. Und sie war sehr deutlich. Sie bat uns, dir das Kuvert zu geben. Und du sollst es akzeptieren und es dabei bewenden lassen.«

Tränen brannten in seinen Augen, aber er wollte sich vor seinen Freunden keine Blöße geben.

Wie hatte er sich nur so sehr in Erika täuschen können?

»Was hältst du davon, wenn wir gleich heute Abend noch aufbrechen? Hier hält uns doch nichts mehr«, schlug Wolf plötzlich vor.

»Wir haben doch schon das meiste gepackt. Jana kann hier

noch für dich im Mittagsservice einspringen, während wir beide das Fahrzeug beladen.«

Angelo sah Wolf ein paar Sekunden lang an. Dann nickte er entschlossen.

»Du hast recht, Wolf. Lasst uns heute noch losfahren!«, sagte er und warf das Foto in den Mülleimer.

Kapitel 28

Kathi hatte sich um exakt vierzehn Minuten verspätet. »Mein Name ist Katharina Vollmer, ich habe einen Termin bei Frau Rose«, meldete sie sich an der Rezeption an.

»Moment.« Während der junge Mann mit den strohblonden Haaren in seinen Computer sah, schaute Kathi sich um. Die Hotelhalle war dezent weihnachtlich geschmückt und strahlte eine warme Eleganz aus.

»Der Termin bei Frau Rose war um 15 Uhr?«, vergewisserte sich der Mann.

»Äh ja ... Aber wir kamen leider nicht so schnell voran wegen des Schnees«, erklärte Kathi, der die Verspätung peinlich war. Normalerweise war sie immer darauf bedacht, pünktlich zu sein.

»Moment, ich frag mal nach.«

Während der Mann telefonierte, ging Kathi nervös auf und ab.

Angelo stand nur da und schien ins Leere zu starren.

»Ist irgendwas?«, fragte sie Angelo leise. Seit der Taxifahrt war er ungewöhnlich still.

»Was soll denn sein?«

»Ich merke dir an, dass irgendetwas nicht stimmt.«

»Es stimmt alles ... Aber weißt du Kathi, es könnte sein, dass ...«

»Sie werden gleich abgeholt«, informierte sie der junge Mann freundlich.

»Danke«, sagte Kathi.

In diesem Moment überfiel sie die Aufregung, und sie begann zu schwitzen. Was für ein Teufel hatte sie nur geritten, sich bei Frau Rose zu bewerben? Sie, die Sekretärin, die sich alles, was man für einen Job in der Werbebranche benötigte, mehr oder weniger selbst beigebracht hatte.

»Es wird doch alles gut gehen, Angelo? Oder?«, murmelte sie, von der Rezeption abgewandt und schlüpfte aus ihrem Mantel.

»Ganz bestimmt, Kathi. Du hast ja gar nichts zu verlieren, oder? Deine Stelle in der Agentur Wunder hast du auf jeden Fall. Bleib jetzt einfach nur ganz ruhig.«

Ruhig bleiben? Das hörte sich im Moment für sie einfacher an, als es war.

»Was wolltest du mir vorhin noch sagen?«, fragte sie den Engel.

Angelo sah sie einige Sekunden nur an. Dann sagte er: »Ach, ich glaube, es ist besser, wir lassen jetzt alles so kommen, wie es kommen muss.«

Bei seinen Worten spürte Kathi ein seltsames Kribbeln im Nacken.

»Was meinst du damit?«, fragte sie alarmiert.

»Frau Vollmer?«

Sie drehte sich um. Hinter ihr war eine brünette Frau

mit ultrakurzem Haarschnitt aufgetaucht, die einen grauen Hosenanzug trug. Ihr Alter konnte Kathi schwer schätzen. Von Mitte dreißig bis gut erhaltene Mitte fünfzig konnte alles möglich sein.

»Mein Name ist Tina Lewanski. Wir haben telefoniert«, sagte sie.

Sie schüttelten sich die Hände. Blitzschnell überlegte Kathi, ob sie sich für ihr Zuspätkommen entschuldigen oder das Thema jetzt einfach auf sich beruhen lassen sollte. Sie entschied sich für Letzteres.

»Ich freue mich sehr über die Einladung zum Gespräch«, sagte sie stattdessen.

»Schön. Dann folgen Sie mir bitte.«

Sie fuhren mit dem Aufzug nach oben, und Kathis Nervosität steigerte sich mit jedem Herzschlag.

Frau Lewanski schien kein sonderlich gesprächiger Typ zu sein. Bis sie vor der Tür der Suite standen, hatte sie kein Wort mehr gesprochen. Sie deutete auf einen von zwei Stühlen, die neben der Tür standen.

»Bitte nehmen Sie Platz, Sie werden gleich hereingebeten.«

Dann verschwand sie im Zimmer.

»Hoffentlich kommen Cindy und meine Mutter zu Hause klar«, sagte Kathi, um sich von dem bevorstehenden Gespräch abzulenken.

»Das wird schon«, meinte Angelo. »Lotte ist ja auch noch dort.«

Plötzlich hörte sie ein Brummen aus ihrer Handtasche. Das Handy! Sie hatte es auf Vibrationsalarm gestellt.

Obwohl man sie jeden Moment ins Zimmer bitten konnte, holte sie das Handy heraus. *Jonas!*

»Ja, hallo?«, sagte sie leise.

»Kathi, endlich erreich ich dich. Ich hab's schon ein paarmal versucht.«

»Das habe ich leider nicht mitbekommen. Ich war unterwegs. Hör mal, ich hab gleich einen Termin, und es kann sein, dass ich ganz schnell auflegen muss.«

»Okay. Sag mal, weißt du, wo Cindy ist? Ich bin in der Agentur, weil sie mich von hier aus angerufen hat und ziemlich seltsam klang. Aber sie ist nicht mehr dort. Und sie geht auch nicht an ihr Handy.«

»Ich hab sie mitgenommen. Sie ist jetzt in meiner Wohnung. Mach dir keine Sorgen.«

»Sie ist bei dir?«, fragte er überrascht. »Bitte gib sie mir doch mal?«

»Das geht nicht, ich bin im Moment nicht da.«

»Ach so …«, sagte er, etwas irritiert. »Hey, ich weiß, wie anstrengend sie sein kann. Am besten hol ich sie bei dir ab.«

»Das musst du nicht. Wirklich. Ich melde mich bei dir, wenn ich wieder zurück bin.«

In diesem Moment ging die Tür auf.

»Muss aufhören!«, murmelte sie. Sie schaltete das Handy ganz schnell aus und warf es in die Tasche.

»Frau Rose ist jetzt so weit.« Tina Lewanski führte sie ins Zimmer.

Kathi versuchte, sich nicht anmerken lassen, wie nervös und wie beeindruckt sie gleichzeitig war. Das war wirklich ein ungewöhnlicher Rahmen für ein Bewerbungsgespräch. Der in warmen Erdfarben gestaltete Raum war mit gemütlichen Möbeln im Kolonialstil eingerichtet. Auf dem Sofa saß eine sehr elegant gekleidete schwarzhaarige Frau in den Vierzigern in einem hellgrünen Kostüm, die schlanken Beine lässig übereinandergeschlagen. Genau so hatte sich Kathi die legendäre Frau Rose vorgestellt.

Auf dem Tisch vor ihr lagen Kathis Bewerbungsunterlagen.

Ihr Mund war trocken. Sie warf einen kurzen Blick zu Angelo, der ihr zunickte. *Jetzt oder nie!*

»Guten Tag, Frau Rose«, sagte sie und ging auf die Frau auf dem Sofa zu.

»Guten Tag, Frau Vollmer«, sagte eine Stimme hinter ihr.

Kathi blieb stehen und drehte sich um. Aus einem Nebenraum war eine korpulente Frau mit einem naturgrauen Kurzhaarschnitt gekommen, die Kathi etwa so alt wie ihre Mutter schätzte. Sie trug eine schwarze Hose und darüber eine legere schwarze Bluse mit Rosenprint. *Das ist Frau Rose?*

»Ich bin's nicht«, meinte die elegante Frau auf dem Sofa. »Mein Name ist Edda Meister.«

»Edda ist meine rechte Hand!«, erklärte Frau Rose.

»Entschuldigung«, sagte Kathi, der das schrecklich peinlich war.

»Zu spät kommen dulde ich nur ein einziges Mal«, stellte Frau Rose klar.

Sie reichte Kathi die Hand und sah ihr dabei fest in die Augen.

»Wird nicht wieder vorkommen«, versprach Kathi und verzichtete auf eine Erklärung, die ohnehin nichts bringen würde.

»Setzen Sie sich bitte.«

Frau Rose nahm neben Edda Meister auf dem Sofa Platz, Kathi auf dem Sessel ihnen gegenüber.

»Möchten Sie Kaffee«, fragte Frau Lewanski, die sich im Hintergrund hielt.

»Nein danke«, lehnte Kathi höflich ab. Aufgeregt, wie sie war, würde sie keinen Schluck hinunterbekommen oder sich den Kaffee nur über ihr Kleid schütten. Sie warf einen kurzen Blick zu Angelo, doch der musterte angestrengt Frau Rose.

Ein paar Sekunden lang herrschte Stille.

»Ich möchte mich sehr für die Einladung zum Gespräch bedanken«, sagte Kathi, da sonst niemand etwas sagte.

»Sie sehen Ihrer Mutter sehr ähnlich«, sagte Frau Rose da, ohne auf Kathi einzugehen.

»Wie bitte?« Kathi glaubte, nicht richtig gehört zu haben. »Sie kennen meine Mutter?«

»Das Grübchen und vor allem die ungewöhnliche Augenfarbe – die Ähnlichkeit ist nicht zu übersehen.«

Kathi fühlte sich in diesem Moment etwas überfordert. Sie wusste nicht, was sie darauf antworten sollte.

»Das klärt sich gleich alles«, sagte Angelo und legte ihr eine Hand auf die Schulter. Das jedoch machte die Sache für Kathi auch nicht einfacher. Was meinte er nur damit?

»Sie wollen also für mich arbeiten.« Es war keine Frage.

334

Kathi fühlte sich unwohl. Bewerbungsgespräche in der Agentur Wunder liefen gänzlich anders ab als hier. Und in diesem Moment fragte sie sich, ob sie tatsächlich für diese Frau arbeiten wollte, die ihr inzwischen sehr seltsam vorkam.

»Ja«, sagte sie dennoch. Schließlich war sie ja deswegen hier.

Frau Rose nahm Kathis Konzept und blätterte durch die Seiten. Bei den Skizzen für die Werbung blieb sie hängen.

»Eine sehr interessante Zeichnung«, sagte sie.

Endlich gab es ein Thema, zu dem Kathi etwas sagen konnte.

»Ich dachte mir, den größten Wunsch, den man beim Fahren hat, ist doch der, am Ende sicher am Ziel anzukommen. Egal, wie weit und schnell man fährt oder wie widrig die Strecke ist. Der Schutzengel soll verdeutlichen, auf welch hohem technischem Stand das Auto mit seiner allermodernsten Technologie ist. Damit soll dem Benutzer ein sicheres Fahrgefühl vermittelt werden. Gerade bei einem Familienauto kann das ganz besonders kaufentscheidend sein.«

»Ein in der Kürze sehr ausgeklügeltes Konzept, das mich wirklich beeindruckt hat«, meinte Frau Rose anerkennend.

»Das sehe ich auch so, Jana«, stimmte Edda Meister ihr zu.

Sie mögen es! Kathis Magen rumorte vor Aufregung.

»Ich möchte bitte mit Frau Vollmer allein sein«, sagte Frau Rose plötzlich, und die beiden Frauen schauten sie überrascht an. Doch sofort gingen sie ins angrenzende Zimmer. Kathi fragte sich, was das sollte.

»Mit Ihrem Namen konnte ich zunächst nichts anfangen, aber als ich Ihr Foto und vor allem die Zeichnung von Angelo sah, wurde mir schlagartig klar, wer Sie sein mussten.«

Kathi spürte, wie sich ihre Nackenhaare sträubten, und sie brauchte einen Moment, um sich zu fassen, bevor sie die Sprache wiederfand.

»Sie … Sie kennen Angelo?«, fragte sie fast tonlos und sah dann kurz zu ihrem Schutzengel.

»Sie kann mich nicht sehen, Kathi«, sagte er ruhig, was Kathi noch mehr irritierte. Woher wusste sie dann von dem Engel?

»Ich weiß nicht, was das für ein Spiel ist, das Sie da treiben. Aber vermutlich hat Ihre Mutter Sie geschickt, nicht wahr?« Frau Rose sah sie fast lauernd an.

»Meine Mutter? Was soll denn meine Mutter damit zu tun haben?«, fragte Kathi, die inzwischen das Gefühl hatte, im falschen Film zu sein. »Die weiß doch überhaupt nicht, dass ich bei Ihnen bin oder wer Sie überhaupt sind.«

»Sie sind entweder eine gute Schauspielerin, oder …«

»Oder was?«, rutschte Kathi heraus, die sich ziemlich unbehaglich fühlte.

»Es gibt kein Oder.«

»Hören Sie, ich hab keinen blassen Schimmer, was das hier alles soll, warum Sie meine Mutter ins Spiel gebracht haben. Wenn das jetzt so ein neumodischer Psychotest ist, dann habe ich keine Lust, den weiter mitzumachen. Ich dachte, mein Werbekonzept könnte Ihnen gefallen. Aber offenbar tut es das nicht.«

Sie stand auf.

»Auf Wiedersehen!«

Frau Rose stand ebenfalls auf.

»Sie wagen es, eine derart makabre Zeichnung Ihres Vaters dafür zu benutzen, sich hier Zugang zu verschaffen, und dann tun Sie auch noch so, als ob Sie von nichts eine Ahnung hätten?«, fragte sie gefährlich leise.

»Meines Vaters?« Kathi lachte auf. Jetzt lief die Sache offenbar komplett aus dem Ruder. War diese Frau denn verrückt?

»Ich kenne meinen Vater nicht, und wer auch immer er ist«, fuhr Kathi Frau Rose an, »er wollte jedenfalls nie etwas von mir wissen! Das hier«, sie deutete mit dem Zeigefinger auf die Zeichnung, »das ist Angelo, und er ist mein …«

»Kathi!«, stoppte Angelo sie mit einem warnenden Blick.

Sie atmete schwer, hatte das Gefühl, plötzlich keine Luft zu bekommen. Für einige Sekunden herrschte Stille im Raum.

»Sie wissen es wirklich nicht?«, fragte Frau Rose plötzlich leise.

»Was soll ich nicht wissen?«, fragte Kathi fast schon verzweifelt.

Frau Rose bückte sich zu ihrer Tasche, die neben dem Sofa stand, und holte etwas heraus. Ein zerknittertes altes Foto, das in der Mitte mit Tesafilm zusammengeklebt war.

Sie betrachtete es für einige Sekunden, bevor sie es Kathi reichte.

»Hier.«

Kathi nahm ihr das Bild aus der Hand und starrte auf die Gesichter. *Meine Mutter als junge Frau – und Angelo!*

Sie drehte sich zu ihrem Schutzengel und starrte ihn an. Angelo war ihr Vater!

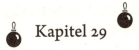
Kapitel 29

»Kathi! Ich kann dir das alles erklären!«, sagte ich, als ich den schmerzhaften Ausdruck in ihrem blassen Gesicht sah.

»Frau Vollmer, bitte setzen Sie sich«, sagte Jana Rose. »Wir müssen reden. Es ... es tut mir leid. Ich dachte wirklich, Sie sind hierhergekommen ... «

Doch Kathi hörte ihr gar nicht zu. Sie drehte sich um, nahm Mantel und Tasche und verließ das Zimmer.

Keine fünf Minuten später folgte ich ihr aus dem Hotel. Dichtes Schneetreiben empfing uns draußen, doch das schien Kathi gar nicht richtig wahrzunehmen.

»Bitte Kathi, ich muss mit dir reden.«

Doch sie reagierte nicht. Ein Taxi hielt vor dem Hotel und ließ ein älteres Ehepaar aussteigen. Ohne zu fragen, ob das Taxi frei war, setzte sie sich auf die Beifahrerseite und nannte der Fahrerin die Adresse zu ihrer Wohnung. Sie nahm ihre Hand aus der Manteltasche, und ich sah, dass sie immer noch das Foto festhielt.

»Kathi ... bitte. Wir haben vermutlich nicht mehr allzu lange Zeit.«

»Mir egal«, sagte sie.

»Wie bitte?«, fragte die Taxifahrerin.

»Nichts. Entschuldigung.«

»Geht es Ihnen nicht gut?«

»Nein. Aber das ist wohl normal, wenn man in meinem Alter erst erfährt, wer der Vater ist.«

Es tat weh, ihren Schmerz mitanzusehen. Aber es war der einzige Weg gewesen, um das Geheimnis für sie zu lüften.

»Oh. Das tut mir leid«, sagte die Frau und sah Kathi mitfühlend an.

»Mir auch.«

Noch immer war wegen des Schneefalls nur ein langsames Vorankommen möglich.

Im Radio sagte die Wettervorhersage für die kommende Nacht einen überraschend drastischen Temperatursturz voraus.

»Manchmal ist es besser, wenn man seinen Erzeuger gar nicht kennt«, sagte die Frau. Ihr Ton ließ darauf schließen, dass sie selbst keine sonderlich gute Beziehung zu ihrem Vater hatte.

Ich hielt es erst einmal für besser zu schweigen, bis Kathi und ich allein waren. Doch allzu viel Zeit durften wir nicht mehr verlieren. Denn ich wusste nicht, wie lange ich jetzt, wo Kathi wusste, wer ich war, noch hier sein durfte.

»Oh, Mist. Ich glaube da vorn hat es gekracht. Die Autos blockieren die Straße. Ich müsste einen ziemlichen Umweg fahren. Wollen Sie das, oder möchten Sie lieber hier aussteigen? Weit ist es ja nicht mehr«, bot die Taxifahrerin an, als sie die Thalkirchner Straße am Südfriedhof entlangfuhr.

»Dann lassen Sie mich bitte hier raus.«

Obwohl die Fahrt nicht allzu lang gewesen war, gab Kathi ein ordentliches Trinkgeld und stieg eilig aus.

»Alles Gute!«, wünschte die Taxifahrerin. »Und nehmen Sie es sich nicht so sehr zu Herzen.«

»Danke«, sagte Kathi und schlug die Tür zu. Dann stapfte sie durch den tiefen Schnee in Richtung ihrer Wohnung davon, ohne sich zu mir umzudrehen. Von einer Sekunde auf die andere hörte es auf zu schneien, und es schwebten nur noch vereinzelt kleine Schneeflocken vom Himmel.

»Bitte Kathi. Warte«, bat ich sie. Und obwohl ich nicht damit gerechnet hatte, blieb sie tatsächlich stehen und drehte sich zu mir um.

Tränen standen in ihren Augen.

»Warum hast du es mir nicht gesagt?«, fragte sie heiser.

»Ich hätte es dir so gern von Anfang an gesagt, Kathi. Aber ich durfte nicht, sonst hätte ich sofort wieder von hier wegmüssen. Aber weil es dein Herzenswunsch war, musste ich nach einer anderen Lösung suchen.«

»Über Frau Rose?«

»Ja. Jana war eine meiner ältesten Freundinnen.«

Und doch hatten sie und Wolf mir und Erika das Schlimmste angetan.

»Hast du gewusst, dass sie es ist, als ich mich bei ihr bewarb?«

»Ja.«

»Also war dir klar, was heute passieren würde?«

Ich nickte.

Der Verkehr neben uns wurde immer stockender, und einige Fahrer hupten ungeduldig.

»Gehen wir in den Friedhof, dort können wir in Ruhe reden«, schlug ich vor, und Kathi folgte mir.

Und so stand ich kurz darauf mit Kathi an fast genau derselben Stelle, an der ich vor zwei Wochen gelandet war.

»Warum wolltest du mich nicht haben?«, stellte sie nun endlich die Frage, die ihr wohl am meisten auf der Seele brannte. Ich sah ihr an, wie schwer ihr das fiel.

»Es stimmt nicht, dass ich dich nicht wollte, Kathi. Ich wusste gar nicht, dass es dich gibt«, sagte ich ruhig.

»Das kann nicht sein«, warf Kathi ein. »Meine Mutter sagte, dass du nichts von uns wissen wolltest.«

»Das war jedenfalls das, was sie dachte.«

»Wie meinst du das?«

Natürlich wusste ich inzwischen, was damals genau passiert war, und ich konnte es Kathi erzählen. Doch sobald ich hier verschwunden war, würde Kathi alles vergessen haben und nicht mehr wissen, dass ich überhaupt da gewesen war. Und doch spürte ich, dass ich ihr erzählen musste, was damals geschehen war. Auch wenn ihr Verstand nichts von unserer gemeinsamen Zeit hier zurückbehielt, so würde ihr Herz doch ahnen, dass es die Wahrheit war, wenn ihre Mutter und Jana und auch meine restliche Familie ihr erzählten, was sie von damals noch wussten. Es würde auch Erika hoffentlich helfen, Frieden zu finden. Erika – ich hatte so sehr gehofft, sie hier zu sehen. Durch ihre vorzeitige Rückkehr war sie mir so nah. Doch ich spürte, dass ich nicht mehr genug Zeit hatte. Entweder konnte ich jetzt in Kathis Wohnung gehen, um Erika zu sehen, oder hier bei meiner Tochter bleiben, um ihr die Wahrheit zu sagen. Die Entscheidung fiel mir letztlich nicht schwer.

»Wenn du möchtest, erzähle ich dir alles«, sagte ich zu ihr.

»Ja. Das möchte ich«, sagte sie.

Ich begann mit dem Tag, an dem ich aus dem damaligen Ost-
teil Deutschlands nach München fuhr, um dort meine Familie
kennenzulernen und dabei auf die Liebe meines Lebens traf.

Inzwischen war es fast dunkel geworden, und nur die Stra-
ßenlaternen und die warmen roten Lichter der Kerzen, die auf
einigen Gräbern standen, sorgten für ein wenig Licht. Während
wir langsam durch den Friedhof spazierten, hörte Kathi mir
staunend zu, ohne mich auch nur ein einziges Mal zu unter-
brechen.

11. Januar 1990

Als Erika sich in der Mittagspause auf den Weg zur Pizzeria
machte, konnte sie es immer noch nicht fassen. Dreimal hatte
sie den Arzt heute Morgen am Telefon gefragt, ob er sich nicht
womöglich irrte. Doch er hatte nur gelacht und ihr schließlich
überzeugend versichert, dass sie tatsächlich schwanger war. Sie
war hin- und hergerissen zwischen einer unbändigen Freude
und der Angst davor, es Angelo zu sagen. Doch es ihm nicht
zu sagen, war keine Option für sie, dafür war Erika ein viel
zu offener und ehrlicher Mensch. Obwohl sie schon längst verliebt in ihn war, hatte sie es ihm nie gesagt, weil sie ihn nicht
zurückhalten wollte. Oder besser gesagt, weil sie ihn liebte.
Genau deswegen würde sie ihm sogar dazu raten, seine Fami-

lie zu besuchen, auch wenn sie schwanger war. Denn diese drei Monate würde sie auf ihn warten können. So würde er auch nie das Gefühl haben, er hätte einen Traum aufgegeben. Sie hoffte so sehr, dass er sich genau wie sie auf das Kind freuen würde. Eigentlich war sie sich fast sicher, dass er danach zu ihr zurückkommen würde. Das war im Moment das Wichtigste für Erika.

Als sie die Pizzeria betrat, sah sie sich nach ihm um. Es war noch nicht sonderlich viel los, nur einige wenige Gäste saßen an den Tischen. Eine Frau, die etwa Erikas Alter hatte, zapfte an der Theke Bier.

»Hallo«, wandte Erika sich an sie. »Ist Angelo da?«

Neugierig sah die Frau sie an.

»Bist du Erika?«, wollte sie wissen.

»Ja.«

»Dachte ich mir schon. Ich bin Jana.«

Jana trocknete sich die Hände an einem Tuch ab und streckte sie Erika entgegen.

»Freut mich«, sagte Erika.

»Mich auch. Ich glaub nicht, dass Angelo schon da ist, wenn dann vielleicht in der Küche … Komm doch mit, wir schauen mal nach.«

Erika folgte Jana in den Flur und dann in die geräumige Küche, in der ein ziemlich gut aussehender, groß gewachsener Mann Pizzateig ausrollte und ihn in runde Formen legte, die er übereinanderstapelte.

»Weißt du, ob Angelo schon zurück ist?«, fragte Jana.

»Noch nicht«, sagte Wolf.

»Das ist übrigens Erika«, stellte Jana sie vor.

Die beiden begrüßten sich.

»Freut mich«, sagte Erika. »Angelo hat mir schon von euch erzählt.«

»Hoffentlich nur Gutes«, sagte Wolf.

»Natürlich.«

Die warme dampfige Luft in der Küche war geschwängert von verschiedenen würzigen Aromen und dem Duft von geschmolzenem Käse. Und wie schon mehrmals in den letzten Tagen wurde Erika mit einem Schlag übel. Als sie eilig die Küche verlassen wollte, stolperte sie fast über einen Hocker. Sie konnte sich gerade noch an der Arbeitsplatte festhalten, aber ihre Tasche fiel zu Boden. Doch das war ihr momentan egal. Sie musste sofort auf die Toilette, sonst würde sie sich mitten in der Küche übergeben.

»Erika? Was ist denn?«, rief Jana ihr hinterher.

»'tschuldigung«, murmelte sie und hastete hinaus.

Jana und Wolf sahen sich verwundert an.

»Was ist denn mit der los?«, fragte Wolf.

Jana hatte plötzlich so eine Ahnung, hoffte jedoch, dass sie sich täuschte.

»Die wird doch nicht schwanger sein?«, sagte sie zu ihrem Freund.

Das Gesicht von Wolf verfinsterte sich.

»Scheiße Mann! Die wird ihm doch kein Kind anhängen wollen!«, brummte er empört.

»Die hat ihn wohl um den Finger gewickelt«, sagte Jana.

Jana bückte sich, um Erikas Tasche aufzuheben und die Sachen einzuräumen, die herausgefallen waren. Unter anderem ein Foto, auf dem Erika und Angelo auf dem Olympiaturm waren und glücklich in die Kamera lächelten.

»Wenn die wirklich schwanger ist, wird Angelo nie und nimmer mit uns fahren«, sagte Wolf.

»Dann müssen wir verhindern, dass er es erfährt.«

»Aber wie willst du das denn anstellen?«, fragte Wolf.

»Ich glaub, ich hab da eine Idee«, sagte sie. »Aber du musst mitspielen.«

»Natürlich!«

Als Erika ein paar Minuten später wieder in die Küche kam, war sie weiß wie die Wand.

»Erika? Was ist denn?«

»Mir war nur ganz plötzlich schlecht.«

Jana und Wolf warfen sich rasch einen Blick zu, dann fragte Jana: »Bist du etwa schwanger?«

Eigentlich wollte Erika diese Nachricht Angelo als Erstem mitteilen, aber Janas direkte Frage überraschte sie dermaßen, dass sie rot anlief und nur nicken konnte.

»Also, ich weiß gar nicht, was ich dazu sagen soll«, meinte Jana. »Glückwunsch!«

»Danke. Ich kann es selbst noch gar nicht wirklich glauben.«

Wolf sagte nichts dazu. Mit stoischer Miene belegte er eine Pizza und schob sie in den Ofen.

»Ich weiß nicht, wie Angelo das auffassen wird, und bin schon etwas nervös deswegen.«

»Ach ja, Angelo. Er hat angerufen, als du draußen warst. Er wurde aufgehalten«, log Jana.

»Oh. Soll ich warten oder später noch mal kommen? Ich habe mir heute Nachmittag extra freigenommen.«

»Am besten kommst du in zwei Stunden noch mal. Da müsste er auf jeden Fall wieder zurück sein«, schlug Jana vor.

»Gut«, sagte Erika. »Dann bis später. Und sagt ihm schon mal einen lieben Gruß.«

»Machen wir.«

Kaum war Erika verschwunden, riss Jana das Foto in der Mitte auseinander und steckte es in ein einfaches Kuvert, das sie in der Schublade fand.

»Sollen wir das wirklich tun?«, fragte Wolf plötzlich.

»Glaub mir. Wir tun Angelo nur einen Gefallen. Und uns auch. Oder willst du die Reise gefährden?«

»Nein. Natürlich nicht. Aber das findet er doch irgendwann sicher heraus.«

Jana zuckte mit den Schultern.

»Dann fällt uns schon irgendeine Erklärung ein. Oder wir sagen es ihm, wenn wir zurückfahren. Dann kann er sich immer noch entscheiden, zu ihr nach München zurückzugehen.«

»Aber er wird bestimmt total sauer sein, dass wir ihn angelogen haben.«

»Vermutlich. Aber dann müssen wir ihm klarmachen, dass wir dachten, wir tun ihm einen Gefallen. Und dass es ein Fehler war und es uns leidtut. Das können wir bestimmt klären, wenn es so weit ist.«

Wolf kratzte sich am Kopf.

»Ganz wohl ist mir nicht dabei. Ich will diese Reise auch unbedingt, aber dürfen wir wirklich so weit gehen?«, fragte er.

»Ich bin mir doch auch nicht sicher, aber was sollen wir auf die Schnelle sonst machen?«, fragte sie. »Außerdem – woher wissen wir überhaupt, ob das Kind tatsächlich von Angelo ist?«

»Denkst du, sie würde ihm das Kind eines anderen unterjubeln?«, fragte Wolf, der bei dem Gedanken daran einen dicken Hals bekam.

Jana zuckte die Schultern.

»Keine Ahnung. Wenn er hierbleiben will, können wir beide jedenfalls gleich wieder zurück nach Berlin gehen. Ohne Bus und die Unterkunft bei Angelos Familie kann ich mir das jedenfalls nicht mehr leisten.« Jana drehte sich zur Tür. »Ich geh mal unsere Sachen packen.«

»Nein, Jana! Warte. Du hast ja recht. Machen wir es so. Aber wir müssen es ihm später sagen.«

»Natürlich! Dafür musst du dich jetzt aber zusammenreißen!«

»Werde ich.«

Eine Viertelstunde später kam Angelo in die Küche. Ohne ihm auch nur ein Wort von der Schwangerschaft zu sagen, reichten sie ihm das Kuvert mit dem zerrissenen Foto. Und ihr Plan ging auf. Angelo war so enttäuscht und unglücklich, dass er Wolf schließlich zustimmte, München noch am selben Tag zu verlassen. Während die beiden Männer das Fahrzeug beluden und noch einiges erledigten, wartete Jana auf Erika.

»Ist Angelo inzwischen zurück?«, fragte sie, als sie später wiederkam.

Jana bat sie mit nach draußen, damit Chiara nichts mitbekam. Im Hinterhof setzte sie eine gespielt betroffene Miene auf.

348

Ihr war absolut nicht wohl bei der Sache, aber jetzt gab es kein Zurück mehr.

»Erika, es ... es tut mir wirklich leid. Wolf konnte nicht mit der Nachricht hinter dem Berg halten, dass Angelo Vater wird.«

»Er hat es ihm gesagt?«, fragte Erika fassungslos. »Aber das kann er doch nicht machen!« Natürlich hatte sie ihm das persönlich sagen wollen.

»Es war wirklich nicht böse gemeint ... Aber vielleicht war es sowieso besser, dass du es ihm nicht selbst gesagt hast. Du hast dir womöglich einiges erspart.«

Erika bekam plötzlich Angst. Was bedeutete das?

»Hier. Das hat er mir für dich gegeben.«

Sie hielt Erika ein Kuvert hin. Als sie es öffnete, fand sie darin das zerrissene und zerknüllte Foto.

Sie wurde blass.

»Angelo war ... na ja, ziemlich wütend und vor allem enttäuscht von dir. Er hat gesagt, er lässt sich durch so billige Tricks nicht davon abhalten, das zu tun, was ihm wichtig ist. Er will seine Freiheit genießen, und das hat er dir offenbar auch von Anfang an gesagt. Und dass er noch nie ein Kind wollte und nichts damit zu tun haben möchte.«

Erika schloss für einen Moment die Augen. Sie konnte und wollte das einfach nicht glauben. Angelo war nicht so.

»Wo ist er denn?«, fragte sie leise. »Ich muss selbst mit ihm reden.«

»Besser nicht. Denn da gibt es noch was, das du wissen solltest, Erika.«

Erika sah Jana an.

»In Ostberlin gibt es eine Frau, die auf ihn wartet, bis er von seiner Reise wieder zurückkommt. Es tut mir leid.«

Das war der Moment, in dem Erika alle Hoffnung aufgab.

Die Fahrt nach Sizilien verlief nicht so ungezwungen und fröhlich, wie die drei Freunde sich das immer ausgemalt hatten. Angelo war die meiste Zeit in sich gekehrt, und zwischen Jana und Wolf kam es auch immer öfter zu Spannungen. Wolf bereute es inzwischen, dass sie Angelo angelogen hatten. Aber Jana befürchtete, Angelo könnte sofort umkehren, wenn er erfuhr, was mit Erika vorgefallen war. Deshalb wollte sie auf keinen Fall, dass Wolf ihm vor der Rückfahrt gestand, was sie getan hatten. Als sie bei Angelos Familie ankamen, schien sich die Stimmung zu bessern, und für ein paar Wochen war Angelo damit abgelenkt, seine Familie richtig kennenzulernen und die schöne Gegend zu erkunden. Auch diesmal half er wieder in der Küche und im Service aus. Das machte ihm zwar Spaß, aber inzwischen vermisste er auch seine Arbeit als Luftfahrttechniker immer mehr. Auf Dauer war es nichts für ihn, im Restaurant die Gäste zu bedienen. Er überlegte, seinen Aufenthalt in Sizilien zu verkürzen und schon nach acht Wochen in die alte Heimat zurückzukehren. Zunächst rechnete er mit einem Protest der beiden Freunde, als er sie in seine Pläne einweihte. Doch sie hatten ebenfalls nichts dagegen. Die Zeit am Meer war für sie alle nicht so, wie sie es sich erhofft hatten.

»Hier, ich habe extra für dich Cannoli gemacht«, sagte seine Großmutter Luisa an einem Sonntagnachmittag.

Als er in das Gebäck mit der cremigen Füllung biss, war er

in Gedanken auf einmal in München bei Erika. Er erinnerte sich genau an ihr Lächeln und an den überraschten Blick, als sie die süße Köstlichkeit zum ersten Mal probiert hatte. Sie fehlte ihm in diesem Moment so sehr, dass es wehtat. Wenn er an ihr Lächeln, ihre wundervollen gemeinsamen Stunden dachte, konnte er immer weniger nachvollziehen, warum sie auf diese Weise mit ihm Schluss gemacht hatte. Vielleicht sollte er nach seiner Rückkehr doch noch einmal versuchen, sie zu sehen und zumindest mit ihr sprechen, damit er ihre Gründe für diese abrupte Trennung verstehen konnte. Plötzlich hatte er das Gefühl, viel zu früh aufgegeben zu haben. Er hätte selbst mit ihr reden müssen.

»Nonna, meinst du, ich darf das Rezept haben?«, fragte Angelo, plötzlich aufgeregt, weil er eine Idee hatte.

»Nur wenn du mir versprichst, es an eine Frau weiterzugeben, die dir besonders am Herzen liegt«, sagte die alte Dame lächelnd.

»Natürlich«, versprach Angelo. Er würde Erika das Rezept als Geschenk mitbringen. Und dann würde er nicht eher gehen, bis sie mit ihm gesprochen hatte. Und vielleicht fanden sie ja doch wieder zusammen.

»Na, dann komm mit in die Küche, mein lieber Enkelsohn, und ich zeige dir, wie es geht.«

Als einer der Stammgäste des Restaurants, mit denen Angelo sich inzwischen angefreundet hatte, erfuhr, dass er eigentlich Luftfahrttechniker war, lud er ihn und Wolf auf einen kleinen Rundflug mit seiner Privatmaschine ein.

Begeistert nahmen die beiden das Angebot an. In drei Tagen

wollten sie den Rückweg antreten und das war eine wunderbare Gelegenheit, die Heimat seiner Familie noch mal aus luftiger Höhe zu bestaunen. Für Angelo war es einer der schönsten Tage seit Langem, als die kleine Maschine über der traumhaften Küste ihre Bahnen zog. Die Sonne glitzerte auf dem Wasser, und der Himmel war wolkenlos und strahlend blau. Bald würde er zurückfahren nach München. Und dort würde er alles versuchen, um Erika davon zu überzeugen, dass er der richtige Mann für sie war und dass er sie liebte.

Doch die drei Männer sollten nicht lebend von ihrem Flug nach Hause kommen. Ein Schaden im Getriebe brachte die kleine Maschine nur wenige Minuten vor der Landung zum Absturz.

Angelo starb, ohne zu wissen, dass die Frau, die er liebte, ein Kind von ihm erwartete.

Kapitel 30

Obwohl es immer kälter wurde, fror Kathi nicht. Es war, als ob ihr Körper momentan überhaupt nichts spüren konnte. Sie war mit Angelo auf eine Reise gegangen. Auf die Reise einer unerfüllten Liebe, die tragisch geendet hatte.

Die Gefühle übermannten sie, und ihre Augen brannten voller ungeweinter Tränen.

»Was hättest du getan, wenn meine Mutter die Gelegenheit gehabt hätte, es dir rechtzeitig zu sagen?« Das schien im Moment die wichtigste Frage für sie zu sein.

»Ich wäre unfassbar glücklich gewesen, mit einer Frau wie Erika ein Kind zu bekommen. Dich zu bekommen«, sagte er voller Überzeugung und sah sie liebevoll an.

»Ich wäre so gern ein Vater für dich gewesen, Kathi.«

Kathi schluckte. Sie wusste, dass er die Wahrheit sagte, brachte jedoch in diesem Moment kein einziges Wort über die Lippen.

»Ich hätte deiner Mutter damals gesagt, dass ich sie liebe, und wir hätten gemeinsam eine Lösung gefunden. Ich weiß nicht, ob ich dann tatsächlich zu meiner Familie nach Sizilien gefahren wäre. Vielleicht. Denn deine Mutter hatte die ganze Zeit Verständnis dafür gehabt. Vielleicht hätte ich es aber auch aufgeschoben oder wäre mit euch beiden später zusammen gefahren. Was ich jedoch ganz sicher weiß, ich wäre wieder zu ihr zurückgekommen. Und zu dir. Und wäre für euch da gewesen. Glaubst du mir das, Kathi?«

Angelo legte die Arme um sie, zog sie an sich, und jetzt endlich löste sich der Kloß, den Kathi im Hals hatte, und sie weinte sich an seiner Schulter aus.

»Es ist alles gut, mein Liebling«, sagte er leise. »Aus dir ist so ein wundervoller Mensch geworden. Stolzer könnte ein Vater auf seine Tochter nicht sein.«

»Aber du hast mir immer gefehlt«, sagte sie schluchzend. »Mein ganzes Leben lang.«

»Ich weiß.«

»Und meine Mutter – wie unglücklich muss sie wohl all die Jahre gewesen sein?«, brach es aus Kathi hervor.

»Wenn ich es irgendwie ungeschehen machen könnte, würde ich alles dafür geben.«

»Jetzt erst verstehe ich so vieles«, sagte Kathi traurig.

Angelo streichelte zärtlich über ihr Gesicht.

»Deine Mutter – Erika – ist eine unglaubliche Frau, Kathi. Vielleicht wirkt sie manchmal ein wenig streng und bestimmend, aber sie musste diesen Weg vermutlich so gehen, damit sie für dich da sein konnte.«

»Wie wird sie damit klarkommen, wenn sie die ganze Wahrheit erfährt?«, fragte Kathi besorgt.

»Sie ist sehr stark und wird es überstehen. Weißt du, wenn man nach all dieser Zeit erfährt, was geschehen ist, dann kann man endlich auch Frieden mit der Vergangenheit schließen, selbst wenn es sicher wehtun wird. Und es wird ihr auch helfen, wenn sie in Zukunft mit dir über mich reden kann.«

»Meinst du wirklich?«, fragte Kathi.

»Ja. Glaub mir … Und dann gibt es noch Menschen, die werden überglücklich sein, von dir und deiner Mutter zu erfahren«, sagte Angelo, und Kathi sah ihm an, wie sehr ihn das alles bewegte.

»Deine Eltern?«

»Ja. Deine Großeltern. Und du hast außerdem noch zwei Onkel und Tanten, Neffen, Nichten, Cousins und Cousinen, die dich ganz bestimmt alle ins Herz schließen werden.«

»Mein Herzenswunsch … eine große Familie«, murmelte Kathi.

Angelo nickte.

»Ich danke dir«, sagte Kathi. »Für alles, was du für mich getan hast.«

»Weißt du, was ich die letzten Tage gesehen habe?«, fragte Angelo.

»Was?«

»Eine wunderschöne junge Frau, die zwar ein wenig mehr Selbstbewusstsein haben dürfte, aber die vor allem ein unglaublich großes Herz hat, mit dem sie Dinge sieht und spürt, die andere Menschen oft nicht wahrnehmen können. Bewahre dir das Kathi, denn das ist ein ganz besonderer Zug an dir. Aber versuch auch endlich, dich selbst wichtig zu nehmen. Ich wünsche mir so sehr, dass du dich nur einmal durch meine Augen sehen könntest, oder durch die Augen der Menschen, die eine Rolle in deinem Leben spielen. Dann würdest du dir viel mehr …«

In diesem Moment wankte Angelo. Kathi packte ihn, um ihn festzuhalten.

»Papa?«, fragte sie erschrocken, und es war das erste Mal, dass sie es aussprach. »Was ist mit dir?«

Bei ihren Worten zog ein glückseliges Lächeln über sein Gesicht.

»Ich liebe dich, meine Tochter. Und ich werde immer auf dich aufpassen.«

»Ich liebe dich auch, Papa. Du wirst doch jetzt nicht schon verschwinden?«, fragte Kathi ängstlich. »Wir haben uns doch erst gefunden, und es gibt noch so viel zu erzählen.«

»Die Welt dreht sich weiter, Kathi – und die Menschen, die wir lieben, bleiben immer bei uns, durch unsere Erinnerungen. Du weißt bereits alles Wichtige, was du wissen musst, mein Liebes. Höre einfach immer nur auf dein Herz.«

Angelo drückte sie noch einmal an sich und gab ihr einen zärtlichen Kuss auf die Stirn. Plötzlich raubte ein heftiger Windstoß Kathi fast den Atem. Sie schnappte nach Luft. Von einer Sekunde auf die andere schien der Himmel alle Schleusen zu öffnen, und winzig kleine Schneeflocken puderten sie ein. Diesen Moment nutzte Angelo, um zu gehen.

»Nein! Du darfst noch nicht weg. Bitte! Bleib hier!«, schrie Kathi verzweifelt.

Sie rannte Angelo hinterher, doch er war im dichten Schneetreiben verschwunden.

»Papa! Bitte bleib bei mir!«, schluchzte sie.

Da sprang Luna hinter einer großen Engelsfigur hervor. Kathi erschrak und versuchte, ihr auszuweichen. Dabei verlor sie das Gleichgewicht und stürzte zu Boden.

»Anemone? Anemone? Wach auf!«

Blinzelnd öffnete Kathi die Augen.

»Herr Pham?« Sie wischte Schnee von ihren Wangen.

»Tut dir etwas weh?«, fragte er besorgt.

»Ich glaube nicht.«

Es schneite immer noch heftig, und ein eisiger Wind wirbelte den feinen Pulverschnee am Boden auf und ließ ihn aussehen wie kleine Gespenster, die zwischen den Gräbern tanzten.

»Komm, du musst aufstehen.«

Herr Pham schob einen Arm unter sie und half ihr, sich aufzurichten.

»Heute Nacht werden wir eine arktische Kälte bekommen«, sagte Herr Pham. »Deswegen habe ich Luna gesucht. Sie streift oft hier auf dem Friedhof herum. Und da hab ich dich gefunden.«

Kathi versuchte, sich zu erinnern, wie sie hierhergekommen war. Das Letzte, was sie wusste, war der Termin bei Frau Rose.

»Da ist sie ja!«, rief Herr Pham, als er Luna entdeckte, die auf ihn zujagte. Rasch nahm er sie hoch.

»Komm, Anemone. Lass uns schnell nach Hause gehen«, sagte Herr Pham. »Sonst erkältest du dich noch.«

»Ich bin froh, dass Sie mich gefunden haben.«

»Das bin ich auch, liebe Anemone.«

Während sie durch den eisigen Schnee nach Hause stapften, kamen nach und nach die Erinnerungen zurück. An die Fahrt im Taxi. Und dass sie wegen eines Staus ausgestiegen war. Offenbar hatte sie den Weg durch den Friedhof genommen, weil er eine Abkürzung war. Auch das seltsame Gespräch mit Frau Rose fiel ihr wieder ein. Die Frau hatte ihr ein zusammengeklebtes Foto gegeben und behauptet, der Mann neben ihrer Mutter sei ihr Vater. Und er heiße Angelo. Kathi hatte es natürlich nicht glauben wollen und die Geschäftsfrau einfach stehen lassen.

»Du liebe Güte!«, rief Erika, als sie die Wohnungstür öffnete. »Ihr müsst ja halb erfroren sein.«

»Vielen Dank, Herr Pham«, sagte Kathi zu ihrem Nachbarn, der sie bis nach oben begleitet hatte.

»Gerne doch, liebe Anemone. Pass bitte gut auf dich auf.«

»Ach? Sie sind Herr Pham?«, fragte Erika. »Kathi hat schon viel von Ihnen erzählt.«

Er nickte und betrachtete sie mit einem plötzlichen Lächeln.

»Sie müssen die Mutter sein ...«

»Ja. Ich bin Erika.«

»Natürlich. Erika ... das Heidekraut. Eine wunderbar vielfältige Pflanze. Gleichzeitig so zart, aber auch robust.«

»Bleiben Sie doch noch. Ich habe gerade eine frische Kanne Tee gemacht. Der ist jetzt genau richtig zum Aufwärmen. Und es gibt selbst gemachten Schokoladen-Gewürzkuchen.«

»Sehr gern. Ich liebe Kuchen«, sagte Herr Pham, und Kathi wunderte sich. Obwohl sie sich nun schon über zwei Jahre kannten, hatte er von ihr noch nie eine Einladung in ihre Wohnung angenommen.

»Ich hoffe, Sie sind mir nicht böse, dass ich für Ihren kleinen Hansi eine Gefährtin besorgt habe«, sagte Herr Pham.

Erika sah ihn einen Moment mit zusammengekniffenen Augen an, doch dann lächelte sie.

»Das haben Sie gut gemacht. Die beiden verstehen sich prächtig.«

Kathi fragte sich, was mit ihrer Mutter geschehen war. So offen und charmant hatte sie diese noch nie erlebt.

Als sie ins Wohnzimmer kam, saßen Tante Lotte, Cindy und Jonas auf dem Sofa und spielten Monopoly.

»Ich hoffe, dein Termin ist gut gelaufen«, rief Cindy ihr zu. Es schien ihr deutlich besser zu gehen als vorhin, und an ihrem Mundwinkel sah man einen kleinen Schokoladenfleck. Hungrig war sie heute jedenfalls nicht mehr.

Kathi zuckte nur mit den Schultern. Von gut gelaufen konnte keine Rede sein.

»Nehmen Sie doch bitte Platz, Herr Pham«, sagte Erika.

»Sagen Sie doch bitte Tung zu mir, Erika«, bot er Kathis Mutter an.

»Gern. Tung. Ein schöner Name.«

Herr Pham begrüßte die anderen Gäste und setzte sich auf einen freien Platz des Sofas.

Jonas stand auf und kam zu Kathi.

»Ich hoffe, das ist für dich in Ordnung«, sagte er leise. »Ich hatte vor, Cindy abzuholen, aber sie wollte noch nicht gehen. Deine Tante und deine Mutter haben uns eingeladen, noch zu bleiben, bis du kommst und ...«

»Schon gut«, winkte Kathi ab. Es war ja schön, so viele Gäste hierzuhaben. Auch wenn sie jetzt eigentlich einfach nur mit ihrer Mutter allein sein wollte, damit sie ihr das Foto zeigen konnte. Falls Frau Rose die Wahrheit gesagt hatte und der Mann auf dem Bild tatsächlich ihr Vater war, hatte sie viele Fragen.

»Geht es dir gut?«, fragte Jonas besorgt.

»Nicht so«, sagte sie.

»Kann ich dir irgendwie helfen?«

Sie wollte gerade antworten, da klingelte es an der Wohnungstür.

»Ich geh schon«, sagte Erika und rauschte aus dem Zimmer.

»Wir brauchen noch zwei Teetassen«, sagte Tante Lotte und wollte aufstehen.

»Bleib sitzen, ich hole welche, Tante Lotte«, sagte Kathi.

Im Flur konnte sie kaum glauben, was sie sah. Frau Rose stand da in einem dick gefütterten roten Mantel.

Erika sah sie mit offenem Mund an.

»Jana? Was willst du hier?«, fragte sie ungläubig.

Offenbar kannten sich die beiden Frauen tatsächlich, dachte Kathi.

»Es tut mir sehr leid, wie ich mich heute benommen habe, Katharina … ich darf dich doch so nennen?«, sagte Frau Rose in Richtung Kathi.

»Kathi, bitte.«

Erika sah die beiden völlig verblüfft an. Die Fröhlichkeit von vorhin war wie weggeblasen.

»Woher kennst du meine Kathi?«

»Ich denke, wir müssen dringend miteinander reden«, sagte Jana Rose.

»Da gibt es nichts zu reden«, sagte Erika energisch.

»Doch Mama.« Kathi sah ihre Mutter bittend an. »Ich denke, es ist endlich an der Zeit für mich zu erfahren, wer mein Vater ist.«

Da das Wohnzimmer besetzt war, gingen sie in Kathis Schlafzimmer. So sachlich wie möglich und in einer leicht abgewandelten Variante, in der Jana nicht ganz so schlimm wegkam und die sicherlich auch für Erika erträglicher war, erfuhren Mutter und Tochter endlich, was damals wirklich passiert war.

»Als man mir sagte, dass das Flugzeug abgestürzt war und Wolf und Angelo umgekommen waren, stand für mich die Welt still. Die Trauer um die beiden Männer hat mich fast aufgeben lassen, und ich versuchte, den Schmerz mit Alkohol und Tabletten zu betäuben. Ich bin total abgestürzt. Nach einem Jahr kämpfte ich mich wieder langsam ins Leben zurück und ging einen völlig neuen Weg, um mit allem abzuschließen«, endete Jana schließlich. »Ich versuchte die ganze Zeit, alles zu verdrängen, nicht mehr an diese Zeit zu denken. Bis ich vor ein paar Tagen die Bewerbung von Kathi auf dem Tisch hatte. Da holte mich die Vergangenheit ein.«

Kathi und Erika hatten die ganze Zeit nur zugehört. Jetzt griff Kathi nach der Hand ihrer Mutter und drückte sie fest. Kathi spürte zwar ein großes Bedauern, dass ihr Vater tot war und sie ihn nie hatte kennenlernen dürfen, doch jetzt hatte sie vor allem Mitleid mit ihrer Mutter. Erika hatte nicht nur erfahren, dass der Mann, den sie geliebt hatte, ihr niemals hatte wehtun wollen, sondern auch noch, dass er schon vor vielen Jahren gestorben war, ohne dass er überhaupt wusste, dass sie von ihm schwanger war.

»Es tut mir so leid«, sagte Jana wieder. »Ich weiß, dass ich das niemals wiedergutmachen kann.«

»Nein. Das kannst du nicht«, sagte Erika. »Aber danke, dass du es mir gesagt hast. Du weißt nicht, wie viel mir das bedeutet.«

Plötzlich rannen Tränen über die Wangen ihrer Mutter. Noch nie hatte Kathi sie weinen sehen. Sie schlang die Arme um ihre Mutter und drückte sie fest an sich.

»Es tut mir so leid, Mama«, sagte sie leise. »Ich hab dich so lieb.«

»Ich dich auch mein Mädchen.«

Langsam löste sich Erika von Kathi und sah Jana an, die immer noch im Zimmer stand.

»Ich hätte damals auf mein Herz hören sollen«, sagte

Erika mit heiserer Stimme. »Darauf vertrauen, dass Angelo sich nie so verhalten hätte.«

Jana öffnete ihre Handtasche und holte ein dickes Kuvert heraus.

»Da drin sind alle Fotos, die ich noch von Angelo hatte. Und die Adresse seiner Eltern und Geschwister ...« Sie öffnete das Kuvert und holte einen Zettel heraus. »Das hier war bei seinen Sachen in Sizilien. Ich habe es mitgenommen. Er hat es nur wenige Tage vor seinem Tod aufgeschrieben. Es ist für dich.«

Erika nahm zitternd das Blatt Papier, das Jana ihr reichte. Es war das Familienrezept für die Cannoli. Und darüber stand in schwungvoller Schrift: *Für Erika, die Frau, die mir am Herzen liegt.*

»Er wollte zu mir zurückkommen«, sagte Erika mit erstickter Stimme.

Jana nickte nur.

Nun weinte auch Kathi.

Jana legte das Kuvert auf das Bett und ging zur Tür.

»Wenn du die Stelle bei mir noch haben möchtest, dann kannst du jederzeit anfangen«, bot sie Kathi an.

Diese wischte sich die Tränen aus dem Gesicht.

»Danke. Aber nein danke«, sagte Kathi.

»Ich verstehe.« Damit verließ Jana Rose die Wohnung.

Kathi und ihre Mutter sahen sich an.

»Ich wusste nie, wie ich es dir hätte sagen sollen«, sagte Erika leise.

»Das verstehe ich, Mama. Und vielleicht war es auch besser so.«

»Angelo wäre ein wundervoller Vater gewesen.«

»Ja.« Und ohne dass sie es sich erklären konnte, wusste Kathi in ihrem Innersten, dass ihre Mutter recht hatte.

Als sie ins Wohnzimmer kamen, waren bis auf Lotte inzwischen alle gegangen.

»Die drei sind schon nach Hause. Jonas meldet sich die nächsten Tage bei dir, Kathi.«

Kathi nickte.

»Danke.«

»Ich weiß nicht, was da gerade zwischen euch passiert ist, aber ich bin immer für euch beide da«, sagte Lotte so feinfühlig, wie sie immer war.

»Bazibazi … Angelo liebt Erika … ja, ja … für immer … Ja, ja, ja …«

Die drei Frauen drehten sich abrupt zum Vogelkäfig. Hansi, der, seit er hier war, kein einziges Wort gesprochen hatte, plapperte nun fröhlich in seiner lustigen tiefen Stimme, die sich anhörte, als käme sie aus einem Rohr, vor sich hin.

»Buzzibuzzibuzzi, Hansi du Bazi. Angelo liebt Erika immer … ja … ja Buzzibazi du …«, murmelte der kleine Vogel vor sich hin und hüpfte dann von der Schaukel zu Lilli auf die Stange.

Die drei Frauen sahen sich verwundert an, und plötzlich begann Erika gleichzeitig zu lachen und zu weinen. Und Kathi und Lotte fielen irgendwie erleichtert in ihr Lachen mit ein.

Als sie sich wieder einigermaßen gefangen hatten, klingelte Kathis Festnetzanschluss. Zuerst wollte Kathi es klingeln lassen, doch dann ging sie doch an den Apparat.

»Kathi Vollmer?«

»Seit Stunden versuche ich nun schon, dich am Handy zu erreichen. Und in der Agentur bist du auch nicht mehr aufgetaucht«, schimpfte Sybille ohne Begrüßung ins Telefon. »Dabei habe ich dir nur freigegeben, unter der Bedingung, dass du noch mal kommst und deine Sachen fertig machst.«

Das hatte Kathi völlig vergessen!

»Tut mir leid, Sybille. Es ... es ist hier so viel passiert. Ich konnte leider nicht ins Büro.«

»Das solltest du aber schleunigst noch machen, weil ich unbedingt mit dir reden muss. Wir haben einiges zu besprechen.«

In diesem Moment wurde es Kathi zu viel, und ihr platzte der Kragen.

»Wenn du glaubst, dass ich es weiter hinnehme, dass du mich ständig vertröstest und die Lorbeeren für meine Arbeit erntest, dann hast du dich geschnitten, Sybille«, schimpfte sie ins Telefon.

Erika und Lotte sahen sie verblüfft an. So hatten sie Kathi noch nie erlebt. Doch das war erst der Anfang. Kathi spürte, wie ihre Wangen glühten.

»Ich mache verdammt noch mal einen großartigen Job in der Agentur und gebe mein Bestes, um für euch alles zu regeln und mir zusätzlich noch daheim Konzepte einfallen zu lassen, die Karl und auch die Kunden super finden! Eine Mitarbeiterin wie mich wirst du nicht mehr so schnell finden. Überleg dir also gut, wem du die offene Stelle gibst. Denn ich bin sicherlich die Beste dafür! Und wenn du mit mir darüber reden möchtest, dass ich den Job nicht bekomme oder mich wieder vertrösten willst, dann kannst du dieses Gespräch jetzt gleich als meine Kündigung betrachten.«

Erika und Lotte hielten die Luft an.

Eine Weile herrschte Stille in der Leitung, und Kathi dachte schon, Sybille hätte aufgelegt. Doch dann räusperte sie sich.

»Na endlich!«, sagte Sybille.

»Äh, wie meinst du das?« *Na endlich? Endlich hatte sie gekündigt, oder wie?*

»Zum ersten Mal hast du um diese Stelle gekämpft. Und endlich nehme ich dir auch ab, dass du sie wirklich haben möchtest, Kathi. Und ich bin völlig deiner Meinung. Du bist die Beste für diese Position. Ich werde über die Feiertage ohnehin die meiste Zeit in der Agentur sein und arbeiten, weil meine Tochter bei ihrem Vater ist. Dann kann ich deinen Vertrag aufsetzen, und du kannst ihn im neuen Jahr unterschreiben.«

Kathi war baff.

»Ich bekomme den Job also wirklich?«

»Nur, wenn du nicht noch mal so blöd nachfragst!«, kam es ruppig aus der Leitung.

»Werd ich nicht mehr.«

Doch da war noch etwas.

»Ich wusste gar nicht, dass du eine Tochter hast«, sagte Kathi.

»Jetzt weißt du es. Mach's gut, Kathi. Und schöne Feiertage!«

Bevor Kathi antworten konnte, hatte Sybille aufgelegt.

Kapitel 31

Heiliger Abend

Die letzten beiden Tage hatte Kathi viel Zeit mit ihrer Mutter verbracht, die zwar nach außen hin die Starke spielte, jedoch erst einmal alles verdauen musste. Gemeinsam hatten sie die Fotos angeschaut, die Jana ihnen dagelassen hatte, und dabei gelacht und geweint. Es schien Erika gutzutun, dass sie endlich über Angelo reden konnte. Und während sie aus der damaligen Zeit erzählte, wurde Angelo für Kathi immer mehr zu einem Menschen, der für ihr Leben eine große Rolle spielte. Es kam ihr fast so vor, als ob sie ihn tatsächlich gekannt hätte. Sie hatten vereinbart, mit Angelos Familie erst nach den Feiertagen Kontakt aufzunehmen. Bis dahin brauchten Mutter und Tochter noch ein wenig Zeit für sich.

Auch Tante Lotte kümmerte sich rührend um ihre Schwester, die alle mit der Bitte überraschte, Weihnachten in diesem Jahr ausfallen zu lassen.

»Willst du das wirklich?«, hatte Lotte gefragt.

»Mir ist das alles zu viel. Ich habe keine Energie, hier alles zu schmücken und vorzubereiten.«

»Und wenn wir den Heiligen Abend dieses Mal einfach bei mir feiern?«, bot Kathi an. »Dann musst du dich um nichts kümmern, Mama. Ich mach das alles.«

»Wenn du das wirklich möchtest«, sagte Erika, und Kathi nickte.

Nie hätte sie geglaubt, wie viel Arbeit sie damit haben würde. Gleich in der Früh war sie mit Herrn Phams Auto herumgefahren, um einen Weihnachtsbaum zu besorgen und die letzten Geschenke und Lebensmittel einzukaufen. Außerdem holte sie sich noch schnell in einem Modegeschäft zwei passende Jeans. Ihre alten waren ihr inzwischen zu weit geworden. Die letzte Zeit hatte sie ihren Appetit erstaunlich gut unter Kontrolle gehabt, und das Ergebnis auf der Waage war sehr überraschend gewesen. Doch mehr wollte sie gar nicht mehr abnehmen. Sie fühlte sich wohl, auch wenn sie vielleicht ein paar Pfund mehr als andere auf der Hüfte hatte. Ständig Diät halten, das war definitiv nichts für sie. Allerdings würde sie zukünftig regelmäßig Sport machen, weil sie den Drang verspürte, sich mehr zu bewegen, um sich fit zu fühlen.

Herr Pham half ihr dabei, die Tanne nach oben zu tragen und im Wohnzimmer in den Christbaumständer zu stellen. Skeptisch betrachtete Kathi den Baum.

»Der ist ziemlich schief«, bemerkte sie.

»Aber er hat so eine schöne Spitze, und wie herrlich er duftet«, schwärmte Herr Pham. »Und wenn er geschmückt ist, wird er sicher wunderschön sein.«

Kathi lächelte ihm zu. Herr Pham hatte recht. Es war völlig egal, dass der Baum nicht perfekt war.

»Was machen Sie eigentlich heute Abend, Herr Pham?«, fragte Kathi.

»Ach, ich werde mir die Zeit mit einem guten Buch und schöner Musik vertreiben, Anemone.«

»Kommen Sie doch zu uns«, lud sie ihn spontan ein. »Wenn hier schon mal ein Baum steht, dann wäre es doch schön, wenn mehr Leute was davon hätten. Und meine Mutter könnte sowieso ein wenig Aufmunterung gebrauchen.«

»Na gut, wenn du meinst. Dann komme ich gern«, sagte Herr Pham, und Kathi bemerkte, dass seine Wangen sich leicht röteten.

»Aber nur, wenn ich etwas zum Essen beitragen darf«, sagte Herr Pham.

»Dürfen Sie nicht«, sagte sie jedoch. »Wenn ich schon einlade, dann sorge ich auch für das Essen. Ich habe genügend eingekauft.«

Nachdem Herr Pham gegangen war, dachte sie über Sybille nach. Die Weihnachtstage ohne ihre Tochter zu verbringen war sicher nicht einfach, auch wenn sie sonst noch so sehr die toughe Frau zeigte. Kathi fragte sich wieder, warum sie nie etwas von einem Kind erzählt hatte. Ohne weiter zu überlegen, griff Kathi nach dem Handy und rief sie an.

»Hi, Sybille.«

»Du hast es dir doch nicht wieder anders überlegt?«, fragte sie sofort.

»Oh nein! Ganz bestimmt nicht. Sag mal. Falls du heute Abend nichts anderes vorhast, kannst du gern zu mir kommen.«

»Wie bitte?«

»Ich lade dich heute Abend zu mir ein.«

»An Weihnachten? Wie kommst du denn auf so eine Schnapsidee?«, fragte sie barsch.

»Überleg es dir einfach. Ich würde mich freuen.«

»Mal sehen«, murmelte Sybille und legte auf.

Die nächsten zwei Stunden verbrachte Kathi damit, den Baum zu schmücken und ließ dazu das Weihnachtsprogramm im Radio laufen. Nach der ganzen Hektik der letzten Zeit tat es ihr gut, und langsam kam bei ihr sogar ein wenig Weihnachtsstimmung auf. Sie hatte den Weihnachtsschmuck aus dem Haus ihrer Mutter geholt. Die meisten Kugeln waren schon sehr alt und hingen schon seit Kathis Kindheit am Weihnachtsbaum. Am Ende war der Baum so schön geschmückt, dass es tatsächlich kaum auffiel, wie schief er eigentlich war.

Sie versuchte gerade, den silbernen Stern oben an der Baumspitze zu befestigen, da klingelte es an der Haustür.

»Hallo, Kathi«, sagte Jonas.

»Jonas!« Sie hatten am Tag vorher lange telefoniert, und Kathi hatte ihm die Sache mit ihrem Vater erzählt. Es hatte ihr gutgetan, mit ihm darüber zu reden und sein Verständnis zu spüren. Er hatte genau die richtigen Worte gefunden, um sie ein wenig aufzumuntern.

»Komm doch rein. Aber nicht wundern, hier herrscht noch ein ziemliches Chaos.«

»Chaos an Weihnachten gehört dazu«, sagte er lächelnd. »Da fühl ich mich gleich wie zu Hause.«

»Möchtest du einen Kaffee oder einen Tee?«

»Mach dir keine Umstände. Ich wollte dir nur schnell ein Geschenk vorbeibringen«, sagte er.

»Du hast ein Geschenk für mich?«, fragte Kathi und führte ihn ins Wohnzimmer, in dem überall die offenen Schachteln herumstanden, in denen der Weihnachtsschmuck war.

»Schon lange. Und heute ist der richtige Moment, um es dir endlich zu geben.«

»Bitte setz dich doch«, sagte Kathi und schob einen Karton auf dem Sofa beiseite, damit sie Platz hatten.

»Hier«, sagte Jonas und reichte ihr das lustige Päckchen, das er ihr schon bei der Agenturfeier hatte geben wollen.

»Ich weiß, was da drin ist«, gestand Kathi, und Jonas sah sie überrascht an. Sie wollte endlich reinen Tisch machen. Die Geschichte ihrer Mutter und ihres Vaters war ihr eine Lehre. Wenn man nicht offen über alles sprach, kam es zu Missverständnissen, und im schlimmsten Fall machte es alle unglücklich.

»Als du und Cindy auf der Agenturfeier auf der Terrasse wart, hab ich mitbekommen, wie sie das Päckchen aufgemacht hat.«

Jonas sah sie betroffen an.

»Du ... du hast gehört, was sie gesagt hat?«, fragte er erschrocken.

»Ja. Jedes Wort.«

»Jetzt ist mir einiges klar«, sagte Jonas leise und fuhr sich durch die Haare. »Hör zu. Ich möchte Cindy nicht entschuldigen, aber glaub mir, sie ist kein schlechter Mensch. Sie hat nur einfach ihren Platz im Leben noch nicht gefunden und teilt manchmal aus, weil sie selbst so viele Probleme hat, von denen sie ablenken möchte.«

Es gefiel Kathi, wie er über Cindy sprach und dass er nicht über sie herzog.

»Inzwischen habe ich das auch gemerkt«, sagte Kathi. »Und ich bin ihr auch nicht mehr böse. Aber als ich euch beide an diesem Abend da sah, da kam ich mir so klein und so dick und hässlich vor und ...«

»Hör auf! Bitte! Sag nicht so was Kathi! Und mach jetzt endlich dein Geschenk auf.«

Kathi nickte und zog die Schleife von der kleinen Schachtel. Dann holte sie ein Foto von sich heraus. Es war das Bild, als sie mit offenen Haaren ausgelassen ihr Tuch in die Luft warf und dabei zu Jonas in die Kamera lächelte.

»Das ist die Kathi, die ich sehe, wenn ich dich anschaue«, sagte Jonas. »Eine wunderschöne, warmherzige Frau, mit den faszinierendsten Augen, die ich je gesehen habe. So sexy und mit dem bezauberndsten Lächeln der Welt. Genau in diesem Moment, als das Bild entstand, habe ich mich in dich verliebt, Kathi. Und da konnte ich nicht anders, da musste ich dich einfach küssen.«

Er warf einen Blick zu ihr. »Kannst du das verstehen?«

Kathi war sprachlos und konnte den Blick nicht von dem Bild lösen. Sie sah sich selbst, und doch auch eine ganz andere Frau. Eine Frau, die ihr gefiel. So also sah Jonas sie. Sie schluckte.

»Ja, ich kann es verstehen«, sagte sie leise, und es war, als ob etwas in ihrem Innersten aufbrechen würde und sie mit einem Gefühl überflutete, das ihr fast den Atem raubte.

Jonas nahm ihr das Foto aus der Hand und legte es auf den Tisch. Dann legte er seine Hände an ihre Wangen.

»Du hast es mir nicht leicht gemacht, Kathi, aber ich wusste die ganze Zeit, dass ich dich nicht aufgeben darf«, flüsterte er. Und dann endlich küsste er sie. Zärtlich, innig, leidenschaftlich. Das Gefühl war unbeschreiblich. Es war, als ob sie endlich an einem Ziel angekommen wäre, von dem sie vorher gar nichts gewusst hatte.

Als sie sich nach einer gefühlten Ewigkeit wieder voneinander lösten, sahen sie sich in die Augen.

»Ich liebe dich, Jonas«, sagte sie, und die Worte kamen ihr ganz leicht über die Lippen.

»Was für ein Zufall«, sagte er und lächelte. »Ich liebe dich nämlich auch, Kathi.«

Als sie sich erneut küssen wollten, klingelte Kathis Handy, das im Flur lag.

»Vielleicht ist es meine Mutter«, sagte sie.

»Geh schon ran.«

Doch es war nicht Erika.

»Hallo, Frau V.«, rief Claudia ins Telefon. »Mein Flug nach Brasilien geht in einer halben Stunde. Aber ich wollte dir noch schnell fröhliche Weihnachten wünschen.«

»Dir auch, liebe Frau H.«, sagte Kathi. »Geht es dir gut?«

»Aber klar. Ich hab das Gefühl, das Abenteuer meines Lebens wartet auf mich«, sagte ihre Freundin.

»Und bei dir? Hat der kleine Engel dir Glück gebracht?«

Der kleine Engel! Kathi hatte ihn schon seit Tagen nicht mehr gesehen.

»Ja. Ich denke, er hat mir wirklich Glück gebracht. Mehr, als du dir vorstellen kannst«, sagte sie und öffnete ihre Handtasche. Da lag er, ganz oben auf. Sie holte ihn heraus und sah ihn überrascht an. Das Gesicht der kleinen Figur erinnerte sie an ihren Vater Angelo!

»Hey! Das ist ja eine coole Nachricht. Das musst du mir bald alles ganz ausführlich erzählen.«

»Mache ich! Danke noch mal für den Engel, und eine gute Reise, Frau H. Pass auf dich auf!«

»Mache ich! Bis bald Frau V.«

Als Kathi auflegte, stand Jonas hinter ihr und lächelte sie an.

»Ich würde mich sehr freuen, wenn du heute den Heiligen Abend mit uns feierst«, sagte Kathi, die wusste, dass seine Eltern in diesem Jahr auf einer Reise waren und er deswegen nicht nach Wien gefahren war.

»Total gern. Aber Cindy, ich möchte sie nicht so einfach ...«

»Bring sie einfach auch mit!«, fiel Kathi ihm ins Wort und musste plötzlich lachen. Offenbar konnte auch er den Gedanken nicht ertragen, dass jemand an Weihnachten allein feiern sollte.

Das machte ihn nur umso liebenswerter für sie!

Es klingelte an der Haustür.

»Wer kommt denn jetzt?«, fragte Kathi.

»Am besten siehst du nach.«

Kathi öffnete die Wohnungstür.

»Hallo, Kathi!«

»Karl?«, sagte sie völlig überrascht. »Ich dachte, ihr seid in Zermatt?«

»Das haben wir für dieses Jahr abgesagt. Wir feiern daheim, und ich muss auch gleich wieder los. Ich möchte dir nur das hier geben«, sagte er und drückte ihr einen gro-ßen Korb mit lauter verschiedenen Päckchen mit Nüssen und einer Flasche Champagner in die Hand. »Das ist von mir und meiner Frau. Und von Irene.«

Sprachlos sah Kathi ihn an.

»Ich habe mit meiner Frau über das gesprochen, was du zu mir gesagt hast. Und dann haben wir uns mit Irene zusammengesetzt und lange geredet. Glaub mir, es war kein Spaziergang. Aber das Gespräch hat vieles geklärt. Und du hattest recht, Kathi. Meine Schwiegermutter hat wirklich viele Ängste. Und wir müssen jetzt zusehen, wie wir ihr dabei helfen können, das zu lösen, ohne dass sie uns weiter in den Wahnsinn treibt.«

Er lächelte.

»Das freut mich sehr«, sagte Kathi, die im Moment fast ein wenig überfordert war mit all den verschiedenen Emotionen. »Ich wünsche euch viel Glück dabei.«

»Danke. Schöne Weihnachten. Und bis nach den Feiertagen. Dann in einer neuen Position, wie ich von Sybille gehört habe.«

Er zwinkerte ihr zu.

»Vielen Dank Karl, und euch allen ein schönes Fest.«

Dann drehte sie sich um und ging zurück ins Wohnzimmer zu Jonas. Und der hatte es plötzlich gar nicht mehr so eilig, nach Hause zu kommen.

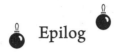

Epilog

Uriel hatte mir ein besonderes Geschenk gemacht. Nachdem ich Kathi im Schneesturm auf dem Friedhof verlassen hatte, erfuhr ich, dass ich noch nicht sofort zurückmusste. Ich durfte noch bis zum Heiligen Abend bleiben, war jedoch nun auch für Kathi unsichtbar, und sie konnte sich auch nicht mehr an mich als ihren Engel erinnern.

Ich war dabei, als Herr Pham Kathi fand und nach Hause brachte. Und ich saß in Kathis Schlafzimmer, als Jana ihr und Erika erzählte, was damals passiert war. Und so schwer es mir auch fiel, ihre Trauer mit anzusehen, so sehr berührte es mich, wie die Frau, die ich noch immer liebte, und meine wundervolle Tochter darüber noch mehr zusammenwuchsen. Und ich kannte beide Frauen gut genug, um zu wissen, dass sie irgendwann auch noch mal mit Jana reden würden. Meine frühere Freundin hatte damals einen großen Fehler gemacht. Aber ich wusste, wie sehr sie die ganzen Jahre darunter gelitten hatte. Dass sie Erika und Kathi endlich die Wahrheit gesagt hatte, würde auch ihr helfen, sich irgendwann selbst verzeihen zu können.

Meine allergrößte Freude war jedoch Kathi. Jonas hatte genau den richtigen Weg gefunden, um ihr zu zeigen, wer sie war. Und indem Kathi sich endlich so annehmen und lieben konnte, wie sie war, konnte auch sie ihm ihre Liebe schenken.

Inzwischen war es Abend geworden. Die Kugeln und Sterne am Weihnachtsbaum in Kathis Wohnzimmer funkelten und glitzernden im warmen Licht der Kerzen. Der Duft von Kerzenwachs, Glühwein und Weihnachtsplätzchen lag in der Luft. Im Hintergrund lief leise Weihnachtsmusik. Auf der Kommode stand ein Foto von mir neben einem Blumenstrauß.

Um den Tisch saßen Erika und Lotte, Herr Pham und Sybille, Cindy und Jonas. Kathi stand neben dem Baum, unter dem viele kleine und große Päckchen lagen, welche die Gäste mitgebracht hatten.

»Das hier ist für dich«, sagte Kathi und reichte Jonas eine kleine Schachtel.

»Was ist das denn?«, fragte er neugierig.

»Schau doch einfach rein!«, sagte Cindy.

Jonas öffnete das Geschenk und holte ein Kuvert heraus, aus dem er ein Blatt Papier zog.

»Ich weiß, Gutscheine zu verschenken ist etwas fantasielos«, sagte Kathi. »Aber anders ging es ni…«

»Eine Ballonfahrt?«, unterbrach Jonas sie und sah sie verblüfft an.

»Ja. Für uns beide«, sagte Kathi.

Jonas wusste genau, was das bedeutete und was für eine große Angst Kathi damit überwinden würde. Und das auch noch jetzt, nachdem sie gerade erst erfahren hatte, dass ich bei einem Flugzeugabsturz ums Leben gekommen war. Ich hätte meine Tochter am liebsten in den Arm genommen und fest an mich gedrückt. Das tat jedoch Jonas für mich, und ich hörte, wie er ihr leise ins Ohr flüsterte: »Es ist das schönste Geschenk, das ich je bekommen habe.«

Die Gäste waren noch eine Weile damit beschäftigt, sich gegenseitig zu beschenken und die Päckchen zu öffnen. Das Zimmer war erfüllt von Liebe und Zuneigung. Ich bemerkte, wie Herr Pham und Erika sich immer wieder Blicke zuwarfen. Und auch wenn Erika vermutlich noch eine Weile brauchen würde, so ahnte ich, dass hier gerade ein Pflänzchen zu wachsen begann. Ich wünschte es ihr von Herzen, dass sie vielleicht mit ihm noch einmal eine neue Liebe erfahren durfte.

»Es hat geklingelt!«, sagte Kathi verwundert und ging in den Flur. Als sie die Tür öffnete, blieben mir noch einige kostbare Sekunden, um einen Blick auf meine Eltern zu werfen, die sich, ihre Arme fest ineinander verschlungen, gegenseitig Halt gaben.

»Du musst Kathi sein«, sagte mein Vater mit leicht brüchiger Stimme.

»Ja?«

»Jana hat uns gestern angerufen«, erklärte meine Mutter mit Tränen in den Augen. »Und da wir über Weihnachten ohnehin zu Besuch bei meiner Schwester hier in München sind, mussten wir einfach kommen, um unsere Enkeltochter zu sehen.«

»Wir konnten nicht länger warten«, fügte mein Vater hinzu.

Kathi schaute die beiden überrascht an und schluckte. Und bevor sie etwas sagen konnte, hatte meine Mutter sie in die Arme genommen und drückte sie fest an sich.

»Es ist wie ein Wunder!«, flüsterte meine Mutter nah an ihrem Ohr. Dann lösten sie sich voneinander.

»Kommt doch bitte herein«, sagte Kathi mit heiserer Stimme. Und meine Eltern folgten ihr glücklich lächelnd in die Wohnung.

Ich hatte den Herzenswunsch meiner Tochter erfüllt.

Dies war der Moment, in dem Uriel mich zurückholte, mit all der Liebe, die ich im Herzen mitnehmen durfte.

Ende

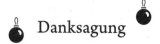

Danksagung

An dieser Stelle möchte ich mich von Herzen bei all den Menschen bedanken, die mir auch bei diesem Roman wieder mit Rat und Tat zur Seite standen bzw. ihn überhaupt ermöglicht haben: Mama, Elias, Felix und meine frischgebackene Schwiegertochter Carolin, Nicola Bartels und Anna-Lisa Hollerbach – stellvertretend für das wunderbare Team von Blanvalet, Alexandra Baisch (mein persönlicher 007 – du weißt, was ich meine!), meine Agentinnen Franka Zastrow und Christina Gattys, Johannes Wiebel für das traumhaft schöne Cover und Christian Lex. Und natürlich bei allen meinen wundervollen Leserinnen und Lesern.

Und dann gibt es noch einen ganz speziellen Dank an ein wundervolles kleines Wesen, das fast sechzehn Jahre zu unserer Familie gehörte:

An dich, mein lieber kleiner Kater Fleck.

Bei jedem Drehbuch, das ich entwickelte, und jedem Roman, den ich schrieb, warst du immer an meiner Seite. Du hast mich inspiriert für einige Katzenfiguren in meinen Geschichten. Immer wieder hast du mich zum Lächeln und Lachen gebracht, mich über deinen Appetit staunen lassen und mich manchmal an den Rand des Wahnsinns getrieben, wenn du mich um 4 Uhr früh lautstark aus dem Bett gescheucht hast. Aber vor allem hast du mein Herz berührt mit deinem fröhlichen verschmusten Wesen. Du hast gespürt, wenn es mir nicht gut ging, und mich auf deine spezielle Art getröstet.

»Das Weihnachtswunder« habe ich angefangen, als du noch bei uns warst. Doch schon da ging es dir nicht mehr ganz so gut. Und schließlich kam dieser Tag im Januar, an dem du mir zu verstehen gegeben hast, dass die Zeit für dich gekommen ist. Als ich das Wort »Ende« unter diese Geschichte schrieb, warst du nicht mehr dabei, doch mein Kopf drehte sich automatisch zu dem Plätzchen, an dem du meist geschlafen hast, wenn ich schrieb. Ich – wir alle hier – vermissen dich sehr. Danke für die kostbare Zeit, die wir mit dir verbringen durften.

Rezepte

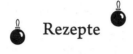

Oma Luisas Cannoli

Zutaten:

Teig:
70 g weiche Butter oder Schmalz
270 g Mehl gesiebt
30 g Puderzucker gesiebt
1 Ei
2 EL starker, kalter Espresso
50 ml Weißwein oder Marsala
1 EL Weißweinessig
1 TL Kakao
1 Prise Salz

etwas verquirltes Eiweiß zum
Zusammenkleben,
Öl zum Frittieren,
Cannoliformen zum Ausbacken

Füllung Variante 1:

500 g Ricotta (abgetropft)
120 g Puderzucker
2 Päckchen Vanillezucker
3–4 EL Amaretto
etwas Zimt nach Wunsch

50 g Mandelstifte
50 g Zucker
2 EL Wasser

Füllung Variante 2:

250 g Mascarpone
100 g Magerjoghurt
150 g Sahne (geschlagen)
100 g Puderzucker
1 Päckchen Vanillezucker
Blaubeeren/Himbeeren/Erdbeeren

Zubereitung:

Aus den Zutaten einen geschmeidigen Teig zubereiten und ihn in eine Klarsichtfolie eingewickelt ca. 1–2 Stunden kühl stellen. Danach Teig auf einer mit Mehl bestäubten Arbeitsfläche dünn ausrollen (ca. 3 mm) und in etwa 10–12 cm große Quadrate schneiden. Cannoliformen leicht einfetten und die Teigquadrate darumwickeln. Mit etwas Eiweiß an den überlappenden Ecken zusammenkleben.

Öl in einem Topf erhitzen, und die Formen mit dem Teig nach und nach im heißen Fett ausbacken, jeweils ca. 45–60 Sekunden. Auf Küchenkrepp abtropfen lassen und nach dem Abkühlen vorsichtig von der Form ziehen.

Füllung Variante 1:

50 Gramm Zucker mit ca. 2 Esslöffel Wasser in einer Pfanne erhitzen und die Mandelstifte kurz darin anrösten. Achtung, sie werden schnell braun. Danach abkühlen lassen und etwas zerkleinern. Zur Seite stellen.

Ricotta abtropfen lassen, mit Puderzucker, Vanillezucker, Amaretto und etwas Zimt verrühren. Die Creme mithilfe einer Spritztülle in die Cannolihüllen füllen und beide Enden in die zerkleinerten kandierten Mandeln tauchen. Ca. 1–2 Stunden kühl stellen. Vor dem Servieren eventuell noch mit etwas Puderzucker bestreuen.

Füllung Variante 2:

Mascarpone, Joghurt, Puderzucker und Vanillezucker verrühren. Sahne mit Sahnesteif aufschlagen und vorsichtig unter die Mascarponemischung heben. In die Mitte der Cannoli nach Wunsch Blaubeeren (oder Himbeer-/oder Erdbeerstücke) geben. Die Creme mit einer Spritztülle von beiden Seiten einfüllen. In die Creme an den Enden jeweils eine Blaubeere stecken. Ca. 1–2 Stunden kühl stellen. Vor dem Servieren eventuell noch mit etwas Puderzucker bestreuen.

Bei der Zusammensetzung der Füllungen sind keine Grenzen gesetzt. Falls etwas Füllung übrig bleibt, kann man sie gut als Deko zum Anrichten der Cannoli verwenden.

Erikas weihnachtlicher Gewürzkuchen

Zutaten:

Teig:

170 g Butter

1 Tafel (100 g) Zartbitterschokolade

250 g Zucker

4 große Eier

2 TL Lebkuchengewürz

1–2 TL Zimt

1 EL Rum (kann auch weggelassen werden)

1 Päckchen Vanillezucker

1 EL Kakao

1 Päckchen Backpulver

100 ml Milch

350 g Mehl

200 g gemahlene Mandeln

150 g salzige Erdnüsse

3 EL Zucker

2 EL Wasser

200 g Vollmilchkuvertüre

Zubereitung:

Zwei Esslöffel Zucker mit Wasser in der Pfanne leicht erhitzen und die salzigen Erdnüsse darin karamellisieren. Darauf achten, dass die Nüsse nicht zu braun werden. Zur Seite stellen und abkühlen lassen.

Butter zusammen mit der Zartbitterschokolade im Wasserbad schmelzen und kurz abkühlen lassen. Dann mit den restlichen Zutaten einen Rührteig zubereiten. Die karamellisierten Erdnüsse vorsichtig unterheben. Teig auf ein mit Backpapier ausgelegtes Backblech streichen und ca. 30–35 Minuten im vorgeheizten Ofen bei 175 Grad backen. Abkühlen lassen und mit geschmolzener Kuvertüre überziehen.

Schmeckt total lecker mit frisch geschlagener Sahne!

Zimtsterne

Von Gretl, meiner ältesten und besten Freundin

Zutaten:

350 g gemahlene Mandeln
225 g Puderzucker
3 Eiweiß
1 Päckchen Vanillezucker
1 Prise Salz
1 TL Zimt
1 Messerspitze Kaffeepulver

Eiweiß mit Salz zu schnittfestem Eischnee schlagen und den gesiebten Puderzucker nach und nach untermengen. Ca. 3–4 Esslöffel davon zur Seite stellen. Restlichen Eischnee mit Zimt, Vanillezucker und Kaffee verrühren und dann die Mandeln untermischen. Teig flach drücken und zum Kühlen mindestens eine Stunde in den Kühlschrank stellen. Dann etwa 8–10 mm dick auf einer mit etwas Puderzucker bestäubten Arbeitsfläche – oder zwischen Frischhaltefolien – ausrollen und Sterne ausstechen. Auf ein mit Backpapier ausgelegtes Backblech setzen und mit dem vorher zur Seite gestellten Eischnee sorgfältig bestreichen. Blech in den auf 150 Grad vorgeheizten

Backofen schieben und ca. 15 Minuten backen. Danach auf 100 Grad zurückschalten und die Zimtsterne noch etwa 5 Minuten im Ofen lassen. Achtung, das Eiweiß soll nicht braun werden.

Kathis Schokoladenkugeln

Zutaten:

200 g Butter
30 g Kakao
100 g Puderzucker
3 Eigelb
1 Prise Salz
1 TL Lebkuchengewürz
½ TL Zimt
200 g Mehl
1 TL Backpulver
130 g gemahlene Haselnüsse oder Mandeln
150 g Schokoladenglasur Vollmilch

Zubereitung:

Zimmerwarme Butter, Eigelb, Lebkuchengewürz, Puderzucker, Zimt und Salz schaumig rühren. Dann die restlichen Zutaten nach und nach hinzufügen und zu einem glatten Teig verkneten. Mindestens 1–2 Stunden im Kühlschrank kühl stellen. Danach aus dem Teig kleine Kugeln formen und auf ein mit Backpapier ausgelegtes Backblech setzen. Ca. 10–12 Minuten im auf 180 Grad vorgeheizten

Ofen backen. Abkühlen lassen und mit Schokoladenkuvertüre überziehen.

Omas Fleischpflanzerl

Zutaten:

800 g gemischtes Hackfleisch frisch vom Metzger
1 große Zwiebel, klein gehackt
1 Knoblauchzehe, klein gehackt
1 kleiner Bund frische Petersilie, klein gehackt
2 EL mittelscharfer Senf
1 Ei
Salz und Pfeffer
2 Semmeln (Brötchen)

Öl zum Ausbraten

Zubereitung:

Die gehackte Zwiebel kurz in Öl anbraten. Zum Schluss noch den Knoblauch dazugeben. Kurz zum Abkühlen zur Seite stellen. Semmeln (am besten welche vom Vortag) kurz in Wasser einweichen und gut ausdrücken. Hackfleisch, Ei, Semmeln, Petersilie, Senf, Zwiebel, Knoblauch mit Salz und Pfeffer würzen und mit der Hand gut durchmischen. Dann kleine Küchlein daraus formen und in einer Pfanne mit gut erhitztem

Pflanzenöl ausbraten. Zum Warmhalten bei ca. 50 Grad in den Backofen geben.

Mit Beilagen für ca. 4 Personen.

Bayerisches Kraut

Zutaten:

800 g Weißkohl, feine Streifen
1 Zwiebel, fein gehackt
etwas Öl/Schmalz oder Butter zum Anbraten
ca. 100 g gewürfelten Speck (falls gewünscht)
200–300 ml Brühe
1 TL Kümmel
1–2 TL Zucker
Salz und Pfeffer
evtl. ein Schuss Sahne

Zubereitung:

Zwiebel in einem Topf mit Speck (geht auch ohne) in etwas Öl, Schmalz oder Butter leicht anbraten. Das fein geschnittene Kraut dazu, Zucker darüber und alles weiter anbraten. Achtung, nicht zu braun werden lassen. Mit Brühe ablöschen. Kümmel, Salz und Pfeffer dazu. Bei geschlossenem Deckel etwa 20–30 Minuten leicht köcheln lassen. Bei Bedarf noch etwas Wasser hinzugeben. Nach Geschmack kann man das bayerische Kraut auch noch mit etwas Sahne verfeinern.

Viel Spaß beim Nachkochen und Genießen!

Und wie immer, bei allen Rezepten in meinen Büchern gilt: Der eigenen Kreativität sind keine Grenzen gesetzt!

Wenn der Weihnachtsstern am hellsten leuchtet, ist es Zeit, einander zu vergeben ...

416 Seiten, ISBN 978-3-7341-0136-6

Wie jedes Jahr an Weihnachten macht sich die alleinstehende Anwältin Eva auf den Weg zu ihrer Großmutter Anna. Das stattliche Anwesen der Familie, umringt von einem Garten mit einem Wald aus Tannenbäumen, ruft viele Erinnerungen hervor. Hier wuchs Eva auf, nachdem ihre Eltern bei einem Unfall ums Leben gekommen waren. Im Haus trifft sie nicht nur auf ihren Jugendfreund Philipp, sondern auch auf das Waisenkind Antonie. Während draußen ein Schneesturm tobt, verschwindet das Kind plötzlich spurlos. Auf der gefährlichen Suche nach Antonie landen Eva und Philipp unversehens in der Vergangenheit ...

Lesen Sie mehr unter: **www.blanvalet.de**